Dem liebsten Papi
zur Weihnacht 2023

von
Andrea

Urs Augstburger

Das Tal der Schmetterlinge

Roman

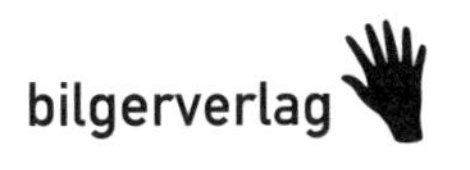

Für meine Norweger

Jürg Winterhalter (1945–2020)
Ursula Winterhalter-Oertle

Im Donner und in Flammen
brach unser Haus zusammen
gegründet sei dies neue
auf Gottes Hand und Treue.

Was uns zerstört in einem Augenblick
gibt keine Zeit uns mehr zurück.
Nicht rückwärts, vorwärts gilt's zu schauen
mit neuem Hoffen und Vertrauen.

Tod und Himmel mag vergehen
Gottes Wahrheit bleibt bestehen.

Althäuser Fassadeninschriften

PROLOG

Wer überlebt hat, ist auf dem Feld, in der Schule oder auf der Alp.

Der Vater beim Vieh.

Mittag ist vorbei, keiner wird ihn sehen.

Zum ersten Mal seit der Dorfweihe geht er durch diese Straßen. Zum letzten Mal. Danach wird er nicht mehr zurückkehren.

Er wechselt die Hand, mit der er den Karren zieht. Werkzeug und Vierkanthölzer liegen darin. Drei längere zu fünfundsiebzig Zentimetern, sechs kürzere zu fünfundzwanzig Zentimetern.

Die Proportionen sind wichtig.

Schreiner Trummer ist ein guter Lehrmeister.

Sollte ihn doch einer aufhalten, wird er behaupten, er gehe dem Vater zur Hand. Im neuen Stall.

Schmuck die neuen Häuser, malerisch die Laternenpfosten an der Dorfstraße, einfallslos die Anordnung der Häuser. So widersinnig wie zuvor. Aber fast jedes wieder an seinem Platz, als sei nichts geschehen. Schöner und größer noch alles.

Zwei Jahre nur hat der Wiederaufbau gedauert.

Die Geranien vor den spiegelblanken Fenstern schmücken die Leere dahinter.

Haben sie euch auch Häuser gebaut, Mutter?

Ein Dorf der armen Seelen?

Sie antwortet ihm nicht.

Dafür schreckt ihn ein Rattern und Brausen auf. Die Schnellzüge in den Süden verkehren wieder. Ihre Zahl nimmt stetig zu. Die würden doch tatsächlich alle schon wieder nach Italien wollen, gerade mal sieben Jahre nach Mussolinis Tod, hat ihm Stellwerkmonteur Bigler am Tag vor dem Unglück erzählt. Als seien das jetzt plötzlich andere Menschen, die Italiener, hat er gesagt.

Ans Meer wollten die, oder zum Papst sogar, hat sich Bigler gewundert.

Er blickt zum neuen Bahnhof hoch. Gleich darunter stand einst ein stattliches Wohnhaus, jetzt ist es das einzige, das nicht mehr aufgebaut wurde. Von den Biglers haben nur Mutter und Tochter das Unglück überlebt und auf ihre Entschädigung verzichtet.

Und die Tochter lebt jetzt im Bündnerischen, oben in der Deserta, bei ihrer Tante. Lebt sich langsam ein.

Hoffentlich nicht zu gut.

»Eine Sonne in der Nacht für dich!«

Die glühende Holzscheibe in jener Nacht, der Ruf hinterher.

Sein Übermut. Hat der alles ausgelöst?

Er wird den Gedanken nicht los.

So wie sie oben in der Deserta von Schuldgefühlen erdrückt wird.

Seit der Sonnwendnacht ist nichts mehr wie zuvor.

Nur der Vater hat sich arrangiert. Ist stolz auf das neue Haus, auf den neuen Stall. Er hingegen empfindet nur Verachtung.

Das kleine Gässchen zum Elternhaus. Vaterhaus nur noch.

Verstohlen schaut er sich um. Erst dann öffnet er die Tür, sicherheitshalber ruft er hinein. Vielleicht ist ja die Aebi schon eingezogen, so wie die beiden an der Dorfweihe geliebäugelt haben.

Keine Antwort. Und in der Küche deutet noch nichts darauf hin, dass der Herd wirklich gebraucht wird. Nur vom *Att* wohl, nur für das Nötigste.

Vielleicht hat er ja doch den Anstand, genügend Zeit vergehen zu lassen.

Er trägt die Hölzer direkt zu den Kammern im oberen Stock hinauf.

Zuerst geht er in sein Zimmer.

Vater hat gesagt, das gehöre ihm, wenn er dann mit der Lehre unten am See fertig sei. Mit einer Geste, als umfasse er die Welt. Er hat ihm knapp geantwortet. Er brauche keines. Vater hat widersprochen. Er hat ihn reden lassen. Und verschwiegen, dass er nicht zurückkehren wird.

Nach dem heutigen Tag wird Vater nie mehr fragen.

Er wirft einen Blick in jeden Raum.

Vaters Zimmer ist ein bisschen eingerichtet, die drei anderen sind leer.

Dort verteilt er jetzt die Hölzer, bohrt in jedem Zimmer vier Löcher, schraubt die Winkeleisen fest.

Während der Arbeit horcht er in die Stille.

Gefällt dir meine Idee, Mutter?

Du hast dich nie gewehrt, dein kurzes Leben lang nicht.

Er wird ruhiger, spricht während der Arbeit leise mit sich selbst, übertönt den Zweifel, ob es richtig ist, was er tut.

Eine knappe Stunde später ist er fertig damit.

Er wischt das Holzmehl vom Bohren sorgsam zusammen, bis die neuen Holzdielen wieder glänzen. Nachdem er die Fenster und alle drei Zimmertüren geöffnet hat, bleibt er regungslos in der Mitte des Korridors stehen.

Zwei Schwalbenschwänze tanzen plötzlich im Licht und lassen sich auf dem Fensterrahmen nieder. Mattgelb leuchten ihre filigran gezeichneten Flügel im Licht.

Ein Schauer läuft ihm über den Rücken.

Als wären es dieselben zwei, die damals übermütig um sie herumgetanzt waren.

Auf ihrem Stein am Iisigsee.

Sie nackt, in sein Hemd gehüllt.

Übermütig auch sie.

Genau so hat er es sich in den schlaflosen Nächten seit der Dorfweihe ausgemalt. Schräg fallen die Sonnenstrahlen nun durch die Fenster auf drei einsame Holzkreuze.

Die Zimmer der Toten.

I

Es war der erste Tag ihres neuen Lebens, und der Nebel lichtete sich.

Für einen Moment wurde der Blick auf den See frei. Meret Sager schaute erst fasziniert, dann plötzlich verblüfft aufs Wasser.

Ein Trugbild?

Dieser Baum … weit draußen! Er schwebte über dem Wasser, majestätisch, aufrecht. Als wären alle physikalischen Gesetze aufgehoben, das Unmögliche selbstverständlich. Und ja, er bewegte sich stetig. Meret blinzelte, als könne das ihren Blick schärfen. Doch da war keine Insel. Nur die vom Wind gerippte Wasseroberfläche und die Nebelschwaden, die sich sinntäuschend überlagerten, sich verdichteten und gleich wieder ausdünnten. Und noch einmal war er für einige Sekunden klar zu erkennen, über viele Generationen zur Vollendung gewachsen, gewaltig selbst aus dieser Distanz, höher als ein Kirchturm, mit weit ausladenden Ästen.

Mitten im See, als hätte er sich selbst entwurzelt und aufgemacht zu neuen Ufern.

Meret Sager hielt den Atem an, wollte den Baum da draußen mit ihrem Blick bannen. Ohne sich abzuwenden, hängte sie den Helm an den Rückspiegel. Ihre Finger waren vom steten Vibrieren des Lenkers halb taub. Die geliebte Polaroidkamera steckte noch im Rucksack, also nestelte sie das Handy aus der Lederjacke und öffnete die Kamera-App. Aber der Nebel hatte sich wieder verdichtet, und als das digitale Auslösegeräusch verklang, konnte sie nur noch das gegenüberliegende Seeufer ausmachen. Zwei Häuser mit Steg erkannte Meret, gleich darauf den steil zum Wasser abstürzenden Wald, und plötzlich, hoch über ihr, einen Berggrat, aber ohne stützende Flanke, als sei die Fluh dort weggebrochen.

Der nächste absurde Anblick.

Und der Baum blieb verschwunden.

Es war nun nicht mehr auszumachen, wo der Nebel endete und das Wasser begann, was reale Landschaft und was Täuschung war. Graublau der Nebel, graublau der Himmel darüber und das Wasser darunter. Milchige Schwaden schoben sich dazwischen. Wo Sonnenstrahlen sich hindurchstahlen, färbten sie den Nebel golden und rosa. Die Wasseroberfläche kräuselte sich und verzerrte das Spiegelbild der helleren Wolken gleich wieder.

Ihren Sinn fürs Mystische hatte ihr die Wissenschaft in all den Jahren nicht austreiben können.

Sie setzte den Helm auf. Mit einem leisen Sirren ihres Elektromotors zog die Harley an. Niculan wartete auf sie.

Der Baum schwebte über dem Wasser.

Also.

Alles war möglich.

Beim Hotel angekommen, zog sie den Schlüssel der *LiveWire* ab und schaute sich suchend um. Ganz vorne beim Terrassenaufgang entdeckte sie seine *Triumph*.

Vor einer guten Stunde hatte sie ihn oben auf der Passhöhe

vorausgeschickt. Sie wollte die engen Serpentinen nicht unter seinem prüfenden Blick fahren. Er hatte ihr in den letzten Monaten das Motorradfahren beigebracht, aber noch nicht ganz begriffen, dass sie mittlerweile keinen Fahrlehrer mehr brauchte.

Meret stieg die Treppe zur Restaurantterrasse hinauf, wie jedes Mal beeindruckt von dem Blick auf die imposanten Wasserfälle. In vier, fünf Stufen stürzte das Bergwasser auf das Hotel zu. Der Anblick verschlug Meret auch jetzt wieder den Atem. Der Park, die Wasserfälle, das ehrwürdige und doch so filigrane Hotel aus der Belle Époque – als hätte sich ein Regisseur ohne Budgetgrenzen die Kulisse für eine rauschhafte Filmszene aufgebaut.

Sie war schon ein paar Mal hier vorbeigekommen, aber zum ersten Mal hatte sie nun ein Zimmer reserviert. Mit seinen markanten Ecktürmen wirkte das Hotel wie ein Traumschloss. Eine Nacht zu zweit, morgen würde Niculan zurückkehren, und sie würde allein weiterfahren.

Angesichts der landschaftlichen Schönheit rundherum schien ihr auch der Preis für das Zimmer nicht mehr zu hoch. Brauchte sie ja auch nicht zu sehr zu kümmern. Die unverhoffte Erbschaft erlaubte ihr das. Ihr Vater war zwar schon kurz vor Merets Geburt bei einem Bergunglück ums Leben gekommen, doch erst vor achtzehn Monaten hatte der Gletscher seine sterblichen Überreste freigegeben. Nach der Bestattung des Vaters, die erst vierzig Jahre nach seinem Tod in Dadens stattfand, war Meret zum Fundort gereist. Im Lauf ihres Aufenthaltes, der immer länger geworden war, hatte sie herausgefunden, was ihren Vater mit dem romanischen Bergdorf verband. Sie hatte sich dabei in Niculan verliebt und bald darauf auch dessen Vater, Corsin Cavegn, kennengelernt. Der einstige Geschäftspartner von Merets Vater, wie sich herausstellte. Cavegn hatte mit den Erfindungen von Merets Vater im Lauf der Jahrzehnte ein Vermögen verdient und dieses vor wenigen Monaten zu gleichen Teilen ihr und seinem Sohn Niculan vermacht.

Sie schaute sich suchend um. Ihr Freund winkte ihr vom Ende der Terrasse zu.

Mittlerweile lebte Meret die meiste Zeit bei Niculan in Dadens. Was sie immer wieder aufs Neue überraschte, denn sie hatte noch nie eine längere Beziehung hinbekommen. Doch bei Niculan im Klosterdorf war sie schon fast heimisch geworden.

Das Dorf der Nichtschwimmer, wie es die Dadenser nannten.

Die Erbschaft hatte für Meret alles verändert. In den vergangenen Monaten hatte sie ihr Forschungsinstitut *Greenclean* in eine Non-Profit-Stiftung verwandelt und die Verantwortung dafür an die Mitgründerin Gret Halbherr abgetreten.

Eine Freundin seit jeher, zwischenzeitlich war sie auch mehr als eine Freundin gewesen.

Zum ersten Mal in ihrem Leben hatte Meret nun Zeit für sich, zumindest fühlte es sich so an. Zeit, aber noch nicht wirklich Muße, stellte sie fest. Alles Geschäftliche hatte sie neu ausgerichtet, nur sich selbst noch nicht. Das wollte sie mit dieser Reise ändern. Sie würde den Verstand ausschalten, schauen, erleben, genießen. Diese spektakulären Wasserfälle, die Berner Oberländer Alpen, die beiden Seen zu ihren Füßen.

Und Niculan. Bevor er morgen zurückfuhr.

Sie ging zu ihm hin. Ihr Kuss war auch ein Dankeschön dafür, dass er ihre Motorradleidenschaft geweckt hatte. Noch etwas, das sie teilten.

»Auch schon da?«, neckte er sie.

»Ich habe die Landschaft genossen, die Maschine geschont, die Umwelt ohnehin. Du nicht so, oder?«

»Ja, ich habe Feinstaub ausgestoßen und all so was, du weißt ja …«

Seit er ihr letzthin vor Augen geführt hatte, wie wenig umweltfreundlich Harley bei der Fabrikation ihrer Maschinen war und die Energiebilanz der Elektro-Harley damit ziemlich fatal, beharrte sie nicht mehr so sehr auf ihrer Vorbildfunktion.

»Ich habe mal anhalten müssen, weil … wart, das glaubst du nicht!«

Sie fischte ihr Handy aus der Jacke, um ihm das Foto von dem schwebenden Baum zu zeigen, doch er stand eben auf.

»Gleich, ich will nur schnell fragen, ob das Zimmer bereit ist. Was möchtest du trinken?«

»Fahren wir heute noch irgendwohin?«

»Kaum.«

»Geht die Sonne schon unter?«

Er blinzelte in den Himmel und lächelte. »Heute ungewöhnlich früh, scheint mir.«

»Dann dürfen wir. Gerne ein Glas Weißwein.«

»Petite Arvine?«

»Manchmal denkst du gut mit.«

Er verschwand in der Hotelhalle. Sie drehte sich mit ihrem Stuhl vom Wasserfall weg und zur Seeseite hin. Der Nebel im Tal war zäh, dabei war es oben auf der Passhöhe schon sonnig gewesen. Sie hatte die Fahrt durch die Haarnadelkurven ins Tal genossen. Wenn sie aus den Kurven heraus beschleunigte, spürte sie ein Kribbeln im Bauch, weil sie von einer riesigen Faust in den Sattel gedrückt wurde und ihr der Fahrtwind die Luft aus der Lunge presste. Das schrille Pfeifen des Elektromotors verriet nicht, welche Kraft die Harley entwickelte, aber Meret spürte sie mit jeder Faser ihres Körpers.

War sie schon süchtig danach? Motorradfahren ließ sich eigentlich nicht mit ihren Überzeugungen vereinbaren, ein Elektrobike war da der einzige mögliche Kompromiss, Niculans Theorien zur grauen Energie in Ehren.

Das Anfänger-Schild am Motorrad hatte gleich eine doppelte Berechtigung, dachte sie plötzlich belustigt. In ihrem neuen Lebensabschnitt war sie genau das wieder: eine komplette Anfängerin.

Ein beunruhigendes, aber belebendes Gefühl.

Sie lehnte sich in ihrem Stuhl zurück und spürte die Sommersonne auf ihrem Gesicht. Was für eine Wendung in ihrem Leben! Zwei Jahre zuvor war sie noch die verkopfte Wissenschaftlerin gewesen, die sich für die Klimaforschung aufopferte. Durchaus mit Erfolg, mit der Hilfe ihres Teams – und mit viel Glück. Eine Meeresplattform für Plastikrecycling gehörte zu ihren Entwicklungen, eine Solarfolie für Fenster und Fassaden, und vor allem die bahnbrechende Erfindung einer platinfreien Brennstoffzelle durch *GreenClean*. Die Bauanleitung hatte sie nach der Erbschaft sofort ins Netz gestellt, an verschiedenen Orten ging sie schon in Produktion und wurde zu ihrer Freude auch weiterentwickelt.

Und jetzt kurvte sie auf einem Motorrad durch die Alpen!

Die jüngste Frühpensionärin, die er kenne, hatte Niculan vor ihrer Abfahrt noch gewitzelt.

In den achtzehn Monaten, die sie jetzt zusammen waren, hatte sich ihr Leben nachhaltiger verändert als in den achtzehn Jahren davor.

Sie öffnete den Fotoordner ihres Handys. In Pixel gefroren war die Erscheinung noch immer spektakulär, aber weniger geheimnisvoll, denn just während der Aufnahme hatte sich der Nebel über den unteren Teil des Baumstammes gelegt. Es wirkte nun, als hätte Meret bloß den höchststehenden Baum einer im Nebel verborgenen Insel fotografiert.

Sie vergrößerte das Bild.

Doch eine optische Täuschung? Verursacht von den sanften Bewegungen der Nebelfetzen, den gegenläufigen Wellen des Sees, von all den irritierenden, grau wattierten Spiegelungen?

Meret blickte auf. Der Kellner brachte die Gläser mit dem Wein. Sie versagte sich den ersten Schluck und wartete, bis Niculan da war. Der Kellner trug Maske und gab sich Mühe, Distanz zu wahren. Sehr viel vorbildlicher als die burschikose Frau, die am Eingang zur Terrasse den Chef de Service eben etwas fragte, ihre Maske salopp unter dem Kinn. Täglich sah Meret, wie fahrlässig sich die Leute wieder verhielten, sie hatte die Hoffnung längst aufgegeben. Die niedrige Impfquote würde unausweichlich zur nächsten Welle führen. Die Politiker würden erst in drei, vier Wochen reagieren, aus Angst vor den Impfgegnern. Merets Onkel, ihr letzter enger Verwandter und ein stetes Vorbild, war an Corona gestorben.

Er war von einem fahrlässigen Idioten angesteckt worden.

»Vorsätzlich getötet« nannte es Meret unversöhnlich.

Seither tolerierte sie weder Verleugner noch Verharmloser.

Niculan ließ auf sich warten, und Meret griff nun doch nach ihrem Glas, im selben Moment passierte es: Eine fürchterliche Detonation erschütterte die Terrasse. Sie widerhallte an der hohen Front des Hotels und brachte die alten Fensterscheiben in ihren Bleifassungen zum Klirren. Wie alle anderen Gäste des Restaurants war Meret vor Schreck zusammengefahren. Sie schielte mit angehaltenem Atem und eingezogenem Kopf zu den Fenstern, den Arm schützend über ihrem Kopf, als erwartete sie zumindest einen Regen von Glassplittern, doch nichts dergleichen geschah, der Lärm echote vom Wasserfall zurück, ebbte langsam ab und verhallte endlich ganz.

Eine ältere Frau hatte sich über die Maßen erschreckt, weit mehr als alle anderen, sie war so aufgelöst, dass sich gleich zwei Kellner um sie kümmerten.

Meret hörte, wie die Frau wimmerte: *»Nid nanemau!«*

»Was meinen Sie, Frau Aebi?«, fragte der ältere Kellner.

»S Stärbet amne inzigschte Tag. Ds Lisi! U aui di angere, häb Gott Erbarm!«

»So beruhigen Sie sich doch«, redete der Kellner ihr zu. »Das war nur ein Flugzeug. Ein Überschallknall. Das kennen wir hier, sie üben wieder.«

»Wenigstens nur zu Bürozeiten!«, witzelte Niculan, der der Frau ebenfalls zu Hilfe geeilt war.

Wie es sich für einen diplomierten Bergführer gehört, dachte Meret, es war nur halb ironisch gemeint. Niculans ständige Hilfsbereitschaft rührte sie immer wieder aufs Neue.

Die meisten der Zuhörenden verstanden Niculans Anspielung auf die Bereitschaftszeiten der Schweizer Luftwaffe, etliche von ihnen lachten erleichtert auf. Die Erklärung für die Detonation beruhigte alle, schließlich auch die alte Frau.

Doch ihr Satz ging Meret nahe.

S Stärbet amne inzigschte Tag. Ds Lisi! U aui di angere …

Der Knall musste schlimme Erinnerungen in ihr geweckt haben.

Ihr Sterben an einem einzigen Tag: Lisi und all die anderen – das ungefähr hatte sie wohl gemeint.

Was für ein wunderlicher Dialekt!

Der Kellner hatte sie mit Namen angesprochen, offenbar kannte man sie hier. Die Frau hatte sich wieder gefasst und ihre

Haare gerichtet, jetzt wirkte sie plötzlich elegant und gar nicht verschüchtert.

Niculan setzte sich, sie stießen miteinander an und küssten sich.

Früher hatte Meret solche Paar-Rituale albern gefunden.

Immer wieder meinte Meret, sich kneifen zu müssen, so traumhaft war ihr Aufenthalt an den Wasserfällen.

Nie zuvor war sie von jemandem so selbstverständlich begehrt und geliebt geworden. Auch nicht von Gret damals, während ihrer turbulenten Beziehung, die mit Grets Fazit endete, Meret sei erstens beziehungsunfähig und zweitens wohl auch nicht sehr lesbisch. Meret gab ihr vor allem mit dem ersten Punkt recht. Nach ein paar kurzen Beziehungen war mit Niculan nun alles anders, enger, vertrauter geworden. Auch hier wieder. Sie konnten über ihre Angst vor der nächsten Coronawelle sprechen und im nächsten Moment wie Teenager mit einer Kissenschlacht ihr Zimmer einweihen, dann inmitten der Kissen auch das Bett, für das Wasserspektakel draußen hatten sie keinen Blick mehr.

Später standen sie am Fenster und beschlossen, die Fälle zu erwandern. Im Zickzack führte offenbar ein steiler, viel begangener Weg rund dreihundert Meter in die Höhe. Sie gingen hinunter in die Halle, Niculan brachte den Schlüssel zur Rezeption. Meret schaute sich derweil im Foyer um. Dank seiner Fensterfronten zum See und zu den Wasserfällen hin war es lichtdurchflutet. Sie verkehrte selten in teuren Hotels, doch hier hatte sie sich sofort wohlgefühlt. Die Stiftung, die das Haus vor dem Zerfall gerettet hatte, hatte sich um eine Restaurierung mit antiken Möbeln aus der Bauzeit des Hotels bemüht. Man hatte das Inventar damals in der ganzen Schweiz zusammengesucht.

An übertriebenem Luxus war dabei niemandem gelegen gewesen. Nun wirkte die Ausstattung der Räume elegant, stilecht und trotzdem wohltuend schlicht.

Ein wunderbarer Ort, fand sie.

»Hierher kommen wir wieder«, sagte sie, als Niculan sie ins Freie zog.

»Hat es dir so sehr gefallen«, fragte er etwas anzüglich.

»Oh ja, es ... es ist überwältigend. Schau doch nur mal diesen Wintergarten an.«

»Ach so, du sprichst vom Hotel?«

»Vom Hotel und vom ...«

»Vom?«

»... vom Wasserfall natürlich. Was hast du gemeint?«

Er lächelte nur.

»Zu schade, dass wir nicht länger bleiben können«, sagte sie.

»Du könntest wohl, aber ich habe meine Manufaktur noch nicht verscherbelt.«

Bei Niculan hatte sich die Erbschaft tatsächlich fast gegenteilig ausgewirkt. Er hatte sofort viel Geld in den Aufbau seiner Skimanufaktur gesteckt, ein ganzes Team junger Handwerker angestellt, und produzierte seither fast rund um die Uhr seine selbst entworfenen, handgefertigten Skier.

Endlich hatte er die Möglichkeit, all seine Ideen auch wirklich umzusetzen. Meret hatte das sofort verstanden. Auch wenn es aus ihrer Sicht natürlich Nachhaltigeres gab als eine Skimanufaktur. Aber sie hätte an seiner Stelle nicht anders gehandelt. Nur war sie an einem anderen Punkt in ihrer Karriere. Ihre Erfindungen konnte sie nicht selber umsetzen, das mussten andere tun, weltweit, wenn möglich.

Vielleicht reizte sie gerade deshalb das Projekt des Unbekannten, das sie in diese Region geführt hatte. Halvorsen. Der Hauptgrund ihrer Reise. Doch bis morgen hatte das keine Priorität.

»Jetzt erzähl mal, was musst du denn alles so dringend tun in den nächsten Wochen?«, fragte sie auf dem Weg zum Wasserfall hinauf.

»Oh, das Programm ist randvoll. Adalina beispielsweise bestürmt mich schon lange, ich müsse zu ihr zum Essen kommen.«

»*Zachermust*, das allerdings wird Schwerarbeit ...«

Meret schaffte es immer noch nicht, einen halbwegs vernünftigen rätoromanischen Satz zu formulieren. Sobald sie anfing, sich mit Satzbau, mit Verben und deren Konjugation herumzuschlagen, kamen ihr sämtliche anderen Sprachen in die Quere und seltsamerweise nie zu Hilfe. Das Einzige, was sie sich merken konnte, waren Niculans Kraftausdrücke. Die gefielen ihr ausnehmend gut.

Adalina war Niculans Tante. Nach dem frühen Tod seiner Mutter hatte sie ihn aufgezogen, unterstützt von Pater Fidel vom Dadenser Kloster. Niculans Gestaltungslehrer zu jener Zeit. Ohne die beiden war Niculan nicht zu haben, das wusste Meret mittlerweile. Es störte sie nicht, sie empfand für beide schon längst eine tiefe Zuneigung. Die Pandemie und die stete Sorge um sie, weil sie altersmäßig zur Risikogruppe zählten, verstärkte das Band noch.

Niculan war mit seiner Aufzählung fortgefahren. »Und dann habe ich endlich diesem Forscher in München geschrieben, das wird wohl nächste Woche aktuell.«

»Der aus dem Öl von Wasseralgen Carbonfasern macht?«

»Für eine Wissenschaftlerin drückst du dich sehr laienhaft aus.«

»Ich möchte, dass du mich verstehst.«

Niculan lächelte. Er wollte schneller gehen, zügelte sich aber sofort wieder. So viel hatte sie ihm schon beigebracht.

»Müssen wir eigentlich so langsam gehen?«, fragte er trotzdem.

Die kleine Retourkutsche zu der Anspielung von eben ließ Meret schmunzeln. »Ich spaziere und genieße den Rundblick, Herr Bergführer. Hilf mir lieber über diesen Gitterrost, ich hasse die Dinger.«

Der Steg vor ihnen führte in das Felsgewölbe hinter dem stiebenden Wasserfall. Der Metallrost war nass und glitschig von der Gischt, vor allem ermöglichte er den spektakulären Blick hinunter in die Leere. Auf den Touren mit Niculan hatte Meret gelernt, einen Teil ihrer Höhenangst in den Griff zu bekommen, selbst Klettern über dem Abgrund ging leidlich, solange sie angeseilt war, aber solch blickdurchlässige Gitter machten ihr noch immer zu schaffen. Die anderen Spaziergänger schienen kein Problem damit zu haben, sie blieben hinter den tosenden Wassermassen stehen und machten Fotos durch die Wasserschleier. Niculan wusste, was er zu tun hatte. Blitzschnell nahm er ihren Arm und zog sie über den Steg, bevor die Situation sie lähmte. Und drüben sorgte er mit einem langen Kuss dafür, dass ihre Atemnot plötzlich eine erfreulichere Ursache hatte.

Beim Abendessen im Belle-Époque-Saal erörterten sie nochmals die wenigen Dinge, die sie von Halvorsen und seinem Projekt kannten. Sie einigten sich aber bald darauf, dass nur eine direkte Begegnung Meret schlauer machen würde, und Niculan begann, von seiner Recherche über nachhaltige Carbon-Herstellung zu erzählen, und wie es sich mit den Corona-Vorschriften bei Reisen nach Deutschland verhielt. Nach Dessert und Kaffee bedankten sie sich bei ihrer aufmerksamen Kellnerin, dann steuerte Niculan die Bar an.

Einen Moment lang war Meret versucht, ihm zu folgen.

»Ich glaube, wir sollten nicht noch mehr trinken.« Sie hielt ihn lächelnd zurück. »Im gegenseitigen Interesse ...«

Niculan verstand sofort.

Die Spätsommernacht war lau, sie ließen das Fenster einen Spalt weit offen.

Merets Empfindungen waren diesmal von einer kaum auszuhaltenden Intensität. Mit seinen Fingern schien Niculan jede Nervenzelle ihrer Haut einzeln zu kitzeln. Bald überzogen feine Schauer ihren ganzen Körper. Sie öffnete die Augen und war fast verwundert, dass sie die Linien nicht sah. Und doch spürte sie jede einzelne lange über die tatsächliche Berührung hinaus. Sie schloss die Augen wieder. Das Rauschen des Wasserfalls, eben noch ein bloßes, eher monotones Hintergrundgeräusch, fächerte sich in viele Klangfärbungen mit ganz unterschiedlichen Rhythmen auf. Ihre Bewegungen passten sich mal dem einen, mal dem andern an. Auch Niculan schien es wahrzunehmen, vielleicht spielten seine Hände aber auch unbewusst mit den wechselnden Tempi. Sie drückte ihr Gesicht an seine Brust, verlor sich in seinem Geruch.

Als er sie auf sich zog, ging ein Flirren durch ihren Körper, als schließe sich ein geheimer Stromkreis. Dabei wurden seine Bewegungen bald langsamer, immer kleiner und gerade deswegen intensiver. Jede Empfindung verdoppelte sich in ihr. Sie öffnete die Augen. Auf der schwach beleuchteten, altmodischen Rosentapete landete eben ein wunderschöner Nachtfalter, als hätte er sich von der Blume auf der Tapete narren lassen. Seine oberen Flügel waren mit je einem Auge verziert, sie schoben sich jetzt leicht auseinander und gaben den Blick frei auf die Augen der unteren, helleren Flügel. Seltsam, wie er sich da an der Wand hielt, dachte Meret noch. Auf den ersten Blick war er ganz ruhig, aber sie sah die feinen Vibrationen in seinen Flügeln. Jetzt! Er hob sie leicht an, die Flügel schlugen zweimal sanft zusammen, und schon schwebte er durch das Fenster ins Freie.

Noch lange lagen sie stumm und ineinander verschlungen im Halbdunkeln. Meret erinnerte sich nur ungern daran, weshalb sie hier waren. Und dass sich ihre Wege morgen trennen würden.

Halvorsen.

Was wollte sie nur mit dem? Plötzlich fühlte sie sich überfordert.

»Und wenn das gar nichts für mich ist?«, sagte sie plötzlich leise, fast mehr zu sich selbst.

Niculan zuckte zusammen.

»Dann machst du einfach etwas anderes!«, murmelte er. Er drehte sich auf die Seite, wie immer kurz vor dem Einschlafen. »Kannst dir dort oben ja überlegen, was genau. Kinder vielleicht, oder so!«

Meret öffnete die Augen und stützte sich halb auf.

»Was hast du gesagt?«

Aber Niculan war schon eingeschlafen.

2

Meret lag die halbe Nacht wach.

Niculans schlaftrunkene Bemerkung hatte sie irritiert und längst Vergessenes heraufbeschworen. Der Blick der Frauenärztin, der ihre Ahnung bestätigte, die sichtbare Erleichterung ihres damaligen Freundes, die er sofort mit übertriebener Fürsorge und falschem Trost überspielte, die Gedankenlosigkeit, mit der ihre Mutter zur Tagesordnung überging.

Zwei Wochen später hatte sie mit dem Freund Schluss gemacht. Einundzwanzig war sie gewesen, hatte weiterstudiert, nun wieder »uneingeschränkt«, wie ihre Mutter es nannte.

Von der kurzen Schwangerschaft hatten nur sie drei gewusst. Und später Gret. Ihr hatte sie erklären können, weshalb sie damals nicht mal zum Trauern gekommen war. Zwischen dem Zeitpunkt, an dem ihre Ärztin die Schwangerschaft bestätigt hatte, und ihrem Ende waren keine drei Wochen vergangen, sie hatte sich noch nicht einmal bewusst für das Kind entschieden.

Dennoch.

Kinder machen, oder so. Was hatte Niculan sich dabei gedacht?

Hatte er sich überhaupt etwas gedacht?

Sie lauschte auf seine ruhigen Atemzüge, die so spärlich waren, dass sie in ihrer ersten Zeit oft gefürchtet hatte, er höre ganz auf zu atmen.

War es gar ein Wunsch gewesen?

Sie hatten das Thema noch nie angeschnitten.

Oder doch? Er vielleicht. Nicht konkret, zumindest.

Oder sie hatte weggehört.

Sie möge Kinder sehr, hatte sie ihm einmal auf eine entsprechende Frage geantwortet. Und für sich behalten, was damals geschehen war.

Tat sich da eben ein Graben auf?

Natürlich hatte sie schon daran gedacht. Sie war achtunddreißig, der Moment günstig, zumindest aus Niculans Sicht. Sie hatte ihre Firma abgesichert, der stete Druck war gewichen. Gerade deshalb interessierte sie Halvorsens Projekt. Endlich einmal etwas umsetzen, schnell, nachhaltig und ausnahmsweise mal nicht zu spät im Wettlauf gegen die Klimaerwärmung.

Im Gegensatz zu vielen ihrer eigenen Erfindungen.

Ein solches Projekt reichte doch.

Auch ohne Kinder.

Ihre Gedanken wurden wirrer, endlich schlief sie ein. Wohl auch zu Niculans Glück. Am nächsten Morgen war sie unsicher, ob sie ihn überhaupt richtig verstanden hatte. Auch er ließ sich nichts anmerken.

Sie liebten sich, und erst beim anschließenden Frühstück kam Meret auf die Bemerkung zurück.

Niculan wiegelte sofort ab. »Das war doch nur so dahingesagt. Abgesehen davon, du willst doch auch irgendwann Kinder?«

»Will ich das?«

Könnte ich das?, fragte sie sich gleichzeitig.

»Es schien mir so«, sagte Niculan, sofort vorsichtiger.
»Wir haben noch nie richtig darüber gesprochen.«
»Stimmt. Müssen wir auch nicht gerade jetzt.«
»Aber wie bist du nur gestern darauf gekommen?«
Niculan lächelte etwas verlegen. »Ich weiß nicht. Weil wir gerade so nahe dran waren? Uns so nahe. Und ... weil du dich neu orientierst, vielleicht? Mir fällt nur auf: Seit bald zwanzig Jahren stellst du dein Leben in den Dienst der Klimaforschung, setzt deine ganze Kraft und Zeit dafür ein, dass wir die Klimakatastrophe überleben, die Welt für nachkommende Generationen erhalten können. Auch für eigene Kinder, habe ich deshalb wohl vermutet ...« Er suchte die richtigen Worte und sagte schließlich: »Hör dir doch einfach mal diesen Halvorsen an, und triff dann eine Entscheidung, über alles andere reden wir später. Wenn du zurück bist und wenn wir wissen, wie es bei dir weitergeht.«
Meret wollte etwas erwidern, besann sich aber anders, und nickte zustimmend. Seine Argumentation war nicht ganz aus der Luft geholt, das musste sie ihm zugestehen.

Später lauschte sie lange dem charakteristischen Bollern seiner *Triumph* nach, bis es in der Ferne verklang. Sie beschloss, sich ihre Erinnerung an ein perfektes Wochenende nicht durch diesen kleinen Zwist verderben zu lassen. Das feine Zerren des Widerhakens in ihrem Selbstverständnis würde sie zunächst ignorieren.
Die Serpentinen zum Seeufer hinunter nahm sie in gemächlichem Tempo. Ein Blick auf die Batterie-Anzeige beruhigte sie. Noch halb voll, und sie würde ihr Ziel bald erreicht haben. Das Helmvisier ließ sie offen, nur die Sonnenbrille schützte ihre Augen. Im Gegensatz zu gestern löste sich der Nebel so schnell

auf, als hätte er es von Anfang an nicht ernst gemeint. Bis zum Herbstanfang war es ja noch ein Stück hin. Letzte Schleier hingen wie vergessene Wäschestücke fadenscheinig über dem Wasser, das sich jetzt smaragdgrün färbte.

Vom Baum sah Meret nichts mehr, sosehr sie auch Ausschau hielt. Kein Baum, keine Insel, zumindest nicht in dem Teil des Sees, den sie von hier aus überblicken konnte.

Seltsame Art von Fata Morgana, dachte sie nun fast belustigt. Ein schwebender Baum!

Sie hatte wirklich Ferien nötig.

Immer besser gelang es ihr, während der Fahrt die Schönheit der Landschaft aufzunehmen. Dabei half, dass die Harley automatisch schaltete. Sie ließ den ersten See hinter sich, kurz darauf glitzerte bereits der nächste in der Ferne. Als Meret die Abzweigung Richtung Süden erreichte, setzte sie den Blinker. Der Verkehr wurde etwas dichter, weiter oben im Tal lag auch die Verladestation für die Eisenbahn-Passage ins Wallis und in den Süden.

Meret hatte Althäusern bereits passiert, als sie merkte, dass sie buchstäblich übers Ziel hinausgeschossen war. Sie bog bei der nächsten Gelegenheit von der Hauptstraße ab und fand sich auf einer Nebenstraße wieder, die frisch geteert, aber seltsamerweise schon von zwei tiefen Fahrrinnen gezeichnet war. Als würde hier täglich der Schwerverkehr durchgeführt, dachte sie erstaunt. Das Sträßchen verlief quer zum Tal, Merets Blick folgte seinem Verlauf, es verschwand hinter einer Anhöhe, auf der ein Schloss thronte. Etwas behäbig und quadratisch um einen Mittelturm angelegt. Wohl ein Museum, mutmaßte Meret. Es war nicht im üblichen Sinn schön, eher plump proportioniert, aber ein Bauwerk mit Charakter.

Es kam ihr bekannt vor.

War sie früher schon mal hier gewesen? Auf einer Klassenfahrt vielleicht? Solche Reisen hatten oft an Orte im touristischen Halbschatten geführt.

Sie wendete die Maschine, was ihre ganze Konzentration erforderte. Meret war ein Leichtgewicht, die Harley rund fünfmal so schwer wie sie. Sie hatte sie zu ihrer Schande bereits einmal auf die Seite gelegt und nur mit fremder Hilfe wieder aufrichten können, das durfte ihr nicht noch einmal passieren. Nach geglücktem Wendemanöver rollte sie die Hauptstraße bis zur Verzweigung zurück, kurz darauf sirrte sie über die Dorfstraße, ein Auge immer auf der Geschwindigkeitsanzeige. Der leise Motor verleitete sie ständig dazu, zu schnell zu fahren. Bis auf zwei Backpacker war niemand auf der Straße. Die Häuser lagen weit verstreut, einst wohl Bauernhöfe mit Umschwung, nur in der Nähe der Kirche, im Schatten der gewaltigen Felswand, die auf der einen Talseite fast senkrecht in die Höhe schoss, drängten sie sich dichter aneinander.

Auf dem Basketballfeld neben dem Schulhaus sah sie einen Jungen stehen. Sie wollte sich nach den Hotels im Ort erkundigen und hielt an.

Kilian Pierens Konzentration galt einem Besen gerichtet. Bälle in Körbe werfen, das schaffte jeder, fand er. Einen Besen hingegen ... Hausmeister Trachsel konnte den schon einmal kurz entbehren. Also startete er den nächsten Versuch. In wunderschönem Bogen flog der Besen durch die Luft, und jetzt, beim dreizehnten Mal, gelang es endlich: Er drehte sich auf dem höchsten Punkt seiner Flugbahn elegant um die Längsachse und fiel zu Kilians und Merets Verblüffung mit dem Stiel voran durch den Korb. Eigentlich war von diesem nur noch der orangenfarbene Metallreif geblieben, ein Platzhalter eher. Trotzdem passierte, was der Junge in seinem Eifer nicht bedacht hatte: Der Besen verkeilte sich, blieb oben hängen … Kilian legte den Kopf in den Nacken, offensichtlich überrascht vom Resultat seines Versuchs.

Meret musste lachen. Ein Drei-Punkte-Wurf! Gespannt beobachtete sie, was der Junge als Nächstes tun würde. Sie war fast enttäuscht, als er nach einigen vorsichtigen Blicken nach links und nach rechts im Wäldchen hinter dem Schulhausplatz verschwand. Machte er sich aus dem Staub? Vielleicht war er doch nicht so kreativ, wie Meret dachte. Sie ruckte die Harley vom Ständer und startete sie, im selben Moment tauchte der Junge wieder auf.

Also doch!

Kilian hatte im Wäldchen einen Ast gefunden, der ihm von Nutzen zu sein schien. Nur reichte seine Länge bei Weitem nicht, um den Besen aus dem Ring zu stoßen.

Meret schaltete den Motor wieder aus. Sie hätte gerne geholfen, hielt sich aber zurück.

Tatsächlich war es gar nicht nötig. Der Bub schaffte nach einigen Anläufen das Unmögliche: Der Ast traf den Besen so, dass er sich oben löste. Wäre der Junge nicht blitzschnell zur Seite gesprungen, wäre er vom Besen womöglich getroffen worden.

Er stieß die Faust jubelnd in die Luft und brachte Meret damit wieder zum Schmunzeln.

Die Entsorgung des Astes wurde zum letzten Spiel, Kilians Anlauf war bis auf den letzten Ausfallschritt mustergültig, wie einen Speer schleuderte er den Ast ins Wäldchen zurück. Dann rannte er mit dem Besen Richtung Schulhaus, verschwand kurz im Eingang, tauchte ohne den Besen, dafür mit seinem Schulzeug wieder auf. In seltsam unregelmäßigen Sprüngen kam er auf Meret zu.

Sie hielt ihn mit einer Handbewegung auf.

»Entschuldige, darf ich dich was fragen? Vielleicht kannst du mir helfen.«

Der Junge blieb neugierig, aber in sicherer Distanz, vor ihr stehen. Eine Strähne seiner strubbeligen Haare klebte an der verschwitzten Stirn und blieb auch dort, als er sie wegpusten wollte. Gleichzeitig tänzelte er von einem Fuß auf den anderen. Zu ihrem Erstaunen sah Meret, dass so etwas wie eine Botanische Büchse um seinen Hals hing, und aus dem Rucksack ragte ein Netz heraus. Nach dem Intermezzo eben traute sie ihm durchaus ein paar seltsame Hobbys zu.

»Du kennst dich sicher aus hier, nicht?«

»Schon.«

»Gibt es hier im Ort oder im Tal ein schönes Hotel?«

Kilian zog mit Zeigefinger und Daumen die Unterlippe vor und zurück, als würde er nachdenken. Oder sich langweilen.

»S Pfypfoltera.«

»Das was?«

»D Pfypfoltera Lodge, unge bir aute Zündi.«

Der Name klang lustig. Eine Lodge, unten bei der alten *Zündi,* was immer das sein mochte.

»Und wie finde ich das?«, fragte sie.

»Der Dorfstraße nach und dann links, hinab zum Schmittbach.«

»Ich schau es mir an.«

»Die Besitzerin ist ein bisschen schwierig, sagen sie.«

»Sagen sie?« Meret lächelte. Der Nachsatz schien ihr zu erwachsen für einen Zehnjährigen.

»Dafür gibt es eine Ladestation!«, sagte der Junge und deutete auf das Motorrad.

»Echt? Das wäre ideal. Sag, wie heißt du?«

»Kilian.«

»Danke, Kilian. Und eins noch …!«

»Was?«

»Das war ein klarer Dreier eben!«

Die *Pfypfoltera Lodge* wollte erst gefunden werden, so nahtlos fügte sie sich in die Landschaft ein. Der Architekt hatte sich offensichtlich von dieser inspirieren lassen. Es war ein idyllischer, sattgrüner Taleinschnitt, in seiner Mitte der gemächliche, sanft sprudelnde Schmittbach, rundherum Weiden, Erlen und Birken, dazwischen eine offene Fläche, Wildblumenwiesen. Weiße Rinde reflektierte Sonnenlicht, nervöse Blätter warfen flirrende Schatten auf einen überraschend modernen Hotelbau. Die Anlage bestand aus einer Anzahl minimalistischer, ovaler Zylinder. Sie waren aus glattem Holz gefertigt, ihre Fassaden sahen aus wie gehobelt. Das oberste Viertel hingegen bestand aus Glas, eine Art 360-Grad-Oberlicht. Auch die weiteren Fenster fügten sich streifenartig und fugenlos ins Holz ein. Jedes Flachdach war komplett mit Solarzellen bedeckt. Hochmoderne Minergie-Bauten, konstatierte Meret. Das Hauptgebäude der Lodge war etwas größer, ein dreistöckiges Oval mit derselben Fassade.

Eine futuristische und zugleich zeitlose Architektur, dachte Meret beeindruckt. Nicht ganz billig, wie sie sofort erkannte. Von jemandem mit starkem Gestaltungswillen entworfen, und doch frei von Geltungsdrang, sonst würden die Bauten der Landschaft stärker Konkurrenz machen.

So jemanden brauchten sie und Halvorsen hier vielleicht schon bald!

Der Schmittbach floss mitten durch die ovalen Zylinder, als sei dies seit jeher seine Bestimmung gewesen. Der schönste Rundbau war auf niedrigen Pfählen quer über den Bach gebaut worden, die Unterkante des Zylinders lag höchstens einen Meter über dem Wasser. Offenbar bestand hier keine Hochwassergefahr, dachte Meret etwas verwundert.

Ein Regulierungssystem oberhalb des Dorfes?

Sie nahm den Helm ab. Die Bezeichnung Lodge war durchaus zutreffend, die Anlage erinnerte sie an die Unterkünfte in den nordamerikanischen Nationalparks. Sie war gespannt, was es mit der schwierigen Besitzerin auf sich hatte.

Die Frau, die an der Rezeption saß, war vor allem eines: außergewöhnlich schön. Die blonden Haare hatte sie zu langen Dreadlocks gedreht. Ein kleiner, goldener Ring zierte ihren linken Nasenflügel. Sie musterte Meret mit einem ruhigen Blick aus schiefergrauen Augen und nickte ihr zur Begrüßung freundlich zu.

»Sehr schön, Ihr Hotel!«

»Danke«, erwiderte die Frau. »Möchten Sie ein Zimmer?«

»Ich glaube, ja. Sieht alles frisch aus hier, neu eröffnet?«

»Mitten im letzten Lockdown.« Ein ironisches Lächeln untermalte ihre Antwort. Ihr Oberländer Dialekt kontrastierte ihr Aussehen. Sie kam hinter dem Tresen hervor, deutete mit dem Ellbogen einen Begrüßungspuff an. »Freut mich, ich bin Sanna.«

»Meret. Meret Sager.«

Eine seltsame erste Begegnung, dachte sie. Als lernte sie gerade eine Freundin fürs Leben kennen. Zum letzten Mal war ihr das vor Jahren mit Gret so gegangen. Sannas Blick blieb ein bisschen länger an ihr hängen als üblich. Ihre Hand schien ihren Arm zu fassen, doch es war nur eine Andeutung, sie genügte bereits, um Meret zur Eingangstür zu dirigieren.

»Braucht es für die Ladestation einen Code?«, fragte Meret. Sie hängte den Helm über den Rückspiegel.

»Ja, gebe ich dir und verrechne es direkt auf das Zimmer.« Mit einer Handbewegung umspannte sie das Gelände. *»Weles Trückli wättisch?«*

»Trückli?«

»Häsch d Weli!«

Meret mochte den Dialekt bereits jetzt. »Wenn schon, dann den über dem Bach!«

»Ist eigentlich für Familien gedacht, aber die Saison ist eh bald vorbei. Ich mache dir den normalen Einzelpreis.«

»Der wäre?«

»Hundertfünfzig. Ab einer Woche Aufenthalt gibt's zehn Prozent Rabatt.«

»In Ordnung.«

»Ich hole dir den Schlüssel.«

Wenn Sanna sich bewegte, ging sie nicht bloß, sie schien zu gleiten. Hinter dem Tresen nahm sie den Schlüssel vom Haken mit der Nummer vier.

Eine schönere Frau hatte Meret noch nie gesehen! Der Gedanke kam ihr überraschend. Sie achtete sonst wenig auf das Aussehen von Frauen, doch diese Sanna war in jeder Beziehung … anders. Ihre Augen waren Magnete, ihr Gesicht absolut ebenmäßig, sie bewegte sich mit einer Ruhe und Eleganz, die bei einem so athletischen Körper überraschte.

Der Weg zu den Holzzylindern, oder *Trückli*, wie Sanna sie seltsamerweise nannte, war wie bei einer Finnenbahn mit feinen Holzschnitzeln hergerichtet, sie federten unter Merets Motorrad-Schuhen sanft nach.

Trückli musste die Verkleinerungsform von *Trucke* sein, dachte sie. Dem Dialekt-Wort für Schachtel.

»Ein Architekt aus der Gegend?«, fragte Meret beiläufig, als Sanna vor ihr die paar Stufen zu dem Familienkubus hochstieg und ihn aufschloss.

»Ja, ursprünglich aus Althäusern, jetzt hat er ein Büro unten am See.«

Sie blickte plötzlich über Merets Schulter, ihre Züge wurden sofort weicher, sie lächelte entschuldigend und rief: »Ich komme gleich, Kilian.«

Meret drehte sich um. Neben dem Haupthaus stand der Junge von eben, die Unterlippe wieder zwischen Zeigefinger und Daumen.

Meret konnte sich ein Lächeln nicht verkneifen. »Ist Kilian … etwa dein Sohn?«

»Ihr habt euch schon getroffen?«

Was für ein Schlingel!

»Ja, auf dem Sportplatz eben, ich habe ihn nach einem Hotel gefragt …«

Kilian war näher gekommen. Meret zwinkerte ihm zu.

»Wie lange bleibst du denn?«, fragte Sanna.

Meret erinnerte sich plötzlich an die warnende Schlussbemerkung im Brief des Alten.

»Nun … ich weiß noch nicht, ist eher ein spontaner Zwischenhalt. Vielleicht mache ich die eine oder andere Wanderung oder Klettertour.«

»Zum Klettern findest du Wände genug.« Die Frau deutete zur gewaltigen Weissfluh hinüber, die das Dorf bereits beschattete. »Wandern kannst du bis ins Wallis. Und mit deiner Maschine bist du in einer halben Stunde auf dem nächsten Pass, oder unten am See und im Flachland. Ja. Alles da, was du brauchst.«

»Dann mache ich vielleicht wirklich ein paar Tage Ferien hier.«

Es war nur eine halbe Lüge und deshalb erlaubt, fand Meret. Sie zog den Schlüssel ab. Der hölzerne Anhänger mit der Nummer hatte sinnigerweise die gleiche ovale Form wie ihr Bungalow. Ihr *Trückli*, wie Sanna es genannt hatte.

3

Zu anderen Zeiten hatten die Hotelgäste im *Pfypfoltera* an einem reichen Frühstücksbuffet die Qual der Wahl. Aus Pandemiegründen fehlte nun beides: Das Buffet und die Gäste. Meret war die Einzige im Saal, und Kilian stellte ihr das reichhaltige Frühstück in einem Korb auf den Tisch.

»Himmel, das reicht ja für drei! Zeig her ... Selbst gebacken?« Meret deutete auf den Butterzopf.

»Glaub schon«, nuschelte er durch seine Maske.

»Glaubst du?« Meret lächelte. »Und sonst? Keine Schule heute?«

»Später schon.«

»Später, hm? Oh – bringst du mir noch ein Glas Orangensaft, sei so lieb?«, fragte Meret. »Dann habe ich alles.«

Sie wusste nicht, wo beginnen. Normalerweise frühstückte sie nicht, sie war eigentlich nur für eine Tasse Kaffee in den Speisesaal gekommen.

Neues Leben, gesündere Gewohnheiten, redete sie sich zu, wie zur Bestätigung begann sie mit einem Birchermüesli, konnte aber auch dem Butterzopf bald nicht mehr widerstehen und zog gar eine der Hefeschnecken in Betracht.

Eine halbe Stunde später war ihr fast ein wenig übel, sie beschloss, die nächsten fünf Mahlzeiten auszulassen.

Gleich neben dem Speisesaal gab es einen Aufenthaltsraum mit einer Bibliotheksecke und zwei Internet-Terminals. Zwischen den Bücherregalen fielen ihr Bilder mit Schmetterlingen auf. Sie waren gestaltet wie die Kästen biologischer Sammlungen, hier waren aber keine echten Falter aufgespannt, jemand hatte sie aufgemalt. Virtuos, wie Meret beim Nähertreten feststellte. Sorgfältig bis in die letzten Details der vielfarbigen Zeichnung, selbst die gläsernen Rippenbögen der Flügel wirkten täuschend echt. Neben dem jeweiligen Exemplar war mit Tusche der lateinische und der deutsche Name des Schmetterlings vermerkt, daneben, in ebenso fein ziselierter Schrift, seine Eigenschaften und sein bevorzugtes Habitat.

Unwillkürlich suchte sie nach dem nächtlichen Falter auf der Rosentapete.

Zumindest einen sehr ähnlichen fand sie bald. *Kleines Nachtpfauenauge* stand daneben. Und weiter: *Lebt nur rund eine Woche, zum einzigen Zweck der Fortpflanzung.*

Sie las den Satz ungläubig.

Als hätte der Falter, der auf dem Höhepunkt ihrer Lust davongeflogen war, Niculan zu seiner Bemerkung bewogen!

Alle Schmetterlingsbilder waren am unteren rechten Rand signiert, stellte sie fest. Hans Grossen stand da. Der Mann war offenbar Schmetterlingskundler und ein begabter Maler.

Meret machte es sich mit einer letzten Tasse Kaffee im Lesesessel bequem und entfaltete den Brief, der sie hierhergeführt hatte. Im selben Moment ging ihr auf, weshalb ihr das Schloss auf der Anhöhe über Althäusern bekannt vorgekommen war: Eine Federzeichnung davon zierte den Briefkopf. Hinter der harmlosen Adressbezeichnung »Am Weissenstein, Althäusern« verbarg sich ein mittelalterliches Schloss! Erstaunt legte sie den

Brief auf den Tisch und zückte ihr Handy. Weissenstein stand unter Denkmalschutz, erfuhr Meret dank einer Wikipedia-Recherche, und war tatsächlich in Privatbesitz. Ein erster Beleg dafür, dass dieser Halvorsen offenbar über das nötige Kleingeld für sein ungewöhnliches Projekt verfügte. Was ihn dazu bewog, wusste sie noch immer nicht. Noch weniger verstand sie die Eile, mit der er es realisieren wollte. Aber vielleicht fand sie ja hier im Tal die Antwort darauf.

Bevor sie Halvorsen ihre Aufwartung machte, würde sie Althäusern und seine Umgebung erkunden.

Sie ging gern vorbereitet in solche Gespräche.

Sanna kam herein, desinfizierte die Hände und setzte sich mit etwas Abstand an einen der Terminals, so selbstverständlich, als käme sie zur Arbeit in ihr gemeinsames Büro. Sie drückte den Einschaltknopf, nahm die Hornbrille aus ihren Haaren und fragte beiläufig, ob das Frühstück in Ordnung gewesen sei.

»Ganz wunderbar. Viel zu viel! Ach ja, das wollte ich dich gestern schon fragen: *Pfypfoltera?* Woher kommt das?«

Sanna lächelte. »Du bist hier im *Pfypfoltera-Täli*. Im Tal der Schmetterlinge.«

»*Pfypfoltera* heißt Schmetterling?!«

»Ja.«

»Ach, deshalb hängen da drüben auch diese Bilder!«

»Von Grossens Housi, ja. Einst der beliebteste Biologielehrer im Tal.«

»Ein Schmetterlingssammler?«

»Schmetterlingskundler, nicht -sammler. Ihm geht es um die Erhaltung aller aussterbenden Arten und nicht ums Sammeln, töten würde er Schmetterlinge nie. Ganz im Gegenteil, er züchtet sie und siedelt sie an. Wenn dich das interessiert, frag Kilian aus. Der ist verrückt nach Schmetterlingen, Grossen hat ihn angefixt.«

»Richtig, ich habe ja seine Ausrüstung gesehen. Aber: *Pfypfoltera?* Das Wort habe ich noch nie gehört.«

»Ist normal hier. Drüben im Wallis nennen sie es auch so. Hat zumindest mal einer behauptet.«

»Einer?«

»Eher keiner«, erwiderte sie launig. »Er war auch sonst nicht sehr zuverlässig.«

Sannas Gesicht sprach Bände. Meret hätte gerne nachgehakt, aber die Geschichte schien delikat. Sie ahnte, dass sie etwas mit Kilian zu tun hatte.

»Grossen meint, in diesem Graben gäbe es doppelt so viele Schmetterlinge als an anderen Orten in der Schweiz«, fuhr Sanna fort. »Wenn das so ist, dann vor allem wegen seiner unermüdlichen Arbeit. Bäume und Büsche lichten, Wiesen trockenlegen, die richtigen Fresspflanzen ziehen, du machst dir keine Vorstellung, was er und auch Kilian alles unternehmen. Ursprünglich hieß dieser Ort bei den Althäusern immer die alte ›*Zündi*‹, hier stand einst die Zündholzfabrik meiner Vorfahren. Da neben den Schmetterlingen, die alte Fotografie: Das ist Elsie Gysel, meine Ururgroßmutter, aufgenommen vor der Fabrik, kurz vor ihrem Tod. Sie war eine Legende im Tal. Ja. *Zur Zündi* hätte mir als Hotelname deshalb auch gefallen, aber *Pfypfoltera* ist poetischer. Etwas für Dialekt-Nostalgiker. Dann brauchte es nur noch den modischen, englischen Zusatz ›Lodge‹ für die Backpacker und die Adventure-Touristen, die sich in der Region tummeln.«

»In normalen Zeiten.«

»Genau.«

»Die Pandemie muss dich hart getroffen haben.«

»Wir kamen bis jetzt mit einem blauen Auge davon. Nach dem ersten Lockdown buchten dafür die Schweizer. Mallorca plötzlich unerreichbar! Ja. Sie mussten wohl oder übel ihr eigenes Land beehren.«

Meret gefiel die Art, wie sie ihre Gedanken mit einem ›Ja‹ punktierte.

Beide verstummten, sie schienen darüber nachzudenken, was sie in den Monaten der Pandemie gewonnen und verloren hatten. Die Stille fühlte sich ganz selbstverständlich an. Schließlich tippte Sanna etwas in den Computer, und Meret wagte einen ersten Sondierungsversuch.

»Gestern bin ich aus Versehen übers Dorf hinausgefahren, und hab hinten im Tal gewendet. Dieses Schloss da oben …«

»Die Tellenburg?«

»Nicht irgendwas mit Weissenstein?«

»Doch. Der offizielle Name ist Schloss Weissenstein. Wir Einheimischen haben es früher anders genannt. Schloss Tellenburg eben. Kam aus der Mode, glücklicherweise, wir sind hier ja nicht in der Urschweiz.«

»Ist ja riesig, der Bau. Es heißt, er befinde sich in Privatbesitz …«

»Ja. Der Norweger haust da, der Tell passt also eh nicht mehr. Er, und dann noch …« Sanna brach plötzlich ab, einen missmutigen Zug um die Lippen, der nicht zu ihr passen wollte.

»Der Norweger?«, fragte Meret vorsichtig nach.

»Ist vor Jahren aus dem Nichts aufgetaucht und hat an der Gegend hier, scheint's, großen Gefallen gefunden. Er konnte das Schloss dann dem Kanton abkaufen. Ja. Die haben sich so die Renovierungskosten gespart. Seither lebt er da oben.«

»Klingt geheimnisvoll. Wie ist er denn so, dieser Norweger?«

Sanna stand auf. »Da fragst du die Falsche, ich kenne ihn nicht.« Sie unterbrach sich kurz und fuhr dann fort, als wolle sie etwas richtigstellen: »Versteh mich nicht falsch, nichts gegen Norweger. Die Schweden sind die, die man hier im Althäuser-Tal nicht so gern sieht.« Sie lächelte fein.

»Die Schweden? Sind doch seit ABBA überall beliebt.«

»Das hat mit der Wirtschaftsgeschichte des Tals zu tun. Und mit dem Schwedentrust, der vor hundert Jahren viele hiesige Zündholz-Fabriken in den Konkurs getrieben hat. Nein, ich kenne diesen Norweger einfach nicht. Er lebt sehr zurückgezogen, in Althäusern lässt er sich nie blicken, offenbar war ihm wirklich nur am Schloss gelegen, nicht am Rest des Tales. Tut mir leid, ich muss ...«

Meret hielt sie mit einer Handbewegung zurück, sie hätte gerne ihre Schulter berührt, blieb aber auf Corona-Distanz.

»Einen letzten Rat – erster Tag, gemütliche Wanderung, irgendwohin, wo ich den Überblick über das ganze Tal habe?«

Sanna antwortete sofort. »Geh zum Bahnhof und von dort über die Gleise bis an den Fuß der Weissfluh, dieser entlang talaufwärts. Am Ende der Felswand findest du den Wegweiser, nimm den Wanderweg hinauf auf die Schulter der Fluh, zur Fluhmatte und zur Blumenalp.«

»Wunderbar, danke! Und gibst du mir noch den Code für die Ladestation?«

Sanna nickte und entschwand Richtung Rezeption. Meret schaute ihr bewundernd nach. Zugleich war sie von sich selbst irritiert. Achtete sie sonst auf so etwas? Wie sich jemand bewegte?

Die Weissfluh war in jeder Hinsicht einschüchternd. Als Meret am Bahnhof durch die Unterführung ging und sich dahinter der

Fels vor ihr auftürmte, senkrecht, teilweise so überhängend, dass sie sein oberes Ende nur erahnen konnte, selbst wenn sie den Kopf zurücklegte, fragte sich Meret, was die Gründer von Althäusern dazu bewogen haben mochte, ihr Dorf in den Schatten dieser Wand zu bauen. Galt sie hier als Schutzwall? Das Tal war sonst offen, lieblich, grün, hügelig. Die schroffe Wand war ein seltsamer, für Meret eher beunruhigender Gegensatz.

Wie Sanna es ihr vorgeschlagen hatte, wandte sie sich nach rechts und ging am Fuß der Wand entlang talaufwärts. Nach rund fünfhundert Metern erreichte sie das Ende des unglaublichen Felsabsturzes. Zu ihrer Linken stieg das Gelände immer noch an, der Wanderweg zur Fluhmatte wand sich durch den bewaldeten Hang neben der Fluh. Meret fielen die überwachsenen Felsblöcke zwischen den Bäumen auf. Als wären hier massenweise Findlinge heruntergepoltert, die Landschaft sah dadurch fast unordentlich, dafür spannend aus. Sie nahm den Aufstieg in Angriff. Schnell wurde ihr warm, sie stopfte ihre Fleecejacke in den Rucksack. Die Sonnenstrahlen erwärmten den frischen Harz in den Rinden der Fichten, sein Duft mischte sich mit dem der Nadeln am Boden und weckte Erinnerungen an ihre Jugend.

Meret und ihre Freundinnen hatten einen großen Teil ihrer Freizeit im Wald über ihrem Städtchen verbracht.

Solche Dinge hatte man damals noch getan, dachte sie. Manchmal konnte sie nicht fassen, wie komplett sich der Alltag in diesem Land seit ihrer Kindheit verändert hatte. Dabei war sie noch keine vierzig. Und trug mit ihrer Arbeit kräftig zu den nächsten Veränderungen bei, das war ihr wohl bewusst.

Kehre um Kehre brachte sie hinter sich, ihre Gedanken drehten sich alsbald wieder um die Erbschaft. Aus heiterem Himmel, von ihrem unbekannten Vater … Vielleicht hatte sie das Geld auch weniger ihm als vielmehr Corsin Cavegn zu verdanken. Dem Geschäftstüchtigeren der beiden. Niculans Vater hatte das Geld über Jahrzehnte hinweg vermehrt.

Jetzt diente es einem guten Zweck, förderte grüne Technologien. Mit einem Schlag war die Last der Verantwortung weg, die Zukunft des Instituts gesichert. Das Erbe gehörte ja tatsächlich ihr, aber die Millionen blieben eine seltsam theoretische Größe, es ermöglichte ihr den Spleen mit der Harley, oder hier durch diesen Wald zu streifen, sich ein paar Tage auszuklinken …

Und dann?

Meret Sager als Müßiggängerin? Philanthropin?

Oder doch wieder Forscherin?

Und jetzt hatte Niculan noch eine andere Option ins Spiel gebracht.

Sowohl als auch?

Nur Mutter sein?

Schwer vorstellbar. Sie konnte nicht aus ihrer Haut. Das Geld war durch die Stiftung bereits wieder gebunden. Niculan hatte es längst vorhergesagt, und Meret hatte ihrem Freund nur halbherzig widersprochen: Sie würde sich schon bald wieder abstrampeln müssen wie zuvor, jeden Franken und jede freie Minute in ökologisch nachhaltige Erfindungen und Entwicklungen investieren.

Hatte er Angst davor? War das der tiefere Grund für seine Bemerkung?

Sie würde bald wieder arbeiten. Abgesehen von ihrem eigenen Forschungsdrang, war sie es dem Andenken ihres Vaters fast schuldig. Ein Wissenschaftler und Erfinder wie sie, ein Mann, der schon vor Jahrzehnten so gedacht hatte wie sie heute.

Also.

Sie blickte talwärts und erhaschte einen ersten Blick auf den tiefblauen See am Talausgang. Sofort sah sie den schwebenden Baum wieder vor sich.

War das hier der Moment, ihr Leben neu zu denken?

Alles war möglich, redete sie sich wieder zu.

Alles offen!

Sie erreichte die Schulter der Weissfluh. Der Blick auf das Tal wurde frei, auf den See in der Ferne, auf die hohen Dreitausender, die das Oberland vom Wallis trennten. Beim nächsten Wegweiser orientierte sie sich neu. Zur Blumenalp war es nochmals eine halbe Stunde, die Fluhmatte war nicht mehr angegeben, offenbar … war sie da schon angekommen! Die Wiese vor ihr war tatsächlich so groß wie ein Fußballfeld und stieg nur sachte an. Eine Felsstufe weiter oben sah Meret bereits die Ställe und Hütten der Blumenalp.

Kleinere, vom Wind gebeutelte Fichten bildeten in der Fluhmatte Inseln, als hätten sie einen Plan, wie sie das halbherzig genutzte Weideland wieder zurückerobern konnten. Ein Stück abseits des Weges erblickte sie eine verlassene Alphütte. Ihr Anblick berührte Meret und zog sie magisch an, aber sie widerstand der Versuchung, jetzt schon zu rasten. Sie würde die zerfallene Hütte auf dem Rückweg genauer erkunden.

Zur Blumenalp war es nicht weit, bald fand sie sich inmitten der Hütten wieder. Vier kleinere waren im Hochtal verteilt, die größte stand in der Mitte. Meret hielt darauf zu und blieb verwundert stehen, als sie die wuchtigen Klänge hörte.

Take my hand

We're off to never never land …

Metallica hätte sie hier oben nicht erwartet.

Andererseits … warum nicht?

Sie trat an die Tür, die obere Hälfte stand offen. Der Senn hatte lange Haare, ein Haarnetz lag eher neckisch und wenig hilfreich auf seinem Scheitel.

Sie hörte die Streicher des San Francisco Symphony Orchestra und das Live-Publikum. Die klassisch geglättete Version von *Enter Sandman*. Aber immerhin.

»Metallica?«, rief sie dem Mann in einem Anflug von Übermut zu. »Wird davon die Milch nicht sauer?«

Überrascht schaute er auf, dann grinste er, als hätte er nur auf eine Unterbrechung gewartet.

»Macht den Käse erst würzig!«

Im Kontrast zur Musik zog er die Käseharfe ruhig durch die Gallerte.

»Willst du hier rasten? Etwas trinken?«

»Was gibt es denn?«

»Draußen hängt eine Tafel, ich heize hier schnell ein, dann habe ich ein paar Minuten Zeit.«

Meret setzte ihre Maske auf. Der Mann winkte ab, als er sich ihr gegenüber hinsetzte.

»Braucht es nicht, ich bin in Dauerquarantäne, hab seit Wochen keinen Menschen mehr gesehen.«

Meret verzichtete auf die ewige Erklärung, dass sie damit ihn schützte, mitnichten sich selbst. Auch im zweiten Jahr der Pandemie waren Falschinformationen das Einzige, was sich hartnäckig hielt, stellte sie einmal mehr fest.

Alain Gsponer hieß der Senn mit vollem Namen, er entpuppte sich als redefreudiges Exemplar seiner Spezies. Mochte auch damit zu tun haben, dass er im normalen Leben Bergführer und

Adventure-Guide war, aber jetzt, da Corona den Tourismus ziemlich lahmgelegt hatte, zum ersten Mal eine Alp bewirtschaftete.

»Langsam sehe ich Licht am Ende des Tunnels, der Herbst kommt.« Er deutete auf das Nebelmeer, das sich über dem See wieder verdichtete. »Hätte nicht gedacht, dass ich es durchhalte, nach allem, was passiert ist.«

Alles, was passiert war, erfuhr Meret, ohne dass sie nach Details gefragt hatte. Auch wer an dem allem die Schuld trug. Sebastian nämlich. Alains Freund, mit dem er die Alp im Auftrag der Bauerngenossenschaft für vier Monate übernommen hatte, weil keiner der Talbauern bereit oder in der Lage war, das Vieh hier oben zu sömmern.

»Die haben euch das alles anvertraut? Diese Riesenalp? Zwei Anfängern?«

»In der Not frisst der Teufel offenbar Fliegen. Und meine Ex-Frau ist aus der Region, die hat bei der Genossenschaft ein gutes Wort für uns eingelegt. Jetzt weiß ich natürlich, weshalb kein Einheimischer hierherwollte.«

Meret verortete seinen Dialekt mittlerweile eher im Wallis, auf der gegenüberliegenden Seite der Gipfelkette.

»Was für eine Sisyphus-Arbeit, das kannst du dir nicht vorstellen! Keiner macht das freiwillig. Ich kenne das ja eigentlich von früher.« Prompt zeigte er südwärts. »Hab das in der Erinnerung wohl romantisiert. Ausgerechnet ich! Knochenarbeit ist das, sechzehn Stunden pro Tag, sieben Tage die Woche, dem Wetter ausgesetzt …«

»Wo ist denn dein Freund jetzt?«, unterbrach ihn Meret, die den Alltag auf einer Alp kannte.

Alain lachte freudlos und setzte zu einer Wortkaskade an, als müsse er das Schweigen der letzten Monate kompensieren.

Abgesetzt hatte sich sein Kompagnon, schloss Meret aus dem, was er sagte. Weil verkracht mit Alain, weil verliebt in die ostdeutsche Gastsennerin auf der Nachbarsalp, und weil das dort nun ein ungleich attraktiverer Arbeitsort war. Sebastian mache sich da drüben einen süßen Sommer.

Meret konnte sich lebhaft vorstellen, wie die beiden um die Gunst der Nachbarssennerin gebuhlt hatten und wie es zwischen ihnen zum Krach kam. Wenn Alain seither die Arbeit allein bewältigen musste, war er tatsächlich nicht zu beneiden. Er schien einen Funken Mitleid in Merets Augen entdeckt zu haben und thematisierte flugs die Einsamkeit des Älplers …

Meret hörte noch einen Moment mit halbem Ohr zu, dann wechselte sie abrupt das Thema und signalisierte zugleich ihren Aufbruch.

»Eine letzte Frage noch«, sagte sie und stand auf. »Die zerfallene Alphütte da unten, weshalb wird die nicht mehr bewirtschaftet?«

»Die Geisteralp, meinst du?« Er zuckte mit den Schultern. »War mal im Besitz einer Althäuser Familie, offenbar interessiert sich keiner mehr dafür. Wir nutzen das Weideland, aber um Erlaubnis gefragt haben wir nicht.«

Meret bedankte sich, bezahlte und hielt ihm zum Abschied die Faust hin. Auf dem Rückweg konsultierte sie die Hiking-App, es gab eine weitere Route zurück ins Tal, laut Beschreibung handelte es sich um einen alten Säumer- und Schmugglerpfad, doch der war sehr viel länger. Sie entschied sich für denselben Weg zurück. Minuten später erreichte sie schon den Rand des Hochtals, in deren Mitte die Blumenalp lag, und suchte sich einen Rastplatz. Von hier aus war die Sicht auf das Tal atemraubend.

Vereinzelte Nebelschwaden trieben vom See her talaufwärts

und lösten sich beim Aufstieg auf. Die Sicht blieb frei bis zu den Walliser Alpen in der Ferne, davor noch, gleichsam als Abschluss und Krönung des Tals, das Chienhorn und das Iisighorn mit seinem markanten Grat, den jeder bewunderte und der deshalb schon so viele Opfer gefordert hatte.

Althäusern selbst war von hier aus nicht zu sehen, dazu hätte sich Meret bis an den Rand der Weissfluh wagen müssen. Im Moment galt ihr Interesse eher der gegenüberliegenden Talseite. Dem herrschaftlichen Wohnsitz des Norwegers. Um den Schlossberg legte sich eben ein Schleier, für Momente schien das Gebäude, seines Fundamentes beraubt, zu schweben.

Das Luftschloss des Norwegers!, taufte es Meret sofort mit einem Schmunzeln. Ein sinniger Name, wenn sie an seinen Brief in ihrem Rucksack dachte. Es musste riesig sein, es war selbst von hier gut zu erkennen. Schon allein das Nebengebäude mit seinem mächtigen Satteldach war doppelt so groß wie die Scheunen im Talgrund.

Brachte er dort all seine Bediensteten unter?, fragte sie sich belustigt.

Meret schnürte den Rucksack auf und kramte das Lunchpaket heraus, das Sanna ihr mitgegeben hatte. Sie machte sich über ein erstes Sandwich her. Mit der freien Hand entfaltete sie ungeschickt Halvorsens Brief.

Sehr geehrte Frau Sager

Sie kennen mich nicht, ich Sie schon, beziehungsweise Ihre Erfindungen bei CleanGreen. Ihre neuartige Brennstoffzelle oder die Plastic Screening-Plattform, um nur zwei zu nennen. Und alles, was ich über Sie erfahren habe, beweist mir, dass Sie die Richtige wären für mein eige-

nes Projekt. Ich möchte schriftlich noch nicht ins Detail gehen. Nur so viel: Ich werde hier im Tal eine energieautarke Mustersiedlung bauen. Die Architektur der einzelnen Häuser muss sowohl den Energiestandards entsprechen, die Sie uns hoffentlich vorgeben werden, als auch die individuellen Wünsche der zukünftigen Bewohner abdecken. Alles in der Siedlung wird prototypisch konzipiert, das Stromnetz, die Heizsysteme (Wärmepumpen im Verbund?), das Ladesystem für Wasserstoff-Fahrzeuge, jedes Haus wird über eine eigene kleine Tankstelle verfügen. Die werden derzeit von der ETH Lausanne entwickelt, Sie kennen das Prinzip sicher. Ich könnte noch seitenweise weiter ausführen, für den Moment nur das: Alle finanziellen Mittel sind vorhanden, das Land dazu ebenfalls, die entsprechende Umzonung oder eine Sonderbewilligung ist Formsache und garantiert. Die große Herausforderung dabei: Die Siedlung muss umständehalber in zwei Jahren fertiggestellt sein, sodass seine Bewohner einziehen können.

Neugierig geworden?

Ich weiß, Sie sind jetzt komplett frei in Ihren Entscheidungen, deshalb hoffe ich, dass Sie mich binnen zwei Wochen besuchen können. Leider drängt die Zeit. Meine Adresse haben Sie, siehe oben. Nur eine Bitte bis dahin: Sprechen Sie freundlicherweise noch mit niemandem außerhalb Ihres Kreises über das Projekt.

Mit freundlichen Grüßen
A. Halvorsen

Meret schaute sinnierend zum Schloss hinüber.

Halvorsen, der Norweger.

Wo um alles in der Welt wollte er dieses Dorf bauen? In Althäusern gab es doch weder Bedarf noch genügend Platz für ein neues Dorf, so viel hatte sie schon gesehen.

Eine Umzonung oder Sonderbewilligung sei garantiert?

Dann musste er Teil des hiesigen Politfilzes sein.

Vielleicht lag aber auch Sanna mit ihrer Einschätzung falsch, am Ende verkroch sich dieser Halvorsen gar nicht so sehr in seinem Schloss und projektierte noch an ganz anderen Orten.

Die Spätsommer-Sonne entwickelte jetzt nach dem Mittag nochmals eine erstaunliche Kraft, sie zog ihr Shirt aus, legte es ins Gras und ließ sich darauf nieder.

Minutenlang genoss sie die Wärme und die Ruhe, dachte an nichts, döste kurz ein, wachte wieder auf, und fragte sich, wie Halvorsen wohl auf sie gekommen war. Es gab Erfahrenere als sie auf diesem Gebiet.

Und woher wusste er von ihrer Erbschaft?

Anders war der Hinweis, ihre neue Entscheidungsfreiheit sei ihm bekannt, nicht zu verstehen.

Das konnte er nur mithilfe sehr gründlicher Erkundigungen herausgefunden haben.

Der Anblick des feudalen Schlosses beunruhigte sie plötzlich. War der Norweger einer dieser Titanreichen, die sich in der Schweiz vergraben hatten? Gab ja einige davon. Entwickelte er auf seine alten Tage Allmachtsfantasien? Waren die der Ansporn für seine Siedlung, wollte er sich ein Denkmal setzen?

Die direkte, unprätentiöse Art des Briefes sprach allerdings gegen ein übersteigertes Selbstwertgefühl. Ein Besuch da drüben war also unumgänglich. Der Gute hatte weder eine Telefonnummer noch eine Mailadresse beigefügt, der Brief war ganz altmodisch per Post gekommen. Es blieb Meret fast nichts anderes übrig, als einfach hinzugehen.

Eine eher altmodische Kommunikationsweise für jemanden, der eine Zukunftssiedlung bauen wollte.

Innerhalb von zwei Jahren.

Umständehalber … Bedeutete was?

Der Brief hatte seine Wirkung erzielt und sie neugierig gemacht.

Ein norwegischer Schlossherr im Berner Oberland war allemal einen Besuch wert.

Bevor das Undenkbare geschehen war, hatten die Althäuser die Fluhmatte die Spielwiese Gottes genannt. Ihr Anblick nahm Meret wieder den Atem. Auf dieser Höhe konnte sich die Natur noch einmal austoben, weiter oben musste sie sich bereits auf hartnäckige Fichten verlassen, deren Wurzeln sich in die Felsritzen krallten, auf Steinbrecher, Akeleien und letzte Alpenrosen.

Hier aber wuchsen noch Gräser, die Wiese war saftig, sie stand in einer späten Blütenpracht. Enzian, Alpen-Akelei, Drachenmaul … Leise murmelte Meret die Namen, die sie einst von ihrer Mutter gelernt hatte, wundersam tauchten sie aus der Erinnerung auf, als sei es gestern gewesen. Berg-Flockenblume, Kuchelorchis, Alpenanemone … Selbst ihren Liebling aus der Kindheit fand sie wieder: den Zottigen Klappertopf. Gerührt machte sie einen großen Schritt darüber hinweg. Sie brachte es fast nicht übers Herz, einen Weg in die unberührte Matte zu trampeln, doch die malerische Ruine drüben hatte es ihr schon beim Aufstieg angetan. Sie lag am Ende des Wiesengrunds, einige Meter erhöht. Einst Schutz suchend, nun eher erschöpft, lehnte sich die Alphütte an die schroffen Felsen dahinter. Das Holz der Fassade war verwitterter als üblich, die Läden vor den Fenstern hingen schief, einer fehlte ganz, genau wie etliche der Platten des Steindachs. Die Hütte war dem Verfall preisgegeben, seit Langem wohl. Das erstaunte Meret, meist nutzte man im Gebirge solche Unterstände, solange es ging. Zumindest als Heu- und Materiallager, oder als Behelfsställe.

Meret ging um die Hütte herum, auf der anderen Seite lehnten die Reste eines Stallanbaus schief an der Hauswand, die Bretter komplett morsch, gebleicht von der Sonne, ausgelaugt vom unwirtlichen Wetter. Zaunreste deuteten ein Geviert an, ein Garten offenbar. Seine Grenze verlor sich nun, auch hier hatten Fichten Wurzeln geschlagen. Meret wollte sich schon abwenden, als sie erstaunt stehen blieb. Das Schild! Verwittert wie alles andere, doch es schien erst kürzlich an einen frisch eingeschlagenen Pfahl genagelt worden zu sein.

Bethlis Blumenbeet.

Zwei Worte nur, ins Holz geschnitzt, sorgfältig, in einer erstaunlich fein ziselierten Schrift.

Meret schaute sich noch einmal um. Mit Ausnahme des Schildes war in den letzten zehn, zwanzig Jahren hier nichts verändert worden.

Es wirkte fast wie ein Grabkreuz.

Bethli. Die altmodische Abkürzung von Elisabeth.

Die Frau des einstigen Senns?

Und weshalb war das Schild wieder aufgestellt worden?

Rund zwanzig Meter neben der Hütte sprang ein kleiner Bach durch die Matte. Neugierig ging sie hinüber und folgte ihm, denn sie hörte von weiter oben ein stetes Sprudeln und Plätschern. Tatsächlich fiel das Wasser dort über zwei Felsstufen in ein Becken und ruhte dort einen Moment lang, bevor es abfloss. Im Ausfluss entdeckte sie geschickt aufgeschichtete flache Steine. Das Wasser wurde künstlich gestaut. Dann fielen ihr die Eisenhaken im Felsen auf; und weiter unten, halb verdeckt von einem Alpenrosenstrauch, fand sie eine Holzrinne. Meret legte sie versuchshalber auf die Eisenhaken, das obere Ende kam ins Wasser zu liegen, es floss in der Rinne sofort ab.

Eine Zuleitung zur Hütte?

Auch diese Installation schien neueren Datums zu sein. Die Haken waren nur leicht angerostet, das Holz noch nicht ausgebleicht.

Nachdenklich legte sie die Rinne zurück und folgte den Eisenhaken nach unten. Das Haus zerfiel, aber die Wasserleitung wurde unterhalten? Das machte nun gar keinen Sinn.

Zurück bei der Hütte, kramte sie ihre Polaroidkamera aus dem Rucksack und nahm eine alte Angewohnheit auf: Sie würde auch hier in Althäusern jeden Tag ein Bild mit ihrer ehrwürdigen SX-70 aufnehmen. Es verband sie mit ihrem Vater. Auf dem einzigen Bild, das sie von ihm besaß, hatte er die gleiche Kamera um den Hals hängen. Damals, inmitten der größten Warhol-Manie, war die SX-70 das Lieblingsspielzeug der Boheme gewesen. Und jetzt wurden im Zuge des Analogrevivals die Filme wiederhergestellt, die alten, restaurierten Apparate teuer gehandelt. Meret hatte ihren übers Internet in Ostdeutschland aufgestöbert und ersteigert. Damit nahm sie nun das Schild mit der Aufschrift »Bethlis Blumenbeet« in den Sucher, stellte scharf und drückte ab, die Kamera stieß das Polaroid mit einem charakteristischen Surren aus. Meret ließ das Bild mit einer geübten Bewegung in der Tasche ihrer Trekkinghose verschwinden. Das allseits beliebte Wedeln in der Luft half beim Entwickeln wenig, eine dunkle Umgebung schon eher.

Sie würde das Bild Sanna zeigen, die wusste vielleicht, wer dieses Bethli war.

4

»Und Blumensamen zum Säen brauchst du!« Bethli baut sich vor Res auf und stemmt beide Fäuste in die Hüften. »Ich will auch ein Schild für den Garten. Wasser braucht es natürlich und … und … wachsen denn meine Blumen da oben überhaupt?«

»Das geht dann schon, irgendwie«, sagt Res. Er tupft seiner kleinen Schwester spielerisch auf die Nase, die Bethli reflexartig rümpft, was Res so gut gefällt, dass er es gleich ein zweites und ein drittes Mal probiert. Endlich schlägt sie nach seiner Hand.

»Nid so uwaatlig, Res!«, imitiert Bethli bemüht streng ihre Mutter. »Und geht schon, geht schon!! Das sagst du ständig, aber du hast noch immer nichts gemacht! Dreimal nichts!« Das Mädchen ist erst fünf, aber das Vorschieben der Unterlippe und deren leichtes Beben ist wohlüberlegt. Sie weiß genau, wie sie ihren ältesten Bruder so beeinflussen kann, dass er ihre Wünsche erfüllt.

»*Herrgottsbethli*, dein Geburtstag ist erst in zwei Wochen, das Sonnwendfest schon in drei Tagen, da muss für Maria alles fertig sein!«

»Mari hie, Mari da, Mari schiergar überau!«

Bethli ist aufgesprungen und hebt ihre Arme theatralisch in den taubenblauen Abendhimmel.

»Däwäg Päch het läbtigs no keis gha:

Im Res sis Chörbi-Müntschi-Schätzeli
Ischt am Grundsunntig s Biglers Maria.«

Bethli übt sich gerne in spontanen Kehrreimen, meistens geben sie nicht viel Sinn, dieser dünkt sie prächtig, sie wiederholt ihn ein übers andere Mal. Res schüttelt nur noch den Kopf. So nahe sich die Geschwister stehen, so heftig können sie sich streiten, und nicht selten muss Ernst, der Mittlere der drei, schlichten.

»Ist doch wahr!«, sagt Bethli trotzig. »Seit Wochen spielst du nicht mehr mit mir, hockst nur noch am Schmittbach im Edliwald und bastelst … was wohl?«

»*Äs Hanghäbi fürne Mäusack!*« Res' übliche Antwort, mit der er seine Schwester triezt.

»*Bäbäbä!* Kein Mensch braucht für das Sonnwend-Flechten so lange, nicht mal du mit deinen Wurstfingern!«

Sie kommt ihm zu nahe, sofort landet sein Zeigefinger wieder auf der sommersprossigen Stupsnase. Elisabeth wird noch wütender.

»Du kannst sowieso nicht weiter basteln, Res! Der Vater hat gesagt, du musst in die Mattenhütte hinauf.«

»Was?! Das kann er vergessen!«

»Sag ihm das mal!«

»In drei Tagen ist das Fest, ich gehe vorher sicher nicht mehr hinauf!«

»Eben: Sag ihm das selber, *Resli-Schesli!*« Sie tanzt Pirouetten um ihn herum, bis ihr schwindlig wird.

Res beachtet sie nicht mehr. Ist es dem Vater wirklich ernst damit? Er hat schon mal so was erwähnt. Man müsse oben dringend umzäunen, noch vor Sonnwende und Grundsonntag. Herrgott! Das ist der letzte Sonntag vor dem Alpaufzug, an dem alle noch im Talgrund sind, da geht aber gar keiner hoch. Wozu also zäunen? Und das Fest lässt sich niemand entgehen. Das darf jetzt nicht wahr sein! Für Marias Geschenk braucht er mit Sicherheit nochmals zwei Tage. Bethlis Garten hingegen pressiert nicht, den kann er nächste Woche immer noch einrichten. Dann ist Maria weg. Nach dem Fest muss sie für ewig zu ihrer Patentante ins Bündnerische zu den *Rumantschen*, und lässt ihn für einen sterbenslangweiligen Sommer ewig allein. Da kann er auf der Alp dann umstechen, bis die Fluhmatte ein einziger Garten ist!

Am nächsten Morgen ist Res noch immer grantig, Bethlis Ankündigung hat sich bewahrheitet. Wenigstens ist Res in der Nacht nicht untätig gewesen und hat sich einen Plan zurechtgelegt.

Er zelebriert seinen Aufbruch, als würde er unverzüglich zur Fluhmatte aufsteigen.

Die Mutter steht am Küchenfenster.

»Sei bloß rechtzeitig zurück fürs Fest!«, ruft sie hinaus, wie immer besorgt, wenn ihr Ältester Aufgaben übernehmen muss, für die er ihrer Meinung nach zu jung ist. Doch auch diesmal hätte sie es nicht gewagt, ihrem Mann zu widersprechen. Mit welchen Argumenten auch, sie weiß ja, wie viel Arbeit es hier auf dem Hof gibt, jetzt, da bald der erste Schnitt eingebracht werden muss. Das Umzäunen wird Res schon meistern, aber … Er allein da oben, noch vor dem Grundsonntag? Irgendetwas ist anders diesmal. Sie weiß nicht, was sie mehr drückt: Res' unverhohlene Wut oder ihre ureigenen Ängste.

Res verpasst Ernst zum Abschied einen herzhaften Puff gegen die Schulter, Bethli drückt er kurz und heftig. Jaja, er werde oben schauen, was sich machen lasse … Dem Vater im Stall wirft er bloß einen knappen Gruß hin, noch immer fuchsig, und zieht los.

Wird das jemals besser, fragt sich Mutter Ehrsam unwillkürlich. Dieses Sorgen alleweil? Heute ist es noch schlimmer, ihre dunkle Ahnung lässt sich nicht vertreiben.

Mit großen Schritten strebt Res der Fluh entgegen, kaum außer Sichtweite, biegt er in eine Seitengasse ein. Sie führt ihn direkt zur Rückseite von Marias Haus. Eines der wenigen aus Stein hier. Marias Vater ist Stellwerkmonteur, und die Schweizer Bundesbahnen haben diese Häuserzeile in Gleisnähe einst für ihre Mitarbeiter gebaut.

Mit wenig Hoffnung wirft er Steinchen an die Scheibe ihres Zimmers. Maria reagiert nicht.

Schade. Res versichert sich, dass keiner ihn sieht, dann duckt er sich, hebt einen der Randsteine unter dem Zaun an und legt den Zettel in ihren geheimen Briefkasten. Maria wird ihn finden und wissen, weshalb sie sich erst wieder beim Fest sehen können.

Bei der alten *Zündi* im *Edligraben*, unter ihren Traumbäumen.

Aber in der Nacht davor, so seine Bitte, solle sie aus dem Fenster ihrer Kammer nach seinem Feuer Ausschau halten, oben auf der Fluh!

Sein nächster Weg führt noch immer nicht bergan. Nachts hat er Dutzende von kurzen Seilstücken zu zwei langen Strängen geflochten. Er kann sie nicht erst am Abend des Sonnenwendfestes befestigen, ist ihm aufgegangen, er muss heute schon wissen, ob die Stränge lange genug sind.

Ein Lächeln stiehlt sich in sein Gesicht.

Manchem hier ist schon Verrücktes eingefallen, zu Sonnwende, aber so etwas noch nie!

Am Dorfrand fließt der Schmittbach in ein Felsbecken, gleich darauf breitet er sich aus, seine Arme schlängeln sich durch die grüne Wiese des Edligraben. Die Erlen weichen gleich darauf den höher gewachsenen Birken. Ihre Kronen verschränken sich über dem Bach zu einem lichten Dach, es fächert das Sonnenlicht in goldene Säulen auf. Res setzt über den Bach und legt die Seilstränge auf das Moospolster unter den Birken. Die beiden kräftigsten stehen sich im Abstand von zwei Metern gegenüber. Er schaut an der einen hoch, wirft den ersten Strang probehalber hinauf, merkt aber sofort, dass er so nicht weiterkommt. Nach kurzem Anlauf springt er am Stamm hoch und klettert bis zur ersten vertrauenswürdigen Astgabelung. Hier legt er den Strang über den Ast, schlingt ihn einmal ums Holz und lässt die beiden Enden hinabfallen. Er hat die Länge genau richtig geschätzt, konstatiert er befriedigt. Just als er hinunterklettern will, fallen ihm zwei Schwalbenschwänze ins Auge. Von den vielen Schmetterlingen im *Edligraben* gefallen die ihm am besten. Wegen der gestochen scharfen, gelbschwarzen Zeichnung ihrer Flügel, der bläulichen Punkte und der roten Augen. Diese hier sind wahre Prachtexemplare, so groß wie seine Hand fast.

Endlich tanzen sie durch die Zweige davon und den Hügel hinauf. Res schaut ihnen versonnen hinterher.

Die Seelen von zwei toten Kindern!

Gleich darauf muss er schmunzeln. Wenn er alles glauben würde, was die Alten erzählen!

Er konzentriert sich auf seine Aufgabe, wiederholt das Prozedere am gegenüberliegenden Baum mit dem zweiten Strang, dann wickelt er beide um die Birkenstämme und knüpft sie fest. Zufrieden betrachtet er sein Werk. Wer davon nichts weiß, sieht die zwei Seile gar nicht.

Endlich klettert er bachaufwärts bis zur Ruine der alten Fabrik. Auch sie ist zugewachsen. Res drückt das Buschwerk an einer ganz bestimmten Stelle auseinander. Durch die Lücke schlüpft er in die einstige Tunkerei der Zündi. Hier, wo die Arbeiter in den Phosphordämpfen die Hölzchen in die Brennchemikalien getunkt hatten, lagern seine Weidenruten zum Trocknen. Im letzten Winter hat er sie geschnitten. Jeder Bursche in Althäusern besitzt so ein Versteck und tut alles, dass es bis Sonnwende nicht auffliegt, sonst muss er damit rechnen, dass seine kostbaren Ruten in den entscheidenden Tagen nicht mehr da sind.

Um seine Weidenruten hat Res allerdings nie wirklich gebangt, selbst wenn einer sie gefunden hätte, sie wären zu dick und zu lang gewesen für die üblichen Flechtarbeiten. Res hat dieses Jahr Größeres vor. Er umschlingt die Ruten mit beiden Armen und trägt sie zur Uferwiese hinüber. In den letzten vier Tagen hat Res sie immer wieder mehrere Stunden lang im Bach eingeweicht. Er schnürt sie nun zu einem Bündel, das er quer über seinen Rucksack legt. Während des Aufstiegs zur Fluhmatte wird er es mithilfe von zwei Schnüren in der Balance halten und sie an engen Stellen wohl schultern müssen.

Endlich ist er bereit, hängt sich auch noch die vier schon zu Reifen gebogenen Ruten über die Schulter und marschiert los. Im Dorf begegnet er niemandem. Er hofft, er könne auch die Gleise beim Bahnhof noch unbemerkt passieren, doch bevor er sichs versieht, stellt sich ihm Stellwerkmonteur Bigler in den Weg.

Ausgerechnet der.

Marias Vater.

»*Lu ietz, Ehrsams Res, Heilandliebgottdonnerabenang*, was willst du denn mit so langen Ruten anstellen?«

Verlegen tippelt der Junge von einem Bein auf das andere.

»Wirst wohl grad ein paar Mädchen beschenken!«, vermutet Bigler lachend.

»Nein, nein, das ist für die … Hütte«, murmelt Res verlegen. »Eine neue Aufhängung, für das Werkzeug!«

»Für das Werkzeug, was du nicht sagst!« Bigler blinzelt ihm zu. »Na dann gutes Gelingen. Da, etwas für auf den Weg!«

Er streckt Res ein Päckchen der beliebten, in Althäusern allgegenwärtigen Militärbiskuits zu. Dieser bedankt sich und steckt sie ein.

»Warum kommen plötzlich so viele Züge?«, fragt er dann etwas schüchtern und deutet mit dem Kopf zu den Militärgeleisen hinüber.

Bigler schiebt sich die Mütze in die Stirn.

»Da fragst du mich was! Seit einigen Tagen ist der Teufel los, aber wir bekommen wie immer nur gesagt, wann wir welche Weichen zu stellen haben, was die abtransportieren, weiß kein Mensch. Streng geheim!«

Biglers Miene verrät, was er davon hält.

»Und dabei nimmt der Nord-Süd-Verkehr immer mehr zu.«

Er schaut auf seine Armbanduhr.

»Gleich kommt der Nullfünfer Richtung Simplon und Domodossola. Voll besetzt, wirst sehen. Ist ja kein Wunder, seit Kriegsende sind es schon fünf Jahre, die Leute beginnen, dem Frieden zu trauen. Sie kommen von überallher, letzthin haben einige aus Oslo hier Zwischenhalt gemacht, stell dir vor! Aber was kannst du schon anderes von den Schweden erwarten.«

Norwegern!, will Res ihn reflexartig korrigieren, er verkneift es sich gerade noch. Es ist kein Wunder, dass hier jeder zuerst an die Schweden denkt, wenn es um Nordländer geht. Der Schwedentrust hat das Tal geprägt.

»Aber alle wollen nur noch in den Süden, keine sieben Jahre nach Mussolini«, fuhr Bigler fort, »als wären die da unten in der Zwischenzeit ganz andere geworden. Aber ab ans Meer, nach Rom, oder zum Papst sogar, *Heiligsverdiene!*«

Bigler schaut zu den Militärunterkünften hinüber.

»Und die Feldgrauen da halten immer alles auf. Hoffentlich wissen die, was sie tun, da im Berg drin, mit ihrem Makkaronilager! Nahrungsreserven für den nächsten Krieg, sagen sie. Ha! Wer's glaubt!«

Er wendet sich wieder Res zu.

»So. Ich muss weiter, heute kommen die Gramper aus Schmittgrund herauf, wenn man denen nicht auf die Finger schaut ... Ab mit dir, sonst bist du nicht rechtzeitig zum Fest zurück. Und *bhüetigottsakrment* mit dem richtigen Korb für das richtige Mädchen! Sonst ist dann jemand sehr enttäuscht von Ehrsams Res!«

Bigler droht ihm grinsend mit dem Finger, er tippt kurz an das Flügelrad auf seinem Bähnlerhut und marschiert Richtung Stellwerk-Kabäuschen.

Res atmet auf. Marias Vater ist ihm sympathisch. Er nimmt nie ein Blatt vor den Mund, hat immer einen launigen Spruch parat. Gottesfürchtig sei anders, sagen sie im Dorf, aber alle mögen ihn.

Er ist viel herzlicher und leutseliger als sein Vater.

Aber man weiß nie, was er alles ausplaudert!

Res umgeht die Absperrungen vor dem Militärstollen, nicht ohne einen neugierigen Blick durch die Lücken zwischen den Brettern zu wagen. Doch er sieht wie immer nur eine Reihe von Lastwagen, die dort parken, korrekt und in immer gleichen, engen Abständen, und damit den Blick auf das große Metalltor versperren.

Das sei so groß, behauptet Ernst seit Neuestem, weil sie im Kriegsfall ganze Flugzeuge im Innern der Fluh verstecken würden. Es widerspricht ein bisschen der offiziellen Information, in den Kavernen lagerten Nahrungsmittel. Weil im Dorf die militärische Geheimnistuerei und die Sicherheitsmaßnahmen um ein paar Tonnen Makkaroni insgeheim belächelt werden, ist die abenteuerliche Erklärung des Buben auf fruchtbaren Boden gefallen. Ernst ist der Jüngere der beiden Ehrsam-Brüder. Entsprechend neigt er zu Übertreibungen, damit seine Meinung auch wirklich bis zu den Erwachsenen vordringt. Es gelingt sonst selten, in der Regel schmunzeln alle nur über seine Hirngespinste.

Beim Flugzeugportal seltsamerweise nicht.

Res nimmt den steilen Pfad Richtung Fluhmatte und hadert schon nach ein paar Metern mit seinem Los. Der Morgen ist fortgeschritten, es ist schon fast zu heiß für die Wanderung, und das Gewicht der Ruten wird spürbar. Wie viel lieber hätte er weiter im Schatten der Erlen und Birken gewerkelt, hätte von Maria geträumt, und dem Gesicht, das sie machen wird, wenn er ihr die Hände von den Augen nimmt und sie sein Geschenk sieht und … begreift!

Der Trampelpfad ist hier kaum mehr auszumachen. Immer wieder bleibt er links und rechts mit den Ruten hängen. Die Sennen nehmen diesen steilen Pfad nur für schnelle Ausflüge ins Tal. Für den Alpaufzug im Frühling und den Abzug im Herbst taugt er nicht, da treiben sie das Vieh über den drei Stunden längeren Weg durch die hinteren Wiesen, für das Vieh ist es dort weniger gefährlich.

Vom Tal her gellt ein schriller Pfiff, die Wand der Fluh wirft sein Echo vielfach zurück. Res blickt hinab. Der Güterzug wird von der Weiche eben auf das Stummelgleis des Militärs umgeleitet, er verschwindet dort aus seinem Blickfeld.

Der Makkaroni-Express!

Die Bäume verwehren ihm den Blick auf das geheime Gelände.

Res möchte rasten, das Gewicht des Rucksacks und der Ruten lastet schwer auf seinen Schultern, aber er rafft sich auf. Einige

Hundert Meter weiter führt der Weg über einen Bach, dort kann er wenigstens etwas trinken.

»Brauchst doch wohl keine Flasche, für diesen Spaziergang«, hatte der Vater ihn angeknurrt, in der Überzeugung, er müsse seine Söhne jeden Tag etwas mehr abhärten. Sie würden es ihm später danken, pflegt er zu sagen.

Aber was weiß *dr Att* schon, was Res braucht! Der tut ja sein Leben lang nichts anderes, als sein Fleckchen Land zu bewirtschaften, sein bisschen Vieh durch die Jahre zu bringen, als gäbe es auf der Welt nur dieses seltsame Dorf, das genauso hieß, wie es war: Althäusern! Res lacht verächtlich und stapft weiter. Aber er macht da nicht mit! Sobald er achtzehn ist, wird er losziehen. Vielleicht schon früher, wenn alles passt. Nur alle drei Jahre nimmt der Schreiner unten am See einen Lehrling, nächsten Frühling ist es wieder so weit, und er wäre dann grad etwa im richtigen Alter.

Er dürfe im Winter gerne mal vorbeischauen, für einen Tag lang, hatte ihm Schreiner Trummer Hoffnung gemacht. Er sehe dann schnell, wie viel linke Hände er habe und wie viel Schmalz im Hirn.

Und Maria … Maria könnte eine Stellung in der Stadt dort finden, egal wie sehr die Patentante bettelte, sie müsse zu ihr ins Bündnerland, in der Dersertaner Tuchfabrik fände sich jederzeit eine Lehrstelle. Dabei will die einfach eine Gratis-Haushaltshilfe, weil sie selbst nur Söhne hat.

Sonst halt! Jedes junge Paar ist zwischenzeitlich getrennt, nichts normaler als das. Ein Haushaltsjahr da, der Militärdienst dort, Lehr- und Wanderjahre, Schulwechsel … Wichtig ist nur, dass man sich danach wiederfindet.

Wenn möglich, nicht in Althäusern.

Im nächsten Moment schimpft Res mit sich selbst. Was machst du bloß für Pläne, als wärt ihr ein richtiges Paar!

Ein Träumer mehr im Tal, denkt er, schon wieder verdrossen.

Die Sonne nähert sich bereits dem Isiggrat, als Res bei der Hütte ankommt und seine Ruten abwirft, mitten in den Bach hinein. Es kann nicht schaden, wenn er sie noch mal befeuchtet. Er geht zur Tür. Der Schlüssel liegt versteckt auf einem Balken, und Res muss hochspringen, um an ihn heranzukommen. Ein muffiger Geruch schlägt ihm entgegen, als er die Hütte aufsperrt. Er stellt seinen Rucksack auf den Esstisch und öffnet die Fenster. Für einen Moment lässt er sich auf den Stuhl fallen und schließt die Augen. In Gedanken teilt er sich die Zeit ein, die ihm bis zur Sonnwende bleibt. Nur wenn er sofort mit Flechten beginnt und das Umzäunen in einem halben Tag schafft, wird er alles unter einen Hut bringen. Das Holz für Marias Höhenfeuer darf er auch nicht vergessen. Und, und, und! Zudem erinnert er sich wieder an Bethlis Herzenswunsch. Er rafft sich auf. Vor der Hütte schaut er sich um. Ihre Frage neulich ist berechtigt gewesen. Was nützt ihr ein Beet, wenn es nicht regelmäßig gewässert wird?

Blumen pflanzen hier oben, das kann nur einem Mädchen einfallen! Es hat weiß Gott Blumen genug in all den Bergwiesen hier, und unten im Tal sowieso.

Aber mit Bethli zu streiten ist sinnlos, wenn sie sich mal etwas in den Kopf gesetzt hat. Und er kann ihr einfach keinen Wunsch abschlagen. Sein Blick wandert bachaufwärts und bleibt an dem kleinen Wasserfall hängen. Die vage Idee, die ihm beim Aufsteigen gekommen ist, nimmt sofort Gestalt an. Er sammelt alle flachen Steine, die er gerade findet, und staut damit probehalber den Abfluss des natürlichen Beckens unterhalb des Wasserfalls. Prompt steigt der Pegel an. Er schaut prüfend zur Hütte hinüber. Warum nicht! Wenn er es geschickt anstellt, kann er das Wasser tatsächlich da hinleiten. Die eine Idee führt zur nächsten. Er wird nicht nur Bethli überraschen, sondern auch die Mutter. Die erst recht, die wird juchzen. Fließendes Wasser an der Hütte, gleich neben dem Küchenfenster! Wie viel einfacher würde ihr das die Sommerwochen hier oben machen. Selbst der Vater wird staunen. Zuerst wie immer erst alles verdammen, nur weil es neu ist, dann irgendwann brummeln, eigentlich sei die ganze Geschichte doch nicht ganz unnütz.

Ob alle Väter so sind?, fragt Res sich unwillkürlich. So … so verbissen? Heillos verstrickt im Alten, im Gestrigen, in dem, was ihm sein eigener Vater und dessen Vater davor schon gepredigt hat.

Er wird die Wasserleitung zur Hütte und zum Garten ohne Erlaubnis bauen, er weiß auch schon, wie. Nur gibt ihm die Sonnwende erst mal andere Aufgaben vor. Auch das Zäunen darf er nicht vernachlässigen. Zum Glück kann ihn der Vater nicht kontrollieren. Heute und morgen ist Res sein eigener Herr, er wird sich die Arbeit genauso einteilen, wie er will.

Der Zaun muss warten.

Langsam kehrt der Stolz zurück, der ihn hier stets erfüllt, seit er allein zur Alp darf. Natürlich packt ihn nachts auch regelmäßig die Furcht. Es gehört einfach dazu, dieses Gruseln, wenn *d Toggeli* auf dem Dach und hinter dem Stall ihr Unwesen treiben. Auch daran hat er sich gewöhnt, und *s Hauri*, der gute Geist aller Älpler, wacht über ihn. Die Zwerge sind ja meist harmlos, treiben ein bisschen Schabernack, werfen beispielsweise die Eimer durch die Gegend oder pflügen zum Spaß auch mal die Erde um.

Wenn er Glück hat, tun sie das bald im geplanten Garten, dann muss er nicht selber umstechen.

Er wird Großmutter bei Gelegenheit fragen, ob es eine Möglichkeit gibt, das Treiben der Zwerge zu lenken. Das wäre ganz hilfreich!

Mit einem schelmischen Lächeln setzt Res sich auf den Boden, die Ruten, das Schoßbrett, das Messer und den Pfriem zum Aufbrechen des Geflechts legt er neben sich. Obwohl ihm noch gar nicht klar ist, wie er das ersonnene Kunstwerk überhaupt zustande kriegen soll. Die Idee dazu ist ihm bei ihrem unvergesslichen ersten Kuss im letzten Herbst gekommen, genauer gesagt, als ihm Maria zuvor mit wehenden Haaren ihre Bedingungen zugerufen hatte:

»Einen Kuss? Den musst du dir verdienen. Wir machen es wie die Schwalbenschwänze: Nur auf dem höchsten Punkt, über allen Hügeln, und mitten im Flug, wenn überhaupt, Res!«

Zugleich hatte sie mit aller Kraft ihre Füße in den Himmel geschleudert, um der Schaukel neuen Schwung zu geben.

Sie liebt solche Spiele, das weiß er ja. Und sie will es ihm nicht zu einfach machen, hatte sich Res nach dem ersten missglückten Versuch eingeredet.

Beim zweiten Versuch hatte er sich das Knie aufgeschlagen.

Beim dritten Versuch hätten sie sich beinahe die Nase gebrochen.

Beim siebten Mal hatten sich ihre Lippen kurz berührt.

Der Himmel hatte sich aufgetan.

Verzückung. Er hatte die Engel singen hören.

Für eine Zehntelsekunde lang.

In der Nacht darauf hatte Res kein Auge zugetan. Hatte wieder und wieder überlegt, wie er noch einmal einen solchen Moment herbeiführen und sie damit überraschen könnte, doch dann wollte er die Berührung ihrer Lippen ungestört auskosten, und endlos lang diese wunderlichen Explosionen spüren, die sie in ihm auslösten, die ihm den Atem verschlugen, sein Herz galoppieren ließen.

An Sonnwende!

Dann muss es geschehen. Der erste richtige Kuss, über den die Buben im Dorf immer wieder wild räsonieren. Wie lange der ginge, wie man das dann genau mache, mit dem Atmen und den Lippen und … der Zunge sogar, wollen die einen wissen!

Sonnwende ist für die Althäuser nach Weihnachten das wichtigste Fest im Jahr. Keiner weiß genau, wie der Brauch entstanden ist. Unter den Alten kursieren noch immer die Legenden von den nordischen Ahnen, von denen sie alle abstammen, weil die einst in Scharen eingewandert waren, aber wirklich glauben kann das heute keiner mehr. Das Sonnwende-Fest vor dem Grundsonntag hat sich trotzdem eingebürgert. Zuerst die Nacht der Funken, die Tänze am Feuer, dann der Korbbrauch der Kinder am Grundsonntag. Denn einst hätten die Sennen vor dem Alpaufzug ihren Mädchen einen Korb geflochten, in der Absicht, im Herbst von der Alp so viel Käse für die Versprochene herunterzubringen, dass der Korb ganz gefüllt wäre.

Genau dieser Brauch hat Res auf die Idee gebracht. Schon im Winter hat er begonnen, Weideruten zu sammeln.

Nun muss er herausfinden, ob sich das, was ihm vorschwebt, wirklich realisieren lässt.

Mit den üblichen Sonnwendekörben hat das nichts mehr zu tun. Die schafft jeder Althäuser Junge im Schlaf, denn schon von der ersten Klasse an haben sie ihrem Schätzchen einen Korb zur Sonnwende geflochten, heute gefüllt mit Blumen, nicht mehr mit Käse. In der unbeirrbaren Hoffnung, sie würden am Tag des Festes damit die Gunst der Beschenkten gewinnen.

Das gelingt ja auch meistens, nur haben Mädchen und Jungen ganz andere Vorstellungen davon, was diese Gunst so alles beinhaltet.

Diesmal ist von Res also höhere Handwerkskunst gefragt.

Die Rippenschale soll zum Schluss einen Durchmesser von mindestens einem Meter haben. Lieber noch mehr. Die vier längsten Ruten, die er zum formgebenden Reif zusammenzurren will, hat er bereits vorgebogen und in ihrer neuen, ovalen Form trocknen lassen.

Glücklicherweise hat Marias Vater die übersehen, sonst hätte Bigler ihn auch noch deswegen gelöchert.

Er legt die vier Reifen aufeinander, zieht eine der dünnsten Ruten aus dem Bündel und flicht sie Zentimeter um Zentimeter um die vier dicken, dabei zieht er die Binderute jedes Mal mit aller Kraft straff. Endlich prüft er das entstandene Oval, es wirkt so stabil und tragfähig, wie er sich das vorgestellt hat. Sogleich nimmt er eine neue Binderute und wählt aus den dicksten acht aus, die er für die Längsstruktur der Schale braucht. Die zwei kürzesten legt er durch die Mitte des Ovals, sie sollen einige Zentimeter über den Reif hinausragen. Er flicht sie auf der einen Seite ein, biegt sie dann so lange, bis ihr Verlauf der optimalen Krümmung der Schale entspricht, und bindet sie in dieser Position auch auf der anderen Seite fest. Er will das letzte Tageslicht nutzen, um das Skelett der Schale fertigzustellen. Viel Zeit bleibt nicht mehr. Die Sonne ist längst hinter dem Isiggrat verschwunden, der blaue Schatten des Althorns legt sich über die Hütte und die Fluhmatte. Die abendliche Kühle nimmt er nicht wahr, immer weiter verliert er sich bei der Arbeit in seinen Gedanken. Ein Feuer hat er Maria für den nächsten Abend versprochen! Ein Zeichen zu ihr, ins Tal hinab. Während des Aufstiegs, beim

Holzschlag der Wald-Genossenschaft, ist ihm angesichts der Holzabfälle auf dem Weg noch eine viel bessere Idee gekommen, eine, die in ganz Althäusern nur Maria verstehen wird. Ein nächstes Geheimnis, das das Band zwischen ihnen stärken wird.

Herrgottsverdiene, wie wird Maria staunen, unten an ihrem Fenster!

Sie selbst hat ihm vom alten Bündner Brauch ihrer Cousins erzählt, sie wird morgen als Einzige wissen, weshalb über Althäusern plötzlich feurige Sonnen schweben.

5

Meret saß auf der kleinen Holzterrasse vor ihrem *Trückli*, unter ihr rauschte der Schmittbach. Die Sonne stand über der Weissfluh, ihre Strahlen erreichten eben noch das Dorf und den Erlengraben. *D Suna ischt etgreäteti gsy* sagten sie im Tal, die Sonne sei knapp über dem Berggrat gestanden. Nur war Meret nicht klar, ob man das nur am Morgen bei steigender Sonne sagte, oder auch jetzt, am Abend. Der Althäuser Dialekt verblüffte sie ein ums andere Mal. Eine noch extremere Ausprägung des Berner Oberländer Dialekts, für sie fast eine Fremdsprache, eine ganz und gar wunderliche dazu. Sanna hatte ihr am zweiten Abend einige Bücher aus der Hotelbibliothek ins Schlüsselfach gelegt, versehen mit der Notiz, diese Mundartdichterin habe über die Geschichte des Tals alles zu Papier gebracht, was wissenswert sei.

Eine Fundgrube für Meret im Hinblick auf Halvorsens Projekt, so konnte sie sich neben ihren Beobachtungen einen weiteren Zugang zum Ort verschaffen. Diese Gegend der Schweiz war ihr eher fremd. Gerade hatte sie sich zum ersten Mal in ein Buch der Dichterin vertieft. Viele der sperrigen Wörter waren glücklicherweise im beigelegten Glossar erklärt.

Noch hatte sie Sanna nicht verraten, weshalb sie wirklich hier war. Zuerst wollte sie diesen Norweger persönlich treffen. Sie schob den Besuch im Schloss ein bisschen vor sich her, gestand sie sich ein. Und sie verfolgte ihre Pläne noch im Geheimen, *im Verschliikten*, sagte man hier, eben war sie auf den Ausdruck gestoßen.

Sie wollte bei der ersten Begegnung mit Halvorsen unvoreingenommen sein, nicht beeinflusst von dem, was im Dorf über den Norweger an Gerüchten kursieren mochte.

Zum Abendessen ging Meret diesmal ins *Chienhorn*, das zweite Restaurant in Althäusern. Es bot sich ihr eine ähnliche Szenerie wie letzthin im *Bären*. Am Stammtisch saßen drei Rentner vor ihren Rotwein- und Biergläsern. Zwei, drei Tische waren von Touristen besetzt. Zwei junge Paare mit Kleinkind saßen an weiteren Tischen. Unwillkürlich fragte sich Meret, wie viele Kinderhochstühle es im Restaurant gab.

Hoffentlich war das Cordon Bleu noch nicht ausgegangen! Seit sie das Restaurant betreten hatte, verspürte sie eine unbändige Lust danach. Vieles in Althäusern und in diesen Restaurants erinnerte sie an die wenigen Ferienwochen, die sie mit ihrer Mutter in den Bergen verbracht hatte. In jedem zweiten Sommer und nur, wenn irgendein Kurverein mit Last-Minute-Angeboten die Hotels füllen musste.

Ein Blick auf die Speisekarte zeigte ihr, dass sie am richtigen Ort war. Es gab eine überschaubare Anzahl von Gerichten, jedes war mit einer kleinen Zeichnung abgebildet, daneben eine kleine Anekdote. Als sie auf das Cordon Bleu stieß, ging ihr das Herz auf, sofort bestellte sie sich ihr Lieblingsessen aus Kinderzeiten.

»In den Ferien?«, fragte die Kellnerin, und zog auf Merets Fingerzeig ihre Maske wieder richtig über die Nase.

Sie tauschten die üblichen Sätze miteinander aus, zur Dauer

des Aufenthaltes, zur erwarteten Entwicklung des Wetters und zu den aktuellen Corona-Einschränkungen, mit der gegenseitigen Versicherung, man könne ja eh nichts ändern und nur hoffen, dass der Winter glimpflich ablaufen würde.

Nach dem Essen spazierte sie durch Althäusern zurück in die Lodge. Es waren nur wenige Leute unterwegs. Wer immer ihr begegnete, grüßte sie freundlich auf Distanz und ging weiter seines Weges. Bei der Kirche blieb sie stehen. Seltsam, wie sich hier die Häuser fast in den Schatten der Fluh drängten, dachte sie. Kein Mensch würde heute noch so planen. Vor dem Bau der Alpentransversale hatten hier wohl nur vereinzelte Höfe gestanden. Vom Bahnhof her war der Dorfkern dann konzentrisch gewachsen. Und irgendwann hatte das Militär den Ort entdeckt, als idealer Außenposten des Alpenreduits, eine von vielen Befestigungsanlagen, die entlang der alten Säumerwege durch die Alpen in den Felsen gesprengt worden waren.

Von militärischer Bedeutung war der Ort mit Sicherheit. Das schloss Meret aus den vielen Burgruinen im Tal und aus dem trutzigen Schloss Weissenstein über Althäusern.

Sie hatte sich mit ihrem Lesestoff eben auf die Terrasse gesetzt, als sich Niculan im Chat meldete:

– Du machst dich rar. Bist du eigentlich immer noch sauer wegen meiner Bemerkung?

Meret wollte ihn schon anrufen, entschied sich dann aber für das Texten. Im Moment wohl die bessere Methode, behütete sie vielleicht vor einer zu spontanen Antwort. Ach, es war ja nicht mal ein Streit, eine Meinungsverschiedenheit eher. Eine ihrer ersten. Aber eine mit Sprengkraft, das war beiden wohl bewusst.

Er legte nach, bevor sie tippen konnte.

– *Bisschen wohl schon, scheint mir … Und zu Recht.*

– *Findest du?*, tippte Meret endlich.

– *Ja. Es war vielleicht etwas plötzlich …*

Meret lächelte, während sie antwortete.

– *Ist vielleicht ein Überlebensgen von euch Dadensern.*

– *Wie kommst du jetzt darauf?*, fragte er etwas misstrauisch nach.

– *Von euch schwarzkatholischen Berglern, für euch ist es selbstverständlich, Kinder zu haben.*

Sie setzte einen zwinkernden Smiley dazu.

– *Trifft tatsächlich auf einige hier oben zu.*

– *Siehst du. Und Adalina hat sicher schon öfter gefragt, wann es so weit ist.*

– *Stimmt. Gleich nachdem ich ihr von uns erzählt habe.*

Meret lachte.

– *Wie geht es ihr?*

– *Prächtig, ich bin gerade bei ihr. Sie hat mich mit Capuns gemästet, und macht jetzt in der Küche wohl noch Dessert, fürchte ich.*

– *Gibt es ja nicht, lädt dich ein, wenn ich nicht da bin! Hatte wohl Mitleid mit dir! Und was hast du ihr damals gesagt?*

– *Das sei noch kein Thema.*

– *Wird es jetzt offenbar …*

– ☺ *Genau das hat sie heute gesagt.*

– *Sie meint, ich werde langsam zu alt?*

– *Nein, nein. Ich … ich kann mir das vorstellen, sehr gut sogar, aber nur mit dir. Ausschließlich. Und du kannst dir das ja mal überlegen, mehr wollte ich gar nicht sagen.*

– *Und … wenn ich gar keine Kinder will?*

Es dauerte einen Moment, bis die Antwort kam.

– *… würde mich das überraschen!*

Sie wartete einen Moment, bis sie sicher war, dass stimmte, was sie tippte.

– *Wär auch gelogen. Handkehrum … ach Mist …*

– *Genau.*

– *Wann kommst du mich hier besuchen?*

– *Pazienzia, cara biala!*

– *So viel Romanisch verstehe sogar ich.*

– *Sobald ich das mit Deutschland erledigt habe. Oha, Adalina kommt gerade zurück. Mit einem Teller Crefli. Wie soll ich jetzt noch mal was essen?*

– *Hast du nun davon. Küss sie für mich.*

– *Sie lässt dich grüßen. Ich besuche dich bald, ich vermisse dich.*

– *Jetzt schon?*

– *Schon auf der Rückfahrt den Pass hinauf.*

– *So muss es sein.*

Sie legt das Handy nachdenklich beiseite.

Adalina stellte den Kaffee und die *Crefli* vor Niculan auf den Tisch.

»Jetzt sag mir nicht, ihr würdet das in Sprachnachrichten ausdiskutieren.«

»Modern Times, onda Adalina.«

Kopfschüttelnd ging sie durch die Stube zum Arvenschrank in der Ecke. Mit dem Knarren der Tür tat sich die halbe Kindheit vor ihm auf. Hier hatte sich ohnehin nichts verändert, die hölzerne Stubendecke so niedrig wie immer, das Tischtuch blütenweiß, an den Wänden die alten Fotografien von Adalinas Vater und seinen Brüdern. Adalina nahm den Spielkoffer aus dem Schrank, so wie sie es wohl tausendfach für ihn schon getan hatte, und kramte das Yatzee heraus. Ihr Spiel. Niculan lächelte.

Adalina war auch mit einundsiebzig Jahren die modernste Frau, die er kannte, sie hatte wohl alle im Klosterdorf Dadens schon einmal mit ihren Ideen brüskiert, aber einige Traditionen waren ihr trotzdem heilig. So würde ein Würfelspiel ihren gemeinsamen Abend beenden, wie jedes Mal in den letzten dreißig Jahren. Das war schon vor dem Tod seiner Mutter so gewesen, das hatte sich auch nicht geändert, als Adalina zu seiner Ersatzmutter geworden war.

»Du hast es mir doch vorhin beim Essen selber geraten?«

»Was? Du sollst ihr Nachrichten schicken?«

»Nein, ich soll ihr erst mal signalisieren, dass es ganz allein ihre Entscheidung ist.«

»Und so was hast du jetzt getippt?«

»Irgendwie schon.«

»Klingt ja überzeugend, *sapperlot!*«

Adalina würfelte zum Auftakt einen Vierer-Pasch mit Sechsern.

»Darunter machst du es wohl nicht?«

»Hätten auch fünf sein können, am Anfang halte ich mich immer etwas zurück.«

»Jajaja.«

Niculan brachte gerade mal zwei Einser zustande und gab ihr die Würfel zurück.

Adalina umfasste seine Hand. »Versprich mir etwas, Niculan«, sagte sie plötzlich ernst. »Ich schreib dir nichts vor, ich lasse dich ja auch schon seit Jahren an deinen Skiern herumbasteln, aber in dieser Sache musst du gut achtgeben. Mit ihr darfst du es dir nicht verderben, eine Bessere findest du nicht.«

»Ja, klar, aber das heißt ja nicht ...«

»Ich will dir da ja nicht reinreden, aber ...«

»Ach? Das wäre aber das erste Mal.«

»Du musst ihr vielleicht klarmachen, dass du deinen Teil übernehmen würdest«, fuhr Adalina ungerührt fort. »Auch einen größeren Teil, wenn du weißt, was ich meine!«

»Jetzt, wo in der Manufaktur alles anläuft, habe ich ...«

»Blödsinn!«, unterbrach Adalina ihn resolut. »Das bisschen Holzlatten fabrizieren schaffst du nebenher. Mit Verlaub, aber ihre Arbeit ist dann doch noch etwas wichtiger als deine, und wenn sie die nicht deinen Kinderwünschen opfern will, musst du dir halt etwas einfallen lassen. Und höre auf sie, lass dir das sagen, sie ist gescheiter als du. So viel Verstand hat noch nie für dich gearbeitet ...«

»Nicht mal, als du noch für mich gedacht hast?«

Sie lächelte. »Mein Verstand und meine weise Voraussicht haben dich aus dem Schlimmsten rausgehalten, all die Zeit, das stimmt. Aber ich werde langsam alt, und irgendwer muss diese Arbeit übernehmen. Also dränge Meret nicht weiter.«

»Das sagst du ausgerechnet mir, onda Adalina!«

»Genau. Weil von Takt und Taktik hast du zu wenig Ahnung, sieht man schon daran, was du da gerade wieder würfelst!«

Nach dem Frühstück am nächsten Tag setzte sich Meret wieder auf ihre Terrasse, wie es ihr mittlerweile eine liebe Angewohnheit geworden war. Es war ein wunderbarer Platz, hier direkt über dem Wasser. Lächelnd hieß sie die Morgensonne willkommen. Die *etgreätete*. Sie hatte ein neues Lieblingswort gefunden.

Sanna trug eben eine Zaine voller Wäsche über das Brückchen.

»Was planst du heute?«, fragte sie.

»Bisschen Motorrad fahren«, flunkerte Meret, die ihren Besuch im Schloss jetzt nicht mehr weiter hinausschieben konnte. Dann fiel ihr das Foto wieder ein.

»Warte kurz, ich wollte dir etwas zeigen.«

Meret griff nach dem Polaroid und hielt es ihr hin.

»Da oben auf der Blumenmatte steht eine wunderliche Alphütte, halb zerfallen. Und gleich davor dieses Schild. Kennst du die Geschichte dazu?«

Sanna schaute nur kurz auf das Bild. »Was ist besonders daran?«

»Die Hütte ist zerfallen, das Schild davor hingegen frisch montiert.«

»Ach, das ist ein aktuelles Foto?«

»Gestern fotografiert. Ah, entschuldige, das sieht man natürlich nicht. Ich habe es mit meiner antiken Kamera aufgenommen.«

»Ach, deshalb. Ich … ich glaube, die Fluhmatte gehörte einer Althäuser Familie, aber von denen lebt seit Jahrzehnten niemand mehr hier.«

»Weshalb dann das neue Schild?«

»Keine Ahnung. Elisabeth ist allerdings ein häufiger Name, in dieser Abkürzung ohnehin. Ja. Und die Fluhmatthütte sieht, seit ich hier bin, so verwahrlost aus. Interessiert dich die Geschichte, oder möchtest du die Hütte kaufen?«

Meret lachte bloß. »Eine Alphütte? Du meinst zum Ausbauen, als Ferienhaus? Ist mir dann doch etwas zu umständlich, der Weg hinauf.«

»Sind begehrt, solche Hütten, gehen samt und sonders unter der Hand weg. Gut, in Zukunft kommen etliche auf den Markt, weil immer weniger Bauern ihr Vieh oben sömmern.«

»Dafür pilgern die Touristen hinauf, um der Hitze in den Städten zu entfliehen.«

»Ist ja auch mein Geschäftsmodell«, sagte Sanna trocken.

»Wird aufgehen in dieser schattigen Senke hier, besser hättest du es nicht treffen können. Wie bist du eigentlich an das Land gekommen?«

»Familienbesitz, seit hundertfünfzig Jahren. Die Zündwarenfabrik, habe ich, glaube ich, schon kurz erwähnt. Die war auf dieser Seite hier. Ja. Und der Teil auf der anderen Seite des Baches wurde in den 1950er-Jahren meiner Großmutter überschrieben. Von der Bahn und vom Staat, als Entschädigung für eine Parzelle weiter oben beim Bahnhof.«

»Ein guter Tausch.«

»Für das Hotel schon, deshalb hat meine Mutter später das Land an mich weitergegeben. Die Bodenpreise oben im Dorf sind aber schon noch höher.«

»Deine Mutter lebt auch in Althäusern?«

Sanna antwortete nicht gleich und dann etwas ausweichend.

»Meine Mutter? In der Nähe. Ja.«

Meret wartete darauf, dass sie weitersprach, was sie aber nicht tat.

»Auf jeden Fall habt ihr das Grundstück ideal genutzt.«

»Jede tut hier, was sie kann. Unten am See gibt es für Hotels ganz andere Möglichkeiten, aber für das Land dort fehlte mir das nötige Kleingeld. Die Althäuser waren nie wirklich mit Reichtum gesegnet, nicht mal die Vermögendsten unter ihnen.«

Nach dieser etwas kryptischen Bemerkung nahm Sanna die Zaine mit der Wäsche wieder auf, wünschte Meret einen schönen Tag und ging zu den unteren Bungalows hinab.

Meret setzte sich an den Tisch zurück. Sanna wirkte hier im Tal wie ein Fremdkörper, und trotzdem machte ihr Hotel auf überraschende Weise Sinn. Mit seinen modernen und gleichzeitig altmodisch anmutenden *Trückli* passte die Lodge perfekt in die Landschaft und zum Dorf. Potenzial war vorhanden, wenn die Pandemie erst mal ausgestanden war. Althäusern lag zwar nicht im Hochgebirge und musste ohne Skigebiet auskommen, doch die Klimaerwärmung hob diesen Wettbewerbsnachteil nach und nach auf. Wer sich wie Sanna früh genug um Alternativen im sanften Tourismus kümmerte, hatte gute Karten.

Meret blickte Richtung Luftschloss. Heute war der richtige Tag. Sie ging hinein und machte sich für das Treffen mit dem Norweger zurecht.

Durch die Spurrinnen war das Sträßchen zum Schlosshügel hinauf mit dem Motorrad nicht gut zu fahren, und wieder fragte Meret sich, welche Schwertransporter den Asphalt so zugerichtet haben mochten. Der Nebel lag wieder im Tal. Davon gab es fast jeden Tag ein wenig. Morgens war er meist dicht, dann löste er sich schnell auf, aber ganz unvermutet konnten sich neue Schwaden bilden, eigenartige graublaue, faserige Gebilde, die sich wie eine hauchdünne, halb transparente Gaze über die Landschaft legten. Man konnte alles sehen und doch nie das, worauf sich das Auge gerade fokussieren wollte. Die Schönheit der Berglandschaft war manchmal wie durch einen Filter wahrzunehmen, als gäbe es hier einen, der zeitweilige Besucher mit nur flüchtigem Interesse am Tal sofort vergraulen wollte.

Meret versuchte, neben den Rinnen zu fahren, die vor ihr liegende Haarnadelkurve verlangte ihre ganze Konzentration, danach stieg die Straße an, und die Rinnen waren plötzlich verschwunden. Hatte sie eine Abzweigung verpasst? Bald erreichte sie das Plateau auf dem Schlossberg, aus dem Augenwinkel nahm sie ein idyllisches Ahornwäldchen wahr und fuhr im nächsten Moment auch schon durch einen Torbogen. Beeindruckt ließ sie die Maschine ausrollen. Es war, als käme sie in eine mittelalterliche Festung. Das Schloss war nur ein Teil der Anlage, stellte sie fest. Weil der Bau um einen zentralen Turm herum konzipiert war, gab es keinen Innenhof. Dafür stießen zwei parallel zueinander laufende, schmale Gebäude rechtwinklig an die Seitenenden der Schlossfront, sie bildeten zwischen Hauptgebäude und Eingangsbogen eine Art Vorhof. In seiner Mitte verband ein Querbau die Längsflügel miteinander, auch er war von einem Bogen durchbrochen. Der Hof wirkte wie ein zweigeteilter, mittelalterlicher Marktplatz. Meret kippte die Harley vorsichtig auf den Ständer und achtete darauf, dass dieser nicht auf dem Kopfsteinpflaster wegrutschte. Den Helm hängte sie an den Rückspiegel. Suchend schaute sie sich um. Kein Mensch weit und breit. Ihr zaghaftes »Hallo?« verhallte ungehört in einem mehrfachen Echo. Sie ging durch den mittleren Bogen bis zur eigentlichen Schlossmauer und blieb vor dem Eingangsportal stehen. Es bestand aus zwei riesigen, verwitterten Flügeln, die wohl kaum mehr bewegt wurden. Auf der rechten Seite war eine normale Tür eingelassen, und Meret entdeckte daneben eine Holzablage. Sie trat näher und nahm die laminierte Notiz vom Brett. Das Schloss sei aus Quarantäne-Gründen geschlossen, für weitere Auskünfte war eine Mobilnummer angegeben.

Quarantäne-Gründe?

Meret überlegte nicht lange und tippte die Nummer in ihr Handy.

»Ja, Schloss Weissenstein«, meldete sich nach dem zweiten Klingeln eine Frauenstimme.

»Guten Tag, ich möchte Herrn Halvorsen besuchen, können Sie mir sagen, wo ich ihn finde?«

»Herr Halvorsen kann keine Besucher empfangen«, sagte die Frau nach einer kurzen Pause.

»Er erwartet mich«, sagte Meret.

»Darf ich Ihren Namen erfahren?«

»Meret Sager.«

»Ach, natürlich, ja. Wir haben Sie erwartet. Offenbar sind Sie schon im Schloss?«

Meret schaute sich irritiert um. »Woher wissen Sie das?«

»Diese Telefonnummer liegt nur an einem Ort auf. Kommen Sie mir doch entgegen, ich bin in der großen Schlossscheune gleich vor dem äußeren Bogen.«

Die Verbindung brach ab.

Meret machte auf dem Absatz kehrt und ging zurück zu ihrem Motorrad. Sie hatte wieder einmal vergessen, den Schlüssel abzuziehen. Die lang gezogene Scheune war unübersehbar und noch größer, als sie vor ein paar Tagen von der Fluhmatte aus auf sie gewirkt hatte. Das Dach wirkte überdimensioniert, es war tief herabgezogen und lastete schwer auf den Grundmauern. Die Frau stand bereits in der Tür an der Stirnseite des Gebäudes. Sie trug eine Maske, und Meret setzte ihre im Gehen auf.

»Frau Sager, schön, dass Sie gekommen sind. Nur immer herein, bitte!«

Sie ging ihr voran in die Scheune hinein, Meret folgte neugierig, dann blieb sie verdutzt stehen. Diese Scheune war ein wahr gewordener Traum, sofort würde sie hier einziehen! Die Grundstruktur hatte man erhalten, die Räume waren weitgehend offen, nur strukturiert durch die alten, frei stehenden Stützbalken und Pfosten, die das Dach trugen. Auf der einen Seite war ein weiterer Boden eingezogen worden, zwei Wendeltreppen führten hinauf. Wahrscheinlich Schlafräume und Bad, vermutete Meret. Sie selbst stand offenbar im Wohnzimmer der Frau, die sie nun an einen großen Esstisch komplimentierte. Sie musste Künstlerin sein, denn im hinteren Teil der Scheune ging die Wohnzone übergangslos in ein Atelier über. Großformatige, farbenprächtige Gemälde und mächtige Holzskulpturen waren dort zu sehen.

»Unglaublich. Was für ein schöner Raum!« Meret war wirklich beeindruckt.

»Schon, ja. Für meine Zwecke zumindest. Im Winter etwas zugig, wie Sie sich vorstellen können. Aber ich habe mich noch nicht vorgestellt: Annerös Pieren. Ich arbeite stundenweise als Schlossverwalterin und durfte deshalb mein Atelier hier einrichten.«

»Und eine Wohnung dazu!«

»Ja.«

Meret deutete auf die Glasflächen, die das Dach durchbrachen und die Räume mit Licht füllten. »War wohl nicht ganz einfach! Normalerweise erlaubt der Denkmalschutz einen solchen Eingriff nicht!«

»Herr Halvorsen kann sehr überzeugend auftreten.«

»Womit wir beim Thema sind. Wo finde ich ihn?«

Das Gesicht der Frau verdüsterte sich.

»Nun – leider ist geschehen, womit wir hier haben rechnen müssen. Herr Halvorsen hat sich trotz doppelter Impfung infiziert und liegt auf der Intensivstation im Seespital.«

»Oh nein. Ein schwerer Verlauf? Wird er beatmet?«

»Ja. Leider. Angesteckt worden ist er von einem … ach, es ist einfach tragisch. Herr Halvorsen liegt schon seit Tagen im Koma.«

»Wie schrecklich!«

»Und ich bin etwas überfordert, wie Sie sich vorstellen können. Mit dem Projekt, mit den Bäumen, dem Garten … Andererseits hat er seine Vorkehrungen getroffen.« Sie verstummte einen Moment, bevor sie fortfuhr. »Ja. Als hätte er geahnt, was geschehen würde.«

»Deshalb sagt Ihnen mein Name etwas?«, fragte Meret vorsichtig.

»Diesen Brief soll ich Ihnen geben. Und Ihnen Ihre Arbeitsräume zeigen.«

»Meine Arbeitsräume?« Meret schaute sie verdattert an.

»So hat er es vorgesehen.«

»Aber er wusste ja gar nicht, ob ich kommen würde. Geschweige denn, seinen Auftrag annehme!«

»Ich weiß nicht, was Ihr Auftrag wäre, Frau Sager. Herr Halvorsen ist ein zurückhaltender Mensch, nicht nur in geschäftlichen Dingen. Er sagte mir nur, dass Ihnen die Informationen und die Modelle drüben weiterhelfen könnten, falls es zum Schlimmsten kommen würde. Ich soll Ihnen alles zeigen.«

Meret schaute sie unentschlossen an. »Und … wo wären diese Arbeitsräume?«

»Kommen Sie mit.«

Die Verwalterin ging zur Tür, nahm dort einen Schlüssel vom Brett und führte sie durch den Torbogen. Auf der rechten Seite des Schlosshofes stiegen sie eine überdachte Treppe hinauf. Annerös Pieren öffnete die alte Holztür, Meret betrat neugierig die Räume des Schlosshofflügels. Auch hier war das Innere mit Bedacht und Geschmack renoviert worden.

Vor der zweiten Tür blieb Pieren stehen.

»Ihr Büro.«

Amüsiert nahm Meret das Namensschild neben der Tür zur Kenntnis. Dr. Meret Sager, Projektleiterin. Ein bisschen voreilig, dachte sie und öffnete die Tür. Auch dieser Raum gefiel ihr sofort. Ein monochromer Teppich deckte die alten Steinplatten nur zum Teil ab, die Einrichtung beschränkte sich auf einen ausladenden Holztisch mit Computer, einige filigran wirkende Metallregale an den Wänden und zwei Stellwände, gedacht wohl für Baupläne.

Annerös Pieren reichte ihr den Schlüssel und zeigte auf den Briefumschlag neben dem Computer.

»Hier sind die Ausführungen von Herrn Halvorsen, in dem Brief finden Sie auch das Passwort für den Computer, auf dem Desktop die Ordner zu Ihrem Projekt. Der Schlüssel passt zur Außentür und zum Büro, am Ende des Flures ist ein kleines Bad. Sie können ein und aus gehen, wie Sie wollen. Haben Sie schon eine Unterkunft in der Gegend?«

»Ich bin in der Pfypfoltera Lodge.«

Pieren blieb stehen.

»Ach wirklich?« Sie lächelte versonnen. »Was für ein Zufall.«

»Zufall?«

»Ich meine, eine gute Wahl. Ein schöner Ort, die alte *Zündi*.«

Sie machte Anstalten zu gehen, Meret hielt sie auf.

»Wie schätzen die Ärzte seine Chancen ein?«

»Das ist nicht vorhersehbar, mit dieser Krankheit, in diesem Alter. Eigentlich war er bei guter Konstitution, bis jemand sich nicht an die Regeln gehalten hat. Wie das in den Bergen viel zu oft passiert.«

»Bei uns ist es auch nicht besser.«

»Ich weiß nicht. Die Hiesigen denken, Schicksalsergebenheit sei eine Tugend.«

»Ich lebe die Hälfte meiner Zeit in Dadens, ich kenne das.«

»Aber wo bleibt die Konsequenz? Fragen Sie die mal, wozu sie dann zum Beispiel Lawinenverbauungen konstruieren, wenn eh alles gottgewollt ist?«

»Genau. Wie alt ist Herr Halvorsen, wenn ich fragen darf?«

»Im Risikoalter halt …« Sie verzichtete auf eine Präzisierung, als sei sie dazu nicht ermächtigt, machte eine unbestimmte Handbewegung, nickte zum Abschied und verließ den Raum.

Ihr Gesicht erinnerte Meret an jemanden. Sie nahm die Wasserflasche aus dem Rucksack. Ihre Lederjacke hängte sie erst mal über die Lehne des Schreibtischstuhls. Sie blickte aus dem Fenster und konnte weit über das obere Schmittal hinaus Richtung Iisiggrat sehen.

Was würde mit dem Projekt geschehen, wenn Halvorsen die Krankheit nicht überstand?

Hatte er tatsächlich auch Vorkehrungen für diesen Fall getroffen?

Der Brief und der Raum waren zumindest Indizien dafür.

Sie setzte sich an den Tisch und öffnete das Kuvert, auf dem ihr Name stand.

Liebe Meret

Gestatten Sie mir die vertrauliche Anrede, sie scheint mir angemessen, die Umstände haben sich ja nun, da Sie offensichtlich diese Zeilen lesen, verändert. Nicht zu meinen Gunsten, wie ich befürchte, aber geringfügiger, als Sie vielleicht denken. Lassen Sie sich von meinem Zustand nicht beirren, lassen Sie sich ausschließlich von Ihrem (Forscher) Instinkt leiten. Ich meinerseits habe alle notwendigen Vorkehrungen getroffen. Das Projekt kann auch ohne mich auskommen. Im Computer finden Sie alle derzeit notwendigen Informationen.

Das Systempasswort ist der Vorname Ihres Vaters.

Sie werden sich in den Dateien ohne Weiteres zurechtfinden. Im Falle meines Ablebens würde Annerös Pieren, die Sie mittlerweile kennen, das Projekt mit Ihnen zu Ende führen, unterstützt von meinem

Sohn. Sprechen Sie sie aber erst darauf an, wenn es so weit ist, auch sie wird erst in diesem Fall ausführlich informiert werden.

Es tut mir leid, dass uns die Pandemie in die Quere kommt und unser erstes Treffen momentan verunmöglicht. Ich bin zwar zuversichtlich, dass ich die Krankheit überstehen werde, aber ich bin auch alt genug, um den Tatsachen ins Auge zu sehen.

In der Hoffnung auf ein baldiges Treffen verbleibe ich derweil hochachtungsvoll und erfreut Ihr

A. Halvorsen

Meret las den Brief ein zweites Mal, dann fuhr sie den Computer hoch.

Weshalb der Vorname ihres Vaters? Was wollte er ihr damit sagen?

Sie vergegenwärtigte sich, in welcher Verfassung er den Brief geschrieben haben musste, erkrankt, wohl bereits mit Anzeichen eines schweren Verlaufs.

Vielleicht hatte er auch gar nicht mehr so viel überlegt.

Aber er kannte den Namen ihres Vaters. Den wussten nur wenige.

Auf dem Bildschirm erschien die Anmeldemaske, sie tippte den Namen Vinzenz ein, der Computer wurde sofort freigeschaltet. Der Desktop war bis auf einige Ordner leer, ihre Bezeichnungen ermöglichten Meret die Orientierung. Neugierig klickte sie den ersten Ordner mit dem Titel »Gutachten« an und verschaffte sich einen Überblick. Halvorsen hatte schon ordentlich Vorarbeit geleistet. Sie öffnete ein dreißigseitiges Dokument zur Geologie des Baugrundes, scrollte darin herum, schloss es wieder, wollte sich dann in ein Gutachten über die Machbarkeit von Bohrungen für Erdwärmesonden vertiefen, besann sich, öffnete den nächsten Ordner und droppte die Fotos der Bauparzellen, die sie darin fand, auf ihr Handy. Dann klappte sie den Computer zu, nahm ihn vom Netz und verstaute ihn in ihrem Rucksack.

Fotos waren nur Anhaltspunkte. Sie musste und wollte die Grundstücke, von denen in den Dokumenten die Rede war, mit eigenen Augen sehen. Nur so würde sie Halvorsen verstehen.

Bevor sie den Raum verließ, schaute sie sich noch einmal um. Ein neues Dorf bauen, gleich hier um die Ecke offenbar, in diesem doch eher seltsamen Tal?

Für einen Mann, der vielleicht bald starb …

6

Annerös Pieren stand vor dem Atelier und reinigte ihre Pinsel. Meret zeigte ihr auf dem Handy ein Foto der Bauparzelle.

»Können Sie feststellen, wo das ist? Ich möchte mir das anschauen.«

Sie warf einen Blick darauf und beschrieb Meret den Weg. Sie schien sich ein wenig zu wundern. Mochte auch täuschen, dachte Meret, sie konnte die Frau noch nicht richtig einschätzen. Mit der Versicherung, sie lasse bald wieder von sich hören, wollte sie sich verabschieden.

»Ich hoffe, das Büro gefällt Ihnen?«

»Oh ja! Ein exklusiver Arbeitsraum. Soll ich Ihnen meine Handynummer geben? Dann können Sie mir Bescheid geben, wenn sich bei Herrn Halvorsen die Lage verändert.«

»Ich habe sie schon gespeichert. Ich werde Sie informieren, sobald man mir etwas mehr sagt.«

»Das klang jetzt etwas skeptisch!«

»Ich gehöre nicht zur Familie. Es gibt zwar auch hierfür eine Ermächtigung der Halvorsens, aber die Ärzte wechseln fortwährend, ich muss immer wieder alles neu erklären. Das ist ermüdend und ärgerlich.«

»Verstehe ich gut. Trotzdem, wenn Sie etwas hören …«

Mit einer Abschiedsgeste ging Meret zu ihrem Motorrad zurück.

Kaum hatte sie die Hochebene auf dem Weissenstein verlassen, tauchte sie wieder in diesen seltsam faserigen Nebel ein. Nach den Schlossberg-Serpentinen und vor der untersten Haarnadelkurve verlangsamte sie die Fahrt. Jetzt, da sie wusste, worauf sie achten musste, fiel ihr auch die Abzweigung auf. Sie bildete die Verlängerung der Querstraße mit den Spurrinnen, die sich durch das Schmittental schlängelte. Von hier führte die Straße an den waldigen Ausläufern des Weissensteins entlang, bis sie unvermittelt in ein schmales Seitental schlüpfte. Der Nebel wurde dichter. Die Seitenwände der Schlucht warfen das Sirren der Harley zurück. Meret ging ein wenig vom Gas. Der Gebirgsbach, der die Klus einst geschaffen hatte, floss direkt an der Straße entlang. Der Taleinschnitt weitete sich bald, einige Sonnenstrahlen drangen durch den Nebel, im selben Moment erschrak Meret fürchterlich. Sie bremste mit aller Macht, stemmte sich gegen den Lenker, wartete nur darauf, dass die Maschine ausbrach, sie über den Lenker hinauskatapultiert wurde; doch nichts von beidem geschah, nach einer gefühlten Ewigkeit kam sie zum Stehen.

Erst geschockt, dann fassungslos starrte sie auf das Hindernis vor ihr.

Der Baum stand mitten auf der Straße!

Mächtiger Stamm, ausladende Krone, kirchturmhoch.

Nein, er stand nicht, sah sie jetzt, er bewegte sich gemächlich vorwärts, in Schritttempo.

Es war der Baum, den sie anfangs der Woche auf dem See gesehen hatte.

Sie hatte also nicht geträumt.

Sein Anblick wirkte hier so absurd wie auf dem See.

Doch jetzt fand sie die Erklärung. Die Linde war offensichtlich fachkundig ausgegraben worden, ein riesiger Erdballen umgab den Wurzelstock auf diesem seltsamen Exemplar von Tieflader. Dessen Boden lag nur knapp über der Fahrbahn, ein Anhänger für Schwersttransporte. Der Erdballen mochte allein schon zwei Meter hoch sein, sein Durchmesser vielleicht sieben. Die Erde war mit Sisaltüchern umhüllt, ein festgezurrtes Maschendrahtnetz hielt alles zusammen.

Meret rollte langsam hinter dem Baum her, noch immer perplex.

An ein Überholen war nicht zu denken, der Tieflader beanspruchte die ganze Straßenbreite. Die Zugmaschine vorne sah sie gar nicht, so hoch ragte der Wurzelballen vor ihr auf.

Sie betrachtete den Baum. Die wunderbar symmetrische Krone war beidseitig ein wenig zurückgestutzt worden, fiel ihr auf. Als hätte der Weg hierher durch das eine oder andere Nadelöhr geführt.

Die Harley holperte wieder in eine Spurrinne. Nun war ihr auch klar, weshalb der Asphalt deformiert war. Offenbar war das nicht der erste Schwertransport auf dieser Straße!

Himmel noch mal, wozu das alles?

Die Linde wog bestimmt mehrere Tonnen.

Halvorsen musste hinter dieser Aktion stecken, da war Meret sich sicher. Wer sonst käme auf die Idee, haushohe Bäume über den See und durch dieses enge Tal schweben zu lassen?

Wer sonst hätte die Mittel dazu!

Die Straße stieg nun etwas stärker an. Meret ließ den Abstand größer werden, die Vorstellung, der Baum könnte plötzlich hintenüberkippen und sie zermalmen, ließ sie vorsichtig sein.

Zugleich musste sie über das vergleichsweise winzige Warndreieck hinten am Tieflader lächeln.

Damit wurde sonst vor ausschwenkenden Ladungen gewarnt, aber hier?

Vorsicht, fahrender Baum?

Holzschlag auf offener Fahrbahn?

Meret fragte sich, woher die Linde ursprünglich gekommen war. Und wer sich zu einem solchen Handel hatte bewegen lassen. Wer verkaufte einen Baum, der über Generationen gewachsen war, jeden Sturm überstanden und vermutlich ein Quartier, vielleicht ein ganzes Dorf, geprägt hatte?

Ein Feldweg zweigte von der Straße ab. Meret bog kurz entschlossen ab und ließ die Maschine ausrollen. Überholen war immer noch unmöglich, da konnte sie genauso gut eine Weile lang hier Rast machen und in den Dateien nachforschen, was Halvorsen mit solch einer Aktion bezwecken wollte.

Bevor sie sich endgültig auf das Projekt einließ, fand sie besser heraus, ob dieser Mann wirklich bei Verstand war.

Sie bahnte sich durch zwei, drei Meter Weiden- und Erlenbüsche einen Weg zum Bachufer. Ein schöner Ort! Sie setzte sich auf einen flachen Stein dicht am Wasser. Die letzten Nebelreste lichteten sich wie auf Bestellung. Sie hielt die Beine in die Sonne und nahm den Computer aus dem Rucksack.

Die Batterie war glücklicherweise geladen. Nach kurzem Scrollen fand sie einen Ordner, der mit »Waldgarten« beschriftet war. Sie ordnete die Dateiliste nach Datum, das letzte abgelegte Dokument öffnete sie. Es war eine Offerte für Halvorsen, ausgestellt von einem Unternehmen in Hamburg mit dem Namen »Renate Osthoff – Tree Brokers Europe«.

Meret war bekannt, dass der Handel mit alten Bäumen in

Nordamerika ein florierendes Geschäft war, in Europa hatte sie davon noch nie gehört. Lukrativ war es aber bestimmt auch hier! Die Rechnung der Baummaklerin belief sich auf knapp zweihunderttausend Euro. Ein Drittel davon waren Transportkosten. Das Unternehmen lieferte Halvorsen unter vielen anderen Baumsorten zwanzig fünfzehn Jahre alte Birken zum Stückpreis von 3 000 Euro. Meret scrollte auf dem Bildschirm abwärts. Der höchste Posten war eine über siebzigjährige Linde für 50 000 Euro, in einem Unterordner fand Meret die entsprechenden Fotos.

Ihr schwebender Baum.

Siebzig Jahre alt!

Ein Begleitbrief erklärte die besonderen Umstände für den Transport, von dem Meret gerade aufgehalten worden war. Die Linde würde aufgrund ihres Alters das Einschnüren der Baumkrone nicht vertragen, klärte diese Osthoff Halvorsen in einer Mail auf. Äste könnten dabei brechen, der übliche, horizontale Transport auf einem Lastwagen sei deshalb unmöglich. Der glückliche Umstand, dass der Baum nur über den See und hinauf zum Waldgarten transportiert werden müsse, ermögliche in diesem Fall aber einen vertikalen Transport, so wie er in den Ostblockstaaten üblich sei. Die Birken hingegen, so die Maklerin im Brief weiter, würden auf normalen Fernlastern aus Deutschland angeliefert. Leider gäbe es in den Schweizer Baumschulen nicht genügend Bäume der gewünschten Größe, aber alle kleineren Pflanzen werde sie nach Möglichkeit in der Schweiz kaufen.

Die Linde auf dem Tieflader stammte also von der anderen Seeseite, folgerte Meret. Das Übersetzen hatte sie ja mitbekommen. In den Dokumenten fand sie das Protokoll einer Einwohnerratssitzung. Die Veräußerung war für die Ursprungsgemeinde

Riedmatt ein Glücksfall gewesen, der Baum wäre ohnehin einer Umfahrungsstraße zum Opfer gefallen. Das Angebot von Herrn Halvorsen, so der Gemeindepräsident, sei derart großzügig gewesen, dass sogar die Naturschützer im Dorf ihre Zustimmung zum Verkauf gegeben hätten.

Meret öffnete ein weiteres Bild aus dem Ordner. Es war die Fotografie eines Tischmodells der Gartenlandschaft, wie sie Halvorsen vorgesehen hatte. Jeder Baum war im Maßstab zu seiner Größe und naturgetreu nachgebildet in eine Bachlandschaft gesetzt worden. Aufgrund der groben Natursteinmauer im Hintergrund des Fotos schloss Meret, dass sich das Modell in einem der Räume auf Schloss Weissenstein befand.

Mit jedem weiteren File, das sie öffnete, fragte sie sich allerdings, wozu Halvorsen sie noch brauchte. Selbst die Begrünung des neuen Ortes war offenbar schon weit vorangetrieben worden, sie fand auch dafür Offerten der Baummaklerin. War das nun bloßer Gigantismus?

Der schwebende Baumriese ließ darauf schließen.

Oder tat sie Halvorsen unrecht? Immerhin hatte er den Baum gerettet.

Sie musste herausfinden, was es mit diesem Waldgarten auf sich hatte. Vielleicht machte er im Rahmen des gesamten Projektes Sinn. Der Begriff Waldgarten wirkte ein wenig verniedlichend, es handelte sich eher um einen Waldpark. Nach den Zeichnungen im Ordner erstreckte er sich über einen halben Quadratkilometer vom Westrand von Neuhäusern bis ans Ende des Hochtals.

Meret klappte den Laptop zu und rappelte sich auf. Die Füße waren ihr eingeschlafen. Sie schüttelte die Beine aus, dann kletterte sie durchs Gebüsch den Hang hoch und ging zum Motorrad zurück. Wenn sie das Baugebiet von Neuhäusern real vor sich sah, würde sie den Norweger vielleicht auch besser verstehen können.

Gerade als sie aufsteigen wollte, klingelte ihr Telefon.

Adalina! Merets Gesicht hellte sich sofort auf.

»Was für eine Überraschung!«

»Meret, meine Liebe, wie geht es dir? Genießt du deine Auszeit?«

Auszeit? Hatte sie es selbst so genannt, oder war das Adalinas Definition? Traf es allerdings ganz gut, bis auf die paar Rätsel, die sich hier plötzlich vor ihr auftaten.

»Mir geht es wunderbar. Und dir?«

»Frag das nie eine alte Frau, die beginnt dann immer ganz oben auf der Liste ihrer Gebresten.«

»Also ganz gut, schließe ich daraus.«

»Ich könnte klagen, aber tue es nicht.«

»Immerhin hast du noch ein wachsames Auge auf Niculan.«

Meret hörte sie am anderen Ende leise lachen und schmunzelte ebenfalls.

»Hör ich da einen leisen Vorwurf heraus?«

»Er kommt plötzlich mit ganz neuen Ideen!«, sagte Meret diplomatisch.

»Oh das, ja! Und ich befürchte, ich habe ihn erst auf den Gedanken gebracht, tut mir wirklich leid!«

»Wie das denn?«

Meret hörte Adalina am anderen Ende seufzen.

»Du weißt, wie es mit den Männern ist. Das Naheliegende ziehen sie selten in Betracht. Ihr zwei seid wie füreinander gemacht, und ich wollte einfach nicht, dass ihm etwas entgeht, was für dich wichtig ist. Und deshalb habe ich wohl mal gesagt, die Frage nach Kindern stelle sich allen von uns, früher oder später …«

Hatte tatsächlich die wohlmeinende Adalina Niculan erst auf die Idee gebracht? Seltsamerweise enttäuschte sie dieser Gedanken fast ein wenig.

Adalina rückte die Dinge gleich wieder zurecht.

»Er hat damals gesagt, er überlege schon länger, dich darauf anzusprechen.«

Meret horchte auf.

»Er will das also wirklich?«

»Oh ja. Und er will und wird dabei alles anders und alles besser machen als sein eigener Vater.«

Das leuchtete Meret ein. Corsin Cavegn hatte sich im Leben seines Sohnes in den schwierigen Momenten durch Abwesenheit ausgezeichnet.

»Nur wenn du darüber sprechen möchtest: Was willst denn du, Meret?«

»Ich weiß es nicht. Nicht genau.«

»Warum nicht?«

»Wenn man fünfzehn Jahre lang seine ganze Energie in das eigene Geschäft gesteckt hat, tut man sich wohl schwer bei so was.«

»Nach fünfzehn Jahren Alleingang vor allem, ich weiß.«

»Und dann soll man sich für etwas entscheiden, das man eben nicht allein schaffen kann.«

»Könnte frau schon …«

Adalina hatte recht, dachte Meret. Sanna war das beste Beispiel.

»Empfiehlt sich aber wirklich nur im Notfall«, sagte Adalina. »Ich will dich nicht beeinflussen. Lass dir bloß Zeit für die

Entscheidung, dann wirst du sie auch nie bereuen, egal, wie sie ausfällt.«

Sie hatte es so leicht dahingesagt, aber ihre eigene Geschichte, die sie Meret einst anvertraut hatte, schwang unüberhörbar mit. Ihre Schwangerschaft mit sechzehn, die fatalen Folgen für die junge Frau im Klosterdorf, damals in den 1960er-Jahren, die Abtreibung und später die Diagnose, dass sie keine Kinder mehr haben konnte.

Schon damals war Meret versucht, von ihrer eigenen, kurzen Schwangerschaft zu sprechen, doch auch jetzt behielt sie die Geschichte für sich. Sie musste zuerst Niculan davon erzählen.

Adalina war ohnehin schon beim nächsten Thema. Pater Fidel bearbeite Niculan vielleicht auch ein wenig in die falsche Richtung, sie würde mit ihm sprechen.

Meret stöhnte innerlich auf. Die so gar nicht geheime Dadenser Geheimdiplomatie, über Jahrhunderte lang eingeübt im Klosterdorf! Mit Sicherheit beriet schon halb Dadens, was für Meret und Niculan das Beste wäre. Moderiert von Pater Fidel. Niculans altem Lehrer, heute väterlicher Freund und Berater. Zu Merets großer Verwunderung hatte er sich umgekehrt auch bald als Niculans Schüler entpuppt: beim Gleitschirm-Fliegen! Niculan wies mittlerweile diesbezüglich jede Verantwortung von sich. Und doch war er immer der Erste, der nach einer Havarie den unverbesserlichen Pater am Krankenbett besuchte. Ohne ihn vom nächsten Flugabenteuer abhalten zu können.

»Der gute Fidel wird sich in dieser Sache ausnahmsweise mal zurückhalten.«

»Verstanden!«, sagte Adalina und lachte leise.

Wie jedes Mal, wenn Meret mit ihr sprach, verlor sie bald jedes Gefühl für Raum und Zeit, selbst jetzt am Telefon war es, als sitze sie direkt bei der Alten in der Stube und sprach aus, was sie sonst nur dachte. Wie sie überall als die Lichtgestalt im Kampf gegen den Klimawandel angeschaut wurde, welcher Druck ihr daraus erwachsen war, wie sie deshalb alles andere dieser Aufgabe hatte opfern wollen. Sie sprach aber auch über Naheliegendes. Die Angst etwa, dass sie bereits zu alt war für ein Kind, dass sie seinen Ansprüchen nicht würde gerecht werden können, was Adalina ihr sofort energisch ausredete. Im nächsten Augenblick erzählte sie Adalina von dieser wundersamen Sanna und ihrem Kilian, und was sie ursprünglich nach Althäusern geführt hatte. Das war ja schon Rätsel genug, noch verkompliziert durch die Erkrankung von Halvorsen. Sie kamen vom Hundertsten ins Tausendste, aber immer wieder zurück zu Meret und ihren Plänen für die kommenden Jahre. Als sie viel später auflegte, hatte sie zum ersten Mal das Gefühl, sie stelle sich wenigstens die richtigen Fragen.

Das Tal öffnete sich zu einer Ebene. Sie stieg nur noch sanft an, die Straße verlief schnurgerade, die Harley schoss vorwärts. In der Ferne sah Meret den Baumriesen, der aus dieser Distanz wieder zu schweben schien. Sie nahm langsam das Gas zurück, denn jetzt gelangte sie in das Gebiet, das sie von den Fotos her kannte. Hier also. Neuhäusern. Ein wunderbarer, komplett abgeschiedener Ort, dieses Hochtal vor ihr, gestand sie sich ein. Malerisch, zum Verlieben! Eingebettet in die gemächlich ansteigenden Flanken der Oberländer Bergriesen. Althäusern, das Schmittental und die Weissfluh lagen keine fünf Kilometer entfernt und waren doch in unsichtbare Ferne gerückt. Was für ein Ort für eine nachhaltige Siedlung, dachte Meret, von einer neuen Lust erfasst, hier etwas zu erschaffen, ein lebendiges Dorf, ein nachhaltiges Paradies für die zukünftigen Bewohner … Fast so ein Paradies, fiel ihr ein, wie es Sanna im Edligraben für sich geschaffen hatte. Nur größer.

Das Architekturbüro war wohl wirklich einen Besuch wert.

Sie erreichte das obere Ende des Hochtals und lenkte das Motorrad auf einen mit Holzschnitzeln präparierten Parkplatz.

Die zwanzig Birken waren schon angekommen, stellte sie fest.

Sie standen wie zum Appell auf der Wiese neben der Straße, die Wurzelballen in genässte Tücher gewickelt, die Kronen vom Transport her noch straff eingebunden, wie es nur bei den jüngeren Bäumen mit ihren schlanken Kronen und den aufstrebenden Ästen möglich war.

Ein geländegängiger Gabelstapler mit riesigen Reifen kam auf sie zu. Behutsam schob sich die Gabel unter einen der Wurzelballen, die Birke wurde hochgehoben, dann drehte das Gefährt sich vorsichtig um die eigene Achse und rumpelte langsam an dem Bach entlang, der mitten durch das Gelände führte.

Meret ging hinterher und schaute zu, wie der Stapelführer den Baum gekonnt in das vorbereitete Erdloch von rund fünf Metern Durchmesser setzte.

Zwei Männer standen mit Schaufeln bereit, der eine löste die Tragegurte vom Stamm, kaum dass die Birke an ihrem neuen Ort stand.

»Guten Tag!«, rief Meret. Sie machte mit einem Winken auf sich aufmerksam. »Wer, bitte, ist der Chef hier?«

»Die Chefin? Oben im Container.«

Es war offenbar das Büro der Bauleitung. Als Meret dort ankam, trat eine groß gewachsene Frau in ihrem Alter aus dem Container.

»Ah, Moment, ja, tatsächlich: Meret Sager, nicht wahr? Was für eine Freude!«

Meret blieb überrascht stehen. Sie hatte die Frau noch nie zuvor gesehen.

»Die Freude ist ganz meinerseits, aber ich fürchte, ich weiß nicht …«

»Natürlich nicht, wie sollten Sie auch. Ich bin Renate Osthoff und so etwas wie die Gärtnerin hier. Sie haben den Auftrag also angenommen?«

Wieder fühlte sie sich von der Frau, die ein geschliffenes Hochdeutsch sprach, überrumpelt. Dann dämmerte ihr der Zusammenhang.

»Gärtnerin? Sie sind doch die Maklerin, die Halvorsen die vielen Bäume beschafft?«

»Genau das ist mein Beruf. Darf ich Meret sagen?« Sie näherte sich, und statt mit Handschlag begrüßte sie Meret mit einer leichten Neigung des Kopfes, gleichzeitig legte sie die Hände vor ihrer Brust zusammen. Ihre elegante Vorsicht gefiel Meret.

»Natürlich, ja.« Trotzdem blieb Meret vorerst beim Sie, in Deutschland gab man mehr auf Förmlichkeiten.

»Renate, wie schon gesagt. Herr Halvorsen hat mir vor seiner Erkrankung noch von dir berichtet: Er hofft auf deine Zusage. Ich natürlich auch. Ich kenne deinen Namen, weil ich mich mit euren Nachhaltigkeitsprojekten beschäftigt habe.«

»Die Brennstoffzelle, wahrscheinlich.«

»Als Biologin hat mich deine Plastic Screening-Plattform fast mehr beeindruckt. Mit einem Riesenkamm das Plastik aus dem Meer fischen und vor Ort recyceln – die Idee ist so simpel wie überzeugend. Ist die Plattform mittlerweile in Betrieb?«

»Seit einem Monat, ja.«

»Und?«

»Die Ergebnisse, meinst du? Ganz zufriedenstellend.«

»Also gut, heißt das.« Renate Osthoff lächelte wissend, auch die stets praktizierte Bescheidenheit bei *Greenclean* schien ihr bekannt zu sein. »Das freut mich. Und jetzt das!« Sie umfasste das ganze Tal mit einer großen Armbewegung. »Hier kommst du genau im richtigen Moment!«

Meret fand es an der Zeit, Renates Euphorie zu dämpfen.

»Ich bin eigentlich nur hier, um mit Herrn Halvorsen ein erstes Gespräch zu führen, ich habe ihm nicht zugesagt. Und jetzt … ist das nicht möglich.«

Renate Osthoff schaute sie prüfend an. »Keine Sorge, Halvorsen ist zäh. Sehr zäh. Der kehrt schon bald wieder in sein Schloss zurück. Alles andere würde mich überraschen. Und trotzdem fehlt er gerade jetzt. Wegen des Ungetüms da!«

Sie deutete talaufwärts.

Meret war von dem Spalier der entwurzelten Birken so beeindruckt gewesen, dass sie die Linde gar nicht mehr wahrgenommen hatte. Der Tieflader war so weit gefahren, wie die Straße es zuließ. Der Baumriese stand noch immer auf der Ladefläche.

»Das ist … die Linde, von der in den Unterlagen die Rede ist, nicht wahr?«

»Ja.«

»Kann sie auf dieser Höhe gedeihen?«

»Das ist das kleinste Problem, wir haben in diesem Kessel hier ein mildes Mikroklima, das vieles ermöglicht.«

»Aber?«

»Der Baum ist weit über siebzig Jahre alt, da birgt das Umpflanzen immer Risiken. Den Transport haben wir mit viel Mühe geschafft, noch dazu aufrecht, aber jetzt muss er schnellstmöglich in die Erde. Nur … Halvorsen hat sich nicht mehr um die Platzierung kümmern können.«

»Das darfst du nicht selbst entscheiden?«, fragte Meret. Ihre Antwort interessierte sie im Hinblick auf ihre Arbeit besonders.

»Ich habe für den gesamten Waldgarten freie Hand. Bis auf diesen Baum. Mit dem hat es eine besondere Bewandtnis. Ich habe ihn eher zufällig entdeckt. Kurz vor seiner Erkrankung bewilligte Halvorsen den Kauf, mit dem Hinweis darauf, dass er den Platz dafür selbst aussuchen werde. Es muss ihm viel daran liegen. Da drüben, in der Nähe des Wasserfalls, mehr hat er nicht verraten.«

»Und du kannst nicht mehr länger warten?«

»Jede Stunde mehr vergrößert das Risiko, dass der Baum Schaden nimmt.«

»Dann entscheide einfach selbst.«

Das war für Renate Osthoff schwer vorstellbar, ihr Gesichtsausdruck verriet es. Meret ahnte, weshalb. Das alte Lied. Sie hatte nach dem Studium ein Jahr lang in Deutschland gearbeitet.

»Weißt du, hier in der Schweiz gewichten wir die Argumente der Vernunft schon mal höher als die Position in der Hierarchie.«

Renates Lächeln wirkte noch immer etwas verzagt. »Du meinst wirklich, ich soll selbst entscheiden?«

»Ja, klar. Zeig mir doch, wo du den Baum einpflanzen würdest.«

Renate Osthoff schaute sie einen Moment lang verwundert an, dann ging sie los. Der Bach, der sich weiter unten dereinst durch das Birkenwäldchen schlängeln würde, bewältigte die letzte Felsklippe im freien, stiebenden Fall. Ein feiner Sprühnebel über dem Teich fächerte das Sonnenlicht in allen Regenbogenfarben auf. Ein Bild wie gemalt.

»In der Nähe des Wasserfalls, hat er gesagt.«

»Ist doch schon mal was! Dann nimm einfach eine Stelle, die so nahe wie möglich am Wasser liegt und trotzdem sonnig ist. Oder was immer das Beste für eine Linde ist.«

Renate Osthoff ging nachdenklich auf den Wasserfall zu, drehte sich einige Male um die eigene Achse, blickte zur Sonne und zu den Berghängen hinauf, durchmaß dann wieder die Senke und blieb endlich in Merets Nähe stehen.

»Hier.«

»Hier?«

»Ja.«

»Dann los!«

Renate lächelte. »Ganz ohne Vorbereitung geht es nicht. Aber das schaffen wir schnell. Der Kranwagen kommt ohnehin erst morgen.«

»Reicht der Arm denn so weit?«, fragte Meret. Sie waren mehr als zehn Meter vom Ende der Straße entfernt.

»Achtzehn Meter Reichweite, fünfzehn Tonnen Nutzlast.«

»Ein Ungetüm.«

»Oh ja. Doch wenn der Kranwagen bis ins Tal hochkommt, wird er auch das hier schaffen. Und ... du meinst also wirklich, dieser Ort wäre ihm recht?«

»Ja. Näher kommen wir nicht an den Wasserfall heran.«

Kurz beschlich Meret das Gefühl, die Maklerin wolle ihr die Verantwortung zuschieben, für den Fall, dass Halvorsen ihr Vorgehen nicht billigte. Hatte sie sich von den Komplimenten der Frau einlullen lassen?

»Vor allem ist der Baum hier nicht dem Wind ausgesetzt«, sagte diese gerade. »Das beruhigt mich. Wir werden ihn zur Sicherheit auch noch spannen.«

»Spannen?«

Renate zog eine Fotografie aus ihrer Mappe.

»Oha! Ein Park der Riesenbäume? Um Himmels willen, das ist ja hoffentlich nicht Halvorsens Muster?« Verwundert betrachtete Meret das Bild, auf dem Dutzende solcher Baumriesen zu sehen waren. Bei allen waren an vier, fünf Stellen zentrale Äste mit Drahtseilen am Boden fixiert, wie bei einem Zelt.

»Keine Sorge, das dient nur als Anleitung für die Bodenbefestigung. Es handelt sich hier übrigens um den Park des ehemaligen georgischen Premierministers. Er kauft zurzeit im ganzen Land alte Bäume auf, lässt sie entwurzeln und in seinen Park transportieren.«

»Ein Kunde von dir?«

»Oh nein. Der geht über ... Egal, wir haben ihn abgelehnt. Er wollte Fichten von uns. Die sind im Ostblock gerade sehr gefragt. Nur da.«

Meret musterte sie aufmerksam. »Wohl ein ziemlich heikles Geschäft, dieser Pflanzenhandel?«

»Ich versuche, integer zu bleiben.«

Meret sann ihrer Antwort nach, als sie durch die Wiese zur Straße stapften. Es war vielleicht der geeignete Moment, ihre eigenen Bedenken ins Spiel zu bringen.

»Nicht alle Auftraggeber sind wie dieser Georgier«, fuhr Renate fort, als müsse sie sich rechtfertigen. »Am oberen Zürichsee beispielsweise investiert ein Mann sein ganzes Geld und seine ganze Kraft in ein Parkprojekt. Dort werden alte Bäume hingebracht, die man sonst fällen würde. Zu dieser Kategorie engagierter Zeitgenossen gehört auch André Heller.«

»Der österreichische Allzweckkünstler?«

Renate lachte. »Genau, ja. Der hat sich schon immer über alle möglichen Verbote hinweggesetzt. Zuletzt hat er einen Garten in der Nähe von Marrakesch angelegt. Dreißigtausend Quadratmeter, öffentlich zugänglich. Ein subtropisches Paradies, wo vorher Wüste war. Viel alter Baumbestand, der dorthin verpflanzt wurde. Olivenbäume, die von sterbenden Oasen stammen, beispielsweise. Und turmhohe Palmen ließ er auf Tiefladern dorthin transportieren, wie wir unsere Linde.«

»Halvorsen ist also anders gestrickt als dieser Georgier, willst du mir das sagen?«

Renate lächelte. »Eher wie Heller, hoffe ich. Wobei auch diesen schon immer ein gewisser Größenwahn ausgezeichnet hat. Von Größenwahn kann man bei Halvorsen aber nicht reden. Wir zwei scheinen uns ziemlich ähnlich zu sein. Mit unseren Bedenken vor einem Auftrag von dieser Größenordnung. Müssen wir auch haben …«

Haben wir Frauen einfach … ergänzte Meret für sich.

»Aber schau dich um. Im Park arbeiten wir nur mit Pflanzen, die in dieser Gegend ohnehin heimisch sind. Mit Ausnahme der Linde, zugegeben. Sie ist aber auch schon das Verrückteste bei diesem Projekt.«

»Würdest du auch die Begrünung des Dorfes übernehmen?«

»Wenn du das willst. Ich habe bisher nur eine unverbindliche Offerte abgegeben. Die Parzellen für die Häuser enden bei den zwei Felsen dort drüben, siehst du sie? Da beginnt der Waldgarten erst.«

»Er behandelt Dorf und Park getrennt voneinander?«

»Ja. Irgendwie ist er da seltsam.«

»Weshalb?«

»Ich habe manchmal den Eindruck, dass er genau weiß, wer einmal in diesem Dorf wohnen soll. Irgendwann einmal. Und dass er den Waldgarten für sich selbst anlegen will.«

»Das Dorf der Zukunft und der Garten der Vergangenheit?«

Renate Osthoff schaute sie verblüfft an. »Ja, so könnte man das vielleicht sagen.«

7

Res hat die halbe Nacht wach gelegen und den *Toggeli* auf dem Dach und hinter der Hütte nachgehorcht. Lass sie nur machen, hat die Großmutter immer zu ihm gesagt, schön unter der Decke und im Haus bleiben, wer sich einmischt, macht die Zwerge wütend. Er hat ihren Rat beherzigt, irgendwann ist er trotz der unheimlichen Geräusche draußen eingeschlafen, und als er nun die Augen aufschlägt, weiß er sofort, dass er verschlafen hat. In der kleinen Kammer ist es fast hell. Wäre das unten im Tal passiert, hätte ihm der Vater längst die Ohren langgezogen. Aber hier kümmert es keinen, und Res räkelt sich wohlig unter der Wolldecke.

Die Furcht ist verschwunden. Der Ratschlag der Großmutter hat sich auch diesmal bewährt.

Gar nichts ist ihm geschehen!

Als er Minuten später aus der Hütte tritt, um sich drüben auf dem Abort zu erleichtern, hofft er schon übermütig, dass die *Toggeli* für ihn an Marias Geschenk weitergeflochten haben. Aber was auch immer die Zwerge nachts gewerkelt haben mochten, den Tag wollten sie ihm offenbar nicht einfacher machen. Er klettert den Felsen hinter der Hütte hoch, bis er einen Blick auf das Dach werfen kann. Meistens würden sie mit den Gewichtsteinen auf den Schieferplatten bloß ein bisschen spielen, hatte ihm die Grossmutter immer gesagt, weshalb es hier zugehe *wie imne höuzige Himmu!*

Und wenn man genau hinschaue, lägen die Steine am Morgen an einem ganz anderen Ort.

Res will die Probe aufs Exempel machen, er merkt sich die Lage der Steine auf dem Dach und deren Form. Er wird den kleinen Wichten auf die Schliche kommen.

Beharrlich kaut er auf seiner Kante Brot und plant in Gedanken den ersten Tag auf der Fluhmatte.

Er ist für das Flechten nicht gemacht, denkt er schon wenig später. Zu *nifelig* ist die Arbeit, zu viel Geduld heischt sie; die Hände zwar in Bewegung, sonst aber: stillgesessen, mit gekrümmtem Rücken, die Hände bald rissig vom Beugen und Ziehen der Ruten. Wenn nicht seine innigsten Hoffnungen an diesem Geschenk hängen würden, hätte er die verrückte Sonnwende-Idee längst aufgegeben. So aber sitzt er vor der Hütte, zügelt seine Ungeduld, knüpft mithilfe der Binderute eine neue, nur ein wenig breitere Rute an den Reif der Schale, flechtet diese durch die acht dickeren Rippenruten und verknüpft sie auf der anderen Seite mit dem Reif. Die Arbeit schreitet nur langsam voran. Er hält die Schale immer wieder gegen das Licht, betrachtet das Resultat, seufzt auf, weil er sieht, wie oft er diesen Vorgang noch wiederholen muss. Und enger flechten müsste er auch! Der Mut verlässt ihn, dann denkt er daran, was sie für Augen machen wird, wenn sie sein Geschenk sieht, und schon findet die nächste Rute ihren Platz.

Zwei Stunden später steht er vor dem nächsten Problem, dem *Schragzaun*, den er entlang der Felskante der Weissfluh fertig bauen soll. Er wird das Vieh im Sommer vor einem Sturz über die Wand bewahren. Res schätzt ab, wie viele Scheite er dafür brauchen wird, und geht hinüber zum Depot, das sein Vater zwischen zwei Felsblöcken errichtet hat. Er ist nicht wirklich überzeugt davon, dass die bereitgelegten Latten ausreichen, aber der Vater hat es behauptet. *Arvel für Arvel* trägt er sie deshalb hinüber, legt sie in den richtigen Abständen aus, um gleich den nächsten Armvoll zu holen. Die Sonne hat den Zenit überschritten, als endlich alle ausgebreitet vor ihm liegen. Er will eben mit dem Beil zum ersten Schlag ausholen, da erstarrt er in der Bewegung. Die Alarmsirene! Erschreckt lauscht er hinab. Selbst hier oben ist sie laut und viel dringlicher als das Signal, das man täglich um diese Zeit aus dem Militärstollen hört.

Ein Unfall?

Mit banger Miene lässt er das Beil sinken.

Die Sirene verhallt.

Sicher nur eine Übung! Oder zwei Zugmaschinen waren im Militärtunnel aufeinandergeknallt. Alles schon vorgekommen.

Die Kavernen danach voller aufgeplatzter Makkaroni-Schachteln, haben die Soldaten erzählt.

Er lächelte bei der Vorstellung, ist aber noch immer verunsichert.

Res starrt ins Tal hinab. Im Dorf, das von hier aus besser zu sehen ist als das Militärgelände, rührt sich jedenfalls nicht viel.

Er holt wieder aus und klopft mit dem Beil die ersten beiden Scheite schräg in den Boden. Der Boden ist noch nicht ausgetrocknet, die Scheite dringen unter seinen Beilschlägen schnell ins Erdreich ein, er kommt gut voran. Trotzdem begreift er nicht, weshalb *dr Att* noch weiter an dieser altmodischen Art des Zäunens festhält. Es gibt längst viel einfachere, wirksamere Methoden, aber was erwartet er von seinem Vater.

Das wäre ja ganz etwas Neues!

Lieber beim Veralteten, beim Aufwendigen bleiben … Deshalb braucht er dann überall seine Hilfe, und Res bleibt kaum Freizeit. Für die anderen Jungen im Dorf, für ihre Spiele im Wald oder auf dem Rasen hinter der Schule.

Für Maria.

Wann hatten sie zuletzt gemeinsam etwas unternommen? Der Ausflug zum See war es gewesen.

Unvergesslich.

Seit ewig und einem Tag durchstreifen sie gemeinsam Althäusern und das Schmittbachtal. Meist enden ihre Abenteuer irgendwo am Wasser, in ebenso überdimensionierten wie gescheiterten Staudamm- oder Brückenprojekten. Oder sie bauen aus Seidenpapier und Holzleisten Papierdrachen und lassen sie auf den oberen Dorfmatten vom verlässlichen Talwind mitnehmen. Manchmal stibitzt Res im Stall einen Strick, und sie stellen in den Felsen der Weissfluh die dramatische Erstbesteigung des Eigers nach, so wie sie ihnen der vergessliche Schulmeister alle drei Monate wieder aufs Neue erzählt. Die spannendsten Ausflüge jedoch sind die in ihren Köpfen, wenn sie sich bei Regenwetter in der Ruine der alten *Zündi* verkriechen, vor einem Feuer Fantasiegeschichten spinnen, während sich ihre Blicke in den Flammen verlieren. Am liebsten ist ihnen das Spiel, in dem Maria die legendäre *Zündi*-Elsie spielt, die Fabrikdirektorin, und er den mittellosen Einleger und Tunker Ehrsam, der sich unsterblich in die Direktorin verliebt hat und sie mit allen Mitteln darauf aufmerksam machen will, dass er überhaupt existiert.

So weit ist dieses Spiel gar nicht von der Realität weg, er ist ein Bauernsohn, sie die Tochter eines SBB-Angestellten, dazwischen liegen Welten. Maria hat dieselbe blühende Fantasie wie Res, aber auch dieselbe Lust an handfesten Abenteuern.

Selbst beim Bergsteigen muss Res sie immer wieder zügeln, so ungestüm, wie sie den Felsen angeht.

Wann ihre Freundschaft begonnen hat, wissen beide genau. An jenem Herbstnachmittag sind sie vielleicht sechs Jahre alt gewesen. Die Dorfbuben sollen im Auftrag eines Bauern einen Wurf Katzen ertränken. Mit Gejohle ziehen sie durchs Dorf, die winzigen Fellknäuel im Korb wecken Marias Mitleid. Sofort rennt sie den Buben hinterher und kapiert entsetzt, was sie vorhaben. Unten am Schmittbach bugsieren sie den Korb mit einer langen Haselnussrute auf einen der Felsen mitten in der stärksten Strömung. Mit einem Zwick bringt der Anführer den Korb zum Kippen, die Kätzchen kullern heraus, eines stürzt sofort über den Rand, verschwindet unter dem Gejohle der Buben in einem Wasserstrudel. Die verbliebenen vier liegen hilflos auf dem Felsen. Der Schmittbach führt viel Wasser, sein Brausen schreckt und lähmt die Kätzchen. Die Buben werfen erfolglos einige Steine hinüber, wenden sich dann ab, wohl weil es ihnen vor sich selbst graust, und geben vor, das Interesse verloren zu haben. Sie spritzen einander der Form halber noch ein bisschen nass und verschwinden dann plötzlich. Maria klettert ans Ufer hinab, ruft zu den Katzen hinüber, als könne sie das beruhigen. Sie weiß nicht, was tun, die Strömung ist zu stark, der Weg durch den Bach viel zu gefährlich.

Bereits nähert sich ein zweites Kätzchen dem Rand des Felsens.

»Still, so bleib doch liegen, bitte!«

Sie will fast verzweifeln, doch plötzlich ist sie nicht mehr allein! Einer der Buben ist zurückgekehrt. Res ist es, natürlich Res! Er legt den Finger auf die Lippen und zwinkert ihr zu.

»Ich bin oft da drüben«, sagt er.

Res bückt sich und zieht aus dem Dickicht am Ufer einen drei Meter langen, armdicken Birkenstamm heraus. Er läuft damit auf einen großen Stein im Wasser zu, legt den Stamm mit dem einen Ende in eine natürliche Kerbe, das andere Ende senkt er zwischen den Kätzchen behutsam auf den Felsen. Ohne Aufhebens balanciert er hinüber. Bevor Maria richtig begreifen kann, was er tut, nimmt er die Kätzchen mit ruhiger Hand auf und steckt sie sich vorne ins Hemd, das er sicherheitshalber am Hals zuknöpft, so schafft er auch den Rückweg problemlos.

»Jetzt musst du weiterschauen, ich kann die Katzen nicht mit nach Hause nehmen. Das gäbe ein Donnerwetter!«

Maria hebt ihre Schürze an und rafft den Stoff zusammen, er setzt ein Kätzchen nach dem anderen hinein.

Wieder legt er die Finger auf die Lippen, wieder zwinkert er, dann ist er fort.

Seither sind sie Freunde.

Neun Jahre sind inzwischen vergangen. Sie sind keine Kinder mehr, aber eines der Kätzchen hat sie noch immer. *Schneesöckli.*

Res streckt den schmerzenden Rücken, lässt den Hammer ins Gras fallen. Die ersten zehn Meter des Zaunes stehen, er gestattet sich eine Pause. Unter den Büschen dicht an der Felskante der Fluh sucht er sich ein schattiges Plätzchen. Dort hat er die beste Fernsicht. Die wachen Stunden in der Nacht machen sich bemerkbar, er blinzelt matt, sein Blick schweift talaufwärts. Die Senke des Isigsees findet er sofort, obwohl dieser auf drei Seiten von Wald umgeben ist.

Der berühmte Ausflugsee.

Für sie ein wunderbarer Spielplatz.

Vor drei Wochen ist alles anders geworden.

Zu Beginn des Nachmittags ahnen sie noch nichts davon. Maria ist vielleicht ein bisschen lebhafter und gesprächiger als sonst. Und Res einfach froh, dass der Alte ihm ausnahmsweise einen halben Tag freigegeben hat. Es komme ja sonst nie vor, dass die Schule ausfalle, robust, wie der Schulmeister sei, hat er dem Vater erklärt. Aber heute hätten sie tatsächlich frei und Zeit, alle zusammen zu spielen. Res' Vater hat es widerwillig erlaubt, nicht ahnend, dass sein Sohn nur mit Biglers Maria unterwegs sein wird.

Res schlägt ihr den Isigsee als Ziel vor.

»Zum Schwimmen ist er noch viel zu kalt.«

»Wir nehmen uns ein Boot.«

Dann ist es ein Kinderspiel.

Zum Steg schleichen, das Tau lösen, die Ruder lautlos eintauchen, sich ins Boot ducken, tiefer in den Waldschatten gleiten.

Auf den Lippen der beiden ein verschwörerisches Lächeln.

Geschieht denen recht. Immer mehr Ausflügler kommen seit dem Krieg an den winzigen Bergsee, viele von weit her. Dabei ist es ihr See. Im Hochsommer stehen sie sich dann alle auf den Füßen herum. Jetzt zum Glück noch nicht, nur wenige Wanderer sitzen auf der Terrasse des Restaurants. Unbemerkt gleiten sie mit dem stibitzten Boot in den abgelegenen Teil des Sees.

Das mächtige Iisighorn spiegelt sich im Wasser, seine jähen Wände zeichnen sich bis in ihre Felsschrunden ab. Die Uferlinie wird zur Spiegelachse. Ein doppelter Berg, ein doppelter Fichtenwald. Sie möchten das Bild festhalten, fasziniert wie jedes Mal, dann tupfen die Ruderschläge kleine Rippen hinein, die Spiegelung verliert sich in den Kringeln auf der Wasseroberfläche.

Das Ufer ist hier zugewachsen. Urtümlich. Der Fußweg verläuft auf der anderen Seeseite.

Marias Arm rutscht träge über die Seitenwand. Die Haare fallen ihr in die Augen. Er beobachtet sie aus den Augenwinkeln. Engste Freunde sind sie, seit er die Kätzchen gerettet hat. Ist beides selten in Althäusern: Katzen retten und Bub und Mädchen zusammen. Das Erste ist ungewohnt, das Zweite ungehörig. Kümmert sie beide aber nicht. Die spärliche Freizeit verbringen sie immer zusammen.

Boote stehlen ist noch harmlos.

Wiiberschmöcker rufen sie ihm manchmal nach.

Dabei ist sie doch fast mehr Bub als er.

Heute nicht.

Halb sitzt sie, halb liegt sie auf dem schmalen Bänkchen. Sie räkelt sich ein wenig, als wollte sie gleich einschlafen. Res ist irritiert von ihren Blicken. Irgendetwas an Maria ist anders heute, er hat es schon auf dem Weg zum See bemerkt. Etwas in ihren Augen, in ihren Bewegungen. Als wolle sie ihn herausfordern! Aber nicht zu einem Armdrücken, zu einem Wettlauf, oder zum Weitspringen, wie sonst immer. Das heute ist anders als ihre üblichen Spielereien, er versteht es nicht, und sie macht ihm ein bisschen Angst. Vielleicht zieht Res die Ruderblätter deshalb so unregelmäßig, er zickzackt über den See, dabei ist er sonst so stolz auf seine Ruderkünste.

»Mich ärgert diese Geschichte mit der Jungfrau«, sagt sie dann plötzlich. Fast streitsüchtig, denkt Res überrascht.

»Hä?«

»Die blaue Farbe des Sees kommt also von den Tränen des Mädchens, das den Bergtod seines Geliebten beweint? *Bhüetmi!*« Sie legt den Handrücken dramatisch an die Stirn. »Weil sie ihre glücklichste Zeit mit ihm hier in einem Boot verbracht hat!«

»So wie wir, meinst du!«

Er zieht eine Grimasse, sie ist für eine Sekunde lang irritiert und wird heftig: »*Läli, schierige!* Wirklich: Die Jungfer fährt fortan jede Nacht hinaus zum Trauern, und eines Morgens findet man sie und das Boot auf dem Grund des Sees, und seither ist der also blau.«

»Also ärgert dich die Farbe?«

»Dass sie nichts Besseres zu tun gewusst hat.«

»Sie hat getrauert.«

»Irgendwann ist auch genug. Ein Mädchen muss sich ja nicht gleich aufgeben, nur weil ihr *Pössi* verschwindet.«

»Verschwindet? Er ist am Iisiggrat abgestürzt.«

»Und? Ist ja wohl freiwillig hochgeklettert.«

Sie ist verärgert, er sieht es. Die senkrechte Falte auf der Stirn.

Sie streckt die Hand ins Wasser. »Überhaupt. Du weißt genau, was ich meine!«

Weiß er gerade nicht, nein. Er wischt sich den Schweiß aus der Stirn und knöpft das Hemd auf.

Sie setzt sich sofort aufrechter hin. Taucht die Hand tiefer in den See, sie wird sofort gefühllos.

»Und seit wann sind Tränen so kalt?«

»Weil es Grundwassertränen sind?« Er lächelt spitzbübisch.

Sie sagt erst nichts und dann unvermittelt: »Schenkst du mir einen Sonnwend-Korb?«

Als er die Bedeutung der Frage richtig erfasst, hat sie den Kopf längst wieder zur Seite gedreht.

Sein Atem setzt aus. Natürlich … auch er hat sich schon gefragt.

… Er hat ihr noch nie einen Korb geschenkt.

Das passt doch nicht zu ihnen, das ist etwas für Verliebte oder Angeber!

»Nur so als Freundschaftsdienst«, sagt sie endlich, als suche sie einen Ausweg. »Nur für den Fall, dass es keinem andern in den Sinn kommt. Die Wahrscheinlichkeit ist nämlich groß, und das würde ich schlecht ertragen.«

Er nimmt ihren leichten Ton auf. »So meinst du das! Einen Reservekorb, falls dir alle anderen einen … ja, nun: keinen Korb geben.«

»Genau. Und jetzt lässt du mich rudern.«

Er erkennt sie gerade nicht mehr. »Rudern ist Männersache.«

»Und was ist Frauensache: Sich in den Tod weinen und ertrinken? *Eghirgotzigerlei!* Gib her!«

Sie wirft sich auf ihn, er ist fast erleichtert. Eine handfeste Rangelei passt schon eher zu ihr. Sie kriegt sein Handgelenk zu fassen und verdreht es heftig.

»Autsch!«

Sie wird immer geschickter, immer stärker, denkt er noch, er flucht in sich hinein und drückt sie in der Not nach unten. Sie fällt, ihre Bluse verrutscht, dann spürt er ihre Brust. Auf seinem bloßen Arm.

Weich … und trotzdem fest.

Sekundenlang bewegt er sich nicht, nimmt nur diese Berührung wahr. Prompt entwindet sie sich, zieht das Kleid zurecht, als sei nichts gewesen, und wirft sich plötzlich auf die andere Seite. Er kann sie diesmal nicht zügeln, und schon gar nicht auffangen, Maria rudert mit den Armen, dann fällt sie, verschwindet hinter der Bootskante, das Wasser spritzt auf, das Boot droht zu kentern. Er hält sich an der Seitenwand fest, gleicht das Schaukeln mit Gegenbewegungen aus. Dann endlich will er sie hereinziehen, lachend beugt er sich über die Kante, doch er sieht sie nicht. Das kann nicht sein, das Wasser ist klar, er müsste sie sehen! Seine Brust wird eng. Die Kälte! Himmel, ist sie bewusstlos geworden?

Die Angst fährt ihm in die Glieder wie niemals zuvor.

Nicht Maria!

Er schreit irgendetwas, er reißt sich das Hemd vom Körper und springt ihr nach. Sofort taucht er wieder auf, die Kälte verschlägt ihm den Atem, er ringt verzweifelt nach Luft, saugt den Brustkorb voll und taucht ab. Unter Wasser dreht er sich wild im Kreis, bald komplett verstört, denn er sieht bis zum Grund, das Wasser ist glasklar, aber Maria bleibt verschwunden! Er taucht auf, holt wieder Luft, strampelt mehr, als er schwimmt, er hat nie richtig begriffen, wie das geht. Wieder lässt er sich hinabsinken.

Und da: Als er unter dem Kiel des Bootes plötzlich ihre Füße sieht, hätte er seine Erleichterung am liebsten hinausgeschrien. Sofort strampelt er vorwärts, um das Boot herum. Sie schaut ihm lachend entgegen, hält sich dicht an die Seitenwand gepresst, so hat er sie vom Boot aus nicht sehen können.

»Du dumme Kuh!«, schreit er sie wütend an, gleichzeitig hätte er sie an sich drücken wollen.

»Was ist denn? Jetzt beruhige dich wieder! Du hast doch nicht ernsthaft gedacht, ich mach es der Isigsee-Jungfrau nach?«

Er klettert ins Boot und zieht sie hinterher. Schwer schnaufend liegen sie endlich auf den Planken.

»Maria, wirklich! Du spinnst doch.«

Sie setzt sich auf.

»Schau uns an! Wir holen uns den Tod auch so noch«, fügt er hinzu und setzt sich an die Ruder. »Doppelseitige Lungenentzündung. Mindestens.«

»Ich wollte dich nicht erschrecken«, sagt sie, nun doch etwas kleinlaut. Ihre Lippen sind blau und zittern. Sie weiß selbst nicht, was sie heute sticht.

»Schon gut. aber *nüüschti*, wir müssen aus diesen Kleidern raus.«

Minuten später legt das Boot im hintersten Winkel des Seeufers an. Im Hochsommer tummeln sich hier die Althäuser Kinder, vor allem die paar wenigen, die schwimmen können. Als Schwimmen gilt hier jede Bewegungsart, die den Kopf für einige Momente über Wasser hält.

Jetzt ist glücklicherweise keiner da, es ist ja auch noch nicht warm genug. Res greift nach seinem Hemd und hilft Maria aus dem Boot.

»Du ziehst alles aus und das hier an. Nein, keine Widerrede! Mein Hemd ist das einzige trockene Kleidungsstück. Und dann hinauf mit dir auf unsere Steinplatte, die wärmt dich, und in der Sonne trocknen deine Kleider.«

Maria will etwas sagen, er unterbricht sie.

»Schluss jetzt! Du hast genug angestellt. Ich geh weg, dann kannst du dich ungestört umziehen. Mein Hemd ist groß genug. Wir müssen unsere Kleider trocken kriegen, du kannst so nicht nach Hause.«

»Und du?«

»Kümmert keinen bei uns.«

Er zwängt sich durch das Gestrüpp und schaut nicht zurück, obwohl er genau das tun möchte. Endlich ist er weit genug weg. Er greift nach ein paar Farnblättern, die hier wachsen. Halbherzig beginnt er, eine Art Lendenschurz zu knüpfen, doch das Resultat ist so lächerlich, dass er es sein lässt. Er zieht bis auf seine abgetragene Unterhose alles aus und bahnt sich halb nackt einen Weg zurück. Zwei Schwalbenschwänze lösen sich von einem Gestrüpp und begleiten ihn ein Stück. Überrascht bleibt er stehen. Sie hat sich an seine Anweisungen gehalten und liegt auf der großen Steinplatte, auf der sie sich sonst immer sonnen, alle Kleidungsstücke um sich herum ausgebreitet. Er sieht ihre

Strümpfe, ihren Rock, ihre Schürze, ihre Bluse, ihr Hemdchen und … ja.

Jetzt weiß er, dass sie darunter nichts trägt, das beruhigt ihn nicht. Aber wenigstens reicht ihr sein Hemd bis zu den Knien.

Sie schaut ihn an. Seinen Oberkörper, dann seine … schließt endlich, endlich die Augen.

Oder tut sie nur so?

Er legt sich neben sie, dankbar spürt er, wie die Wärme des Steins auf seinen Körper übergeht.

»Und du lässt die Augen geschlossen, verstanden!«

Dass die Kälte aus seinem Körper weicht, hat noch andere Auswirkungen.

Sie lächelt. »Verstanden. Erfinden wir eine Geschichte?«

»Lass mich erst mal ausruhen.«

»Hast recht.«

Sie liegen eine Weile still nebeneinander, dann sagt sie: »Hast du auch dieses seltsame Gefühl: Als wären die äußersten zwei Zentimeter noch immer eingefroren?«

Res spürt es auch. Nur nicht überall. Er lässt die Hände wie zufällig auf seiner Körpermitte liegen, für alle Fälle. Maria sagt jetzt nichts mehr, sie dreht sich von ihm weg auf die Seite, als wolle sie ihm jede Peinlichkeit ersparen. Aber das Hemd spannt sich dabei um ihre Hüfte, und als sie die Beine ein wenig streckt, rutscht der Barchetstoff bis zu ihren Oberschenkeln hoch. Das fällt auch ihr auf, sie zieht das Hemd ein wenig hinunter, doch ihre Beine sind immer noch sehr nackt, findet Res.

Als hätte er die noch nie gesehen, beim Waten durch den Bach, beim Baden, überhaupt!

Dieser goldene Flaum auf der Innenseite allerdings …

Seit er ihre Brust an seinem Arm gespürt hat, sieht er mehr.

Nein, schon seit ihrem seltsamen Blick, beim Rudern.

Von einem Tag auf den andern?

Die Wirkung kann er nicht verhehlen. Er versucht, an früher zu denken, an die gemeinsamen und unschuldigen Husarenstücke am Schmittbach, oder in der Weissfluh.

Es entspannt ihn nicht.

Maria ist zum Glück eingenickt. Sie dreht sich im Schlaf zu ihm hin, etwas Unverständliches murmelnd, ihre Hand liegt jetzt schwer auf seiner Brust, sie merkt es nicht mal, er will sie wegschieben, doch dann ... tut er das Gegenteil.

Unendlich langsam und ganz behutsam legt er seine Hand auf ihre.

Und auch eine Stunde später, als sein Genick schon längst steif ist, liegen sie immer noch so da. Er schaut ihr beim Schlafen zu, ihre Hand in seiner. Sie hat den Kopf seitlich in ihre Armbeuge gelegt, sich vertrauensvoll noch etwas näher an ihn gekuschelt, zusammengerollt wie ein Kätzchen. Als könne sie die Wärme so bei sich behalten. Ihr ruhiges Gesicht liegt ganz nah an seinem, er nimmt die feinen blonden Härchen nun auch in ihrer Halsbeuge wahr, so wie die Sommersprossen auf ihrer kleinen Nase. Und diese langen, blonden Wimpern! Er hört ihren leisen Atem, ist plötzlich von einem seltsamen Stolz erfüllt, er ist ihr Beschützer, der Wächter über ihren Schlaf, sie vertraut ihm ganz und gar. In diesem Moment geschieht es, er kann sich nicht dagegen wehren, er weiß schlagartig, was er für sie wirklich empfindet, und dass er sie fortan vor allem behüten wird, nichts und niemand darf ihr jemals etwas antun.

Nichts darf ihr geschehen.

Er dreht sein Gesicht näher zu ihr, seine Lippen nähern sich ihren, sein Herz stockt, er spürt ihren sanften Atem jetzt auf seinem Kinn, noch nie ist er jemandem so nahe gewesen, denkt er.

In diesem Moment landet keine dreißig Zentimeter entfernt von ihnen einer der beiden Schwalbenschwänze, die ihn gerade noch begleitet haben. Res schrickt auf und merkt, dass er zu weit geht. Fast widerwillig entfernen sich seine Lippen. Keine Sekunde zu früh, sie regt sich jetzt wieder, er lässt sofort ihre Hand los, zieht seinen Oberkörper zurück und hat bereits seinen Rucksack als Polster unter ihre Hand geschmuggelt, als sie aufwacht.

Benommen und verwundert blinzelt sie ihn an, dann dreht sie sich auf den Rücken, hebt die Arme über ihren Kopf und streckt sich mit einem herzhaften Gähnen.

»Gugg a, die schöne Pfypfölteni!«

Der zweite Schwalbenschwanz ist herangeflattert, Maria legt ihre Hand flach auf die Felsoberfläche, und als hätte er nur auf diese Gelegenheit gewartet, setzt sich der Falter darauf.

Res' Hemd rutscht an Maria hoch, immer weiter, er muss hinsehen, für eine Sekunde nur.

In diesem Moment fliegen die beiden Schmetterlinge davon.

Maria setzt sich auf, das Hemd bedeckt ihre Blöße wieder.

Sie macht sich weniger Gedanken als er, denkt Res fast schuldbewusst. Für sie ist das scheinbar alles normal.

Was weiß er schon, wie Mädchen denken. Woher auch! Von Bethli etwa? Seine Schwester ist ja noch ein Kind. Von seiner Mutter? Schwer vorstellbar, sie als Mädchen. Unmöglich sogar.

Plötzlich sieht sie an ihm vorbei, sie richtet sich sichtlich irritiert auf und zeigt zu der kleinen Bucht, an der er das Boot an Land gezogen hat.

»Da!«

»Was?«

»Das silbrige, im Wasser! Jesses, das sieht ja aus wie …« Sie springt auf und klettert eilig vom Felsen, ein bisschen bedauert er, dass die Magie des Momentes zerstört ist, aber wenn das im See das ist, wonach es aussieht, ist es um den friedlichen Nachmittag ohnehin geschehen.

Er folgt ihr, Sekunden später stehen sie erschrocken am Ufer des Sees. Dutzende, ja Hunderte toter Forellen! Mit dem Bauch nach oben sind sie in die Bucht getrieben worden.

»Das ist ja schrecklich, Res! Wie ist das möglich?«

Er zuckt nur mit den Schultern, von diesem Anblick genauso erschüttert wie sie. Woher soll er denn das wissen? Eben hat er sich noch in den siebten Himmel geträumt, und nun …

»Da stimmt etwas nicht«, sagt er endlich ratlos und mit belegter Stimme. »War vielleicht doch keine gute Idee vom Hotelier, diese Fischzucht.«

Maria packt ihn am Ellbogen. »Komm, wir lassen das Boot einfach hier und hauen ab.«

Res fährt aus dem Gras hoch. Ist er doch noch eingedöst?

Er steht langsam auf und fährt sich durch die Haare. Seit dem wunderbar schrecklichen Nachmittag am See sind drei Wochen vergangen.

Jede Nacht träumt er davon.

Manchmal auch bei Tag. Wie jetzt.

Seither gibt sie sich wieder ganz anders, als bereue sie die Stunden auf dem Felsen ein bisschen.

Und noch immer weiß er nicht, was der Grund für das Forellensterben ist.

Res nimmt seine Arbeit wieder auf. Die Sonne ist zwischenzeitlich ein ganzes Stück weitergekommen, was er von sich nicht behaupten kann. Den *Schragzaun* muss er heute noch zu Ende kriegen, dann kann er sich auf den Korb konzentrieren.

Auf seinen Plan.

Auf seine Maria und ihre unberechenbaren Launen.

8

Die Internetverbindung in ihrem Trückli war nicht die schnellste, deshalb richtete sich Meret in der Bibliotheksecke der Pfypfoltera-Lodge ein, als sie vom Nachtessen im Dorf zurückkam. Sanna und Kilian waren gerade mit einigen Bücherkisten beschäftigt, deren Inhalt sie in die noch halb leeren Regale der Hotelbibliothek stellten.

»Ich staune grad ein bisschen über meinen Sohn«, sagte Sanna belustigt. »Er findet, wir müssten die Bücher alphabetisch einordnen, das gehöre sich so.«

»Du nicht?«

»Das wird eine Hotelbibliothek, die Gäste bedienen sich nach Lust und Laune. Ordnung kannst du da vergessen.«

»Du bist nur zu faul, um sie zu sortieren«, moserte Kilian.

»Sagst du mir?«, fragt Sanna lächelnd. »Im Ernst, das Schöne an einer Hotelbibliothek sind doch die zufälligen Entdeckungen. Oder nicht, Meret?«

Meret fand, sie hätte beim letzten Mal schon für Kilian Partei genommen, und gab diesmal Sanna recht.

»Das hat was. Woher habt ihr denn all die Bücher?« Sie deutete auf die noch vollen Kisten neben dem Regal.

»Ist so zusammengekommen in letzter Zeit. Die Dorfbibliothek bezieht ein neues Gebäude, und ein Teil der Bücher findet dort keinen Platz mehr. Zudem habe ich einen Aufruf im Dorf gemacht, man könne hier Bücher ›entsorgen‹. Oh, da kamen sie gerannt! Die da drüben zum Beispiel sind von meiner Mutter.«

Kilian wuchtete einen weiteren Stapel in das Regal, dann verabschiedete er sich schnell, er habe noch Hausaufgaben.

»Höchstens eine halbe Stunde, Kilian!«

Sanna sah Merets verwunderten Blick. »Hausaufgaben heißt decodiert Whatsapp-Chat bis Mitternacht«, erklärte sie.

Meret schmunzelte und trat näher an die Regale. »Das kommt wie gerufen, da suche ich mir später eine Bettlektüre.«

»Gefällt dir unsere Mundartdichterin nicht?«

»Doch, sehr! Aber euer Dialekt ist sehr schwer zu lesen. Ich brauche noch etwas Einfacheres vor dem Einschlafen.«

Sanna nahm die Lokalzeitung vom Tisch und hielt sie ihr hin. »Da, die Titelgeschichte. Sagt wieder mal viel über dieses Tal aus.«

»Die Hintergründe des Forellensterbens im Isigsee«, las Meret laut vor.

»Das Tal der Schmetterlinge braucht einen neuen Slogan!« Sanna verzog missmutig ihr Gesicht. »Das Tal der sterbenden Fische, zum Beispiel.«

»Und was steckt wirklich dahinter?«

»Für die einen eine Laune der Natur. Stark schwankende Wassertemperaturen.«

»Für die andern?«

»Eine illegale Deponie in Verbindung mit den unergründlichen Wasserverläufen in der Weissfluh. Dazu müsstest du Kilian befragen, er und seine Freunde kraxeln da öfter rum. Und sie fischen gerne. Ach ja – fast vergessen: Es gibt noch ein altes Sprichwort hier im Tal: Erst sterben die Fische, dann die Menschen.«

»Oha.«

»Genau. Aus jener Ecke ... Obwohl – ja. Die Geschichte hat denen tatsächlich schon recht gegeben. Die Fische im Isigsee sind auch früher schon gestorben, so scheint's.«

Es sah so aus, als wolle sie weitererzählen, doch dann wünschte Sanna Meret eine gute Nacht, sie müsse Kilian ein wenig im Auge behalten. Meret könne bleiben, solange sie wolle, die Eingangstür schnappe dann von selber zu.

Meret setzte sich und entfaltete die Zeitung. Offenbar war alter Schotter in dem nahe gelegenen Nordsüd-Tunnel ersetzt worden, und die Baufirma hatte den Aushub auf illegale Weise in einem Steinbruch deponiert, unter dem ein Grundwasserstrom zum Isigsee verlaufen soll. Und es sei hinlänglich bekannt, dass dieses Schottermaterial mit Schwermetall und Giftstoffen aus den Eisenbahnschwellen belastet ist. Darüber hatte sich Meret noch nie Gedanken gemacht, aber es klang logisch.

Die Steinbruch-Betreiber lehnten jede Verantwortung ab, wie immer gab es das Gutachten der Seebesitzer und Gegengutachten, die Sache würde wohl vor Gericht ausgefochten werden.

Meret legte die Zeitung zurück und klappte ihren Laptop auf, als ihr Handy brummte.

Der Name ihres Freundes auf dem Display hellte ihr Gesicht auf.

»Niculan!«

»Hei. Wie läuft es?«

»Hier? Ich arbeite für einen Geist, der Bäume durchs Tal schweben lässt, im berühmten Isigsee sterben die Forellen, und das ist – so sagt man hier – immer der Anfang vom Ende, *zachergiavel!*«

Niculan lachte. »Das klingt ja beruhigend.«

Meret lehnte sich zurück und erzählte Niculan von Halvorsens Zustand, von ihrem Schock darüber. Dann berichtete sie von ihrer Begegnung mit der Baummaklerin, durch die ihr erst klar geworden sei, welche Dimensionen Halvorsens Dorfprojekt habe. Ihre Zweifel bezüglich Halvorsen sprach sie ebenfalls an.

»Das ist doch für dich gewonnene Zeit«, beruhigte Niculan sie. »*Ton meglier!* Du hast Zugang zu diesem Schloss, du sitzt offenbar schon vor einem Haufen Unterlagen, du kannst alles in Ruhe studieren, dich weiter umhören, und wenn Halvorsen wieder ansprechbar ist, weißt du, welche Fragen du ihm stellen musst.«

»So gesehen …«

»Dann kannst du immer noch absagen.«

»Vielleicht hast du recht.«

»Vielleicht?«, fragte er scherzend.

»Na ja, ein Ausbund an Logik bist du sonst ja nicht …«

»Moment mal …«

»Mehr so der impulsive Oberländer, der Latiner. Wo steckst du überhaupt?«

»Schon wieder in Dadens, zurück aus der Zukunft.«

»Dann hat der Tipp von Gret etwas gebracht?«, fragte Meret sofort nach. Ihre Geschäftsführerin kannte den Leiter dieser Algenversuche in Deutschland persönlich und hatte ihr versichert, der sei unkompliziert, der rede auch mit einem kleinen Skientwickler aus der Deserta. Meret beneidete Niculan manchmal um die bedingungslose Leidenschaft, die er beim Bau seiner ausgetüftelten Edelskier zeigte. Nichts und niemand konnte ihn davon abbringen, obwohl der Zeitgeist und der Klimawandel sein Geschäftsmodell immer mehr unterhöhlten. Alles auf eine Idee zu setzen, das kannte Meret, das verstand sie. Es machte ihr deshalb nichts aus, immer wieder auf ihn verzichten zu müssen, weil er irgendwo auf einem schmelzenden Gletscher Skier testete, Sportmessen abklapperte, Zulieferer und befreundete Tüftler besuchte.

Gleich zu Beginn ihrer Beziehung hatte sie ihm ins Gewissen geredet: Wenn er schon ein Produkt herstelle, dem eine düstere Zukunft dräue, solle er wenigstens das Unternehmen auf Nachhaltigkeit trimmen. Der Hinweis von Gret, in München gäbe es einen, der aus dem Öl von Wasseralgen Carbonfasern herstellen könne, war Niculan da gerade recht gekommen.

Qualität, Raffinesse und Langlebigkeit von Niculans Skiern beruhten auch auf der Verwendung von Carbon, also war er kurzerhand nach München gereist.

»Die Zukunft ist schon fast Gegenwart«, antwortete er ihr jetzt. »Ab nächstem Jahr beziehe ich meine Carbonfasern von dort.«

»Die sind schon so weit? Klingt gut. Oder du versuchst es nochmals mit dem Deckblatt aus Leinen-Gewebe, die Idee fand ich noch besser. Dann musst du nur noch einen heimischen Ersatz für dein Paulownia-Holz finden.«

»Im Gegenteil, ich werde den Baum schon bald selber anpflanzen … ach was, du willst mich nur testen!«

»Da ist was dran.«

»Was hast du denn heute noch vor?«

»Ich werde mich in Halvorsens Computerdateien vertiefen. Oder in die Bibliothek meines Hotels, das reizt mich im Moment fast mehr.«

»Konsalik? Mario Simmel? Morris L. West. Aber ein bisschen speckig und abgegriffen, mit Eselsohren ohne Ende. Oder … ist es ein Viersternehaus? Dann vielleicht Erich Maria Remarque.«

»Das war einmal. Hier eher so: Dan Brown. Von Sakrileg bis *zachergiavel*, wenn du weißt, was ich meine. Action-Schinken aller Art. Katastrophen in Hotels, in Flugzeugen, auf Schiffen. Ich finde schon die passende Lektüre für mich, keine Sorge.«

»Gut.«

Einen Moment wurde es still. Der Elefant macht sich im Raum breit, dachte Meret.

»Und was uns betrifft …«, begann Niculan, doch Meret unterbrach ihn. Sie war bereits einen Schritt weiter.

»Lass mal, Niculan, ich habe ein wenig überreagiert. Hier habe ich wirklich Zeit nachzudenken. Es ist wohl das Beste, dass jeder für sich herausfindet, was er genau will, und wenn wir uns wiedersehen, besprechen wir alles.«

»Das klingt vernünftig.«

»Eben. Also kommst du gleich rüber? Nein, ich scherze. So halb. Besuch mich bald einmal! Wäre eine schöne Motorradtour: Oberalp, Vierwaldstättersee, Brünig!«

»Genau das habe ich geplant. Übermorgen. Sobald die neue Skipresse programmiert ist.«

»Ach so, aha!«, machte Meret launig. »Na gut, dann bin ich aber nicht mehr hier.«

»Du übertreibst.«

»Du programmierst die ja selber. Bis es so weit ist, habe ich eine Dauerwelle und trage einen ältlichen Jupe.«

»*Giavelen,* eine Dauerwelle?!«

»Ja. Und dann habe ich auch einen anderen.«

»Der hat aber keine …«

»… Dauerwelle, nein. Aber eine Brille.«

»Ein Intellektueller.«

»Ja. Dann werde ich auch schon Kinder haben …«

»Vom anderen?«

»Ja, und das werden auch Intellektuelle, und sie sind schon groß, bis du deine Skipresse im Griff hast.«

Niculan lachte. »Und sie tragen alle Hornbrillen. Und werden gerade konfirmiert bei meiner Ankunft.«

»Konfirmiert? Du bist doch schwarzkatholisch, du Dadenser!«

»Es sind ja die Kinder vom anderen.«

»Stimmt.«

»Gut, dann bringe ich ein Patengeschenk mit, wenn ich dich besuche.«

»Das wäre nett.«

»Ein Brillenputztuch mit eingesticktem Monogramm, zum Beispiel.«

Meret war froh, dass sie so schnell zu ihrem gewohnt leichten Ton zurückgefunden hatten. Sie liebte Niculans Schlagfertigkeit so sehr wie seinen Humor, ihre Geplänkel konnten sich minutenlang hinziehen.

Als sie sich verabschiedeten, wusste sie zudem einiges mehr über Carbon aus Algenöl. Sie saß noch immer in der Bibliotheksecke, draußen war es längst dunkel.

Mit einem zufriedenen Lächeln vertiefte sie sich in die Unterlagen von Halvorsens Projekt. Schnell wurde ihr klar, dass die Anzahl der Dokumente und Pläne überschaubarer war, als sie zuerst befürchtet hatte. Ihre Vermutung, alles sei bereits in trockenen Tüchern und Halvorsen habe sie nur wegen ihres guten Rufs holen wollen, bewahrheitete sich nicht. Im Ordner »Projektmanagement« fand sie einen Zeitplan. In der ersten Spalte waren die Termine für das Dorfprojekt aufgelistet, in der zweiten die für den Waldgarten. Auch hier zeigte sich, dass Renate Osthoff recht hatte: Der Garten schien dringlicher, für diesen Monat war die

Anlieferung und das Einsetzen aller Pflanzen geplant, alle weiteren Termine bezogen sich auf Endarbeiten, vor allem die letzte Ausgestaltung der Flächen und des Bachbettes. In zwei Monaten sollte der Waldgarten abgenommen werden. Das war nur logisch, dachte Meret, danach konnte auch nichts mehr angepflanzt werden. Sie konzentrierte sich auf die Spalte mit den Dorfterminen. Ende der Woche sollte die Projektleitung feststehen. Auch das passte, sie war hier, nur das Virus war dazwischengekommen, wie bei allem in den letzten Monaten. Sonst hätte sie sich mit Halvorsen vielleicht längst geeinigt. Der nächste Eintrag irritierte sie dafür nachhaltig. Für den kommenden Abend war eine »Gemeindeversammlung mit Vorsteherin VBS« eingetragen.

Vorsteherin VBS? Eine Gemeindeversammlung mit der Bundesrätin?! In ihrer Funktion als Armeechefin? Als oberste Sportvorsteherin? Planten die Althäuser ein Schwingfest, fragte Meret sich belustigt. Sofort gab sie im Handy die Stichworte »Althäusern« und »Gemeindeversammlung« ein. Der letzte Google-Eintrag bezog sich auf die Versammlung von vor einem halben Jahr. Kein Hinweis zur Veranstaltung morgen. Rätselhaft! Sie würde Sanna danach fragen müssen. Meret streckte sich gähnend. Ihr Blick fiel auf die frisch bestückten Bücherregale. Neugierig stellte sie sich davor. Zu ihrer Überraschung fand sie sofort einen Roman von Philipp Djian, den sie noch nicht kannte. Zäher Hund! Schrieb noch immer Jahr für Jahr ein neues Buch, die meisten richtig gut. Sie nahm es aus dem Regal. Auf der ersten Seite prangte noch der Stempel der Bibliothek. Sie klemmte es unter den Arm. Ihr Blick wanderte weiter, ihre Fingerkuppe glitt über die Buchrücken. Am Ende der Reihe, dort, wo Kilian das Handtuch geworfen hatte, stutzte sie.

Dieses Buch war wohl versehentlich in den Beständen der

Dorfbibliothek gelandet. Neugierig und vorsichtig zugleich drehte sie es in den Händen. Es wirkte sehr alt, gebunden in einen braungrauen Stoff, vorne und hinten mit blassgrünen Blumenstickereien verziert. Der Rücken war aus dunkelgrünem Leder gefertigt, ebenso die Lasche mit dem Metallschloss. Es ließ sich öffnen, der Schlüssel fehlte. Ein Tagebuch! Es musste sich irgendwie in die neue Hotelbibliothek verirrt haben. Die handbeschriebenen, vergilbten Seiten stützten Merets Vermutung, auf der ersten Seite fand sie gar eine Widmung.

Meiner Tochter zum 15. Geburtstag. Auf dass deine struben Gedanken hier zu Klarheit und Ruhe finden mögen.

Darunter das Datum: *3. Mai 1950.*

Und dann auf der nächsten Seite:

Jesses, heute am See ist etwas passiert.

Schon der erste Satz war viel zu intim.

Sie stellte das Buch sofort ins Regal zurück.

Aber … da gehörte es schon gar nicht hin.

Sie nahm es wieder heraus, klemmte es zusammen mit dem Djian unter den Arm und ging zur Rezeption. Sie klaubte ihren Schlüssel vom Brett. Ihr Blick blieb an dem Bild über Sannas Bürotisch hängen. Es war eine abstrakte Ölarbeit mit eingearbeiteten Stoffgevierten, die dem Gemälde etwas Reliefartiges gaben. Es erinnerte sie an die Bilder, die sie am Morgen in der Schlossscheune gesehen hatte. Sie suchte nach der Signatur der Künstlerin. Tatsächlich, das Bild war mit A. Pieren unterschrieben und 2020 entstanden, wie die Jahreszahl verriet.

Meret trat zurück. Gefiel ihr! Und es passte in die Lodge.

Lokale Künstler wurden oft in den Hotels der Region ausgestellt, hatte Meret schon festgestellt, dieses Bild schien aber nicht für den Verkauf bestimmt zu sein. Es gehörte offenbar Sanna.

Als sie endlich im Bett lag, konnte sie es sich nicht verkneifen. Trotz schlechten Gewissens schlug sie das Tagebuch auf. Der erste Satz hatte sie zu sehr gepackt.

Jesses, heute am See ist etwas passiert.

Ja. Fast der erste Kuss. Damit wollte ich ja dieses Tagebuch beginnen. Nur schon, um Muetti die Widmung zu vergelten. Ganz zum Kuss ist es nicht gekommen, aber trotzdem zu viel mehr, will mich dünken! Was ist das nur für ein seltsamer Nachmittag gewesen, wir beide, alleine am Isigsee. Und dir gebe ich es zu, mein Geständnisbuch, alles, was passiert ist, habe ich verursacht, und er, der Ärmste, hat sich fast nicht zu helfen gewusst, aber mir hat das zu gut gefallen. Wie er nur noch reagieren konnte, wie ich das Spiel bestimmt habe.

Ist es denn ein Spiel gewesen?

Jetzt weiß er wenigstens, von wem ich den Sonnwende-Korb will. Sonst hätte er auch dieses Jahr nichts unternommen. Buben!

Schneesöckli liegt neben mir, die Katze aus jenem Wurf, den er aus dem Bach gerettet hat. Nur sie habe ich behalten dürfen. Jetzt ist sie schon fast alt. Acht Jahre her ist das jetzt! Halt, neun gar? Er muss doch langsam auch merken, dass wir keine Kinder mehr sind.

Wir können so nicht weitermachen.

Aber … vielleicht anders?

Endlich herausfinden, warum wir immer aneinanderkleben.

Uwaatlig bin ig gsi, bist er fascht ufbrünet isch.

Es hat gereicht, mich ein bisschen zu strecken und zu recken. Und dann musste ich ihn einfach berühren, ihn anfassen, im eigenen Körper zerspringen wollte ich fast, deshalb habe ich ihm zum Schein die Ruder streitig gemacht. Das Boot ist gekippt und ich sofort unter dem Kiel durch, habe mich versteckt, habe gehört, wie er ruft, erst nur verwundert, dann voller Angst. Angst um mich. Verzweifelt ist er gewesen, abgrundtief. Doch, doch, genau so hat es getönt!

Das ist doch ein Beweis?

Ich habe ihn schon ein bisschen zu sehr erschreckt, nachher hat es mir leidgetan. Wir beide nass, und so erbärmlich kalt hatten wir. Wie ritterlich er getan hat. Er ist im Wald verschwunden, bis ich mich ausgezogen hatte. Hat auch nicht gespienzelt, ich habe es kontrolliert, war fast ein bisschen enttäuscht. Aber dann … sein Hemd … oje, sein Hemd hat geduftet wie er, genau wie er, ich konnte mich darin verkriechen, in ihm verkriechen, sein Stoff auf meiner bloßen Haut, nichts darunter, meine Kleider und Unterkleider verstreut. Und er nicht besser, ist zurückgekommen, nur in der Unterhose, und ich habe fast alles gesehen von ihm, ich habe getan, als wären meine Augen ganz geschlossen, als schlafe ich ein. Um es ihm leichter zu machen.

Ja. Um mich zu zügeln.

Im Huut Idee, bhüet di Gott, wie miner Läbdig no nie.

Meret brauchte wieder einen schönen Moment, bis sie sich den Sinn des Satzes zusammengereimt hatte. *Huut* hieß hier seltsamerweise Kopf, dem Wort war sie schon mal begegnet. Also: Ideen im Kopf, wie das Mädchen sie ihr Leben lang noch nicht gehabt hatte. Etwas in der Art.

Und wieder musste ich ihn berühren. Es ging nicht anders.

Jesses, ich glaub, ich werde das niemals jemandem erzählen können.

Ertappt wollte Meret das Buch weglegen, doch schnell gab sie ihrer Neugier wieder nach, und redete sich zugleich ein, dass das Mädchen von damals mit Sicherheit nicht mehr lebte, deshalb war das Buch ja wohl auch in einen falschen Stapel geraten.

Also habe ich mich im Schlaf umgedreht, habe meine Hand ganz matt auf seine Brust plumpsen lassen. Er hat nicht gewusst, wie ihm geschieht. Aber dann, mein liebes Buch, dann hat er ganz zart seine Hand auf meine gelegt.

Es war zu schön.

Und ich habe mich ganz selbstverständlich noch näher an ihn gekuschelt. Eine Ewigkeit sind wir so gelegen. Ich war durchfroren, ich habe es noch lange gespürt, und erst viel später, dank der Sonne, der Wärme des Felsens, dank ihm, verschwand diese seltsame Kälte langsam.

Dank seinem Hemd, auch wenn das manchmal etwas hochgerutscht ist.

Ja. Und dann habe ich gespürt, wie seine Lippen näher kamen. Ich habe seinen Atem auf meiner Wange gespürt, und ich habe schon meinen Kopf bewegen wollen, da habe ich plötzlich gemerkt, dass es zu viel wäre, jetzt auch noch ein Kuss, dass ich mich vergessen würde.

Also tat ich zum Glück, als wache ich auf.

Grad nachher habe ich es schon wieder bereut, habe noch schnell das Hemd hochrutschen lassen …

Der Ärmste.

Wie geht es jetzt wohl weiter. Mit mir und ihm?

Hast wohl nicht gedacht, Muetti, dass ich solche Sachen in dieses Buch schreibe. »Strube Gedanken« auch hier, gleich auf der ersten Seite, gäll.

Hast du jetzt davon!

Meret legte das Buch auf den Nachttisch, löschte das Licht, lag aber noch lange wach. Der Einblick in das Leben des Mädchens erinnerte sie an ihre eigene Jugend, an erste Erfahrungen. Nein, nur Ahnungen, mehr war das bei ihr nicht gewesen.

Was mochte aus dem Mädchen geworden sein?

9

Die vielen Ungereimtheiten rund um das Halvorsen-Projekt verschafften Meret Spielraum, Niculan hatte recht behalten. Sie musste sich noch nicht entscheiden, draußen vor der Lodge stand die *LiveWire*, sie konnte jederzeit losfahren und wäre in wenigen Stunden in einer komplett anderen Welt.

Noch aber gab sie dem Projekt eine Chance. Sie wollte sich heute im Schloss um weitere Informationen kümmern. Für den Nachmittag plante sie eine Fahrt an den berühmten Isigsee. Die Geschichte des Mädchens hatte sie neugierig gemacht, die Sache mit den Forellen ohnehin.

Nach dem gewohnt ausgiebigen Frühstück fühlte sie sich schon zum ersten Mal matt. Sie sah sich die kleine Schwäche nach, am nächsten Morgen, nahm sie sich vor, würde sie sich zurückhalten. Sanna saß an ihrem kleinen Pult. Meret setzte sich zu ihr. Offenbar war sie weiterhin der einzige Gast.

»Wie sieht es denn für die Herbstsaison aus?«

»Reservationen gäbe es genug. Die helfen einfach wenig, wenn die nächste Welle so kommt, wie die Wissenschaftler es prophezeien.«

»Die befürchte ich auch. Dann könntest du aufgrund der Reservationen doch Entschädigung beantragen, oder nicht?«

»Wenn es so einfach wäre, ich habe ja keine festen Angestellten, die ich in Kurzarbeit schicken könnte. Bei dir so?«

Meret zögerte. Manchmal hatte sie fast ein schlechtes Gewissen, weil die Pandemie ihr Institut kaum beeinträchtigte. Für ihre wichtigsten Projekte hatte sie schon vor der Krise Geldgeber gefunden, und dann war noch diese Erbschaft vom Himmel gefallen.

»Wir sind ein spezieller Fall«, erklärte sie. »Wir erforschen wissenschaftliche Lösungen in Klima- und Nachhaltigkeitsfragen, um die kommt niemand herum, nicht mal in solchen Zeiten.«

»Hier ist es umgekehrt. Die Hotellerie ist im Moment komplett überflüssig.«

»Das ändert sich wieder. Zum Schluss wirst du von der Pandemie profitieren, weil wir alle nach den Tourismusangeboten im eigenen Land suchen werden. In diesem Sommer gab es sicher viele Gäste, die früher nicht hierhergekommen wären.«

Sanna lächelte. »So wie du, meinst du?«

Meret wollte erst widersprechen, musste Sanna dann aber fast überrascht recht geben, als sie ihre wenigen Urlaubsziele in den letzten zehn Jahren kurz Revue passieren ließ.

»Du bist ja auch kein normaler Feriengast.« Sannas Lächeln war verschmitzt, ihr Blick forschend.

Meret erwiderte ihn irritiert. »Weil ich Ferien nicht so gewohnt bin, meinst du das?«

»Bist du denn für Ferien hier?«

Meret hatte eben überlegt, ob sie Sanna von dem Tagebuch erzählen sollte, deshalb war sie nicht ganz bei der Sache. Eigentlich sah sie keinen Grund mehr, ihr berufliches Interesse an diesem Tal länger zu verhehlen. Weshalb auch! Sie musste ja nicht gleich ins Detail gehen. Halvorsens Bitte um Diskretion wollte sie nicht gänzlich missachten.

»Bin ich so einfach zu durchschauen?«, fragte sie.

»Althäusern in Ehren, aber so viel Interesse hat es kaum verdient.« Sanna stand plötzlich und entgegen jeder Corona-Regel ganz nahe vor Meret. Sie legte ihren Zeigefinger erst auf ihre eigenen Lippen, dann – als sei es das Selbstverständlichste der Welt – zärtlich und etwas neckisch auf Merets.

Nur für einen Moment lang.

»Was verheimlichst du mir?«, sagte sie dann, das Gesicht immer noch dicht vor der überraschten Meret. Dann ging sie wieder ein paar Schritte zurück und setzte sich Meret gegenüber. »Du verhältst dich in keiner Weise wie ein Feriengast, was also willst du hier bei uns«, hakte sie nach.

Meret spürte den Finger immer noch auf ihren Lippen.

»Um mich geht es ja wohl kaum ...«, sagte Sanna.

Klang es bedauernd?

Meret machte eine vage Handbewegung, als wäre nicht mal das so sicher.

»Eine Frau in deinem Alter, offensichtlich liiert ... Beobachtest mich ständig ... Nein, nicht mich, uns! Kilian und mich. Du nimmst alles auf. Als müsstest du etwas herausfinden. Ach so! Bist du schwanger? Nein, dann hättest du kein Motorrad ...«

»Passt nicht zusammen, hm?«, murmelte Meret.

»Nicht auf den ersten Blick.«

»Und du?« Meret versuchte, den Spieß umzudrehen. »Warst du von Anfang an allein mit Kilian?«

»Ja.«

»Deine Mutter?«

»Sie riet mir zur Abtreibung. Sie arbeitete damals noch als Ärztin und fand, ich würde mir mit einem Kind alles verbauen.«

Das überraschte Meret angesichts ihrer eigenen Geschichte nicht.

Meret blieb stumm.

»Dann mal raus mit der Sprache!«, sagte Sanna resolut.

Ihr Lächeln machte Meret nervös.

»Der Norweger …«, begann sie.

Sannas Augenbrauen hoben sich sofort.

»Er will mich für eines seiner Projekte, ich sollte ihn treffen. Deshalb habe ich dich nach ihm gefragt. Aber nun liegt er unten am See im Spital und ist nicht ansprechbar.«

Es arbeitete in Sannas Gesicht. Ganz offensichtlich wollte sie sich ihre Überraschung, mehr noch, ihren Schreck nicht anmerken lassen. Auch einen Anflug von Ärger konnte Meret ausmachen.

»Corona?«, fragte sie tonlos.

»Ja.«

»Wie alt ist er?«

»Ich weiß nicht, sicher im riskanten Alter.«

»Das ist nicht gut. Ja. Leider hat mir niemand etwas davon gesagt.«

Es klang fast so, als meine sie mit niemand eine ganz bestimmte Person, dachte Meret überrascht. Wusste Sanna doch mehr über diesen Halvorsen?

Sie schwieg, und Meret erzählte ihr andeutungsweise von dem autarken Dorf und was sie von der Maklerin über den Park erfahren hatte. Wie wichtig dieser für Halvorsen offenbar war.

»Und was hältst du von einer solchen Idee?«, fragte Sanna fast aggressiv.

Das unausgesprochene Einvernehmen zwischen den beiden Frauen wurde brüchig.

Meret antwortete nicht gleich.

»Es wirkt schon ein bisschen seltsam, das ganze Vorhaben, zugegeben. Als wollte er sich nachträglich etwas bauen, das er zeitlebens vermisst hat. Normalerweise scheitern solche Versuche.«

»Eben.«

»Andererseits bin ich jedem dankbar, der nachhaltig baut. Der Bäume pflanzt und nicht fällt. Aus welchen Gründen auch immer. Mich interessiert zuerst die Fähigkeit jedes einzelnen Baums, CO_2 zu binden, alles andere ist weniger wichtig.«

»Kann man auch so sehen.«

»Muss man so sehen. Aber etwas ganz anderes, Sanna: Ist heute Abend Gemeindeversammlung in Althäusern?«

»Wie kommst du denn darauf?«

»Dann nicht? Offenbar ein falscher Eintrag in einem meiner Dossiers.«

Beide schwiegen. Merets Blick fiel auf das abstrakte Bild hinter ihr. Sie deutete mit dem Kinn darauf. »Das sieht ein bisschen aus wie die Bilder oben in der Schlossscheune.«

»Ja. Das ist ein echter Pieren. Du hast Annerös getroffen?«

»Eine interessante Frau.«

»Kann ich schwer beurteilen. Sie sei ein bisschen schwierig, sagt man.«

Meret horchte auf. Wieder eine solche Einschätzung, fast dieselben Worte.

»Es gehört bei echten Künstlern wohl dazu, schwierig zu sein. Oder als schwierig zu gelten.«

Prompt zeigte sich wieder ein Lächeln auf Sannas Lippen. »Das wird wohl stimmen. Was machst du heute noch?«

»Ich muss noch mal zum Schloss hoch. Und am Nachmittag wollte ich mit dem Motorrad einen Ausflug zum Iisigsee machen. Gedanken nachhängen.«

»Zumindest aussichtsreicher als Fischen«, kommentierte Sanna launig und erinnerte Meret damit an den Zeitungsartikel und das Tagebuch.

»Du hast gesagt, das Forellensterben hätte es schon früher gegeben. Weißt du, wann?«

»Nicht genau, wohl zwei-, dreimal im letzten Jahrhundert. Weshalb?«

»Ich finde es nur seltsam, dass sich so was wiederholen soll. Ach, übrigens: Ist das Wasser im See wirklich so kalt?«

»Oh ja. Der See hat eine Grundwasserspeisung.«

Meret stand etwas steif auf und wusste nicht, wie sich verabschieden. Auch Sanna stand auf, lächelte und zog Meret kurz an sich, diesmal eher freundschaftlich.

»Nimmst du mich mal mit?«, fragte sie.

»Mit der Maschine? Gern, ich habe nur keinen zweiten Helm.«

»Das wird uns nicht aufhalten.«

Meret trat aus dem Hotel. Als sie die Ausfahrt der Lodge hinauffahren wollte, kam ihr ein kleines Postmobil entgegen. Meret bremste die Harley, ließ sie vorsichtig ein kleines Stück zurück und dann zur Seite rollen. Der Postbote winkte zum Dank und stellte seinen Wagen vor der Rezeption ab. Sanna stand bereits in der Tür und schien überrascht, ihn zu sehen. Der Pöstler hatte einen einzelnen Brief in der Hand, erläuterte Sanna etwas, diese öffnete den Brief, überflog ihn, ließ den Bogen konsterniert sinken und schaute dann zu Meret hinüber. Diese gab eben Gas, die Harley zog an, doch sie sah noch, wie Sanna sie alarmiert anblickte.

Oben beim Schloss passierte sie den Torbogen, fuhr in den Innenhof und kippte die Harley vor dem Seitenflügel des Schlosses auf den Ständer. Dann ging sie mit raschen Schritten zur Scheune hinüber, wo Annerös Pieren und Renate Osthoff beim Morgenkaffee vor der Tür saßen, mit Abstand, aber einträchtig. Sie empfingen Meret mit einem Lächeln.

»Auch eine Tasse?«, fragte Annerös und zog ohne Umstände einen dritten Stuhl in die Nähe des Tisches.

»Ich hatte zwar schon mehr als genug, aber diese sonnige Einladung kann ich fast nicht ausschlagen.«

Annerös Pieren ging durch die offene Tür in ihre Küche, Renate Osthoff schob Meret Milch und Zucker zu.

»Ich hoffe, du bereust es noch nicht!«, sagte Meret unvermittelt.

»Was? Ach, die Platzierung der Linde? Oh nein, zum Glück hast du mir diesbezüglich Beine gemacht, ich hätte noch lange darüber nachgedacht, was nun der beste Ort sein könnte. Bei solchen Dingen bin ich manchmal etwas kompliziert.« Das Lachen über die eigene Unzulänglichkeit machte Meret wieder einmal klar, weshalb sie Frauen in Spitzenpositionen sympathischer fand als Männer.

»In zwei Stunden soll der Kranwagen ankommen, dann setzen wir den Baum ein.«

»Wunderbar.«

Meret bedankte sich bei Annerös, die ihr eben den Espresso auf den Tisch stellte.

»Gibt es Neuigkeiten?«, fragte Meret.

»Die Ärzte schließen aus den sinkenden Entzündungswerten, dass er das Schlimmste überstanden hat.«

»Das ist ja wunderbar!«

»Sie sind zumindest viel optimistischer als noch vor drei, vier Tagen. Aber sie können nicht vorhersagen, wie er das Ganze verkraften wird.«

»So wie ich ihn erlebt habe«, meinte Renate Osthoff, »wird er sehr schnell wieder sehr aktiv werden. Ich hatte schon öfter mit älteren Kunden zu tun, aber noch niemals einen Menschen seines Alters getroffen, der so wach und tatkräftig war wie er.«

»Das klingt alles beruhigend.« Meret trank ihren Espresso in einem Zug und stand bald mit einer bedauernden Geste auf. »Ich sollte langsam. Ach ja, ich habe gerade noch Ihr Bild in der Pfypfoltera-Lodge bewundert, das gefällt mir sehr.«

»Stimmt, ja, das habe ich für Sanna gemalt.«

»Sehr schön, wirklich! Ich arbeite eine Weile drüben im Büro, wenn's Ihnen recht ist.«

»Natürlich, dafür ist es da.«

Meret verabschiedete sich mit dem Versprechen an die Maklerin, schon bald wieder im Park vorbeizuschauen. Im Büro lud sie als Erstes den Laptop auf, der Akku war leer. Dann scannte sie mit der Suchfunktion jeden Ordner und jede Datei nach dem Stichwort »Gemeindeversammlung«, es blieb bei einem einzigen Treffer in der nach Datum geordneten Ereignisliste.

Seltsam.

Bevor sie sich auf die Suche nach den geologischen Plänen machte, ging sie zur Toilette. Sie trat in den Korridor hinaus und folgte ihm bis zum Ende. Die letzte Tür rechts war etwas schmaler, tatsächlich verbarg sich dahinter das Bad, das Annerös schon bei ihrem ersten Besuch hier erwähnt hatte.

Zurück im Flur, konnte sie nicht widerstehen. Sie drückte die Klinke der Tür an der Stirnseite des Korridors herunter. Zu ihrem Erstaunen ließ sie sich öffnen. Sie stellte fest, dass sie sich im Hauptgebäude des Schlosses befand. Der Korridor mündete in einen großen Saal, sie überlegte, ob es sich um Halvorsens Arbeitszimmer oder sein Wohnzimmer handelte. Für ein Büro war es fast zu edel eingerichtet, als Stube wirkte es dann doch etwas zu sachlich. Ein mächtiger, in Marmor gefasster Kamin bestimmte den Raum, wahrscheinlich hatten sie hier einst ganze Schweine über dem Feuer gedreht, dachte Meret schmunzelnd. Die Decken waren mit Malereien aus der Renaissance verziert, reiche Stuckaturen umrankten sie. Der Raum wirkte ein bisschen klinisch, wie oft, wenn überbezahlte Innenarchitekten sich selbst verwirklichen wollen. Persönliche Gegenstände fehlten fast gänzlich. Meret trat an den Arbeitstisch, der allein ein Viertel des Raumes einnahm. Auf der Glasplatte standen drei Fotos, sonst nichts. Meret nahm das erste Bild in die Hand, es hatte Patina angesetzt und zeigte eine bezaubernde junge Frau, dem Minikleid und der Frisur nach zu urteilen, handelte es sich um eine Aufnahme aus den Sechzigerjahren. Sie stand auf einer Hafenmole, im Anriss neben ihr ein riesiges Gebäude mit dem Schriftzug *Halvorsen Verft*. Auf dem zweiten Foto hielt dieselbe Frau ein Kleinkind in den Armen.

Halvorsens Sohn?

Meret setzte sich auf den schweren Lederstuhl und zog das Schiffsmodell näher zu sich heran. Es irritierte sie zuerst. Elegante, moderne Linien, genau eingepasste, versenkte Container, die keinen Luftwiderstand boten, aber … die Kamine fehlten! Ein elektronisch betriebenes Containerschiff. *Zacumpentel*, das wäre ein Wurf! Die halbe Welt wartete darauf, die Modernisierung der weltweiten Schifffahrt war eine der dringlichsten Aufgaben im Kampf gegen den Klimawandel. Die Ozeanriesen, ob Kreuzfahrtschiffe oder Frachter, waren Dreckschleudern ohnegleichen. Sobald sich Menschen in Merets Umfeld für eine Kreuzfahrt interessierten, rechnete sie ihnen vor, dass die CO_2-Emissionen eines Kreuzfahrtriesen denen von 84 000 Autos entsprachen.

Deshalb hatte sie bei ihrem letzten Besuch im Institut auch instinktiv nach einer Broschüre auf Grets Schreibtisch gegriffen.

Auf dem Titelbild war ein ähnliches Schiff wie dieses abgebildet gewesen. Oder handelte es sich um dasselbe Schiff? Gut möglich. Ihre Freundin hatte ihr die Unterlagen sofort wieder aus der Hand genommen und sie aus dem Büro in den Urlaub expediert, ungeachtet ihrer Proteste. Meret griff nach ihrem Handy, um Gret anzurufen, dann besann sie sich. Es wäre nicht sehr vorteilhaft, wenn sie sich hier erwischen ließe, und sie hielt sich schon zu lange in Halvorsens privaten Räumen auf.
Sie betrachtete das dritte Foto, es stand etwas weiter weg. Ein Mädchen im Gras, neben sich einen Wanderstock, an einem ihrer Beine lehnte ein großer Rucksack. Es war eine alte Schwarz-Weiß-Aufnahme und das Alter des Mädchens kaum zu schätzen. Ihr Gesicht war vom Sonnenlicht überstrahlt, die dichten, blonden Haare zu zwei Zöpfen gebunden, die Pippi Langstrumpf zu Ehren gereicht hätten. Schwere Wanderschuhe, Strumpfhosen, ein kurzer Rock. Das Oberteil wollte allerdings nicht mehr zu Pippi passen, es war eine Mischung von Bluse und Top, schulterfrei, für jene Zeit ziemlich gewagt, da war Meret sich sicher. Dabei schien es aus einem eher braven, karierten Barchentstoff genäht zu sein. Das junge Mädchen biss gerade in einen Apfel, den Blick frech und herausfordernd auf den Fotografen gerichtet, als wolle sie ihm eine Botschaft mitgeben. Die Ränder der Fotografie verliefen wellenlinienförmig, mit unregelmäßigen Dellen und Spitzen, so wie Meret sie nur aus den Fotoalben ihrer Großeltern kannte.

Das Bild stammte wohl aus den 50er-Jahren.

Ob es sich um Halvorsens Schwester handelte? Blutjung, aber der freche Blick und der Gesichtsausdruck keineswegs naiv, im Gegenteil. Eher provokativ! Melancholisch grundiert, als hätte sie schon mehr erlebt, als für ihr Alter gut war.

Ihr Anblick berührte Meret auf unerklärliche Weise. Lange betrachtete sie das Bild, dann fotografierte sie es, ebenso wie die zwei andern und das Modell des Elektroschiffes. Dieses schob sie an seinen ursprünglichen Ort zurück, dann verließ sie den Raum wieder. Ihr letzter Blick schoss zur Decke hoch, von dem plötzlichen Gedanken gelenkt, der Raum könne videoüberwacht sein.

Sie war immerhin in das Schloss eines Milliardärs eingedrungen.

Keine Kameras, konstatierte sie erleichtert.

Mit schnellen Schritten ging sie in ihr eigenes Büro und rief Gret an.

»Jetzt sag nicht, du hättest schon Sehnsucht nach uns!«, begrüßte diese Meret auf ihre muntere und burschikose Art.

»Ohne euch bin ich lebensunfähig.«

»Das glaub ich dir sogar, Zeit also, endlich flügge zu werden!«

Meret fragte sich, ob dieser Ratschlag für eine Sechsunddreißigjährige nicht doch etwas beschämend war. Aber sie wusste auch, wie Gret es wirklich meinte.

Dieselbe Sechsunddreißigjährige hatte gerade erst dieses Institut aufgebaut.

Und ja, doch, sie könnte durchaus etwas selbstständiger werden.

»Nur kurz, Gret, ich habe dir von diesem Dorfprojekt erzählt, jetzt steh ich hier bei meinem Auftraggeber, der leider unabkömmlich ist, und sehe dieses Schiff. Hast du das Foto erhalten.«

»Nein. Ja, jetzt kommt es rein. Gibt es ja nicht!«

»Dann stimmt es, nicht? Dasselbe Schiff wie auf dieser Broschüre, die du mir kürzlich aus der Hand gerissen hast?«

»Tatsächlich! Eine Neuentwicklung aus Norwegen. Ein Elektro-Containerschiff, der erste Prototyp wird im Oslofjord bereits getestet und soll schon in zwei Jahren den Betrieb aufnehmen, autonom, beziehungsweise ferngesteuert.«

»Endlich geht bei den Dreckschleudern etwas.«

»Rolls Royce und Mitsubishi entwickeln in dieselbe Richtung, aber die Norweger sind allen einen Schritt voraus.«

»Die haben lange genug vom Öl gelebt und können so etwas finanzieren. Die Norweger sind in diesem Fall wer genau? Und was wollen sie von uns?«

»Sie haben von unserer Plastic Screening Plattform gehört, und von der Brennstoffzelle, jetzt wollen sie eine solche in ihre Containerschiffe integrieren, um die Reichweite zu vergrößern. Warte, lass mich nachschauen ... Eine Werft in Trondheim ist das ... Ziemlich bekannt, die entwickeln mit der NTNU noch ganz andere Projekte. Schlangendrohnen für Unterwassereinsätze zum Beispiel.«

»Klingt unheimlich. Was ist die NTNU?«

»Die technische Universität Trondheim«, erklärte Gret geduldig.

»Auch das müsste ich wissen, höre ich heraus.«

»Nein, du bist ja im Vorruhestand.« Gret lachte leise.

»Haha ... Aber jetzt Gret, die beliebte Gretchenfrage: Wem gehört diese Trondheimer Werft heute?«

»Moment, Gretchen muss mal kurz die Hände freikriegen.«

Meret hörte, wie sie das Telefon weglegte und dann das Klappern einer Tastatur. Sie ging zum Fenster und blickte zur Scheune hinüber. Die beiden Frauen saßen noch immer da drüben in der Sonne.

»Hier, ich hab's.« Gret war wieder am Telefon zurück. »Die Werft heißt *›Halvorsen Verft‹, und ihr Besitzer sinnigerweise* auch Halvorsen. Atle Halvorsen. Die Mails kamen direkt von ihm.«

Sie hatte den Namen erwartet und war trotzdem überrascht.

»Meret, bist du noch da?«

»Lass mich kurz überlegen ...«

Halvorsen hieß also Atle und war alles andere als ein zurückgezogener Greis mit seltsamen Ideen. Eher ein Pionier in Sachen Nachhaltigkeit!

»Der Mann hinter meinem Dorfprojekt heißt – drei Mal darfst du raten: A. Halvorsen. Und das Schiff steht hier auf seinem Schreibtisch.«

»Der lebt hier? Und ... der geht uns von zwei Seiten an?«

»Scheint so. Wann ist die erste Anfrage für das Schiff gekommen?«

»Vor etwa drei Wochen, wir haben noch gar nicht reagiert.«

»Hätte auch nicht geholfen.«

»Weshalb nicht?«

»Halvorsen ist schon alt und hat Corona. Er liegt im Koma.«

»Alt? Hätte ich jetzt nicht gedacht. Im Koma? Aber ... passt das alles zusammen?«

»Im Pensionsalter erst grün zu werden, oder was meinst du?« Meret lachte verhalten, die Flut an überraschenden Informationen überforderte sie gerade. »Schau dir mal das Durchschnittsalter der Elektro-Fahrer an. Eine ganze Generation merkt gerade, was für ein Erbe sie ihren Enkeln zurücklässt ... Zugleich lässt Halvorsen sich Bäume aus Norddeutschland hierher liefern, um einen Waldpark zu bauen.«

»Wer hat, der hat. Immerhin, Bäume pflanzen ist immer gut. Aber was soll ich nun tun?«

»Gib ihm doch Antwort. Wir seien interessiert. Mal schauen, ob irgendwer in seinem Büro darauf reagiert.«

»Gut. Sonst noch was?«

»Nein. Ich bin ja schließlich in den Ferien.«

»Ja, das merk ich! Himmel, Meret, was stellst du wieder an da oben?«

»Beruhige dich, alles im Grünen. Aber Gret, diese Halvorsen-Geschichte, die beginnt mich jetzt richtig zu interessieren.«

Sie verabschiedeten sich. Meret legte die Hand über die Stirn und schloss die Augen. Sie brauchte einen Moment, bis ihr wieder einfiel, was sie ursprünglich hatte recherchieren wollen.

Die Grundwasserverläufe, genau!

Sie suchte im Laptop nach den geologischen Unterlagen, fand zum Stichwort »Grundwasser« einen Link zum Geoportal des Kanton Berns. Sekunden später druckte sie die gewünschte Karte aus und beugte sich darüber. Es brauchte keine großen geologischen Kenntnisse, um die Angaben im Zeitungsartikel einzuordnen. Die Grundwasservorkommen beim Iisigsee und bei der illegalen Deponie des Schotters waren miteinander verbunden. Nur logisch, selbst die Wasserwege durch die Fluh hinab nach Althäusern endeten im Grundwasser des Talbodens.

Dessen Vorkommen war riesig, rekapitulierte Meret, als sie die Karte zusammenfaltete und in ihren Rucksack steckte. Das Grundwasser sammelte sich schon in den obersten Schichten, war leicht anzuzapfen, dafür umso anfälliger für Außeneinflüsse.

Es wurde ein genüsslicher Nachmittag am *Iisigsee*. Meret wagte sich nicht ins Wasser, das wirklich eiskalt war. Wie das Mädchen im Tagebuch ließ sie sich auf einem besonnten Stein trocknen und stellte sich vor, es sei der Stein, auf dem das Mädchen einst gelegen hatte; sie las die Stelle noch einmal und sah das junge Paar in jedem Ruderboot, das vorbeizog; sie trank auf der Terrasse des Restaurants einen Kaffee und googelte die Sage der weinenden Jungfrau. Eine steinerne Büste zu ihrer Ehre soll irgendwo auf dem Seegrund stehen. Auch das wollte sie nachprüfen. Sie mietete sich für eine Stunde ein Boot, mühte sich mit den Rudern ab, verfluchte ihre Ungeschicktheit und versuchte gleichzeitig, den Kurs zu halten. Die steinerne Seejungfrau fand sie tatsächlich, doch ihr Anblick im tiefblauen Wasser war so kitschig wie befürchtet. Sie ließ sich noch eine Weile treiben, fast wäre sie eingeschlafen, doch die Geschichte des Mädchens und ihr Spiel mit dem Feuer beschäftigte sie zu sehr.

Vor siebzig Jahren, hier oben in den Bergen?

Wie mutig sie gewesen sein mussten.

Beide.

Bald isch d Suna etgreäteti gsy, murmelte sie irgendwann verschlafen und schaute schmunzelnd zu, wie die Sonne eben hinter dem Iisiggrat verschwand.

Tote Fische sah sie keine.

Ohne weitere Erkenntnisse, aber merklich entspannter, steuerte sie die Harley später zurück nach Althäusern und stellte sie am gewohnten Platz vor der Lodge ab. Kaum hatte sie den Helm abgenommen, stand Sanna vor ihr, ihre Augen funkelten, und für einen Moment schien es, als wollte sie, die sonst so kontrollierte Frau, Meret an die Gurgel springen.

»Himmel, was ist?«

»Da!«

Sie reichte Meret den Brief. Diese las zuerst die Anrede, bei Sannas Nachnamen stutzte sie. Offenbar hieß sie Pieren. Wie jede Zweite hier oben, das war ihr schon aufgefallen. Die Malerin, die Kellnerin im *Chienhorn* …

Meret wollte etwas fragen, sah Sannas Miene und las schnell weiter. Es war die Einladung zu einer Gemeindeversammlung, man bedaure die kurzfristige Mitteilung, die Dringlichkeit der Sache lasse nichts anderes zu. Es sei dem eidgenössischen Militärdepartement und seiner Vorsteherin ein besonderes Anliegen, die Gemeinde direkt und noch heute Abend mit neuen Erkenntnissen im Zusammenhang mit den Militärkavernen in der Weissfluh zu versorgen.

»Na also!«, hielt Meret Sanna vor. »Ich habe dich ja gefragt, ob eine Gemeindeversammlung geplant sei.«

»Das ist genau der Punkt. Du hast mich gefragt, ja. Eine Stunde, bevor wir alle in der Gemeinde per Postbote darüber informiert worden sind! Und der Gemeindepräsident weiß es seit gestern.«

Das war allerdings mehr als seltsam. Nur Halvorsen hatte davon gewusst?

»Sanna, ich weiß auch nicht mehr, da war nur dieser Termineintrag, ohne Erläuterung.«

»Wir alle hier wussten heute Morgen noch nichts von einer Versammlung, aber bei dir stand sie in einem Dossier?!«

Sanna schaute immer noch ungläubig.

»Sanna, das sind die Unterlagen von Halvorsen, ich versuch mich da nur zurechtzufinden, erklären kann er sie mir ja nicht. Aber … was viel irritierender ist: Eine Gemeindeversammlung per Aufgebot, vom eidgenössischen Militärdepartement? Von der Bundesrätin persönlich, Sanna! Erst am Tag der Veranstaltung, und niemand weiß etwas davon! Überhaupt: Militärkavernen in der Weissfluh? Was soll das? Worum zum Teufel geht es hier?«

»Worum wohl!« Sanna verwarf genervt den Kopf. »Um das Unglück natürlich, was denkst du denn?«

»Unglück?! Welches Unglück, Sanna?«

»Jetzt erzähl mir nicht, du wüsstest davon nicht!«

»Nein, ich weiß gar nichts!«

»Verdammt, Meret!« Sanna schüttelte konsterniert den Kopf. »Willkommen im Dorf der Träumer.«

10

Res traut seinen Augen nicht, als er am nächsten Morgen auf das Dach der Alphütte schaut. Er hat sich bei einem auffällig schrundigen Stein die exakte Position gemerkt, nun liegt dieser einen halben Meter versetzt. An seinem ursprünglichen Ort thront dafür jetzt der einzige schwere Befestigungsstein. Und die zwei kleinen Steine, die gestern noch auf der Schieferplatte lagen, sind auch weg.

»*Grossmuetti, Grossmuetti*«, murmelt er leise und leistet insgeheim Abbitte. Wirklich glauben kann er ihre Märchen von Zwergen und *Toggeli* schon länger nicht mehr, aber jetzt, da er das veränderte Arrangement auf dem Dach sieht, kratzt er sich verwundert am Kinn. Das Befingern erster dünner Barthaare macht ihn auch nicht weiser. Ein bisschen gruselt ihn der Anblick gar. Dabei hat er diese Nacht selig durchgeschlafen, nicht ein einziges Geräusch vom Dach störte ihn in seinen Träumen.

Res beißt eine Ecke Brot ab und setzt sich kauend auf das Bänkchen vor der Hütte.

War doch mehr dran an der Sache?

Die Sagenwelt ihres Tales strotzt vor Zwergen und ihren Taten. Meist gingen sie den Menschen zur Hand, wenn diese Hilfe nötig hatten. Nur bei ihm machen sie Schabernack, denkt er etwas trotzig. Die Weidenschale ist erst zur Hälfte geflochten, weil ihm abends die Augen bei der Arbeit zugefallen sind. Die Scheiben zum nächtlichen Abschlagen muss er auch noch schnitzen. Er hat die Wasserleitung für Mutter beginnen wollen, und die Idee, Bethli zum Grundsonntag ein Schild für ihre Beete zu schnitzen, als Versprechen, sozusagen, lässt ihn auch nicht los.

»O ietze, wo isch ds Hauri, wemes de bbruchti?«

Sein Ruf verhallt ungehört über der Fluhmatte. Das Hauri hat Wichtigeres zu tun, das weiß er selber, es weist dem Vieh den Weg, warnt die Älpler vor Sturm, Blitzschlag und im Winter vor Lawinen, was will er da mit seinen nichtigen Wünschen … Genug getrödelt!, befiehlt er sich energisch. Zwei Minuten später verknüpft er die erste Rute mit dem Tragreif und den Rippenruten, und fädelt sofort die nächste ein. Wenn er sich ins Zeug legt, ist er in ein, zwei Stunden mit der Schale fertig, dann bleibt ihm der Rest des Tages für die Schnitzarbeiten, die Scheiben und das Schild.

Diese Aussicht beflügelt ihn, ungeachtet seiner schmerzenden und rissigen Finger verdichtet und vergrößert er das Flechtwerk. Sobald er in seinem Eifer nachlässt, wird das Bild vom Norweger heraufbeschworen, wie er letzthin sonntags um Maria herumscharwenzelt ist. Fast zufällig ist Res auf die beiden gestoßen, weil er im Edligraben nach seinen Ruten schauen wollte. Sie saß auf einem der hohen Steine, viel züchtiger zum Glück als am See, aber der Aebi war ohne Pause um sie herumgetanzt, hat sie nicht vom Stein heruntergelassen. Zu Res' Erstaunen hat sie das Spiel ein Stück weit mitgemacht und gefragt, was er eigentlich wolle.

Und der Aebi: Freikaufen musst du dir den Weg herunter.

Soso. Da könne ja jeder kommen.

Darauf der Norweger: Ein Kuss, das reicht schon.

Res hat sich nicht verhört, im Gebüsch, oh nein. *Där nütverfäend Läli*, der hat es wirklich gewagt, so mit ihr zu sprechen!

So weit kommt es noch, hat sie geantwortet.

Sie solle sich nicht zieren, das mache sie ja beim Res auch nicht. Wenn er sie herunterlasse, stehe sie in seiner Schuld, dann müsse sie ihm einen Wunsch erfüllen!

Atemlos hat Res im Gebüsch darauf gewartet, was sie ihm antworten würde. Aebis Ältester, den alle im Dorf den Norweger nennen. Obwohl er doch zu den Unterdorf-Aebis gehört, von denen noch keiner einen Schritt außer Landes getan hat! Aber so ist das halt hier. Grossens Hans nennen alle den Davoser, weil er der Einzige mit einem echten Davoser Schlitten ist. Nur ist der nett, alle mögen ihn, auch weil er sie mit den besten Schmetterlingsraupen versorgt. Dank ihm ist in Res' Raupenkasten dieses Jahr der begehrte Rote Apollo geschlüpft. Er hat sein Glück nicht fassen können, als der so seltene Schmetterling sich seiner Larve entledigte und zum ersten Mal seine prächtigen weißen Flügel mit den vier leuchtend roten Augen aufspannte.

Aebi hingegen ist zu nichts nutze. Er verdankt seinen Spitznamen und einen beträchtlichen Teil seines Hochmuts ausschließlich jenem wild gemusterten Norwegerpullover, den ihm einst seine Patentante geschenkt hatte. Mit dem ersten kühleren Tag im Herbst zieht er ihn an, und erst im Frühsommer nach dem Grundsonntag wieder aus. Obwohl es dann längst zu heiß ist dafür, doch der Pullover ist das Einzige, das ihn vom Rest der Bubenschar in Althäusern abhebt. Weil es oft viel zu warm ist, hat er sich angewöhnt, den Pullover nur über die Schulter zu legen und die Ärmel vor der Brust zu verknoten. Was ja nun gar keiner tut, weil es keinen Sinn macht und nur affig aussieht, hat Res im Gebüsch gedacht.

Der Pullover ist längst unansehnlich, filzig und zu klein geworden.

Dann hat Maria jenen Satz gesagt, der ihm seit Tagen durch den Kopf geht und der ihn jetzt zur Eile, aber auch zur Sorgfalt anhält.

»Weißt du, wer meinen ersten Kuss kriegt?«, hat Maria endlich geantwortet. »Genau der, der mir am Grundsonntag den schönsten Korb schenkt. Und soll ich dir etwas sagen: Da musst du dich ganz schön anstrengen, ich kenne da einen, der schon länger an seinem Korb herumstudiert.«

Im selben Moment hat sie direkt zu ihm herübergeschaut, obwohl sie ihn doch unmöglich sehen konnte!

Aber wer weiß, Maria erinnert Res oft ans *Grossmuetti*, die ständig Dinge sieht, die sie gar nicht sehen dürfte, drei viertel blind, wie sie ist.

Bei Maria weiß man nie.

Verschmitzt hatte sie geschaut. Und herausfordernd.

Flugs nimmt er die nächste Rute, flechtet sie um die Rippenbögen und zwickt ab, was übersteht.

Warum hat sie den Norweger nicht einfach zum Teufel geschickt?

Seit sie zu ihm anders ist, benimmt sie sich auch anderen Buben gegenüber manchmal seltsam.

Aber wenn er ihr erst einmal den Korb geschenkt hat, ist Schluss damit. Ihn wird sie küssen, morgen. So viel hängt plötzlich davon ab, denkt er. Auf der Schaukel war es nur ein Spiel gewesen … Und am Iisigsee? Da waren sie fast zu weit gegangen, nach dem Schreck um ihr Verschwinden, nach der Kälte … Auch das mussten sie wieder zurechtrücken, alles in die richtige Ordnung bringen. Morgen, am Grundsonntag, nach dem alten Brauch. Dank seines Sonnwendkorbes, Maria würde Augen machen.

Und sie dann schließen.

Beim Kuss. Im Flug.

Zwei Stunden später springt Res endlich auf und drückt den schmerzenden Rücken durch. Er legt den Korb auf den Boden, probiert ihn sofort aus. Er scheint tatsächlich stark genug zu sein, und groß genug ist er auch. Zufrieden lehnt Res ihn an die Wand. Jetzt hat er bis Einbruch der Dunkelheit noch Zeit zum Schnitzen.

Res setzt sich auf die Bank vor der Hütte und malt mit einem Kreidestift sorgfältig »Bethlis Blumenbeet« auf das Schild. Der Doppelklang gefällt ihm. Er malt die Buchstaben mit zwei Linien und einer Aussparung dazwischen, die ihm das Schnitzen ermöglicht. Das Messer setzt er am ersten Buchstaben an, doch das Brett ist zu hart, merkt er, und behilft sich bald mit Stechbeutel und Hammer. Trotzdem kommt er nur langsam voran. Als er die erste Hälfte des Namens aus dem Holz geschält hat, nähert sich die Sonne bereits dem Iisiggrat. Schweren Herzens verschiebt er auch diese Arbeit auf später, zu gerne hätte er sein Schwesterchen schon am Grundsonntag damit überrascht.

Aber die Scheiben für sein nächtliches Spektakel sind wichtiger.

Dem *Att* wird es gar nicht gefallen, dass er den getrockneten Erlenstamm hinter der Hütte kürzt. Doch er hat den idealen Durchmesser, rund fünfzehn Zentimeter sind es, und Res braucht keine halbe Stunde, bis er mit dem Fuchsschwanz acht Scheiben von zwei Zentimetern Durchmesser abgesägt hat.

Beim Werkzeug findet er einen Handbohrer, er drillt in jede Scheibe ein mittiges Loch, und vergrößert es mit dem Messer vorsichtig, bis der Haselstecken, den seit Vater sonst zum Treiben braucht, als Schlagrute in die Löcher passt. Dann bearbeitet er die Scheiben so, dass sie besser fliegen. Maria hat ihm die Desertaner Scheiben ihrer Cousins damals beschrieben, quadratische als auch runde seien es gewesen, und ja, die hätten sich wohl alle zur Kante hin verjüngt. So sicher ist sie sich nicht gewesen, sie hat mehr auf die Rufe geachtet, mit denen die Burschen im Bündnerischen ihre Schläge begleitet haben. Res erinnert sich noch immer an den Wortlaut. Einen guten Flug begleiten ihre Cousins dort mit dem Ruf *»Oh tgei biala schibetta per la Maria«*. Je nachdem, wem die Scheibe gewidmet war. »Oh welch schöne Scheibe für Maria«, hieße das nämlich in ihrem Fall, hatten sie Maria erklärt. Und das sei womöglich gleich eine Liebeserklärung des Burschen an sein Mädchen, in aller Öffentlichkeit!

Und bei einem missratenen Schlag riefen sie einfach ganz schnell: *»Oh tgei tgagiarar … per il scolast«*, was so viel bedeute wie »Was für ein Blindgänger … für den Lehrer«.

Jedes Mal, wenn Maria aus den Ferien bei der Patentante zurückkommt, weiß sie neue rätoromanische Wörter und macht sich einen Spaß daraus, Res damit so lange zu triezen, bis auch er sie auswendig weiß. Und sie reist oft hinauf, die Freifahrtkarten ihres Vaters machen es möglich, während für ihn die Deserta so weit weg ist wie der Mond.

Er legt die erste fertige Scheibe auf den Stapel und beginnt mit der nächsten. Wieder raspelt er die äußersten zwei Zentimeter der Scheiben ab, bis sie dort nur noch halb so dick sind wie in der Mitte. Als er endlich bei der achten Scheibe angekommen ist, setzt die Dämmerung ein, nur über den Gipfeln ist der Abendhimmel noch fahl, erste Sterne blinken. Es wird zum Glück eine klare Nacht, Nebelschwaden würden wohl frühestens in der zweiten Nachthälfte vom See her ins Tal ziehen. Nicht auszudenken, wenn Maria nicht bis zur Fluhmatte hinaufsehen könnte, bei all den Mühen, die er auf sich genommen hat! Res packt alles, was er an diesem Abend braucht, in seinen Rucksack, die Scheiben zieht er wie Perlen auf eine Schnur auf, hängt sie über die Schulter; er nimmt den Haselstecken und die Laterne, dann zieht er los, bemüht um einen ruhigen Schritt, der seine nervöse, fast fiebrige Vorfreude etwas zügeln soll.

Er wählt die leicht abschüssige Auskragung der Fluhklippe, die den besten Blick auf Althäusern bietet. So wird Maria das Feuer sehen oder wenigstens seinen Schein, nicht nur die Scheiben. Er sucht Felsbrocken zusammen und stapelt sie zu einem kniehohen Turm auf. Das obere Ende des Abschlagbrettes kommt darauf zu liegen, das untere gräbt er in den Boden ein. Er tritt einige Schritte zurück und lässt seinen Haselstecken noch ohne Scheiben über den behelfsmäßigen Bock zischen. Er ist stabil genug. Zufrieden übt Res das Schlagen, bemüht, die Abschussrampe jedes Mal mittig zu treffen. Er fühlt sich für einen Moment zurückversetzt ans Bauernfest unten am See, wo er mit dem *Att* lange den Hornussern zugeschaut hatte. Das Abtun der *Nouss* und das Schlagen mit Stecken hatten ihn fasziniert. Vielleicht hatte er sich dort zum ersten und letzten Mal seinem Vater wirklich nahe gefühlt, denkt er jetzt. Elf oder zwölf Jahre alt ist er gewesen.

Nichts mehr ist geblieben von jener Vertrautheit.

Seinem Bruder Ernst geht es nicht viel besser, *nadischt*. Ja, nicht mal der Mutter. Nur Bethli scheint auf seltsame Weise immer wieder einen Zugang zum Alten zu finden.

Sein Haselstecken zischt über den Bock. Gleich wird die glühende Scheibe auf seiner Spitze sitzen, ähnlich wie beim Hornussen. Dort ziert das *Träf* den Stecken der Spieler, mit dem sie die *Nouss* ins Feld hinausschlagen.

Was für ein Kauderwelsch! Res erinnert sich noch an die Fachausdrücke beim Bauerntennis, aber er hätte nicht mehr sagen können, worüber er mit dem Vater den lieben langen Tag gesprochen hat.

Res fasert mit dem Messer ein Holzscheit auf, damit das Feuer viele Angriffspunkte findet, entzündet darunter trockenes Geräume von der Weide und legt ein Scheit zuoberst. Die Flammen züngeln hoch und fressen sich gierig in das Scheit, bald legt er mehr Holz nach. Das Feuer brennt jetzt lichterloh. Maria wird es mit Sicherheit sehen! Er setzt die erste Scheibe auf den Stecken und hält sie ins Feuer, bis rundherum die Flammen hochzüngeln. Er zieht den Stecken zurück und geht hinüber zum Schlagbock. Probehalber holt er aus, sofort erlöschen die Flammen, und durch die Zugluft glüht die Scheibe in einem wunderbaren Orange.

»Probieren geht über Studieren«, sagt sich Res halblaut. Er beschleunigt seine Bewegung, zieht über dem Kopf ein, zwei, drei Kreise und einen weiteren in knappem Abstand über dem Abschlagbrett, legt endlich seine ganze Kraft in den letzten Schwung und senkt zugleich den Stecken gegen das Brett, dieser schlägt im richtigen Moment auf, die Scheibe löst sich rotierend vom Stecken, und die erste Feuersonne wirbelt über die Klippe hinaus ins Tal, begleitet von einem Jubelschrei, der im Wind widerhallt.

So muss es aussehen, wenn die im Bündnerischen mit ihren Scheiben den Frühling begrüßen.

Mist, der Spruch! Den hat er glatt vergessen.

Sofort setzt er die zweite Scheibe auf den Stecken und ruft sich in Erinnerung, mit welchem Ruf er die Feuerscheibe begleiten will.

Sobald sie genügend brennt, eilt er zum Schlagbock hinüber.

Er holt diesmal noch mehr Schwung, und als die Feuerscheibe über den Abgrund hinauswirbelt, schreit er ihr – wie er es von Maria gelernt hat – hinterher:

»Oh tgei biala schibetta per la Maria!«

Warum eigentlich romanisch?, denkt er, kaum ist sie verglüht. Sie sind in Althäusern, und er macht das ja nur für sie. Konzentriert dreht er die nächste Scheibe im Feuer.

Er kann sich ja zu jeder weiteren etwas Eigenes einfallen lassen.

»Eine Sonne in der Nacht für Maria«, ruft er der nächsten Feuersonne hinterher. »Und an Sonnwende der erste Kuss!«

Das ist nicht zu fassen!

Res hat wirklich ein Feuer entzündet, da oben. Für sie, nur für sie, sie weiß es genau. Und da, da! Das gibt's ja nicht: Eine Feuersonne! Genau wie die, die ihre Cousins in der Deserta zu Tale geschleudert haben.

Deshalb hat sie ihm alles so genau schildern müssen!

Maria kann gerade noch einen Juchzer unterdrücken, sie öffnet jetzt das Fenster, ungeachtet ihres unziemlichen Nachthemds, sie will den bestmöglichen Blick haben, und wer weiß, vielleicht hört sie ja sogar seine Rufe! Mit Sicherheit widmet er die Scheiben ihr, es kann nicht anders sein.

Die zweite Feuersonne geht vor der Kluft auf und verglüht erst Hunderte von Metern weiter unten. Was für ein wundervoller Anblick. Als schlage sein Herz Funken. Für sie!

Sie stellt sich vor, wie er oben am Feuer steht, ganz allein, und die nächste Scheibe für sie ins Feuer hält, und sich überlegt, welchen Ruf er mitschicken will.

Da! Jetzt kommt sie geflogen, ihr Bogen noch weiter als der bei der vorherigen, und jetzt hört sie es sogar. Sein Rufen? Vielleicht, aber zugleich ein … ein Donnern, wie bei einem richtigen Feuerwerk! Woher hat Res nur die Böller, dieser Tausendsassa? Und sogar ein Feuerwerk, denn der ganze Himmel explodiert jetzt schier, als wären es Dutzende von Scheiben, und Explosionen donnern durch die Nacht, Scheiben klirren, etwas splittert, ein Rufen hebt an, andere im Dorf sind jetzt auch erwacht, und eine hat sich wohl sehr erschrocken, denkt Maria noch, denn sie ruft draußen in der Straße immer nur: *»Fliehet, Fliehet, mr müesse furt vo hie!«*

Als wäre noch Krieg!

»Das ist doch nur der Res«, schreit sie ihr noch zu, sie will doch weiter zuschauen, wie er für sie da oben fuhr- und feuerwerkt! Dann wird sie wie von einer Geisterhand gepackt und vom Fenster weggerissen.

Kaum verglüht die dritte Scheibe, verliert Res den Halt, so gewaltig bebt plötzlich der Felsen unter ihm. Er weiß nicht, wie ihm geschieht, er liegt schon bäuchlings auf dem Boden, und über und um ihn herum blitzt und donnert und kracht es. Ein Gewitter, denkt er, und wundert sich über den sternenklaren Himmel. Dann fühlt es sich an, als bewege sich der Boden wieder, er schaut zum Feuer und sieht plötzlich, wie davor ein Riss in der Erde klafft, der eben noch nicht da gewesen ist, gleich neben ihm öffnet sich ein neuer, als sei er direkt in einen Albtraum gestürzt, aber er ist wach und … und dieses blaugrüne Licht, das die Szenerie taghell erleuchtet, kann auch nicht von einem Gewitter sein!

Weg! Nur weg hier, weg von der Klippe, vom Abgrund, weiß er plötzlich. Die Risse wandern. Res begreift und versteht doch nichts. Die Fluh bricht ab! Weshalb? Er sieht den Felskopf zu seiner Rechten, der plötzlich weggleitet. Res springt auf und rennt los, blind, bergwärts, in Richtung Hütte, er stolpert und fällt, die Erde unter seinen Schuhen gibt ihm kaum Halt, er rappelt sich auf und setzt über die Fluhmatte, will in die Hütte stürmen, aber wenn die über ihm zusammenbricht? Sekundenlang steht er wie erstarrt. Er tastet in der Hosentasche nach den Streichhölzern, glücklicherweise hat er sie eingesteckt. Er nimmt die zweite Laterne vom Haken, packt geistesgegenwärtig eines der Seile und rennt auf die Trift zu, die zum Tal führt.

Himmel, was passiert da gerade? Ein Felssturz an der Fluh?

Mit Sicherheit. Aber warum dann die Blitze, das Krachen, die Explosionen?

Die Kavernen!

Im selben Moment hört er die Sirenen. Nicht so wie sonst. Durchdringend, anschwellend, ohrenbetäubend und angsteinflößend, gleich darauf übertönt eine nächste gewaltige Explosion auch diesen Lärm, und als sie verhallt, ist die Sirene nicht mehr zu hören.

Ein Unfall, ohne Zweifel! Ein Unfall, wie es ihn noch nie gegeben hat. Er hat doch nur Scheiben schlagen wollen, und schon stürzt die halbe Fluh unter ihm ein? Und darunter das Dorf?

Begraben alle? Maria?

Herrgott, hilf!

Bethli? Muetti?!

Der Weg ins Tal windet sich in steilen Kehren durch den Felsen, er muss sich die Zeit nehmen. Mit zitternden Händen fischt er die Streichhölzer aus der Tasche und entzündet den Docht der Laterne. In ihrem spärlichen Licht hetzt er nun weiter, mit jedem Schritt wächst seine Verzweiflung. Morgen ist doch Sonnwende und Grundsonntag, morgen ist doch das Fest, dann kann heute doch nicht alles vorbei sein?

Im selben Moment bebt die Erde unter ihm erneut, er rutscht aus und fällt, seine Hand greift ins Buschwerk neben dem Weg, findet Griff an einer Wurzel, er zieht sich ein Stück hoch, es prasselt etwas auf ihn nieder, es sind Splitter und Steine, einer trifft seine Stirn, der Schmerz durchzuckt ihn, seine Hand schnellt hoch, er will das Gesicht schützen, die Laterne entgleitet ihm dabei, purzelt abwärts und verschwindet keine zwei Meter unter ihm plötzlich spurlos.

Res traut seinen Augen nicht.

Wie ist das möglich? Angsterfüllt kriecht er rückwärts die Steigung hoch. Keine Blitze mehr, die Dunkelheit um ihn ist jetzt undurchdringlich, aber noch immer kracht es und dröhnt unter ihm, tief im Berg drin.

Er bricht mit einer Hand den verdorrten Ast einer Fichte vom Stamm und entzündet ihn. Kaum brennen die Zweige, wirft er den Ast in weitem Bogen Richtung Tal, auch dieses Licht verschwindet einige Meter unter ihm.

Kein Zweifel, der Weg ist fort, der Hang bricht dort senkrecht ab.

Aber er muss da hinunter! Maria und den andern zu Hilfe eilen.

Der alte Säumerpfad! Der ist weiter von der Fluh entfernt. Allerdings wird er drei, vier Stunden brauchen, bis er unten ist. Sofort hetzt er los, erst ein Stück zurück, den Berg hinauf, bis er zu der Abzweigung kommt, an der der Alpweg beginnt, auf dem sie sonst das Vieh talwärts treiben.

Sogar den *Att* wird er in die Arme schließen, denkt Res reumütig. Wenn ihnen allen nur nichts passiert ist, wenn sie nur heil geblieben sind, alles wird er dann vergessen, seine Streitereien mit Ernst, seine Ungeduld mit Bethli, seine Wut auf den Vater.

Er kommt an die Abzweigung, der andere Weg ist breiter und führt über die offenen Hänge, das Licht eines halben Mondes reicht hier, er rennt, stolpert immer wieder, weil seine Schuhe an Steine stoßen, mal stürzt er auch, schlägt sich die Knie blutig, es kümmert ihn nicht, er hetzt keuchend weiter.

Bald schon wird alles wieder in Ordnung sein.

Er wird Bethlis Garten anlegen und der Mutter die Wasserleitung bauen! Er sieht sie schon vor sich, wie ihre Augen aufleuchten, wenn sie versteht, was er für sie gebaut hat.

Dass er es nur für sie gebaut hat.

Und den Korb für Maria ...

Ist jetzt alles umsonst?

Herrgott, sag etwas!

Er strauchelt, sein Fuß verfängt sich, ein jäher Schmerz sticht ihm ins Bein.

II

Meret saß fassungslos neben Sanna. Eine Folie folgte der nächsten, Seite für Seite enthüllten Vertreter und Vertreterinnen des Militärdepartements die tickende Zeitbombe, mit der die nichts ahnenden Althäuser seit dem tragischen Unglück 1950 lebten. Langsam begriff Meret, was ihr Sanna auf dem Weg zur Turnhalle schon angedeutet hatte.

»Dann komm einfach mit zu dieser verdammten Versammlung, wir werden ja sehen!«, hatte sie am Nachmittag ihren kleinen Disput um die so plötzlich anberaumte Gemeindeversammlung beendet. Als würde dort Halvorsens Verstrickung in irgendwelche dunklen Machenschaften aufgedeckt, hatte Meret etwas skeptisch gedacht, aber natürlich eingewilligt.

Nun saß sie in der fünften Reihe mit gutem Blick auf die Vertreter von Militär, Kanton und Gemeinde. Ein imposantes Aufgebot. Neun an der Zahl, saßen sie auf dem Podium hinter einem langen Tisch, Namensschilder und Mikrofone vor sich, die Bilder, die sie präsentierten, hinter ihrem Rücken.

Direkt vor Meret saß die alte Frau, die durch den Überschallknall vor ein paar Tagen auf der Hotelterrasse die Fassung verloren hatte. Meret wunderte sich mittlerweile über gar nichts mehr und hatte Sanna nur leise gefragt, wer sie sei. Marlies Aebi, sie wohne unten am See, sei aber in Althäusern aufgewachsen und eigens wegen der Versammlung hergereist. Sie besitze noch immer Land hier.

Das Vorgehen der Zuständigen hier verriet, wie sehr der Anlass von Angst und Schuldbewusstsein gesteuert war. Man habe die Veranstaltung deshalb so kurzfristig anberaumt, weil man die direkt Betroffenen zuerst informieren wolle, hatte die Militärvorsteherin bei der Begrüßung gesagt. Was nur bedeuten konnte, dass die Presse von der Geschichte Wind bekommen und das Militärdepartement unter Druck gekommen war. Weshalb sonst gäbe es nach siebzig Jahren Vertuschung plötzlich das Bedürfnis zu informieren, dachte Meret. Nun erfuhren sie und die Althäuser, welches Geheimnis die Militäranlage Weissfluh noch immer hütete. Und alle hörten zum ersten Mal so detailliert, was 1950 in den Kavernen wirklich geschehen war. Für Meret war ohnehin alles neu. Sie hatte bisher von der Militäranlage nicht mehr mitbekommen als das Eisentor im Felsen der Weissfluh. Dahinter verbarg sich offenbar ein riesiges Kavernensystem, das im Zweiten Weltkrieg erbaut worden war. Ein geheimes Munitionslager, gegen Kriegsende fertiggestellt. Die nicht mehr benötigte Munition war nach Althäusern gebracht worden, Tausende von Tonnen an Artilleriegranaten und Fliegerbomben. In der Freitagnacht vom 23. 6. 1950 war es zu einer Selbstentzündung der Munition in der hintersten Kammer gekommen. Das Feuer fraß sich durch die drei Stollen, bald explodierten die ersten beiden, und die gewaltigste Detonation, die im dritten Stollen, hatte fatale Folgen: Der vordere Teil der Fluh wurde einfach weggesprengt. Zweihunderttausend Kubikmeter Gestein krachten auf das schlafende Althäusern nieder, zerstörten das gesamte Dorf, jedes einzelne Haus, und töteten alle Bewohner, die nach den ersten Eruptionen nicht sofort geflüchtet waren.

Meret ließ den Blick über die Zuhörenden streifen. Die Gesichter der Alten schienen unter den Masken zu versteinern, sie hatten Tränen in den Augen, die Erinnerungen an jene Nacht und an die folgenden Wochen waren tief eingebrannt. So nüchtern und technisch das Unglück auch resümiert wurde, der Schmerz war wieder geweckt. Siebzig Jahre war das her, dachte Meret, wer es noch erlebt hatte, war damals ein Kind gewesen. Unwillkürlich dachte sie an das Tagebuch. Wo war ihr Mädchen in der Unglücksnacht gewesen? Würde sie im Buch etwas darüber finden?

Sie lächelte unwillkürlich und auch etwas bang. »Ihr« Mädchen hatte sie eben gedacht.

Sie rief sich die Widmung der Mutter in Erinnerung. Am 3. Mai 1950 hatte das Mädchen seinen fünfzehnten Geburtstag gefeiert, offenbar frisch verliebt, rund vierzig Tage später war das Unglück über Althäusern gekommen.

Meret versuchte, sich wieder auf die Ausführungen zu konzentrieren, als sie die zuckenden Schultern der alten Frau vor ihr bemerkte. Sie legte spontan die Hände auf ihre Schultern, Marlies Aebi drehte sich kurz um, sie schien unter der Maske zu lächeln und wollte ihrerseits Merets Hand berühren, dann fiel ihnen ein, dass sie genau das ja nicht tun sollten.

Sie schauten wieder nach vorn.

Die Dorfbewohner waren nach dem Unglück in temporär aufgestellten Baracken untergebracht worden, und das Militär hatte begonnen, nach den im ganzen Tal verstreuten Blindgängern zu suchen. Während eines ganzen Jahres wurden weitere Blindgänger kontrolliert zur Explosion gebracht. Achtzigtausend Tonnen wurden auf diese Weise im Tal gesprengt, bevor sich die Bewohner endlich gegen die täglichen Detonationen wehrten und das Verfahren geändert wurde.

»Und weißt du, wie?«, wisperte Sanna Meret ins Ohr. »Sie kippten die Munition in den See.«

»Nicht dein Ernst?«

»Ja. Machte man damals so. Erst in den Iisigsee, bis sich der Restaurantbesitzer dort wehrte, dann wurde sie abtransportiert und anderswo versenkt. 1400 Tonnen Munition, 56 Lastwagenladungen voll. Je tiefer der See, desto ruhiger ihr Gewissen.«

»Das ist doch nicht möglich.«

»Doch. Das meiste Zeug liegt noch immer unten im Grundsee. Genauso wie im Vierwaldstättersee, oder im Welschland ... Irgendwann wird das Folgen haben. Ich habe ohnehin das Gefühl, das Schlimmste kommt hier noch.«

Die Mehrzahl der Munitionskavernen seien damals ganz oder teilweise verschüttet worden, erklärte vorne der Projektleiter des Militärdepartements. Der Bahntunnel für die Munitionstransporte ebenso. Die Unterkunftsräume der Truppe hingegen, die Schutzanlage für die Menschen, seien unversehrt und betriebstüchtig geblieben, bis heute. Zum ersten Mal überhaupt hörten die Althäuser nun, wofür das Militär diese Räume in den vergangenen Jahrzehnten gebraucht hatte. Zu Beginn war alles Mögliche darin gelagert worden. Rekrutenschulen benutzten sie als Unterkünfte bei Übungen. Danach hatte man ein großes Militärspital hineingebaut, im Fels wurden über Jahrzehnte auch Medikamente produziert und gelagert. Vor neun Jahren hätte man dann erstmals einen Verkauf in Betracht gezogen, in der IT-Branche bestünde eine große Nachfrage nach sicheren Kavernen als Serverräume. Im Zuge diverser Abklärungen sei man weiter in den Berg vorgestoßen und hätte leider große Restmengen an Munition gefunden.

Dieser Fund war der Anlass für den Informationsabend, wurde allen im Raum schnell klar, als die nächste Präsentationsfolie auflag. Die Untersuchung zeige, dass der verschüttete Sprengstoff noch immer explosiv sei, es bestünde die Gefahr von Selbstzündungen.

Und in den halb eingestürzten Kavernen habe man noch dreitausend Tonnen Munition gefunden.

Dreitausend!

Ein entsetztes Raunen ging durch die Turnhalle, dann bleierne Stille. Die Erkenntnis, dass fast noch die Hälfte des explosiven Materials im Berg ruhte und jederzeit explodieren konnte, schockte die Althäuser, und die Erkenntnis, was das für jeden Einzelnen hier bedeutete, lähmte alle. Meret, die die Akteure vorne mit etwas mehr Distanz beobachtete, ahnte, dass nun gleich die Phase der Beschwichtigung beginnen würde.

Die gute Nachricht sei, so die Militärvorsteherin, man könne etwas tun. Man sei der Sache heute nicht mehr einfach ausgeliefert, jetzt, da man den ganzen Berg untersucht habe. Eine Lösung zu finden, sei schwierig, aber möglich. Im Moment würden alle Optionen geprüft, die vielversprechendste wolle man schon heute konkreter vorstellen.

Einigermaßen fassungslos betrachtete Meret die nächste Folie. Plante das Militär tatsächlich, einen gigantischen Betonsarkophag über die Weissfluh zu stülpen? Ein Vorgehen, das sie an die Tschernobyl-Ruine erinnerte. Den Militärvertretern auf dem Podium schien es ernst zu sein. Aber natürlich würden auch andere Entsorgungsmethoden geprüft. Nach einigen weiteren, eher vagen Ausführungen über allfällige Bauzeiten und dazugehörige Einschränkungen, erteilten die Initiatoren des Abends mit einigen salbungsvollen Sätzen den Althäusern das Wort.

Marlies Aebi hob als Erste die Hand, einer der Helfer hielt ihr ein mit Plastikfolie geschütztes Mikrofon hin. Sie räusperte sich.

»Makkaroni«, sagte sie dann mit brüchiger Stimme, legte aber so viel bittere Verachtung in das Wort, dass es Meret fror. »Makkaroni würden da drin gelagert!« Sie deutete in Richtung der Fluh. »Das hat man uns weismachen wollen. Damals, vor dem Unglück. Danach hat man gesagt, jetzt sei der Fels leer, alles explodiert oder weggeräumt. Und jetzt sitzt ihr hier vor uns. Aber sagen Sie uns bitte, wie wir alle damit leben sollen? Mit dieser Bedrohung hier, Tag für Tag? Ich habe vergleichsweise Glück, ich wohne unten am See, aber was ist mit meiner Tochter? Meinen Enkeln? Was mit meinem Boden hier. Ich … weiß es nicht. Aber … ich möchte Ihnen etwas erzählen.« Sie rang um Fassung. »In der Nacht des Unglücks bin ich im Nachthemd auf die Straße gerannt, zusammen mit meiner Mutter und meinem Vater. An der Kreuzung ist unsere Nachbarin gestanden, in der Dunkelheit, kaum zu erkennen, auch sie im Nachthemd, Lisi auf ihren Armen. Lisi war meine beste Freundin. Fünf Jahre alt, so wie ich. Ich bin zu ihr gerannt, hab ihre Hand nehmen wollen, aber ihre Mutter hat nur den Kopf geschüttelt, sie schlafe jetzt, die Lisi. Ganz lang und tief. Dabei hat sie geweint. Dann hat mich meine Mutter von den beiden fortgezerrt, und wir sind nur gerannt, gerannt, bis über die tiefe Matte hinaus und noch weiter. Nachher kam die dritte Explosion.« Die Stimme versagte ihr, sie verstummte einen Moment, dann sagte sie nur noch: »Wir haben Lisi und ihre Mutter nie mehr gesehen.«

Einige der Alten konnten ihre Tränen jetzt nicht mehr zurückhalten. Alle anderen schwiegen betreten. Den Offiziellen vorne auf dem Podium stand das Unbehagen ins Gesicht geschrieben.

»Ich kann Ihnen nicht sagen, was Sie tun sollen«, schloss Marlies Aebi. »Aber Sie sollten bei jedem weiteren Ihrer Schritte beachten, was Sie damals angerichtet haben und welche Wunden Sie in diesem Moment wieder aufreißen.«

Sie setzte sich unter zustimmendem und mitfühlendem Gemurmel wieder hin.

Nach einer längeren Pause fragte der Gemeindepräsident, dem offensichtlich die unangenehme Aufgabe der Moderation aufgedrängt worden war, tonlos: »Weitere Wortmeldungen?«

Eine junge Frau, der Meret schon öfter im Dorf begegnet war, stand auf, die Empörung stand ihr ins Gesicht geschrieben.

»Ich bin Christina Pfeuti. Wir haben letztes Jahr den Hof von Beats Eltern übernommen, wie ihr alle wisst. Und vieles neu gebaut, im Haus, bei den Ställen, wir haben in unsere Zukunft investiert. Wir haben zwei kleine Kinder, die hier das Paradies auf Erden gefunden haben. Hatten, muss ich jetzt wohl sagen. Unser Hof liegt nämlich direkt im Fluhschatten, wenn etwas geschieht, sind wir die Ersten, die es trifft. Und trotzdem …« Sie brach ab und starrte wütend nach vorn, während sie sich neu sammelte. »Was ich gerade eben gehört habe, kann ich kaum fassen. Ihr wollt die Fluh einbetonieren? Das geht doch nicht! Das ist doch keine Lösung! Ihr müsstet auslöffeln, was euch eure Vorgänger eingebrockt haben, und was tut ihr? Ihr macht denselben Unsinn ein zweites Mal? Das ist absolut unverantwortlich.«

Die Militärvorsteherin fühlte sich angesprochen und fragte fast kleinlaut zurück: »Was genau meinen Sie?«

»Ihr könnt das doch nicht alles im Berg liegen lassen! Noch mal zwei, drei Generationen lang, oder wie? Bis doch etwas passiert? Letztes Jahr hat man Messungen im Schuttkegel vor dem alten Stollen gemacht, die Schwermetallbelastung ist zu hoch. Weshalb wohl? Und Spuren von TNT wurden auch gefunden. Derselbe Sprengstoff, den wir auf euren Bildern eben gesehen haben. Ist TNT oder sind Teile davon nicht krebserregend? Wenn in den nächsten Jahren all die Ummantelungen der Geschosse weiter korrodieren, wie ihr eben angedeutet habt, kommt dieses TNT doch frei!«

Die Frau stellte die richtigen Fragen, fand Meret. Sie vergegenwärtigte sich die Grundwasserkarte, die sie heute studiert hatte.

Hatte das Fischsterben im Iisigsee gar mit den Altlasten im Berg zu tun?

»Ihr könnt das doch nicht so notdürftig verbauen und einsargen und den ganzen Dreck unseren Kindern überlassen!« Christina Pfeuti war nun wirklich wütend. »Ihr müsst endlich nachhaltig beseitigen, was ihr uns da eingebrockt habt. Das schuldet ihr den Opfern von damals, uns Betroffenen heute und unseren Kindern.«

Die Militärvorsteherin zog ihr Mikrofon näher zu sich heran. »Wir prüfen im Moment sämtliche Optionen, und es kann durchaus sein, dass wir im Lauf der Zeit noch zu anderen Lösungen kommen. Ich kann Ihnen aber schon heute sagen, dass die Variante mit der Betonummantelung sicher die wenigsten Auswirkungen auf das Dorf und das Tal haben würde.«

Wieder ging ein Raunen durch die Turnhalle, an verschiedenen Orten flackerten Diskussionen auf, und Meret ahnte plötzlich, dass die da vorne schon mehr wussten und eine schwerwiegende Botschaft zurückhielten.

Neben Meret stand nun Sanna auf und wartete, bis das Mikrofon desinfiziert war und ihr hingehalten wurde.

»An wen können wir unsere finanziellen Forderungen richten?«, fragte sie ebenso energisch wie umstandslos.

Auf dem Podium vorne warf man sich Blicke zu.

»Welche Forderungen meinst du, Sanna?«, fragte dann der Gemeindepräsident vorsichtig.

Sanna hob ihr Handy in die Höhe. »Wie jeder in seinen

Push-Nachrichten sehen kann, hat der Rest der Schweiz schon zu Beginn dieser Veranstaltung erfahren, was man uns hier gerade schonend beibringen will. Dass jeder Aufenthalt hier im Tal offenbar lebensgefährlich ist. Ja. Ich habe hier kürzlich ein Hotel gebaut, und erfahre heute Abend, dass meine Gäste, die jetzigen und die zukünftigen, neben einer Zeitbombe schlafen. In Zukunft mit Aussicht auf eine Betonwand, neben der jede Staumauer wie ein Gartenmäuerchen aussieht. Die Folgen davon muss ich Ihnen nicht erklären. Sie vollenden hier gerade, was nicht mal Corona geschafft hat, Sie zerstören mein Geschäft. Meine Lebensgrundlage und die aller anderen hier. Dafür werde ich, werden wir alle hier, entsprechende Entschädigungen verlangen. Bis heute Abend war das Althäusern-Tal eine aufstrebende Tourismus-Region, ein zusehends begehrterer Wohnort, in den wir alle viel investiert haben, auf einen Schlag wird diesem Tal und uns jede Perspektive genommen. Die Landpreise werden in den Keller sinken, der Wert unserer Immobilien und Grundstücke zerfallen. Sie vom Militär haben das zu verantworten, Sie allein! Also werden auch Sie uns dafür entschädigen. In vollem Umfang. Ja. Sie haben dafür sicher schon einen Hilfsfonds bereitgestellt, Frau Bundesrätin.«

Meret lächelte. Mit ihrer direkten Anrede hatte Sanna dafür gesorgt, dass die Militärvorsteherin die Antwort nicht einfach delegieren konnte. Die versierte Politikerin fand allerdings sofort wieder zu der ihr eigenen Unverbindlichkeit zurück: »Noch gibt es diesen Fonds nicht. Aber natürlich … wenn wir dann definitiv wissen, wie wir vorgehen und wie sich dieses Vorgehen auf die von Ihnen genannten wirtschaftlichen Parameter auswirkt, werden wir auch das Thema der Entschädigungen vertieft anschauen.«

So einfach ließ sich Sanna nicht abspeisen. »Anschauen? Wollen Sie mich veräppeln? Damit haben Sie nun genau gar nichts gesagt. Wirtschaftliche Parameter? Dieser Abend hat bereits alles zerstört. Unsere Einbußen beginnen jetzt, es gibt also keinen Grund für Sie, noch auf irgendwas zu warten. Stellen Sie Ihren Fonds sofort bereit, wir werden uns unverzüglich organisieren und unsere Forderungen schon in den nächsten Tagen vorbringen. Sie haben uns heute Abend überrumpelt, ein zweites Mal wird das nicht passieren.«

Sannas Ankündigung wurde mit lautem Applaus bekräftigt.

Meret sah, wie die Bundesrätin dem Gemeindepräsidenten ein Zeichen gab. Offenbar wurde ihr die Sache zu ungemütlich, sie wollte die Veranstaltung beenden. Widerstrebend kam dieser ihrem Wunsch nach.

»Wir alle müssen jetzt erst mal verdauen, was wir heute gehört haben«, hob er an. »Ich habe mit dem VBS vereinbart, dass wir schon in wenigen Wochen eine nächste Versammlung einberufen. Bis dann weiß man besser, wie die skizzierte Lösung der Schutzbetonierung umzusetzen wäre, und welche Folgen diese für das Dorf hätte. Es werden genauere Visualisierungen gemacht, andere Lösungen wie die angesprochene komplette Räumung der Kavernen werden nochmals angeschaut. Ich werde persönlich dafür geradestehen, dass die nächste Versammlung mit einer größeren Vorlaufzeit einberufen wird.«

Mit dieser Spitze gegen die Bundesrätin und die VBS-Vertreter, die offenlegte, wie wenig er selbst von deren Vorgehen hielt, und mit guten Wünschen für alle schloss er die Versammlung.

Meret beobachtete nachdenklich, wie er sich mit einem Kopfnicken von den Bundesvertretern verabschiedete. War er tatsächlich wie alle hier von der Geschichte überrollt worden?

Und nur Halvorsen nicht?

»Denkst du gerade dasselbe wie ich?«, fragte Sanna.

»Ich befürchte.« Meret hatte sich schon während der Versammlung wiederholt gefragt, wie ein norwegischer Investor im schweizerischen Militärdepartement zu dieser brisanten Information gekommen war. »Irgendetwas an dieser Geschichte geht nicht auf.«

»Eben.«

»Und der einzige Mensch, der mir das erklären könnte, liegt im Koma.«

»Es muss doch neben Halvorsen noch jemand im Bild gewesen sein. Sein Anwalt, sein Geschäftsführer, was weiß ich!«

»Vielleicht die Baummaklerin, die den Waldpark anlegt. Ich werde sie morgen noch mal fragen.«

»Tu das. Ja.« Sannas Wut schien verdampft, jetzt wirkte sie nur noch müde und niedergeschlagen.

»Hei. Tut mir wirklich leid, Sanna. Erst Corona, dann diese Zukunftsaussichten, dir bleibt wirklich nichts erspart.«

»Ja. Aber die Corona-Geschichte wird schneller erledigt sein als das hier. Ich muss an die frische Luft.«

Vor der Turnhalle standen die Althäuser in kleineren Gruppen zusammen und besprachen das eben Gehörte, allerdings noch zu geschockt, um vernünftige Schlüsse zu ziehen. Meret ging auf Marlies Aebi zu und dankte ihr für ihr Votum, das für sie als Ortsfremde den ganzen Schrecken der damaligen Katastrophe fassbar gemacht hätte.

»Wir sind uns übrigens schon mal begegnet«, fügte sie an.

»Ach wirklich?«

»Letzthin auf der Hotelterrasse bei den Wasserfällen – der Überschallknall.«

»Ach da. Tut mir leid, dort habe ich niemanden mehr wahrgenommen.«

»Jetzt weiß ich wohl, weshalb …«

»Jedem beschert das Leben irgendwann ein Trauma, hier ist es für viele auf dasselbe Ereignis zurückzuführen. Ich war damals fünf, ich leide schon ein Leben lang darunter. Und wie muss es erst denen ergangen sein, die damals ihre Nächsten verloren haben. Und dann kommen die heute hier an … ach Herrgott!«

Wieder traten ihr Tränen in die Augen. Meret war versucht, sie in die Arme zu nehmen, den Abstandsregeln zum Trotz.

»Ich würde Sie gerne mal besuchen kommen, ich möchte die ganze Geschichte vom Lisi hören.«

»Lisi? Ja, gern, tun Sie das doch.«

Zu Merets Erstaunen entnahm die alte Frau ihrem Portemonnaie eine Visitenkarte mit ihrer Adresse, E-Mail und Handynummer.

»Ich wohne in Seewiler am Grundsee, von hier aus auf halbem Weg zu den Wasserfällen. Es würde mich freuen, Sie wiederzusehen.«

Meret versprach, sie bald zu besuchen, verabschiedete sich und folgte dann Sanna, die eben am Gehen war. Sie schwiegen auf dem ganzen Weg zur Lodge. Im Edligraben angekommen, lud Meret Sanna zu einem Glas Wein auf ihre lauschige Bachterrasse ein. Die Nacht war mild, und Sanna willigte ein. Sie schaute noch kurz nach Kilian, dann stießen die beiden Frauen auf bessere Zeiten an, endlich ohne Maske, aber mit mehr Abstand als noch am Morgen. Die Vertrautheit, die in diesem Moment zwischen ihnen entstanden war, hatte sich im Lauf des ereignisreichen Tages verflüchtigt. Still lauschten sie dem Sprudeln und Plätschern des Schmittbaches.

Meret brach das Schweigen als Erste. »Wie kann das sein, Sanna!«

»Was?«

»Siebzig Jahre sind seit dem Unglück vergangen, und keiner hier hat geahnt, wie gefährlich das noch immer ist?«

»Das Dorf der Träumer.«

Meret horchte auf. »Das hast du schon mal gesagt!«

»Das Dorf der Traumatisierten würde mittlerweile fast besser passen. Die Althäuser waren schon früh hoffnungslose Träumer, einst aus der Not heraus. Der Name war immer halb ironisch gemeint. Im neunzehnten Jahrhundert wanderte die halbe Talschaft nach Übersee oder nach Skandinavien aus. Vom Traum beseelt, dort ein besseres Leben zu finden. Fast hundert Jahre später, nach dem Unglück, passierte seltsamerweise das Umgekehrte. Da blieben die meisten hier und träumten davon, dass alles irgendwann wieder wie früher werden würde. Oder sogar noch besser! Das Militär bestärkte sie darin, der Heimatschutz baute das Dorf neu auf. Ein langweiliger Architekt aus dem Unterland erhielt den Auftrag, entsprechend sieht Althäusern heute aus.« Sie schwieg einen Moment. »Nur kann man weder Albträume noch Träume kartografieren. Ja. Parzellieren schon gar nicht. Vielleicht hätten die Überlebenden das Unglück besser verarbeitet, wenn sie weggezogen wären. Das hat praktisch keiner getan.«

»Aber siebzig Jahre lang, Sanna! Erst ein Militärspital, dann Truppenunterkünfte und was weiß ich noch alles?«

»Das hörte ich heute auch zum ersten Mal. Aber ich bin auch nicht hier aufgewachsen.«

»Das ist doch unvorstellbar!«

»Da drin war immer alles geheim, Meret. Reduit-Mentalität in ihrer reinsten Ausprägung. Selbst dann noch, als diese Verteidigungspolitik längst überholt war und man jedem Schweizer den Bunker gleich ins Haus baute. Das Land der Luftschutzkeller – im Moment braucht sie keiner, aber wer weiß, wann die wieder aktiviert werden.«

»Die Militärs haben auf Geheimhaltung gepocht, weil sie wussten, was im Berg noch schlummert.«

»Die Ahnungslosen waren wieder mal die Althäuser selber.«

Die beiden Frauen verstummen.

Meret betrachtet Sannas Profil im Mondlicht. Wie hart sie das alles treffen musste. Sie fühlte mit ihr. Wie verständlich nun Sannas Misstrauen auch ihr gegenüber plötzlich war!

Sie hatte sich offenbar immer allein durchgeschlagen. Ohne Hilfe ihr Hotel geplant und realisiert. Meret wusste, was das bedeutete. Auf sich gestellt, eine Zugezogene zudem, die man im Tal stets nur halb akzeptierte, wie Sanna ihr erzählt hatte. Da half es auch nicht, dass ihre Familie ursprünglich von hier war.

Gegen alle Widerstände hatte sie dieses kleine Paradies hier verwirklicht und sich im Dorf Achtung verschafft. Aber in dem Moment, wo sie wirklich hätte Fuß fassen und ihr Unternehmen zu einem Erfolg hätte werden können, zog man ihr den Boden unter den Füßen weg.

Giavetschen, sie musste ihr irgendwie helfen!

»Und jetzt?«, fragte sie endlich. »Was wirst du als Nächstes tun?«

»Ich? Ich suche mir einen Anwalt. Ja.«

»Sie werden dich entschädigen müssen.«

»Aber wie schnell? Bis dahin gehe ich vielleicht Konkurs.«

»Kannst du dir denn vorstellen, wegzuziehen? Im schlimmsten Fall, meine ich? Wie sehr hängst du wirklich an diesem Ort hier?«

Sanna dachte lange nach, bevor sie antwortete. »Ich bin in der

Stadt, in Bern, aufgewachsen. Trotzdem fühle ich mich hier heimisch. Aber jetzt, da du es ansprichst, frage ich mich, ob es vielleicht nur dieser spezielle Ort ist, an dem ich mich so wohlfühle, im Edligraben. Weil ich ihn mir selbst geschaffen habe. Oder ob doch die Familiengeschichte hineinspielt. Die alte *Zündi* hier am Schmittbach, die Familiengeschichte, Elsie Gysel ... ja. Vielleicht wegen ihr, sie ist immer mein großes Vorbild gewesen.«

»Elsie wer?«

»Meine Ururgroßmutter.«

»Stimmt, die hast du erwähnt.«

»Sogar unsere Schlüsselanhänger gehen auf sie zurück!« Sanna griff nach Merets Zimmerschlüssel, der zwischen ihnen auf dem Tisch lag, und fingerte kurz an dem Anhänger herum. Plötzlich hielt sie den Deckel vom *Trückli* in der Hand. Meret sah jetzt genauer hin, dicht an dicht reihten sich die roten Schwefelköpfchen aneinander.

»Das ist eine Zündholzschachtel!«, sagte sie verdutzt.

»Hast du das noch nicht bemerkt? Die sahen vor gut hundert Jahren alle so aus. Von daher kommt auch die Form unserer Bungalows. Sie stehen genau dort, wo einst diese Zündhölzer hergestellt wurden. Die Fabrik gab denen ein wenig Arbeit, die sich nicht ins Ausland träumten und auswanderten.«

»Moment, hier wurden also tatsächlich Zündhölzer hergestellt, verstehe ich das richtig?«

»Die Hälfte der Schweizer Produktion, es gab über zwanzig Fabriken im Tal.«

»Das ist mir neu. Und die hier ...?«

»... führte eben meine Ururgroßmutter, Elsie Gysel. Sie übernahm 1902 die Leitung der Zündwarenfabrik hier im Edligraben. Wohl oder übel. Ihr Mann, Gilgian Gysel, starb sehr jung. Sie wurde danach zur erfolgreichsten und fortschrittlichsten Fabrikantin im Tal.«

»Erzähl mir von ihr!«

»Interessiert dich das?«

»Natürlich, das war eine Pionierin!«

»Oh ja. Sie hatte auch schon tüchtig mitbestimmt, als ihr Mann noch lebte.«

Sanna begann zu erzählen, lebhafter und leidenschaftlicher als sonst, fiel Meret auf. Mit wachsendem Erstaunen erfuhr sie von den Dramen um die Zündhölzer-Produktion im Althäusern-Tal. Die Fabriken waren um 1870 offenbar wie Pilze aus dem Boden geschossen. Die ideale Industrie für eine verarmte Talschaft, weil zwei der wichtigsten Arbeitsgänge problemlos von Kindern erledigt werden konnten. Was für viele Althäuser Familien über die folgenden drei, vier Jahrzehnte lebenswichtig wurde. Die Eltern hätten deshalb in Kauf genommen, erzählte Sanna, dass ihre Kinder frühmorgens vor der Schule und danach wieder bis in den späten Abend hinein in der Fabrik arbeiteten. Bis zu zwölf Stunden am Tag, zusätzlich zur Schule.

»Das war erlaubt?«, fragte Meret erstaunt.

»Es wurde erst mit dem Fabrikgesetz untersagt, das war so um 1880. Für Kinder unter vierzehn Jahren. Mit dem Resultat, dass die Fabriken einen Teil dieser Aufgaben in die Familien zur Heimarbeit auslagerten und die Jüngeren dort weiterarbeiteten. Nicht so bei den Gysels. Elsie Gysel heiratete Gilgian Gysel 1885. Ein Jahr später brachte sie das erste Kind zur Welt. Und als hätte das ihre Denkweise beeinflusst, gab die Gyselfabrik schon 1890 Arbeiten wie *trückle* und *iilegge* nicht mehr nach draußen, sondern ließ sie in der Fabrik machen. Die Kinder mussten über vierzehn sein und erhielten einen anständigen Lohn.«

»*Trückle?!*«

Sanna lächelte und zeigte wieder auf den Schlüsselanhänger. »Mit *trückle* war die Fertigung von Schachteln wie dieser gemeint. *Trückli* eben. Genau solche. Das Tannenholz zurechthobeln, schneiden, stanzen, leimen, deckeln, zum Schluss die Reibflächen aufpinseln. Das Einlegen war noch mal eine andere Geschichte. Damit die Hölzchen effizient in die Zündmasse getunkt werden konnten, mussten sie in Rahmen eingelegt werden. Ein fünfzig Zentimeter breiter Rahmen fasste zwischen 2000 und 3000 Hölzchen. Wenn alle Stege gefüllt waren, wurden sie eingespannt und konnten dann in die Phosphor-Masse getaucht werden.«

»Tausende von Hölzchen? Da faulen dir ja die Finger ab!«

»Wurde meist von komplett übermüdeten Kindern übernommen. Geübte schafften pro Tag rund 20 Rahmen mit über 2000 Hölzchen, das musst du dir mal vorstellen. Aber die konnten sich noch glücklich schätzen, es gab Schlimmeres in der frühen Zündholzfabrikation. Hast du schon einmal den Ausdruck ›Phosphornekrose‹ gehört?«

»Klingt schrecklich.«

»Eine furchtbare Krankheit. Menschen mit schadhaften, kariösen Zähnen waren davon betroffen. Unter den Arbeitern und Arbeiterinnen gab es damals niemanden mit gesunden Zähnen, wie du dir vorstellen kannst. Sie hatten stets kleine Wunden in den Schleimhäuten, durch diese gelangten die Phosphordämpfe ins Gewebe und konnten die Nekrose auslösen. Und dann … aber das willst du nicht wirklich wissen …«

»Jetzt sag!«

»Die Zähne fielen ihnen aus, Unter- und Oberkiefer entzündeten sich, die Knochen zersetzten sich. Es gab kein Mittel dagegen. Den Menschen musste der Kiefer entfernt werden. Du kannst dir vorstellen, was das für Folgen hatte, gar nicht zu reden von den entstellten Gesichtern.«

Meret schaute Sanna bestürzt an. Um das Bild von den verstümmelten Menschen zu verdrängen, schaltete sie auf Wissenschaftlerin um.

»Aber ... warum Phosphor? Ich dachte immer, das wären Schwefelhölzchen gewesen.«

»Die Phosphorhölzchen waren bereits 1879 verboten worden. Gilgian Gysel und Elsie hielten sich im Gegensatz zu den meisten Konkurrenten daran, die Fabrik ging deswegen fast Konkurs. Die Sicherheitshölzchen, die danach produziert wurden, waren viel schwieriger im Gebrauch, die Leute mochten sie nicht, deshalb wurden die Phosphorhölzchen einfach heimlich weiterproduziert. Erst um 1900 wurde ein Gesetz verabschiedet, das die Einfuhr von gelbem Phosphor gänzlich verbot. Gilgian und Elsie hatten irgendwie aber durchgehalten, und waren gut vorbereitet auf das, was kam, sie konnten ihre Produktion von Schwefelhölzchen sogar noch steigern. Die Zündwarenfabrik Gysel begann ihren Höhenflug. 1901 wurde meine Urgroßmutter geboren, dann aber, 1902, starb Gilgian Gysel. Elsie übernahm die Fabrik, allem zum Trotz mit stetig wachsendem Erfolg. Mitten in der Blütezeit, irgendwann um 1920, kam dann noch der Angriff des ›Schwedentrust‹.«

»Von dem hast du schon mal gesprochen!«

»Genau. Auch so ein Trauma im Tal. Dahinter steckte die ›Schwedische Zündhölzchen AG‹, die ›Svenska Tändsticks AB‹, die erst in der Westschweiz, dann auch im Althäuser-Tal eine Fabrik nach der anderen übernahm. Sie strebte das Monopol an, wer nicht an sie verkaufte, ging schon bald im Preiskampf unter.«

»Und deine Elsie?«

»Sie ließ von Beginn an ›Gysel-Hölzchen, komplett trustfrei‹ auf ihre Etiketten drucken, das imponierte vielen, ihr Ruf als fürsorgliche Arbeitgeberin war zudem im ganzen Kanton bekannt, viele blieben deshalb den etwas teureren Gysel-Hölzchen treu. Elsie begann auch schon früh mit den Bengalischen Zündhölzchen, mit Wunderkerzen und Ähnlichem. Sie sprühte buchstäblich vor Ideen. Noch vor dem Zweiten Weltkrieg, kurz vor ihrem Tod, ließ sie ein neues Kesselhaus bauen. Wahrscheinlich etwa hier, wo wir jetzt gerade sitzen. Und obendrauf baute Elsie ein Gewächshaus. Eine frühe Nutzung der Abwärme. Das dort gezogene Gemüse bekamen die Arbeiter und Arbeiterinnen mittags in der Kantine.«

»Ein Mann wäre nie auf eine solche Idee gekommen«, sagte Meret beeindruckt.

»Damals noch nicht. Sie war halt wie du.«

»Ich?«

»Vielleicht erzähle ich dir die Geschichte deshalb. Ich habe dich heute Nachmittag gegoogelt.«

Meret wusste, weshalb. Sanna hatte ihr nicht mehr über den Weg getraut, nachdem der Brief von der Gemeinde gekommen war!

»Wir hatten ein-, zweimal Glück im Institut, wenn du das meinst«, sagte sie abwehrend.

»Glaube ich nicht.«

Sanna stand auf, zog ein Hölzchen aus dem *Trückli* und ließ es aufflammen. Einen Moment lang hielt sie es in die Luft.

»Was ich über dich gelesen habe, hat mich beeindruckt. Und erinnert mich wirklich an meine Ururgroßmutter. Im Andenken an Elsie Gysel. Ohne sie würden wir beide jetzt nicht hier sitzen.«

»Was auf jeden Fall stimmt. Auf Elsie!«

Sanna warf das Hölzchen über das Geländer in den Schmittbach.

»Willst du einen Rat, Meret?«, fragte sie plötzlich. »Mach dir doch einfach keinen Kopf und plane nicht zu viel. Ob du jemals ein Kind haben wirst oder nicht, ändert nichts daran, wer du bist oder was du für uns und unsere Zukunft getan hast. Und wohl noch tun wirst. Den Rest lass einfach geschehen.«

»Aber wie kannst du wissen …« Wieder hatte Sanna sie überrumpelt. Bevor Meret weiterfragen konnte, begann Sanna plötzlich leise zu singen:

»Irgendwenn chummt me immer a
Irgeneinisch geit's gäng wieder witer.«

Meret erkannte den Song von Lauener sofort. Gemeinsam sangen sie das Ende des Refrains.

»Irgend einisch fingt ds Glück eim!«

Sie stießen an.

»Ein Hoffnungsschimmer …«, sagte Meret.

»… nach einem beschissenen Tag, ja«, ergänzte Sanna.

12

Als Meret am nächsten Morgen auf die Terrasse trat, gleißte der Schmittbach im Sonnenlicht, der Duft frisch gemähter Wiesen erfüllte die Luft, gelegentlich erklangen Kuhglocken. Althäusern erschien ihr so friedlich und reizvoll wie noch nie seit ihrer Ankunft, doch sobald sie zur Fluh hinüberblickte, beschlich sie ein flaues Gefühl.

Sanna hatte recht. Seit gestern Abend war alles anders.

Wie unerträglich musste das erst für die Einheimischen sein. Sie selbst konnte jederzeit abreisen, die Althäuser sahen ihre Existenz infrage gestellt. Die Alten, die trotz der Tragödie hiergeblieben waren, nun jeder Illusion beraubt; die Jungen, die in die Zukunft investiert hatten, vor dem Nichts.

Wieder schaute sie hinauf.

Einen Beton-Sarkophag darüberstülpen? Das war doch nicht deren Ernst?

Es hatte Meret den Appetit verschlagen, zum ersten Mal sprach sie dem reichlichen Frühstück kaum zu. Sanna war nicht zu sehen, Kilian hatte ihr wie meist den Korb an den Tisch gebracht und war in der Bibliothek verschwunden. Meret gesellte sich schon bald mit einer Tasse Kaffee zu ihm.

Er breitete eben verschiedene Schmetterlingsutensilien vor sich auf dem Tisch aus.

»Keine Schule heute?«

»Bin schon dran«, sagte er, er war wieder einmal wenig gesprächig.

»Das da? Was wird das?«

»Ein Vortrag.«

»Über?«

»Den Birkenspanner.«

»Einen Schmetterling?«

»Ja. Ein Nachtfalter.«

»Noch nie gehört. Du kannst deinen Vortrag gleich mal an mir ausprobieren. Warum hast du gerade diesen Schmetterling gewählt?«

Sie setzte sich dem Jungen gegenüber an den Tisch.

»Ich muss ihn jetzt aber aufspannen.«

»Deine Mutter hat mir kürzlich gesagt, dass Hans Grossen, also der mit den Bildern hier, der hätte in seinem ganzen Leben noch keinen Schmetterling aufgepinnt.«

»Das stimmt.«

»Du aber schon?«

»Nur solche, die ich selbst gezüchtet habe, und niemals einen von einer aussterbenden Art.«

»Ich schau zu, wenn du erlaubst.«

Interessiert beobachtete Meret Kilian bei seinen Vorbereitungen. Als Erstes legte er das Spannbrett und zwei Papierstreifen zurecht. Die brauche er zum Fixieren der Flügel, murmelte er halblaut und etwas verlegen und zugleich erfreut über die ungewohnte Aufmerksamkeit. Dann stellte er das Glas mit dem weiß-schwarzen Falter daneben.

»Der bewegt sich nicht mehr. Wie tötet man sie eigentlich?«

»Ein bisschen Essigäther auf den Wattebausch da unten im Glas, dann den Schmetterling hinein, das reicht.«

Er schüttelte den Falter vorsichtig aus dem Glas, richtete ihn aus und stach dann eine Nadel durch seinen Rückenpanzer. Dann fixierte er den Körper in der dafür ausgesparten Mittelrille des Spannbretts und legte die beiden Papierstreifen sorgfältig über die Flügel. In der Ruhestellung liegen sie übereinander, erklärte er Meret nun, ganz so, als würde er bereits vor der Klasse stehen. Deshalb müsse er sie zum Trocknen nun auseinanderziehen.

Meret staunte über Kilians Geschicklichkeit und noch mehr über seine Geduld.

Behutsam und mit winzigen Bewegungen zog er die vorderen Flügel millimeterweise nach oben, bis alle vier zu sehen waren. »Beim Birkenspalter sind die vorderen Flügel viel ausgeprägter«, kommentierte er und begann, das transparente Papier und damit den Flügel in kleinsten Abständen festzustecken.

»Da braucht man ja eine ruhige Hand!«, sagte Meret anerkennend.

»Geduld vor allem.«

»Und die hast du?«

»Meistens nicht.«

Meret lachte, Kilian erlaubte sich ein Schmunzeln.

»Jetzt sind die Flügel komplett fixiert, so lässt man ihn trocknen.«

»Wie lange denn?«

»Drei bis fünf Wochen.«

Kilian griff nach einem Etikett, auf das er den Fundort des Falters schrieb.

»Wann hast du deinen Vortrag?«

»Heute Nachmittag.«

»Schon? Und dort zeigst du dieses Brett, nehme ich an.«

Kilian nickte.

»Und was sonst noch?«

»Ein Youtube-Video zum Beispiel, mit Makroaufnahmen vom Tagpfauenauge – wie es sich gegen Vögel und Mäuse wehrt. Willst du es sehen?«

»Das klingt ja nach David gegen Goliath!«

Er zog sein Handy aus der Tasche und legte es auf den Tisch.

»Siehst du, so sieht er mit ausgebreiteten Flügeln aus.«

»Ach, die sind das. Schön!«

Es war ein Prachtexemplar mit rotbraunen Flügeln, auf jedem prangte ein Auge, die hinteren waren von einem wunderschönen Blau.

»Und so sehen sie im Ruhezustand aus, mit gefalteten Flügeln.«

»Sieht aus wie ein trockenes Blatt.«

»Genau. Aber wenn der Falter doch entdeckt wird, von einem Vogel oder eben einer Maus, reißt er ruckartig die Flügel auf, der Vogel sieht plötzlich in vier große Augen und flieht. Durch die Bewegung der Flügel entsteht auch ein zischendes Geräusch. Da, gleich kommt es, hör hin: Die haben das mit einem extremen Mikrofon eingefangen.«

Tatsächlich war im nächsten Augenblick ein unangenehmes Zischen zu hören.

»Und das vertreibt sogar die Mäuse, haben Wissenschaftler herausgefunden.«

»Dann wird's so sein! Verrückt, ich habe immer gedacht, diese Augen dienten einfach der Verzierung. Oder um das Weibchen anzulocken.«

»Nein, bei den Männchen zählt, wer am besten fliegen kann. Und am besten manövrieren.«

»Himmel, du weißt ja alles über Schmetterlinge. Auch von Hans Grossen, oder?«

Wieder nickte Kilian.

»Und gibt es hier im Schmetterlingstal tatsächlich so viele Arten?«

»Immer weniger. Seit 1990 ist die Hälfte aller Tagfalter-Arten ausgestorben.«

»Aber ihr tut auch etwas dagegen, sagt deine Mutter.«

»Klar. Wir züchten und setzen die Falter dann aus. Hier im Graben haben wir auch Bäume und Büsche gerodet, damit mehr Sonne in die Wiesen kommt. So Zeugs halt.«

»Auf eine Frage hast du noch nicht geantwortet: Warum gerade der Birkenspanner? Was ist an dem so spannend?«

»Die Zeichnung der Flügel. Und vor allem die Raupen.« Kilian deutete auf den Behälter neben sich.

Meret schaute hinein.

»Da hat es keine Raupen.«

Kilian lächelte schelmisch und drehte vorsichtig den Behälter.

Erst jetzt, beim längeren Hinschauen, sah sie eine Raupe, die nicht nur die Farbe, sondern auch die Struktur des Ästchens angenommen hatte, an dem sie hing, und von diesem fast nicht zu unterscheiden war.

»Gibt's ja nicht!« Und wie sie das machen, wirst du deinen Mitschülern heute erzählen?«

»Ja. Nur …«

»Was?«

»Ich weiß nicht, ob die das interessiert.« Der Junge wirkte plötzlich wieder ganz verzagt.

»Natürlich tut es das«, beteuerte Meret. »Es gibt niemanden, den Schmetterlinge nicht faszinieren.«

»Die Buben in der Klasse nicht wirklich, und wenn die mit Sprüchen beginnen …«

»Werden sie nicht, glaub mir. Was ist das Verrückteste an deinem Vortrag? Vielleicht kannst du damit beginnen.«

Kilian schaute sie überrascht an. »Ich? Ich weiß nicht … vielleicht das mit den Kinderseelen.«

»Was meinst du damit«, sagte Meret verwundert.

»Ist so etwas wie ein Aberglaube. Im Tal sagt man zum Teil noch heute, dass die Seelen von den gestorbenen Kindern in den Schmetterlingen sind. Je farbiger der Schmetterling, desto jünger das Kind.«

»Eigentlich eine schöne Vorstellung.«

Meret stand auf. »Ich lass dich jetzt weiter vorbereiten. Ach ja – hat dir deine Mutter von der Versammlung gestern erzählt?«

»Ja.«

»Und, was … denkst du?«

»Sie müssen da aufräumen, bevor noch mehr Fische sterben.«

»Du meinst, das ist deswegen, das mit den Fischen?«

Kilian nickte, wenn auch nicht ganz überzeugt. Meret bewegte ihren Kopf hin und her. »Wer weiß! Ist vielleicht sogar möglich. Und ja, du hast auf jeden Fall recht, die müssen da aufräumen.«

Kilian beindruckte sie. Mit welch heiligem Ernst er sich in seine Sache vertieft hatte. Er, der sonst so ungestüm, wild und gedankenlos war, wie die meisten in seinem Alter. Sanna hatte ihr erzählt, Grossen denke daran, etwas kürzerzutreten und Kilian das Feld zu überlassen, weil der schon so viel wusste.

Während sie zu ihrem *Trückli* spazierte, erinnerte sie sich an Niculans Worte. Für wen sie all die Jahre gearbeitet hätte, wenn nicht für die nachkommende Generation.

Für Kids wie Kilian.

Ein Beitrag zur Bekämpfung des Klimawandels ginge mit

dem Verzicht auf eigene Kinder einher, hatte sie in einem Interview gesagt.

Unversehens erinnerte sie sich wieder daran. Den verwunderten Blick der Journalistin damals hatte sie nicht vergessen.

Das war keine zwei Jahre her.

Sie wusste nicht, ob sie das auch heute noch sagen würde.

Als sie anderntags nach dem Einkaufen durch Althäusern spazierte, ein Auge immer auf die Felswand gerichtet, kam ihr ein altes Ehepaar entgegen, das ihr auf dem Gehsteig Platz machte. Sie war überrascht, als sie sah, dass der Mann ein Schmetterlingsnetz dabeihatte. Sie blieb stehen.

»Entschuldigen Sie, Sie sind nicht zufällig Herr Grossen?«

»Doch, das bin ich«, sagte der Mann überrascht und zog die Maske hoch.

»Das Schmetterlingsnetz!« Meret lächelte. Dann stellte sie sich kurz vor, sie erzählte von Kilians Schmetterlingsvortrag und erwähnte voller Bewunderung auch die Schmetterlingsbilder in der Lodge. »Darf ich fragen: Weshalb gerade Schmetterlinge? Wie sind Sie auf die gekommen?«

»Oh, nicht nur die Schmetterlinge«, warf Frau Grossen ein. Die Lachfältchen um ihre Augen zogen sich zusammen. »Der sammelt noch ganz anderes!«

»Wirklich?«

»Mein Mann ist hoffnungslos. Wenn die Althäuser vom Dorfmuseum reden, meinen sie unser Haus!«

»Was du immer erzählst«, wehrte ihr Mann ab.

»Deine Galerie des Schreckens? Deine Briefmarken? *U de d Byeni?* Von denen reden wir gar nicht. Zwölf Völker, sage ich nur!«

Sie kicherte jetzt fast mädchenhaft. Die Hobbys ihres Mannes schienen sie eher zu amüsieren.

»Also, bring jetzt nicht wieder alles durcheinander«, protestierte Hans Grossen schwach. »Weshalb Schmetterlinge, hat die Frau gefragt. Also: Nirgendwo in der Natur liegen Schönheit und Verletzlichkeit, Fortpflanzung, Geburt und Tod, Anfang und Ende so nah beieinander wie bei den Schmetterlingen, dünkt mich.«

»Schön gesagt!«

»Und nirgendwo sonst sind diese Extreme besser zu beobachten. Deshalb sind die Kinder auch sofort fasziniert, sie müssen nur einmal erleben, wie sich eine Raupe verpuppt und zum Schmetterling wird. Was für ein Wunder! Bei den Bienen wiederum erleben wir genauso drastisch, wie sensibel die Natur auf äußere Einflüsse reagiert, wie die Umweltverschmutzung und der Klimawandel unsere Lebensgrundlagen zerstören. Und jetzt kommt das hier!« Er zeigte zur Fluh. »Was soll ich denn jetzt mit meinen Bienen machen? Zwölf Völker sind das, ein riesiges Bienenhaus in unserem Garten, eigenhändig aufgebaut. Sie glauben doch nicht, das Militär würde mir das irgendwie vergüten?«

»Daschd scho ordelig es Pünteli ztrage«, sagte Frau Grossen. »Seit der Versammlung schlafen wir alle nicht mehr gut.«

»Wegzuziehen können Sie sich sicher nicht vorstellen!«, sagte Meret mitfühlend.

»Undenkbar!«, antwortete er, und seine Frau schüttelte nur traurig den Kopf.

Und plötzlich, als hätten sie sich abgesprochen, luden die beiden Meret auf eine Tasse Kaffee zu sich ein. »Ins Museum!«, fügte Frau Grossen lächelnd hinzu.

Auf dem Weg erfuhr sie, dass die beiden schon fünfundsechzig Jahre verheiratet waren und seit ihrer Hochzeit in Frau

Grossens Elternhaus wohnten. Nach dem Unglück sei es neu aufgebaut worden. Schöner und besser? Ach woher, das hätten bloß die vom Militär und von den Zeitungen immer wieder erzählt, wahrer sei es deswegen nicht geworden.

»Dann haben Sie beide das Unglück miterlebt!«, sagte Meret.

»Er schon, ich nicht direkt, ich war in jener Woche mit meiner Mutter im Wallis, eine Lungenentzündung auskurieren. Aber ja, mein Hans war mittendrin. Er hat es bis heute nicht wirklich verkraftet. Das werden Sie gleich sehen.«

Sie waren vor ihrem Haus angekommen, dicht daneben stand ein Bauernhof mit ausladendem Dach.

»Den bewirtschaftet unser Sohn«, sagte Hans Grossen mit sichtlichem Stolz. »Jeden Morgen treiben wir für ihn die Kühe auf die Weide, wenn er mit Melken fertig ist. Und bereiten das Frühstück vor, während er den Stall ausmistet. Gibt es eine schönere Art, den Tag anzufangen? Darauf sollen wir nun verzichten?«

Frau Grossen ging voraus ins Haus. Sie kümmere sich um den Kaffee, sagte sie. Meret wusste mit Bestimmtheit, dass sie gleich Wasser heiß machen und nach alter Sitte einen Filterkaffee aufgießen würde. So wie ihre Mutter bis zum Schluss den Filter auf den Porzellankrug gestellt hatte und die elektrische Kaffeemaschine daneben, Merets gut gemeintes Geschenk, keines Blickes würdigte.

Hans Grossen führte sie in die gute Stube. Meret fühlte sich sofort heimisch. Die Räume waren tief und nicht sehr hell, doch das Holz der Wände und die leuchtenden Kästen verliehen dem Raum eine warme Atmosphäre.

Auch hier steckten in den Schaukästen keine echten Schmetterlinge. Kein einziger Schmetterling hatte sein Leben lassen müssen, Grossen hatte sie virtuos gemalt. Nur gab es hier noch viel mehr davon als bei Sanna im Hotel.

»Sind das alles Arten, die hier in der Region vorkommen?«, fragte Meret.

»Diese Hälfte hier, ja. Die andere Hälfte da drüben sind die bereits ausgestorbenen Arten.«

Hans Grossen öffnete die Tür zum angrenzenden Raum. »Hier entlang geht es jetzt eben zur Galerie des Schreckens. Sagt meine Frau. Für mich ist es einfach der Ort der Erinnerung und Besinnung.«

Meret folgte ihm und stand nun wirklich in einem kleinen Museum. Staunend ging sie an den Wänden entlang, schaute die Fotos an, begann, in alten Zeitungsausschnitten zu lesen, die auf dem Tisch lagen. Dann drehte sie sich um die eigene Achse und zeigte erstaunt auf den riesigen Felsbrocken, der in einer Ecke lag.

»Was hat der für eine Bedeutung?«

Hans Grossen tippte auf ein altes Schwarz-Weiß-Foto an der Wand. Es zeigte eine alte Schlafkammer im Halbdunkel und ein demoliertes Bett, auf dem Nachttisch stand ein zerbrochener Krug. Die Wand an der Kopfseite des Bettes hatte ein Loch, durch das Tageslicht in den Raum drang. Jetzt erst sah Meret auch auf dem Bild den Felsbrocken – und begriff.

»Dieser Felsbrocken hat damals die Wand durchschlagen?«

Hans Grossen nickte.

»Also ... war das Ihr Zimmer, vermute ich?«

Wieder nickte er. »Wir hatten Glück, Großvater hat uns geweckt.«

Meret erschrak, denn Grossen war plötzlich sehr bleich.

»Ich konnte nicht schlafen, es war ja die Nacht vor Sonnwende, ich hatte meinen Korb geflochten, ich konnte es kaum mehr erwarten, ihn zu verschenken. Ich bin nochmals ans Fenster, ganz leise, um meine Schwester nicht zu wecken, ich wollte sehen, ob das Wetter immer noch gut war. In diesem Moment begann es, ich glaubte, es sei ein Feuerwerk. Eine Feuersonne segelte von der Fluh herab, und dann war plötzlich das ganze Tal in blaugrünes Licht getaucht, taghell fast, es krachte, es prasselte irgendwo, als würde es hageln, der Großvater kam die hölzerne Stiege herabgerannt, wir müssten fliehen, hat er geschrien, sofort!!«

Unwillkürlich war Grossen lauter geworden, so sehr nahm ihn die Erinnerung wieder gefangen. Er zitterte gar. »Jetzt grad, so wie ihr seid! Keine Zeit für Kleider, los!« Wir haben nicht verstanden, wir waren komplett verwirrt und hatten Angst. Auf der Straße dann die Nachbarn, die haben mich weitergeschickt, mit all den weinenden Kindern, ich war der Älteste, ich solle sie talabwärts führen.«

Grossen fiel in der Aufregung in den alten Althäuser-Dialekt. *»O das het de gsirachet, grätschstet und tätscht, o mer si dervaapächiert uber all Gräbe, denn uf dr Bachtala und bir Zündi düür d Edli uus.«*

Meret verstand mittlerweile genug, um sich den Sinn zusammenreimen zu können. Offenbar waren die Kinder durch den Edligraben, den Erlengraben geflüchtet, wo einst die Zündhölzli-Fabrik und heute die Pfypfoltera-Lodge stand.

»Dort endlich haben wir gerastet, haben uns unter die Bäume gelegt, nach Luft ringend, weinend, verstört. Erwachsene sind gekommen, die haben uns Decken gebracht, haben uns zugeredet. Langsam fanden wir wieder zu uns, ja, genau dort, im Edligraben. Vielleicht ist es in all den Jahren deshalb mein Lieblingsplatz geworden. Mein Schmetterlingsparadies. Und wissen Sie, die Alten, die das Unglück überlebt haben, haben mir immer gesagt: Schau nur gut zu deinen *Pfypfölteni*, sonst finden die armen Seelen keine Ruhe.«

Grossens Frau war in den Raum gekommen und berührte ihren Mann sanft am Arm. Er fand seine Fassung wieder.

»Hier, Ihr Kaffee.« Sie reichte Meret eine Tasse mit Unterteller.

»Milch und Zucker?«

»Nur Zucker.«

»Bring ich gleich.«

Meret wandte sich wieder an Herrn Grossen. »Wen haben Sie bei dem Unglück verloren?«

Grossen lächelte etwas gequält. »Niemanden aus der engsten Familie. Wir gehörten zu den Verschonten.«

»Glück im Unglück.«

»Und jahrzehntelange Schuldgefühle gegenüber den anderen, die ihre Liebsten begraben mussten. Vielleicht habe ich deshalb all die Sachen hier zusammengetragen.«

Hans Grossen dirigierte Meret zur nächsten Wand. Dort hingen weitere Fotografien, deren Anblick ihr das Herz zerrissen. Das alte Althäusern sah aus wie ein komplett zerbombtes Dorf, alle Häuser beschädigt oder zerstört, eine Brandruine neben der anderen. Am Straßenrand lagen tote Kühe mit aufgequollenen Leibern, die Wiesen waren mit Blindgängern übersät. Dann Bilder von vermeintlich intakten Wohnstuben und Schlafkammern – bis sie die klaffenden Löcher in den Wänden sah. Weggesprengte Felsteile hätten die Häuser wie Kanonenkugeln getroffen, erklärte ihr Grossen. »Wer noch drin war, war verloren. Es gab Häuser, die waren voller Steine.«

Die Bilder dokumentierten die ungeheure Wucht und die Plötzlichkeit, mit der das Unglück über die ahnungslosen Althäuser hereingebrochen war.

Unwillkürlich fragte sich Meret, in welchem Haus wohl das Mädchen mit dem Tagebuch geschlafen hatte. Und wo ihr Freund, der mit ihr im Iisigsee fast erfroren wäre.

Frau Grossen kam mit dem Zucker zurück. »Wissen sie, was mich am meisten beschäftigt hat? Damals und seit der Versammlung erst recht wieder? Das Versagen des Militärs hatte und hat System! Die Katastrophe im Munitionsdepot von Althäusern war die schlimmste, aber in der Schweiz beileibe nicht die einzige nach dem Zweiten Weltkrieg. Solche Katastrophen hatte es zuvor in der Westschweiz und am Fuß des Gotthardpasses gegeben!«

»Davon höre ich zum ersten Mal!«

»Man hat eben immer alles getan, damit unser Unglück und auch das Leiden anderer schnell in Vergessenheit geriet.«

Meret wiederholte die Frage, die sie bereits Sanna gestellt hatte. »Sie haben immer hier gelebt, aber Sie wussten nicht, was die da drinnen im Felsen gemacht haben?«

»Stand alles unter Geheimhaltung, wir haben gar nichts gewusst«, sagte Grossen, und seine Frau fügte hinzu: »Die wenigen aus dem Dorf, die dort gearbeitet haben, zwang ihr Vertrag zum Schweigen.«

»Die haben sich daran gehalten?«

»Es war eine andere Zeit, und irgendwann geriet alles in Vergessenheit. Das merken Sie gleich, lesen Sie nur mal das hier.« Er griff nach einem Zeitungsauschnitt auf dem Tisch. »Der erste Artikel, der am Montag nach dem Unglück erschien. In der Zürcher Zeitung.«

Meret beugte sich über das altersverfärbte, pergamentene Papier. Der Reporter hatte einen szenischen Einstieg gewählt.

»Als wir im strahlenden Sonnenschein durch die blühende Landschaft gegen den Unglücksort Althäusern fuhren, fiel es uns schwer, an die Riesenkatastrophe zu glauben, die so kurz vor dem festlichen Grundsonntag hier unsere Armee, unser Land betroffen hat.«

Die Armee? Unser Land?! *Zachergiavel*, gestorben waren Zivilisten in Althäusern, aber der Journalist hält die Armee für das Opfer?

»... die unsere Armee betroffen hat?«, wiederholte Meret empört.

Frau Grossen lächelte traurig.

»Dabei waren es die Soldaten, die rechtzeitig flüchten konnten!«, sagte sie.

»Hier, das habe ich vorher gemeint«, sagte Frau Grossen und reichte ihr einen weiteren Artikel. »Vier Tage nach dem Unglück wussten die das schon!«

Meret las die Passage. Die Umstände, die zur Explosion in Althäusern geführt hatten, seien vergleichbar mit den Katastrophen, zu denen es vorher in der Westschweiz und der Innerschweiz gekommen war. Deshalb sei es angezeigt, die Fälle vergleichend zu untersuchen.

»Das heißt doch, das Militär war schon vor dem Unglück gewarnt!«

»Natürlich«, sagte Herr Grossen nur.

Er reichte Meret eine Illustrierte. Es waren offenbar Bilder von der Trauerfeier. An erster Stelle der schmucke und strammstehende Oberstleutnant, der die Trauerrede gehalten hatte. Dessen Ausflüchte und patriotischen Beschwörungen konnte sie sich nur zu gut vorstellen. Dann sah man zwei Einheimische. Vater und Sohn Ehrsam, die ihre Familie verloren hatten. Ehrsam? Hatte sie diesen Namen nicht schon mal gehört?

Der Blick des Jungen war nur schwer zu ertragen. Trauer und

Wut hielten sich die Waage, vorwurfsvoll starrte er den Fotografen an, während sein Vater schicksalsergeben zu Boden schaute.

Lange betrachtete Meret das Bild. Eine Halbwaise, wie sie … Seit sie in Althäusern war, schien sie immer wieder auf die Geschichte ihrer Familie zurückgeworfen zu werden. Sie kannte die Umstände, die vor sechsunddreißig Jahren zum Bergtod ihres eigenen Vaters geführt hatten, erst seit dem letzten Jahr.

Umso tiefer berührten sie nun vergleichbare Schicksale.

Sie las weiter, viel mehr erfuhr sie nicht. Der Bub habe das Unglück überlebt, weil er in einer Hütte außerhalb der gefährlichsten Zone übernachtet hätte.

Sie wollte mehr über die Familie wissen, aber Frau Grossen reichte ihr bereits einen weiteren Artikel. Er war zwei Jahre nach dem Unglück erschienen. Die Räumung im Innern der Althäuser Anlage hätte über ein Jahr lang gedauert, sie sei in Hinblick auf den Neuausbau erfolgt. Meret stutzte.

»Das ist von 1952? Räumung und Neuausbau?«, fragte sie leise.

»Eben«, sagte Frau Grossen.

Das Militär hatte also schon damals behauptet, dass man das Depot bald räumen würde. Jetzt, siebzig Jahre später, gab man zu, dass fast die Hälfte der Munition, dreitausend Tonnen, die Althäuser noch immer bedrohte. Und es nur dem Glück zu verdanken war, dass seither nichts geschehen war.

Mit Ausnahme von ein paar toten Fischen vielleicht.

»Da bleibt einem nur noch eine Frage …«

»… was sonst noch vertuscht wurde.«

Die beiden Frauen schauten sich überrascht an. Sie hatten das Gleiche gedacht.

»Sie sind uns übrigens schon bei der Versammlung aufgefallen«, sagte Frau Grossen.

»Ah, ich verstehe«, erwiderte Meret, »weil ich fremd war, aber keine von denen.«

Frau Grossen nickte und deutete auf einen weiteren Artikel.

»Hier geht es um die Unglücksursache!«, erklärte sie.

Die Untersuchungsergebnisse, las Meret nun, betrafen tatsächlich nicht nur den Fall von Althäusern, zwei weitere Depotkatastrophen waren gleichzeitig untersucht worden. Als Brandursache schloss der Bericht allerorts und wortreich verschiedenste Möglichkeiten aus, bis endlich der wahrscheinlichste Entzündungsgrund genannt wurde: An den Geschosszündern hatte sich durch die Korrosion Kupferazid gebildet. Ein damals schon bekanntes Phänomen offenbar. Meret las fassungslos weiter. Kupferazid, das Kupfersalz der Stickstoffwasserstoffsäure, sei hochexplosiv, reagiere auf Reibung und Druck, selbst mit ihren nur oberflächlichen Chemiekenntnissen leuchtete ihr das ein.

In Althäusern seien just in den Tagen des Unglücks die ersten weggebracht worden.

»Die wollten die Lagerungsfehler korrigieren, kamen damit aber zu spät?«

»Genau.«

In der Folge erläuterte der Zeitungsartikel, dass die Art, in der die Kavernen während des Weltkrieges gebaut worden waren, nach dem Krieg bereits wieder überholt gewesen sei. Verbindungsgänge zwischen den Munitionsstollen wären fatal und die Ausrichtung der Stollenöffnung gegen das Dorf nicht angezeigt. Nach der Benennung dieser offensichtlichen Mängel schloss der Artikel zu Merets Entrüstung mit der Schlussfolgerung, es sei niemandem eine strafrechtlich relevante Schuld zur Last zu legen.

Verdutzt schaute Meret auf.

»Das haben die aber nicht ernst gemeint?«

»Es wurde niemand zur Verantwortung gezogen.«

»Das kann doch nicht sein!«

»Oh doch!«

Nach einer herzlichen Verabschiedung und dem mehrmaligen Versprechen, die Grossens so bald wie möglich wieder zu besuchen, ging Meret in ihr *Trückli* zurück.

Nach allem, was sie eben erfahren hatte, fand sie keine Ruhe.

Sie nahm das Tagebuch des Mädchens in die Hand, öffnete es, legte es gleich wieder weg. Ihr Gerechtigkeitssinn brachte sie öfter mal aus dem Tritt, diesmal so heftig, dass es sie hinaustrieb, auf das Motorrad, zum Schloss oder in den Park. Ihre Situation war nicht einfacher geworden.

Eine Fremde, aber keine von denen …

War das wirklich so?

Auf welcher Seite stand Halvorsen?

Es war kein Zufall, dass er diesen Versammlungstermin in seiner, in ihrer Agenda notiert hatte.

Sie würde ein ernstes Wort mit Annerös Pieren reden. Meret fiel es zusehends schwerer, in ihr bloß die Künstlerin zu sehen, die dank Halvorsens Großzügigkeit in der Schlossscheune wohnen durfte.

Als sie dort ankam, saß Renate Osthoff zu ihrer Überraschung alleine vor der Scheune. Meret begrüßte sie herzlich und fragte nach Annerös. Die Malerin sei hinunter an den See gefahren, sie habe einen Termin mit ihrer Mutter im Altersheim und dann noch einen im Krankenhaus, sie müsse dort mit den Ärzten über die Entlassung von Halvorsen reden. Welche Art von Pflege für ihn zu Hause organisiert werden müsse.

»Dann ist er wirklich über den Berg?«, fragte Meret fast überrascht. Sie hatte nicht mehr damit gerechnet, Halvorsen in nächster Zeit sprechen zu können.

»Es scheint so.«

Renate Osthoff deutete auf den Stuhl ihr gegenüber, Meret setzte sich.

»Bist du hier untergekommen?«

»Für zwei, drei Tage, ja. Annerös war so nett. Ich hoffe, Halvorsen kann sich den Park bald ansehen. Wir sind mit unserer Arbeit dort fast fertig. Ich sollte zurück ins Office, aber es ist zurzeit schwierig, zwischen Deutschland und der Schweiz zu pendeln, die Quarantäne-Auflagen ändern sich täglich.«

»Hast du von der Gemeindeversammlung gestern gehört?«

»Annerös hat etwas erwähnt. Altlasten im Berg wegen eines Munitionslagers? Die Schweizer Zeitungen seien voll davon. Muss für die Althäuser ja sehr frustrierend sein.«

»Das ist noch vorsichtig ausgedrückt. Hast denn du etwas von dieser Versammlung gewusst?«

»Nein. Natürlich nicht. Sie hat ja auch nichts mit meiner Arbeit zu tun.« Renate schaute Meret plötzlich aufmerksam an. »Oder … doch?«

»Nein.« Meret war sich nicht so sicher. Das neue Dorf, ja, das ganze Tal dort, war von der Fluh komplett abgeschirmt und damit geschützt. Aber eine Verstrickung von Halvorsen konnte sie nicht mehr ausschließen. »Ich hoffe nicht. Aber etwas anderes: Hattest du schon einmal einen Termin mit Halvorsen und den lokalen oder kantonalen Behörden? Hat er dort Beziehungen?«

»Ich war nie dabei. Die erforderlichen Bewilligungen lagen alle schon vor, als ich mit meiner Arbeit begann. Vergiss nicht, ich bin nur die Lieferantin der Bäume.«

»Mir scheint, du hast die Gestaltung des Parks so ziemlich übernommen.«

»Ja. Das gehört manchmal dazu, Fachwissen kann dabei nicht schaden. Und aus der Not heraus, weil Halvorsen dann komplett ausgefallen ist. Aber er hatte vieles schon vorab geplant.«

»Hast du über Halvorsens Unternehmen Erkundigungen eingezogen, bevor du den Auftrag angenommen hast?«

Renate lächelte.

»Also ja«, konstatierte Meret. »Unserem Institut, habe ich eben erfahren, liegt noch eine andere Anfrage vor. Bezieht sich auf das elektronische Containerschiff, das eine Trondheimer Werft entwickelt. Schon davon gehört?«

»Von dem Schiff nicht, aber von der Werft. Mit dieser hat Halvorsen einst den Grundstein zu seinen anderen Geschäften gelegt.«

»Da gibt es also noch mehr als die Werft?«, fragte Meret ein bisschen zögerlich, sie kam sich gerade ziemlich unbedarft vor. Zu Recht, wie sie Renates amüsiertem Gesichtsausdruck entnehmen konnte.

»Halvorsen war damals zur richtigen Zeit am richtigen Ort, und er hat einen außerordentlich guten Geschäftssinn. Offenbar übernahm er diese Werft Ende der Sechzigerjahre von deren Gründer. Ein Schweizer übrigens. Genau: Winter hieß er. Halvorsens Werft war dann auch am Bau der Nordseeplattformen in Norwegen beteiligt, man sagt, Halvorsen sei damals hoch ins Risiko gegangen, dafür hat er vom Öl-Boom Norwegens ganz direkt profitiert. Du kannst dir vorstellen, was das finanziell bedeutete. Schon 1980 war Halvorsen längst mehr als nur ein Werftbesitzer. Die Werft betreibt er weiter, das stimmt, und dafür schlägt wohl auch sein Herz. Aber er hat längst diversifiziert, und seit vierzig Jahren ist er einer der größten Investoren Norwegens. Allerdings findet man auf normalem Weg so gut wie nichts darüber heraus, Halvorsen war stets die Diskretion in Person, sein Name taucht selten irgendwo auf. Er mischte im Erdgas- und im Rohstoff-Handel mit, er hatte in Norwegen einmal einen eigenen Baukonzern, er besitzt Immobilien in halb Europa, und … er war einer der Ersten, der in grüne Technologien investierte. In ganz großem Stil und mit Überzeugung. Er ist der perfekte Norweger – er hat sein Geld mit Öl verdient und ist dank diesem Vermögen nun ein ökologischer Vorzeigeunternehmer. So, wie es der Staat selbst vorexerziert. Man denke nur an die Förderung der Elektromobilität, der Windenergie, an die ganze Meeresforschung der Trondheimer Universität! Eine leicht unmoralische Mischkalkulation allerdings: Mit Öl Geld verdienen, es anschließend in Cleantec-Projekte zu investieren, um dann damit wieder zu verdienen.« Renate lächelte. »Falls du also noch immer Bedenken haben solltest, was seine Liquidität oder seine Seriosität betrifft: Das hier bezahlt er alles aus seiner Portokasse.«

Meret hatte aufmerksam zugehört. Die Informationen über die Wirtschaftskraft ihres Auftraggebers beruhigten sie nur halb, der ominöse Agenda-Eintrag zur Gemeindeversammlung blieb irritierend. Sie erklärte Renate Osthoff den Sachverhalt, über den diese allerdings sehr viel weniger verwundert zu sein schien.

»Schon ungewöhnlich, aber wenn du den Aufruhr heute in den Zeitungen siehst, war das Vorgehen der Behörden vielleicht nicht so schlecht. So wurden unnötige Polemiken im Vorfeld verhindert.«

Meret wollte widersprechen, das sei nun doch etwas zu pragmatisch, aber Renate sprach schon weiter: »Selbst wenn Halvorsen als Einziger im Tal davon gewusst haben sollte – wäre das so überraschend? Er hat in seinem Land alle nur möglichen Verdienstorden erhalten, er hat direkte Beziehungen zur norwegischen Regierung, weshalb sollte das hier nicht auch so sein? Auf seiner Flughöhe gelten andere Regeln, Meret! Halvorsens Zuzug war für die Region hier bestimmt nicht unbedeutend. Zumindest sein Privatvermögen wird er hier versteuern. Dafür kann man ihm schon einmal den roten Teppich ausrollen.«

Meret schaute nachdenklich zur Weissfluh hinüber, ihre Finger trommelten den immer selben Rhythmus auf die Tischplatte, ohne dass sie selbst es merkte.

»Das wird wohl der Grund sein«, sagte sie mehr zu sich selbst.

Sie stand auf, nahm die Maske ab und deutete einen Ellbogen-Puff an.

»Ich geh mal eine Weile ins Büro. Was hast du vor?«

»Ich bin im Park.«

»Vielleicht schaue ich später noch vorbei.«

»Würde mich freuen.«

Im Büro schloss Meret den Laptop ans WLAN-Kabel an und startete ihn. Zu ihrer Verblüffung öffnete sich ein Dialogfenster. Es würden automatisch neue Inhalte geladen, der Vorgang dürfe nicht unterbrochen werden.

Meret wartete, bis der Ladebalken den Abschluss der Aktion anzeigte. Ein neuer Ordner mit dem Titel »Althäusern« erschien, sie öffnete ihn sofort. Verblüfft betrachtete sie die Dateiliste.

Die Files waren seltsamerweise gestern angelegt worden, exakt um zwanzig Uhr. Als die Gemeindeversammlung begonnen hatte! Mit Sicherheit kein Zufall, alles entsprechend programmiert. Die Dateien waren auf drei Ordner verteilt. Der erste war mit »Unglück 1950«, der zweite mit »Untersuchung«, der dritte mit »Altlasten 2021« bezeichnet. Sie klickte in den letzten und blickte auf die Bilder von den verschütteten Stollen und verrosteten Bomben, die am Abend zuvor schon während der Versammlung gezeigt worden waren. Die Berichte dazu waren hier ausführlicher und noch alarmierender, wie Meret nach einer kurzen Sichtung feststellte.

Sie öffnete den Ordner »Unglück« mit den Artikeln, die gleich nach dem Unglück erschienen waren. Im Ordner »Untersuchung« gab es nur zwei Dateien. Sie öffnete die erste. *Explosion Munitionslager Althäusern* stand auf dem Deckblatt, sowie: *Schlussbericht und Antrag des Untersuchungsrichters vom 8. Mai 1952,* und der Vermerk: *Geheim.*

Die zweite Datei war offenbar ein juristisches Gutachten zu ebendiesem Untersuchungsbericht, von einer Zürcher Anwaltskanzlei, zu Händen A. Halvorsen, Juni 2013.

Meret fragte sich, ob der Bericht des militärischen Untersuchungsrichters genau wie die Bundesratsakten nach dreißig Jahren geöffnet werden mussten. Oder hatte Halvorsen sich die Dokumente auf anderem Wege beschafft?

Sie vertiefte sich in den Bericht und erfuhr erst mal gar nichts. In altmodischer, halb amtlicher, halb juristischer Sprache wurde über zehn Seiten ausgebreitet, welche möglichen Ursachen aus welchen Gründen ausgeschlossen werden konnten. Offensichtlich bezogen sich die Artikel, die sie bei den Grossens gelesen hatte, auf diesen Bericht. Meret blätterte seufzend zur nächsten Seite, als es klopfte. Annerös Pieren schaute herein, mit der obligatorischen Maske, hinter der sie wahrscheinlich ein Lächeln versteckte.

»Renate hat mir gesagt, Sie seien hier!«

»Ja, kommen Sie herein! Erzählen Sie, wie geht es ihm?«

»Er ist auf der sicheren Seite, sagen die Ärzte. Noch sehr geschwächt, sehr müde, aber die Lunge hat sich schon gut erholt. Er braucht nur noch zeitweise etwas Sauerstoff. In drei, vier Tagen sollte er entlassen werden.«

»Das ist ja wunderbar!«

»Oh ja. Und – er hat sich wahnsinnig gefreut, als ich ihm erzählt habe, dass Sie hier sind.«

»Sie konnten mit ihm sprechen?«

»Nur übers Telefon, und nur sehr kurz. Ich soll Ihnen etwas ausrichten.«

»Ja?«

»Sie mögen doch, so gut es geht, die Geduld bewahren, auch wenn Ihnen das eine oder andere etwas seltsam vorkommt, das sei nur so, weil er mit Ihnen nichts vorbesprechen konnte. Sonst wären Sie auf alles vorbereitet gewesen. Und es liegt ihm viel daran, dass Sie die nächsten Tage noch hier ausharren. Er braucht Sie dringend. Das war seine Botschaft, die hiermit übermittelt ist.« Sie hob lachend die Hände. »Was immer Sie damit anfangen, ich muss weiter. Die Spitex-Betreuung für Herrn Halvorsen organisieren. Ich hoffe aber, Sie erfüllen ihm seinen Wunsch?«

»Bleibt mir ja fast nichts anderes übrig«, sagte Meret, allerdings nur halb im Scherz.

Zwei Stunden später startete Meret ihr Motorrad. Die Lektüre des Untersuchungsberichtes und des dazugehörigen Gutachtens hatte ihre Wut neu geweckt. Die Militärverantwortlichen waren vom militärischen Untersuchungsrichter reingewaschen worden, wie sie das nach der Zeitungslektüre am Morgen schon gedacht hatte. Nur wusste sie jetzt, dass dies zu Unrecht geschehen war.

Der offizielle Bericht schloss mit einem für Meret fast lächerlich floskelhaften Fazit. *So wie die Verhältnisse liegen,* bilanzierte der Untersuchungsrichter seine Erkenntnisse, *kann meines Erachtens keiner der Verantwortlichen wegen ungenügender Maßnahmen nach den früheren beiden Munitionsbränden in der Schweiz eine pflichtwidrige Unvorsichtigkeit im Althäuser Depot und damit einer strafrechtlich relevanten Fahrlässigkeit beschuldigt werden. Es sei der Sache mangels Feststellung einer Schuld strafrechtlich keine weitere Folge zu geben.*

So gewunden drückte sich aus, wer wider besseres Wissen schrieb.

Die ganze Verlogenheit gipfelte für Meret in der Fußnote in dem einen Artikel, das Dorf Althäusern sei tatsächlich mit der Hilfe des Heimatschutzes wiederaufgebaut worden.

Nicht mal dafür hatte das Militär selbst bezahlt?

Sie rollte aus dem Schlosshof und wollte die ersten Kurven ins Tal in Angriff nehmen, als ihr Blick auf die Fluh fiel, die jetzt genau gegenüberlag, der oberste Absturz auf ihrer Höhe. Unwillkürlich stoppte sie. Lange schaute sie ins Tal hinab und zur Fluh. Vor wenigen Tagen erst war sie daran entlanggegangen und dort neben der Felswand hochgestiegen, hinauf zur Fluhmatte und zur Blumenalp. Deutlich sah sie die beiden Hütten, die großzügig gebaute oben, mit den Ställen daneben, die kleine, zerfallene direkt über der Fluh. Der Satz unter dem Bild von Vater und Sohn kam ihr wieder in den Sinn.

Der Junge habe in der Unglücksnacht in einer Hütte übernachtet, außerhalb der Gefahrenzone.

13

Am Horizont über dem See hellt ein erster Streifen den Himmel auf. Auf einen Schlag kommen die Bilder zurück, keuchend stemmt Res sich hoch. Wie lange ist er bewusstlos gewesen? Er muss weiter, ungeachtet der Schmerzen. Res sammelt seine Kräfte, nimmt einen neuen Anlauf. Er benutzt einen Ast als Krücke, so kann er die Belastung etwas dosieren. Allerdings kommt er nur langsam vorwärts. Er hat ohnehin jedes Zeitgefühl verloren, mindestens eine weitere Stunde muss vergangen sein, bis er weit außerhalb von Althäusern den Talgrund erreicht. Noch verwehrt ihm der Wald die Sicht auf das Dorf.

Als er endlich aus der letzten Schonung tritt, sieht er zuerst die Fluh.

Das, was noch von ihr übrig ist.

Verzweifelt starrt er zu der fahlen, rauchverhangenen Wand hinauf.

Das Wahrzeichen von Althäusern ist nur noch halb so mächtig wie gerade noch. An seinem Fuß liegt ein Trümmerfeld. Die Felsblöcke stapeln sich aufeinander, der Bahnhof ist komplett verschwunden, die Schienen ragen dort, wo das Trassee zerstört ist, grotesk verbogen in die Höhe. Mit jedem Schritt, den er dem Dorf im ersten Dämmerlicht näher kommt, wird sein Entsetzen größer. Bald muss er Munitionsresten auf dem Weg ausweichen, voller Angst, sie könnten explodieren. Die Weiden links und rechts sind mit Felsbrocken übersät. Und überall tote Kühe.

Die Weiden ihres Nachbars.

Die Angst treibt Res an, doch kaum macht er einen längeren Schritt, durchzuckt ihn der Schmerz. Er kämpft sich vorwärts, bis er das erste Haus von Althäusern erreicht. Nur noch eine Ruine. Reste der Grundmauern ragen wie Zahnstummel in den heller werdenden Himmel, der Holzaufbau und das Dach sind weggefegt worden, gebrannt hat es auch, einige verkohlte, rauchende Holzbalken lassen die ursprüngliche Größe des stattlichen Hofes von Bauer Märki erahnen. Im selben Moment kracht es hoch über ihm, aus dem Augenwinkel sieht Res einen grünen Widerschein, er wirft sich zu Boden, legt die Arme schützend über seinen Kopf, etwas pfeift über ihn hinweg, ein splitternder Donner, wie er ihn nur von den heftigsten Gewittern oben auf der Alp kennt, rollt durch das Tal, zugleich regnet es Splitter von irgendwas. Er vergräbt das Gesicht noch tiefer in die Arme. Nach einer Ewigkeit erst verhallt das prasselnde Geräusch. Vorsichtig richtet er sich auf und wankt auf der Dorfstraße weiter. Sie ist kaum noch zu erkennen, Felsblöcke liegen im Weg, Explosionslöcher haben die Straße zerstört, überall Schutt und Metallstücke. Auch das nächste Haus ist komplett zerstört. Das dahinter von Bauer Bläsi hingegen sieht fast unversehrt aus. Bis Res die riesigen Löcher entdeckt. Als hätte ein Zyklop die Wände zum Spaß durchlöchert.

Er hinkt die Straße Richtung Bahnhof hinauf und erstarrt.

Seine Knie geben nach.

Das Haus der Biglers ist nicht da. Einfach … verschwunden. Nicht mal mehr Trümmer, die er durchsuchen könnte.

»Maria!« Sein Schrei hallt von den Bergflanken zurück. »Maria, wo bist du?

Keine Antwort, nur ein nächstes Krachen, irgendwo und überall. Ein ihm fremder, beißender Gestank liegt in der Luft.

Was ist mit Mutter? Mit Bethli und Ernst?

Er traut sich kaum die Straße hinab. Er ahnt, was ihn erwartet.

Dann steht er doch davor.

Die Mauern stehen noch, das Dach auch. Er will aufatmen, dann sieht er die Felsbrocken.

Im Hausinnern.

Sieht die Männer, die darauf herumklettern, hilflos. Die Lichter von Taschenlampen geistern durch die Räume.

Einen Mann erkennt er.

Der Vater dreht sich in diesem Moment zu ihm um.

»*Häb Gott erbarm, dr Res!* Bleib stehen, *Bueb*, komm nicht näher.«

Mit drei, vier großen Sätzen ist er bei ihm, zieht ihn an sich, erstickt ihn fast mit seiner ungelenken Kraft, mit seiner ganzen Verzweiflung.

»Wo sind die andern?«, fragt Res verzagt.

»Frag nicht, frag nicht.«

»Nein!«

»Jetzt sind nur noch wir, jetzt müssen wir zusammenhalten.«

»Nein. Nein!!!« Res reißt sich los und weicht mit kreideweißem Gesicht zurück. »Das geht nicht. Bethli kommt hinauf, ihren Garten schauen«, stammelt er. »… und die Mutter die Wasserleitung. Und Ernst sowieso, ja, auch Ernst wird kommen …«

Sein Vater schüttelt verzweifelt den Kopf, will ihn wieder an sich ziehen, da begreift Res endlich und verliert jeden Halt.

Meret folgte der Straße ins hintere Tal. Kammtal nannte man es, nach dem gleichnamigen Bach, an dessen Schleifen sich die Straße entlangschmiegte.

Kein schwebender Baum blockierte diesmal den Weg. Sie legte das Motorrad tief in die Kurven, bald war sie in dem Gebiet angelangt, in dem das zukünftige Dorf gebaut werden sollte. Sie hielt an, machte ringsum Fotos, teilte das Gelände im Kopf in die vorgesehenen Parzellen auf. Siebenunddreißig Häuser soll das Dorf umfassen, zumindest in einer ersten Bauphase, in den Plänen war eine Landreserve eingezeichnet, wahrscheinlich für eine zweite Planungsetappe. Die ungerade und auch unlogische Anzahl der Häuser irritierte sie, sie würde Halvorsen fragen müssen, wie er darauf gekommen war. Wahrscheinlich hatte er jedem Haus einfach eine bestimmte Landfläche zugeordnet und war dabei zufällig bei dieser Zahl gelandet. In dieser Hinsicht wirkte das Projekt wenig durchdacht. Modernes Bauen hieß verdichtetes Bauen, wenn sie sich die bisherigen Unterlagen vergegenwärtigte, waren hier nur Ein-, höchstens Zweifamilienhäuser geplant. Unsinnig für eine energieautarke Siedlung, sowohl was die Ausnutzungsquote als auch die Wärme- und Stromsysteme betraf.

Minuten später erreichte sie den hintersten Punkt des Kammtales. Sie wollte sehen, wie sich die Linde an ihrem neuen Ort machte. Sie stellte das Motorrad ab und spazierte einige Meter Richtung Wasserfall, als sie von Renate eingeholt wurde.

»Jetzt bin ich aber gespannt!«, sagte Meret.

»Dein Rat war genau richtig. Da, schau!«

Ein Bild der Harmonie bot sich ihnen, obwohl die Flächen noch nicht begrünt waren. Die Linde fügte sich in das Tobel ein, als hätte sie schon immer hier gestanden. Ihre längsten Äste reichten so nahe an den Wasserfall, dass die Gischt die Blätter sanft besprühte.

»Großartig!« Meret war wirklich beeindruckt. »So schön hatte ich mir das nicht vorgestellt.«

»Warte, bis wir mit den restlichen Arbeiten fertig sind. Gleich unterhalb der Linde, da drüben bei der Koppel, werden wir eine Birkengruppe pflanzen, die sich zum Wasserfall und zur Linde hin öffnet.«

»Welche Koppel? Ja, tatsächlich!«

»Sie gehört zu einem alten Pferdehof, das Hauptgebäude liegt etwas versteckt hinter dem Wasserfall. Liegen ist übrigens das richtige Wort, viel steht da nicht mehr.«

Die Natur hatte sich hier an die Rückeroberung gemacht, Renate Osthoff führte Meret auf den Trampelpfad zwischen Koppel und Buschwerk. Sie umrundeten den Felsen, in den der Kammbach seine Stufen geschliffen hatte. Dahinter öffnete sich eine weitere, kleinere Ebene vor der ersten steilen Bergflanke. Der Hof bestand aus einem alten Holzgebäude, die Fassade war morsch und durchlöchert, hohe Metallzäune sperrten das Gebäude ab.

»Akute Einsturzgefahr«, sagte Renate.

Meret starrte versonnen auf die Ruine.

»Du siehst aus, als brächte dich das auf eine Idee.«

Meret verfluchte ihren Hang zur Träumerei. Und ihr Gesicht, in dem alle lesen konnten wie in einem offenen Buch.

»Ich dachte nur gerade ... das hier ist Landwirtschaftszone, nehme ich an?«

»Ja.«

»Außerhalb der Bauzone darf man leider nicht bauen.«

Renate lachte leise. »Dürfte man nicht, ja.«

»Die sind da schon ziemlich strikt.«

»Du machst dir keine Vorstellung, wie viele Bäume ich schon an den Zugersee geliefert habe. Wie viele Privilegierte in den heiligen Uferzonen dort bauen. Wie viele Firmen ganze Erholungs-

und Naturschutzgebiete für sich einzäunen! Welche Milliardäre ihre Villen als landwirtschaftliche Bauten deklarieren dürfen …«

»Genau«, sagte Meret nur.

»Woran also denkst du?«

»Noch nichts Konkretes, aber diese Ruine könnte so einiges ermöglichen. Landwirtschaftliche Gebäude darf man tatsächlich renovieren und ausbauen …«

Meret holte ihre alte Polaroid aus dem Rucksack und klappte sie aus.

»Ist die echt?«, fragte Renate staunend.

»Die SX-70, ja, ein kleiner Spleen.«

»Ich dachte, es gibt keine Filme mehr dafür.«

»Sie werden wieder produziert. Sündhaft teuer allerdings. Deshalb mache ich pro Tag höchstens ein Bild. Das hier für heute!«

Sie schob leicht am Schärferädchen, der Verschluss klickte, die Kamera warf mit einem lauten Sirren das Foto aus, Meret steckte es sofort in die Jackentasche.

»Das Hobby habe ich von meinem Vater übernommen«, sagte sie und erzählte Renate auf dem Rückweg, wie sie das einzige Bild ihres Vaters darauf gebracht hatte. Als würde sie ihn so noch etwas kennenlernen, sechsunddreißig Jahre nach seinem Tod. Und noch während sie erzählte, fiel ihr auf, wie ungewöhnlich viel sie von sich selbst preisgab, seit sie hier in Althäusern war. Selbst gegenüber Menschen wie Renate Osthoff oder auch den Grossens, die sie doch kaum kannte.

Als sie am Wasserfall angekommen waren, blieb Meret noch einmal stehen. Ihr Blick folgte dem Bachverlauf. So abwegig war die Idee nicht, dachte sie.

Dann verabschiedete sie sich von Renate. Was ihr eben durch den Kopf gegangen war, behielt sie noch für sich.

Den Rückweg durch das Kammtal fuhr Meret fast im Schritttempo, diesmal prägte sie sich das Gelände aus der umgekehrten Perspektive ein.

Als sie oberhalb von Althäusern auf die Hauptstraße kam, bog sie kurz entschlossen Richtung Iisigsee ab. Sie suchte sich ein sonniges Plätzchen und schlug das Tagebuch dort auf, wo sie mit Lesen aufgehört hatte. Die drei folgenden Seiten waren leer. Dann setzte der Text wieder ein. Doch jetzt war alles anders, Meret erkannte es sofort. Die Schrift hatte sich verändert, sie hatte den zuversichtlichen, leichten Schwung verloren, es sah aus, als seien die Worte in die Seite gestanzt worden.

Wie schnell sich alles zum Bösen wendet, Mutter. Heute wärst du froh, ich hätte überhaupt noch irgendwelche struben Gedanken, und spürte auch nur noch einen Hauch von Freude oder Übermut. Stattdessen nur Trauer. Und die Schuld.

Ja.

Was immer du sagst, Mutter, kann mir diese Last nicht nehmen.

Aber du sprichst kaum mehr.

Dein Schweigen sagt genug.

Ich versuche, mich zu erinnern. Er hatte doch so wunderbar begonnen, der Abend vor Sonnwende, ganz früh bin ich in meine Kammer hinauf, habe mich auf das Bett gelegt, Schneesöckli im Arm, und habe mir vorgestellt, was er nun wohl da oben anstellt, auf der Fluh, für mich. Und ich habe es mir richtig vorgestellt, denn bald war der Schimmer eines Feuers zu sehen, am Rand der Fluh. Ein Höhenfeuer nur für mich alleine, ich hätte jauchzen mögen, ich habe es Söckli gezeigt, und sie hat pausenlos geschnurrt. Als wüsste sie, dass ich von dem sprach, der ihr das Leben gerettet hatte, damals. Ihr und ihren Geschwistern, unten am Schmittbach.

Damals ist mir klar geworden, dass er nicht ist wie alle andern.

Dann hat die Überraschung begonnen, oben auf der Fluh, genauso, wie er es im Briefchen angekündigt hat.

Vielleicht wäre es besser gewesen, ich hätte den gar nie gefunden, hätte unser Versteck nicht kontrolliert, hätte nicht alles falsch verstanden.

Die Feuersonnen waren seine Überraschung! Vom Scheibenschlagen im Bündnerischen habe ich ihm erzählt, und was macht er? Er lässt es Sonnen regnen, nur für mich. Mit Sicherheit hat er meinen Namen hinterhergerufen, ich weiß es.

Oh tgei biala schibetta per la Maria!

Meret stutzte. Der Name des Mädchens, endlich! Maria also.

Hat er sich noch an den Spruch erinnern können?

War das gottversucht?

Weshalb sitze ich jetzt hier, nur drei Wochen später, in der Deserta, wo im Frühjahr meine Cousins die Scheiben abschlagen, und hinterherschreien und trinken und festen?

Weshalb nur?

Nie mehr wird es so sein.

Hier soll ich die Schule beenden. Wo ich doch kein Wort verstehe! Und unsere Welt daheim zertrümmert.

Nie mehr werde ich eine Feuerscheibe bejubeln.

Mit der dritten ist der Berg in Flammen aufgegangen, grüne und blaue, die Kluft ist vor meinen Augen explodiert, hat alles zerstört. Seine Familie, meine Familie.

Vater ist hereingestürmt, hat mich weggerissen, im krachenden Donner der Explosion, aus dem Zimmer, die Treppe hinab, und ich habe vor Schreck nur geschrien, das Falsche geschrien, hilf Gott! Söckli sei noch oben, Vati müsse es holen …

Ja. Das habe ich gerufen in meinem Schreck.

Mein ganzes Leben lang werde ich es bereuen.

Ich hätte wissen müssen, dass Vater zu lieb ist, ich hätte ihn zurückhalten sollen. Stattdessen hat Mutter mich gepackt und aus dem Haus gerissen.

Während der Vater gezögert hat. Die Treppe hinauf ist, zurück.

Für immer meine Schuld.

Vater kommt dann, hat Mutter geschrien, durch das Krachen, das Pfeifen, das Splittern. Schau einfach nicht zurück, renn, renn mit mir, so schnell du kannst!

Vater ist nicht mehr gekommen.

Barfuß im Nachthemd durchs Dorf, bin vorbei an seiner Mutter, wie erstarrt ist sie an der Kreuzung gestanden, die Kleine auf dem Arm, ich wollte ihr helfen, aber Mutter hat mich mit sich gezerrt: Weiter, weiter!

Wer da noch nicht gerannt ist, ist in der nächsten Explosion gestorben.

So viele sind gestorben.

Vater ist für mich gestorben.

Im Krieg haben sie heimlich die Munition im Berg versteckt. Keiner hat es gewusst, aber Vater hat es geahnt, das weiß ich bestimmt. Der Krieg habe uns verschont, hat er einmal gesagt, ganz nachdenklich, der Krieg werde uns einholen. Jetzt ist es geschehen. Unser Dorf ein Schlachtfeld, tote Menschen, tote Tiere, alle Häuser zerstört.

Mein Leben auch.

Und seines. An der Trauerfeier letzte Woche habe ich ihn wiedergesehen.

Welchen Mut hat er da bewiesen. Nicht wie wir andern.

Nur er hat denen die Stirn geboten.

Eins nach dem andern. Wenn es denn überhaupt unsere letzte echte Begegnung gewesen sein sollte, will ich mich haargenau erinnern.

Was nicht gestimmt hat, ist mir schon auf dem Pfad zur Kirche aufgefallen.

Auf zwei der Unseren kam einer vom Militär.

Was wollten die alle da?

Ich bin nur wegen ihm mitgegangen, zur Kirche ins Nachbarsdorf. Mutter hatte die Kraft nicht. Und ich, was hätte ich denn dort sollen? Um Vergebung bitten, den, der mir Vater genommen hat?

Aber ich wollte bei ihm sein, ihm helfen. Ihm zeigen, dass ich zu ihm stehe, dass wir dieselbe Trauer teilen. Ich um den Vater, er um die Mutter, die Geschwister. Eine Woche nach dem Grundsonntag, den es nicht gegeben hat.

Nie mehr geben wird.

Der Pfarrer ist nicht mal unserer gewesen, ein Fremder war es, ein wortgewandter aus der Hauptstadt, haben sie gesagt.

Es waren überhaupt viele Leute aus der Hauptstadt da. Jetzt sind sie gekommen. Nach dem Unglück. In ihren schneidigen Uniformen, in den glänzenden Stiefeln, mit ihren steifen Offizierskappen. Aber keiner von den Soldaten im blauen Gwändli, die uns in den Tagen nach dem Unglück wirklich geholfen haben, war eingeladen. Die ihr Leben riskiert haben, schuldbewusst, und in den Trümmern nach den Unsrigen gesucht haben, und es weiterhin riskieren, weil sie die Munition bergen, die im ganzen Tal verstreut ist. Blindgänger nennen sie die. Nur im Tenü Blau, ohne jeden Schutz, so helfen sie, wo immer sie können, wohl wissend, dass sie nichts gutmachen können.

Einer von den fein Gewandeten ist aufgestanden und nach vorn getreten. Der Altar war mit Sonnenwend-Körben geschmückt, das hat es noch schlimmer gemacht. Als würden sie die Sonnwendfeier nachholen.

Was die sich trauen!

Res hat mir einen Korb gemacht, ich weiß es. Sicher der schönste, der in Althäusern je geflochten worden ist.

Wo immer er jetzt sein mag.

Der mit den glänzenden Stiefeln ist vorne gestanden, den Offiziershut hat er in der Kirche abgenommen. Oberstleutnant Vinizius Brandel. Der Name allein schon! Ich erinnere mich genau an seine Sätze, so sprachlos haben sie mich gemacht. Er hat gesagt, im Krieg, inmitten der Bedrohung, fünf Jahre erst sei es her, hätten sie Plätze gebraucht, um die Munition zu lagern. Zu verstecken auch vor dem Feind. Was sei da geeigneter gewesen als die Kavernen in der Weissfluh. Welchen Dienst habe da Althäusern dem Land erweisen dürfen!

Den Makkaroni-Dienst, hätten wir ihm am liebsten entgegengeschleudert. Also wir, die Jüngeren. Denn die Alten, die immer so viel Respekt nur schon vor der Uniform haben, die haben nur den Kopf eingezogen und geglaubt, was ihnen gesagt wurde, wie immer.

Wer könne die Trauer und auch die Wut im Dorf besser verstehen als er, hat Offizier Brandel dann behauptet. Die Bereitschaft der Althäuser, ihrem Land zu dienen, sei bestraft worden. Wie alle hier in der Kirche hadere auch er damit, und suche eine Erklärung, so wie der Pfarrer in seiner wunderbaren Predigt eben. Warum der Allmächtige eine solche Ungerechtigkeit zulassen konnte! Aber so tief sein Mitgefühl, seine Trauer sei, so groß sei sein Stolz auf die Althäuser. Und dann … dann kam es. Nur ein Beispiel von vielen wolle er nennen, hat er gesagt. Die Ehrsams! Diese Familie, diese Kernzelle der Eidgenossenschaft. So hat er das wirklich genannt. Kernzelle der Eidgenossenschaft! Sie sei durch das gewaltige Ereignis auf die härteste Weise erschüttert worden. Doch was habe er erlebt? Was für ein Beweis von Vaterlandsliebe! Die würdige Haltung von Franz und seinem Sohn Res Ehrsam, die durch den Unfall die Ehefrau und die Mutter, die Tochter und die Schwester, den Sohn und den Bruder verloren haben, ihre würdige Haltung also habe sie alle in Erstaunen gesetzt.

So hat der Offizier Brandel geredet!

Ja.

Und natürlich, die Althäuser, diese Träumer, haben es ihm abgenommen.

Für diese Haltung wollte der Herr Offizier nun Res und seinem Vater danken. »Ihr hadert nicht mit dem Schicksal«, hat er gesagt, ich erinnere mich genau. »Ihr findet euch ab mit der unabänderlichen Tatsache. Uns hilft eure gute Einstellung, die große, schwere und gefährliche Aufgabe der Säuberung und Instandstellung zu Ende zu führen.«

Meret konnte kaum glauben, was sie las.

Eine gute Einstellung?!

Sie zweifelte keine Sekunde daran, dass Maria die Rede genau wiedergegeben hatte. Diese Arroganz der Unfehlbaren, die nicht mal im Angesicht der Hinterbliebenen einen Fehler eingestehen konnten. Sich stattdessen für die Würde bedankten, mit der diese auf jeden noch so berechtigten Vorwurf verzichteten.

Dieselbe Haltung, die sie in den Zeitungsartikeln von damals und im Untersuchungsbericht herauslesen konnte!

Und dann ist es passiert. Ich erinnere mich, wie das Sonnenlicht just in diesem Moment erstmals durch das Kirchenfenster gefallen ist. Die Streben haben es in Streifen aufgefächert, der eine ist direkt auf das Kreuz, der andere auf Res gefallen. Ich sah, dass er nicht mehr an sich halten konnte. Noch bevor der Herr Offizier ausgesprochen hat, ist er aufgesprungen und hat widersprochen, so laut und deutlich, dass es alle gehört haben.

»Unsere Leute sind nicht für die Armee gestorben, Herr Offizier, unsere Leute sind wegen der Armee gestorben. Fünf Jahre alt war meine Schwester. Fünf! Mein Bruder neun. Lassen Sie die beiden aus dem Spiel. Lassen Sie uns alle aus dem Spiel, behalten Sie wenigstens so viel Anstand! Sie sind nicht für das Land gestorben, und zuallerletzt für das Militär. Denn ihr habt sie getötet!«

Ein Raunen und Murmeln ist durch die Kirche gegangen, alle sind erschrocken, weil der Res sich das getraut hat. Der Offizier ist dagestanden wie ein Schulbub, und Res ist hinkend aus der Kirche gestürmt, die Hand seines Vaters hat er einfach weggewischt.

Ich bin auf der hintersten Bank gesessen, ich bin aufgesprungen, bin ihm hinterher.

Unten am Kirchhügel habe ich ihn eingeholt, er hat gezittert und geweint, ich habe ihn in die Arme genommen. An mich gedrückt, als würde ich ihn nie mehr loslassen.

Du hast uns allen aus dem Herz gesprochen, habe ich ihm versichert.

Mein Vater wird mich umbringen, hat er gesagt.

Dein Vater hat nur noch dich, habe ich gesagt.

Er wird sich nicht mal jetzt ändern. Der ist stolz, wenn ein Offizier ihm kondoliert. Stolz! Und er macht den ganzen Tag nichts anderes als das Tal nach dem Vieh absuchen.

– Vielleicht ist es seine Art, damit umzugehen.

– Nein. Das ist keine Art. Ich werde gehen.

Er hat es mit wilder Entschlossenheit gesagt, und ich habe nicht an seinen Worten gezweifelt. Er hat nur noch nicht gewusst, wohin.

Dann musste ich es ihm offenbaren. Die Mutter wolle ins Bündnerische ziehen, ich würde auch nicht hierbleiben können.

Vielleicht habe ich gehofft, dass er uns irgendwie folgt. Hoffe es heimlich noch immer, auch wenn es nicht möglich ist.

Siehst du, hat er geantwortet, du bleibst ja auch nicht. Jetzt ist alles vorbei. Ich hätte diese Scheiben nie schlagen sollen, die haben das Unglück über uns gebracht.

Ich wollte ihm sagen, was das für ein Blödsinn sei. Ich wollte ihm auch noch sagen, dass es mir genauso schlimm ergangen ist. Dass mein Vater wegen mir gestorben ist! Wie sehr mich meine Schuld quält.

Und was das mit unserem Kätzchen zu tun hat.

Ich konnte es nicht. Nicht das auch noch.

Ohne zu sprechen, sind wir im Gras gesessen, ganz nahe beieinander, Arm in Arm, unterhalb der Kirche, bis die Glocken zu läuten begannen.

Dann habe ich Res geküsst.

Ja. Als hätten wir immer gewusst, dass unser erster Kuss auch unser letzter ist.

Seither haben wir uns nicht mehr gesehen. Aber was mach ich jetzt nur hier, in der Surselva, in der Fremde, ohne Sprache, ohne Vater, ohne Res?

Res …

Meret blickte auf und starrte auf den Iisigsee hinaus, der heute noch ein bisschen blauer zu sein schien als sonst.

Sie habe ihren Vater getötet.

Nur zu gut konnte sie die Schuldgefühle des Mädchens nachvollziehen.

Marlies Aebi kam ihr plötzlich wieder in den Sinn. Hatte sie nicht fast Ähnliches geschildert während der Gemeindeversammlung? Von der Nachbarin an der Kreuzung, mit dem toten Kind im Arm? Sie nestelte ihre Visitenkarte aus der Handyhülle. Vielleicht wusste sie, wer diese Maria war.

Jetzt kannte sie beide Namen. Maria und Res. Sie stutzte, klappte den Computer auf und scrollte zu dem Artikel der Schweizer Illustrierten, den sie in Grossens Galerie und in Halvorsens Dokumenten gefunden hatte. Das Foto der beiden Ehrsams fand sie schnell, sie vergrößerte es. Im Blick des Jungen lag der ganze Zorn, mit dem er dem Offizier in der Kirche seine Worte entgegengeschleudert hatte.

»Du bist das also, Res. Der Ruderer vom Iisigsee!«

14

»Hier, dein Zimmer!«

Der Stolz in der Stimme des Vaters verstört ihn.

Er lädt Res mit einer Handbewegung ein, in die lichtdurchflutete Kammer zu treten. Widerwillig tut er es. Res weiß bereits, wie das Zimmer aussieht. Zusammen mit Lehrmeister Trummer hat er die Holzarbeiten in einem anderen Haus weiter unten im Dorf gemacht, und wer eines der Häuser gesehen hat, hat alle gesehen. Entworfen und gezeichnet von einem Architekten aus Seewiler, im Auftrag des Heimatschutzes.

»Und was zahlt eigentlich das Militär?«, hat Res kürzlich seinen Meister gefragt. Die Antwort hatte eher konfus geklungen: Doch, doch, einen Teil würden die wohl schon übernehmen, es koste ja auch einen schönen Batzen Geld, ein ganzes Dorf wiederaufzubauen.

Res hatte seine Antwort hinuntergeschluckt. Ohnehin wollte ihm nicht einleuchten, weshalb man das Dorf genauso wiederaufbaute, wie es gewesen war, statt sich Gedanken zu machen, was wo wirklich sinnvoll war.

»Was sagst du nun?«, fragt sein Vater erwartungsvoll.

»Ist ein Zimmer, ja. Hier, aber ich bin unten am See, mitten in der Lehre … Ich kann nicht jeden Tag hin- und herfahren.«

»Natürlich nicht, aber für danach, wenn du wieder auf den Hof kommst.«

Dr Att. Unverbesserlich.

»Das sehen wir dann«, sagt er nur und verlässt das Zimmer so schnell wie möglich wieder.

Hier drinnen kriegt er keine Luft.

Ein neues Haus für die Familie, die es nicht mehr gibt.

Er geht zum Treppenabsatz.

»Und was machst du mit den anderen Zimmern?«, fragt er endlich und fast trotzig. Seine Stimme zittert.

»Wir müssen vorwärtsschauen, Res.«

»Das ist keine Antwort.«

»Ist es schon, du willst sie nur nicht hören.«

Seit er damals aus der Kirche gerannt ist, sind sie sich keinen Millimeter nähergekommen, denkt Res. Wahrscheinlich ist dem Vater sein Auftritt immer noch peinlich. Zwei Jahre sind seither vergangen. In den ersten Wochen nach seiner Flucht aus dem Dorf haben sie gar nicht mehr miteinander gesprochen, danach lange nur das Nötigste. Ihre Treffen seither kann er an einer Hand abzählen.

»Wie stellst du dir das vor, hier drin, mit all diesen Totenzimmern?«

Einen Augenblick sieht es so aus, als wolle der alte Ehrsam auf ihn losgehen, doch er zwingt sich zur Ruhe.

»Sie haben jedem das Haus in der alten Größe wiederaufgebaut, darum … Und wer weiß, was noch geschieht. Wenn du irgendwann zur Besinnung kommst, willst du hier vielleicht selbst eine Familie haben. Hast du den Stall schon gesehen? Der ist sogar größer geworden.«

Res schüttelt nur den Kopf, trottet dann aber hinter ihm her, zur Tür hinaus. Sie müssten über ihre Trauer, ihren Schmerz, ihre Gefühle sprechen, und *dr Att* ist wieder bei den Viechern gelandet.

Zwei Jahre. Und Vater hat nicht einmal gesagt, wie sehr er sie vermisst. Bethli. Ernst. Die Mutter. Res streckt den Kopf der Form halber durch die Tür in den Stall und tut interessiert, zugleich wird ihm endgültig klar, dass er niemals hierher zurückkehren wird. Soll dereinst den Hof übernehmen, wer will! Er wird die Schreinerlehre zu Ende bringen, das schuldet Res Meister Trummer. Immerhin hat der ihn am Tag nach der Trauerfeier angehört, ihm in seiner Erschütterung sofort die Kammer über der Werkstatt angeboten, die sonst für die fahrenden Zimmerleute gedacht ist, und ein paar Wochen später hat Res die Lehrstelle antreten dürfen. Seither ist er kaum mehr nach Althäusern zurückgekehrt. Wozu auch? Maria lebt im Bündnerland, die Seinen sind tot, nichts hält ihn hier.

Sein Vater hat eben noch über das Befinden seiner Kühe geredet und will nun mit den Geißen beginnen, als er plötzlich verstummt. Sein Gesichtsausdruck verändert sich in einer Weise, die Res irritiert, er wird irgendwie … weicher. Etwas ratlos folgt er seinem Blick. Gertrud Aebi kommt mit ihrer Tochter den Weg zum Haus herab. Das verwundert ihn. Mit den Aebis hatten sie nie viel zu tun gehabt.

Aber wer weiß … Gertruds Mann ist auch umgekommen, im Steinschlag, vor Gertruds Augen.

Sie begrüßt Res fast ein wenig zu herzlich, will ihm scheinen, er beantwortet ihre Fragen kurz angebunden. Doch, es sei sehr schön bei Trummers am See, *naadischt*, ein Glücksfall. Während er redet, zwinkert er der kleinen Marlies zu, die ihm schon immer sympathisch gewesen ist. Dann sieht er deren Bruder auch noch herbeistolpern, schlagartig verdüstert sich sein Gesicht wieder.

Der Norweger.

De Gglüscher, dr schiessig!

Den gab es ja auch noch. Nie hat er den vermisst, die ganzen zwei Jahre nicht!

Blitzartig hat Res eine Ausrede parat, er müsse noch schnell hinunter zu Meister Trummer, er komme vielleicht später noch mal vorbei.

Wird er nicht.

Unten beim Gartentor muss er am Norweger vorbei. Den Pullover, der seinen Spitznamen begründet hat, trägt er nicht mehr, fällt Res auf. Er weiß gar nicht, ob er ihn schon einmal ohne den gesehen hat.

»Trägst du den Pulli jetzt nur noch als Nierenwärmer oder bist endlich erwachsen geworden«, sagt Res, als er an ihm vorbeigeht.

»*Ehrsams Res, gugg a!* Begrüßt man sich so, nach allem, was geschehen ist?«

Res bleibt abrupt stehen, er spürt die Wut in sich aufsteigen. Die falsche Begegnung im falschen Moment. Die Rechnung zwischen ihnen ist schon viel zu lange offen. »Geschehen? Was ist denn geschehen, Norweger? Was genau meinst du? Willst mir etwas erzählen? Vielleicht … vom Edligraben? Als du auf Maria losgegangen bist, damals? Sie bedrängt hast?«

Er verflucht sich für seine Empfindlichkeit und die späte Eifersucht, aber er hat sich die Bemerkung nicht verkneifen können.

»Bedrängt?« Der Norweger lacht, etwas gezwungen allerdings. »Da ist wohl einer eifersüchtig! Ich weiß nicht, was Maria dir erzählt hat, aber sie hat mir schöne Augen gemacht, als wir uns das letzte Mal gesehen haben, so viel kann ich dir verraten.

Sie hat mir auch gesagt, sie freue sich schon auf meinen Sonnwende-Korb und spare für mich ihren ersten Kuss auf. Um sie davon abzuhalten, hat es dann gleich eine Explosion gebraucht, stell dir vor, Resli!«

Res muss an sich halten, um ihn nicht am Kragen zu packen. »Du erzählst Blödsinn, wenn du das Maul nur aufmachst, aber kennt irgendwer dich anders? *Ä Lugihung!* Seit du diesen blödsinnigen Pulli zum ersten Mal angezogen hast.«

»Ach, meinst du?« Aebi blitzt ihn plötzlich triumphierend an. »Blödsinnig? Weil der aus der Ferne kam und nicht von deinem *Grossmuetti* gestrickt worden ist? Oder weil von euch niemand so was hatte? Und wenn ich dir sage, dass ich in zwei Wochen abreise? Genau drei Mal darfst du raten, wo mir meine Gotte eine Lehrstelle gefunden hat! Als Feinmechaniker! Na, läutet etwas? In Norwegen! Ich bin mal gespannt, wie ihr mich in zehn Jahren dann nennt. Wenn ich überhaupt jemals in die Schweiz zurückkehre! Du brauchst dir keine Sorgen zu machen, ich spanne dir die Maria nicht aus. Ist ja auch nicht mehr nötig, die empfängt nachts jetzt die Bündner *Chiltbuebe*, wie man hört.«

Res' Geduldsfaden wäre um ein Haar gerissen, doch die gute Nachricht, dass der Norweger tatsächlich auswandert, wie viele Oberländer derzeit, besänftigt ihn. So lässt er Aebi einfach stehen. Den bin ich los, denkt er, der wird so schnell nicht wieder auftauchen! Und wenn er irgendwann reumütig aus Norwegen zurückkehrt, interessiert sich keiner mehr für ihn. Maria schon gar nicht. Als Letztes hört er hinter sich noch ein trotziges: »Ihr werdet schon sehen, ihr alle!«

Zurück am See, geht Res schnurstracks in die Werkstatt und kommt mit Hobel und Schleifpapier wieder heraus.

»Wenn du so weitermachst, hast du das Boot schnell wieder beisammen«, sagt sein Lehrmeister, der ihm zwischen Haus und Werkstatt kurz begegnet.

»Ich befürchte, da gibt es noch viel mehr Arbeit als zuerst gedacht«, erwidert Res.

»Alles in Ordnung?« Trummer hält ihn auf und schaut ihn forschend an.

»Ja. Doch.«

»Du warst nicht lange bei deinem Vater.«

»Sind ja alle gleich geworden. Die Häuser, meine ich.«

»Wer redet von den Häusern. Du solltest dich mit ihm aussöhnen. Dem geht es doch nicht besser als dir.«

»Er kümmert sich nur um Hof und Vieh, wie immer.«

»Das meinst du nur.«

»Leider nicht. Ich geh jetzt eine Weile in die Bucht hinüber.«

»Tu das. Aber wir sprechen noch darüber.«

Lieber nicht, antwortet Res im Stillen und nimmt den Uferweg unter die Füße. Er weiß ja, dass Trummer es gut meint, und er wird ein Leben lang dankbar sein für alles, was sie für ihn tun, er und seine Frau.

Aber das mit dem Vater lässt sich nicht mehr flicken.

Res sieht durch das Wäldchen das Glitzern des Sees und verdrängt jeden weiteren Gedanken an Althäusern. Das gelingt ihm hier am Wasser immer am besten. Seit er das alte Ruderboot in der Birkenbucht entdeckt hat, erst recht. Beim Schwimmen ist er darauf gestoßen, im wahrsten Sinne des Wortes, es lag auf dem Grund, und er benötigte seine ganze Geschicklichkeit und Kraft, um es an Land zu bringen. Die Bootsrippen schienen noch einigermaßen intakt, die Planken waren teilweise zerborsten und mussten ersetzt werden.

»Wusste gar nicht, dass es da im See liegt«, hatte Schreiner Trummer verwundert gesagt. »Hat noch meinem Großvater gehört. Das lohnt sich kaum, falls du mit dem Gedanken spielst, es zu restaurieren.« Wenn er es aber wirklich wolle und schaffe, dürfe er es behalten. Es könne ja nicht schaden, wenn er auch in der Freizeit ein wenig mit Holz arbeite.

Behalten will es Res ja gar nicht. Als er beim Schwimmen mit dem Fuß gegen die Bugspitze gestoßen ist, hat er sich sofort an den Iisigsee zurückversetzt gefühlt, auf einen Schlag ist alles zurückgekehrt: die Kälte des Wassers, die Wärme des Steins, sie in seinem Hemd, ihr Gesicht dicht vor seinem, ihre Augen geschlossen …

Sofort hat er gewusst, was er mit dem Boot machen wird.

Jetzt freut er sich jeden Abend auf das Werkeln daran, halb träumend meist, weil er sich immer wieder vorstellt, wie überrascht sie sein wird, wenn sie das Boot sieht, da oben auf dem See unterhalb des Dorfes, von dem sie so oft schreibt, weil sie sich immer dort versteckt, wenn ihr alles zu viel wird.

Einen Plan, wie er das Boot dorthin bringt, hat er allerdings immer noch nicht.

In den Pausen im Uferkies oder in der Werkstatt, wenn Arme und Rücken von der abendlichen Zusatzarbeit zu sehr schmerzen, schreibt er den nächsten Brief an Maria.

Zu gerne wäre sie zur Dorfweihe gekommen, hat sie ihn wissen lassen, aber ihre Mutter wolle nichts mehr mit Althäusern zu tun haben, und auch sie selbst, hat Maria geschrieben, wisse nicht, ob sie es wirklich hätte ertragen können.

Maria kann den Tod ihres Vaters nicht verarbeiten, weiß Res. Kein Brief, in dem sie nicht auf ihre Schuld zu sprechen kommt. Er kann es ihr einfach nicht ausreden.

Es geht ihr keinen Deut besser als ihm.

Sosehr sie die Gesellschaft ihrer Cousins schätze und sich mit dem Rätoromanischen langsam arrangiert habe, heimisch werde sie in der Deserta nie, daran habe auch das eine, letzte Schuljahr nichts geändert.

Die Zeit vergeht schneller als der Schmerz, denkt Res oft etwas verwundert. Erst kürzlich hat er sich aufraffen können und ist zur Fluhmatthütte gewandert. Er hat alles ihm Wichtige noch gefunden, zumindest das kann er seinem Vater zugutehalten. Beides, den Sonnwende-Korb und das Schild für Bethlis Garten, hatte dieser im Werkzeugdepot verstaut. Res hat hin und her überlegt, was er damit machen soll, und schließlich alles dort gelassen.

Träume erfüllen sich nie in diesem Tal, dachte Res.

Aber sie aufgeben?

Woraus sollte er sonst Zuversicht schöpfen?

In Althäusern wollen sie beide nie mehr leben, in ihren Briefen schmieden sie andere Pläne. Für die Zeit, wenn Maria die Schneiderinnenlehre in der Tuchfabrik abgeschlossen hat, und auch er ausgelehrt sein wird. Dann können sie gehen, wohin sie wollen, dann hält sie nichts mehr! Maria wird nicht länger auf ihre Mutter Rücksicht nehmen müssen, die ist gut aufgehoben bei ihrer Schwester. Und Res wird sich etwas einfallen lassen, um dem Militärdienst zu entgehen. Nur schon die Vorstellung davon macht ihm Bauchweh. Es würde sich anfühlen, hat er Maria kürzlich geschrieben, als wäre er dann selbst einer von diesen Feldgrauen, die ihre Familien, ihr Dorf, ihre Leben zerstört haben.

Vielleicht hilft ihm Oberstleutnant Brandel. Er hatte Res zu dessen Überraschung geschrieben, eine Woche nach der Trauerrede. Obwohl er den doch angegriffen und bloßgestellt hatte! Er verstehe Res' Reaktion sehr gut, und einen Teil seiner Vorwürfe könne er nicht mal widerlegen. Er wolle versuchen, in Zukunft solche Unfälle zu vermeiden, das verspreche er. Und wann immer Res seine Hilfe nötig habe, solle er sich an ihn wenden.

Res hat den Brief und die Adresse von Brandel aufbewahrt.

Man kann nie wissen, denkt er auch jetzt wieder.

Er beendet den Schliff an der einzig noch gut erhaltenen Rippe des Bootes. Mithilfe dieser Rippe und der noch intakten Seitenplanken kann er Schablonen für alle neu benötigten Teile zeichnen und diese in der Werkstatt vorfertigen. Mit Trummer hat er alles bereits besprochen. Für die Rippen und die Bug- und Heckteile, die den Zug der Seitenplanken aushalten müssen, wird er schweres Eichenholz benutzen, die Seitenplanken will er aus Fichtenbrettern aussägen und dann passgenau hobeln. Fünf neue Planken braucht er, dazu alle Querverstrebungen neu, mit ihnen wird er die beiden aufgefrischten Bodenbretter verschrauben, die sind noch gut genug. Neu schreinern muss er die Ruderbänke in der Mitte und im Heck, die Ruderstangen und die Ruderblätter. Beim Hufschmied wird er sich Ankerkette, Ruderlager und die Nägel schmieden und diese zuspitzen lassen. Auch das ein Rat von Trummer, nur mit sehr spitzen Nägeln könne er die gebogenen Planken vernageln, ohne dass er sie sprenge. Und die Schraubenlöcher müsse er aus demselben Grund vorbohren.

Res mochte das Schreinern, aber manchmal schwirrte ihm der Kopf ob all der Vorkehrungen, die es zu treffen galt. Er solle auch noch Hanf besorgen, als Dichtungsmaterial für die Ritzen zwischen Bodenbrettern und Seitenplanken. Und Bitumen, um die Bodenkanten zu überziehen, zum Schutz gegen Stöße, wenn das Boot einmal über den Kies scheuert. Und, und, und … Wie so oft bei der Arbeit ist die Liste von Trummers guten Ratschlägen länger als Res' Geduld beim Zuhören.

Ermattet lehnt er sich mit dem Rücken an sein Boot. Die Sonne verschwindet hinter dem fernen Iisighorn, es wird sofort kühler. Fröstelnd zieht er die Schweizerkarte aus der Tasche, die er sich mit seinem ersten selbst verdienten Geld gekauft hat. Wohl zum hundertsten Mal vertieft er sich darin, seine Augen folgen dem Weg vom See über den ersten Pass in die Innerschweiz, den zerklüfteten Armen des Vierwaldstättersees entlang Richtung Gotthard, durch die Schöllenen hinauf zum Oberalppass und von oben her in die Deserta. Der kürzeste Weg zu Maria. Hundertdreiundsiebzig Kilometer. Er hat die Route Kurve für Kurve mit Nadeln ausgesteckt, diese mit einem Faden verbunden und so die Distanz berechnet, basierend auf dem Karten-Maßstab.

Nur ... was hilft ihm das?

Die Distanz und selbst die Pässe würde er sich zutrauen, doch er hat kein Fahrrad. Und für den Bootstransport weiß er schon gar keine Lösung. Dafür bräuchte er ein Auto mit Anhänger oder einen Pritschenwagen.

Er müsste sich Meister Trummer anvertrauen, der könnte vielleicht helfen.

Diese letzte Hoffnung bewahrt er sich noch.

Zuerst aber die Arbeit, weist Res sich immer wieder zurecht. Danach wird sich weisen, ob er seinen Traum verwirklichen kann.

So schnell will er mit dem Boot gar nicht fertig sein. Die Arbeit daran ermöglicht ihm die raren Momente, an denen er sich in die Zukunft träumt. Nur so erträgt er seine Trauer.

Wird er es jemals vergessen können?

Er legt den Klappmeter beiseite und fischt den bereits begonnenen Brief aus der Tasche.

Ich habe dir meinen Sonnwendkorb nie überreichen können und habe ihn in all den Monaten seither nie erwähnt. Weißt du, weshalb? Es ist ein Korb, wie ihn noch niemand geflochten hat, und … er dient auch einem ganz anderen Zweck als normal. Aber mehr will ich dir nicht verraten, denn wenn deine Zeit in der Deserta und meine Zeit bei Trummer und im Militär vorbei ist, werden wir noch ein einziges Mal nach Althäusern zurückgehen und uns im Edligraben treffen, dann sollst du dein Geschenk endlich erhalten. Jetzt steht es oben auf der Alp, gut versorgt bei den Gerätschaften, so behält dr Att ein Auge drauf. Nichts im Leben ist ihm wichtiger als sein Werkzeug. Außer seine Viecher natürlich. Und dann … Soll ich dir sagen, was heute passiert ist, bei der Einweihung? Die Aebi ist mit ihrer Tochter vorbeigekommen …

Sein Stift schwebt sekundenlang über dem Papier in der Luft. Soll er den Norweger auch erwähnen? Bis heute weiß er Marias Verhalten am Fluss nicht ganz zu deuten.

… und weißt du, was die getan hat? Die macht meinem Vater schöne Augen! Und er fällt darauf rein, där Läli! Sind beide doch erst grad verwitwet, das geht doch nicht! Was soll die kleine Marlies bloß denken?

Aber ich habe einen Plan geschmiedet, als ich heute an den See zurückgewandert bin, ich weiß jetzt, was ich tun werde. Morgen in der Werkstatt, wenn ich mal ungestört bin, werde ich die Hölzer schneiden und hobeln. Und an einem der nächsten Tage, wenn dr Att am Heuen ist, werde ich mich ins neue Haus schleichen und in den Zimmern die Kreuze aufstellen. Auf seine neuen Riemenböden schrauben, auf die er so stolz ist. Damit er auch nie vergisst, warum sein neues Haus so leer ist.

Und leer bleiben muss.

Res blickt auf und schaut lange auf den See hinaus, wo das letzte Tageslicht die spiegelglatte Oberfläche noch einmal aufschimmern lässt. Dann wandert sein Blick hinauf zu den Dreitausendern, die mächtig und dunkel in den Himmel ragen. Schon seltsam, denkt er. Jetzt weiß er, dass der Norweger auswandert, und trotzdem ist er noch eifersüchtig.

Vielleicht kann er ja ganz beiläufig etwas aus Maria herauskitzeln.

Ach ja, und dann habe ich den anderen noch getroffen. Unseren Freund, du weißt schon, den Norweger. Der hat ja seltsame Sachen erzählt. Wie er dich vor dem Unglück noch einmal getroffen habe, im Edligraben?! Aber er wollte sich sicher nur wichtigmachen. War wohl eher er, der dir schöne Augen gemacht hat.

Weißt du, was das Gute an der Sache ist? Der Norweger geht jetzt wirklich nach Norwegen. Norwegen, naadischt! Das ist kein Witz! Offenbar hat er eine Lehrstelle als Mechaniker dort.

Uns kann ja nichts Besseres passieren. Där Lülischigger, jetzt sind wir ihn los.

Seit er mir das erzählt hat, bringe ich eine Vorstellung nicht mehr aus dem Kopf: Unser Norweger, der da durch diese Dörfer spaziert und plötzlich merkt, dass dort kein Mensch einen solchen Pullover trägt.

Dä ischt er dänn glehiglochtig am Zun!

Ich habe grad eine neue Arbeit angefangen, davon habe ich dir, glaub, noch nichts erzählt. Ein großes Geheimnis, denn es wird ein Geschenk für dich. Ich werde Wochen, vielleicht Monate daran arbeiten, und dann muss ich noch einen Plan aushecken, wie ich es zu dir hochbringen kann. Aber irgendeine Lösung werde ich finden. Ich freue mich schon auf dein Gesicht, wenn du es sehen wirst. Du wirst sofort wissen, warum gerade das. Was es bedeutet! Weshalb ich auf die Idee gekommen bin!

Ich verrate nur so viel: Es hat etwas mit dem Iisigsee zu tun.

Iez bischt scho am sine, gäll!

Aber mehr verrate ich nicht.

Wie ist es da oben mit Bubenkämpfen weitergegangen, wer hat jetzt den Kürzeren gezogen? Die Unterdörfler, denke ich, so wie du mir letzthin die Sache beschrieben hast. Deine Cousins werden es denen schon heimzahlen, da bin ich fast sicher. Ich kenne ja dich und deine harten Fäuste, da ist deine Verwandtschaft wohl auch nicht grad zartbesaitet. Erinnerst du dich noch an unser Wettstreiten gegen die Seewiler? Bei den Pfingstausmarchungen? Wie wir denen ihre Waldhütte auseinandergenommen haben?

Und du voran, das werde ich nie vergessen.

Vieles lässt sich nicht vergessen. Nichts ist von den schönen Sachen übrig geblieben. Nur weil die ihre Kavernen nicht richtig gebaut haben, auf ihre Bomben und Geschosse nicht achtgegeben haben. Warum nur haben wir nicht früher etwas gemerkt? Haben wir doch! Erinnerst du dich an dieses herrliche Unwetter, als der Schmittbach halb Althäusern unter Wasser gesetzt hat? Und an die Kluft hoch oben, wo man ein Stück in die Fluh hineinklettern kann? Ich hab dich da doch mal ein Stück abgeseilt, und du hattest nicht mal Angst, so im Dunkeln! Am Tag nach jenem Unwetter bin ich mit den andern dort Klettern gegangen. Und die Kluft, die war plötzlich das Tor für einen Wasserfall. Sonst hatte es da ja höchstens ein Rinnsal, oder nicht mal das. Aber an jenem Tag ein heftiger Sturzbach, und gleich daneben lagen herausgeschwemmt eiserne Teile, von Geschossen offensichtlich. Wir dachten damals, das seien Stücke von Blindgängern aus dem Krieg.

Jetzt wissen wir es besser.

Wir haben das Zeugs damals unten bei den Soldaten abgegeben. Es hat nur keinen wirklich interessiert, woher wir das hatten! Auch das hätte ich dem Oberstleutnant Brandel vorhalten sollen, damals, in der Kirche.

Warum, Maria, kommen einem die richtigen Gedanken immer erst dann, wenn es zu spät ist?

15

»Stimmt was nicht?«

Kilian hatte eben den Frühstückskorb an ihren Tisch gebracht und nur einen halben Morgengruß zustande gebracht.

»Hast du deinen Vortrag verhauen?«

Kilian schüttelte den Kopf.

»Was dann?«

»Wer geht denn heute noch auf die Alp?!«, murmelte er etwas kryptisch.

»Auf die Alp? Klingt jetzt grad so, als müsstest du?«

»Ja, muss ich!« Kilian empörte und nervte die Vorstellung offenbar gleichermaßen.

»Auf welche Alp?«

»Zum Vater auf die Blumenalp.«

Meret schaute ihn überrascht an. Dann bat sie ihn um eine Tasse Kaffee, das gab ihr Zeit, die Neuigkeit zu verdauen.

Der war Kilians Vater?

Darauf wäre sie nie gekommen. Alain Gsponer, sie erinnerte sich seltsamerweise noch an seinen Namen. Besonders sympathisch war er ihr nicht gewesen.

Sie traute Sanna vieles zu, schlechten Geschmack bei Männern eigentlich nicht. Bei den Frauen suchte sie sich ja auch die Richtigen aus. Meret lächelte.

Oder … war ihre Einschätzung von Gsponer falsch gewesen?

Kilian kam mit dem Kaffee zurück.

»Dann habe ich deinen Vater wohl schon einmal getroffen, da oben auf der Alp. Alain hieß der, ist er das?«

»Ja, war er wieder peinlich?«

Meret hätte am liebsten laut gelacht, verkniff es sich aber. Kilian meinte kaum dasselbe wie sie. Und ihr persönlicher Eindruck konnte durchaus im Widerspruch zu seinen Eigenschaften als Vater stehen.

»Peinlich? Ich glaub nicht. Aber wir haben nur ein paar Worte gewechselt. Wie lange gehst du denn hoch?«

»Zwei Wochen, sagt Mam.«

»Und was sagst du?«

»Höchstens eine Woche.«

»Vielleicht wird's ja cool?«

»Ja kaum.«

»Und die Schule?«

»Für die Alp kriegen wir immer frei.«

Er trollte sich Richtung Küche.

»Hei, stopp! Wie ist es mit deinem Vortrag gelaufen? Gut, ja? Note? Eine Sechs, gib es zu!«

Kilian konnte seinen Stolz nicht verbergen und lächelte.

»Ich wusste es! Haben wir nicht um etwas gewettet?«

Kilian winkte protestierend ab. Dann war sein Lächeln auch schon wieder verschwunden, und er trottete hinaus. Meret konnte es ihm nachfühlen. Ihre Mutter hatte sie immer zu den Großeltern geschickt, wenn ihr alles zu viel wurde. Sie hasste es, die Sicherheit und den Komfort, den der Alltagstrott neben gelegentlicher Langeweile eben auch bot, aufgeben zu müssen. Obwohl sie wusste, dass sie sich bei den Großeltern in kürzester Zeit einleben und deren Aufmerksamkeit rund um die Uhr genießen würde. Im Gegensatz zu ihrer Mutter hatten sie immer Zeit für sie gehabt.

Aber ob sich das mit der Geschichte von Kilian und seinem Vater vergleichen ließ?

Nach dem Frühstück traf sie Sanna an der Rezeption, sie trug bereits Wanderkleidung.

»Hat es geschmeckt?«

»Ja. Nur Kilian schien ein bisschen …«

»Ich weiß. Ja. Aber er sieht seinen Vater viel zu wenig.«

»Er hat mir von den Alpferien erzählt. Ich wusste nicht, dass der Blumenalp-Senn sein Vater ist. Den habe ich ja letzthin oben getroffen.«

»Senn ist er nicht wirklich. Und Vater. Ja. In Teilzeit.«

»Er sei eigentlich Bergführer von Beruf, hat er mir erzählt. Mein Mann übrigens auch.«

»Dann kennen sich die beiden vielleicht, ist ja ein ziemlich eigenes Völkchen. Alain verdient üblicherweise sein Geld damit, dass er amerikanische Touristen durch die Canyons und die Wildwasser im Simmental jagt. Ja. Passt auch besser zu ihm als echte Hochtouren, da müsste er etwas mehr Verantwortung übernehmen.«

»Canyoning und Riverrafting sind auch nicht ohne.«

»Meinst du?« Sanna lächelte. Sie trat näher. »Ich sehe es aber deinem Gesicht an, dein erster Eindruck von ihm war etwa so, wie ich vermute. Das Dumme daran: Der zweite ist nicht besser.«

Meret lachte, und selbst Sanna musste über ihre etwas harsche Beurteilung schmunzeln.

»Ja. Ich bin meist ungerecht, was ihn betrifft. Wir waren gar nie wirklich zusammen, und das mit Kilian war nicht vorgesehen. Manchmal haben Fehler keine Folgen, manchmal schon.«

»Wunderbare Folgen, würde ich in diesem Fall sagen.«

»Wir wollen es nicht verschreien, bevor sich die mütterlichen Gene nicht durchgesetzt haben.«

Sanna wurde sofort wieder ernst. »Als Vater wäre er eigentlich wunderbar. Zu wenig präsent, aber wenn, dann sehr in Ordnung. Das muss ich ihm zugestehen. Sonst würde ich Kilian gar nicht hinaufbringen. Im Moment schon gar nicht, schau mal, was eben hereingeflattert ist!«

Sie reichte Meret einen Briefbogen. »Neues Alarmdispositiv Militärdepot Fluhmatt« lautete die Überschrift der Verlautbarung. Meret überflog sie schnell. Im ganzen Felsen würden nun Sensoren und Kameras kleinste Bewegungen, Gasentwicklung und Temperaturveränderungen erfassen. Drei Alarmstufen und drei neue Risikozonen gäbe es ab sofort. Entsprechend war die beigefügte Karte des Tales eingefärbt worden. Die exponierteste Zone waren der Bahnhof, das Depot selber und der Teil des Dorfes, der im direkten Schatten der Fluh lag. Zur zweiten Zone gehörte der äußere Ring der Häuser und Bauernhöfe bis kurz vor dem Edligraben, und zur dritten das restliche Tal, darunter auch die Pfypfoltera-Lodge.

Beim ersten pulsierenden Sirenenton, der erhöhte Alarmbereitschaft signalisierte, sollte man den Radio- und Onlineanweisungen folgen. Sie betrafen die Vorbereitung zur Evakuation der äußeren und die sofortige Evakuation der ersten Zone. Ein zweiter, anhaltender Sirenenton verlangte die geordnete Evakuation gemäß Anweisung von Militär und Zivilschutz aus den Zonen eins und zwei, der dritte Ton, das an- und abschwellende Heulen der Sirenen, war die höchste Alarmstufe und hieß: unverzügliches Verlassen aller Zonen. Also eine Flucht Hals über Kopf, dachte Meret.

»Wenigstens bist du nicht in der gefährlichsten Zone«, sagte

Meret, wohl wissend, dass diese Bemerkung Sanna nicht eben weiterhalf.

Sannas Gesicht strahlte wie immer Ruhe aus, doch ihre Augen funkelten wütend. »Seit siebzig Jahren liegt die Hälfte der alten Munition schon im Berg. Die Hälfte! Und jetzt erst entwickeln sie ein neues Alarmdispositiv? Da frage ich mich doch: Wer weiß eigentlich wirklich, wie groß die Gefahr ist? Und seit wann schon? Hat das Militär es schon immer gewusst und uns alle hier seit Generationen hinters Licht geführt?«

Meret schaute sie prüfend an. »Das sind ja auch die juristischen Fragen. Hast du mit dem Anwalt gesprochen?«

»Es blieb mir ja nichts anderes übrig. Was soll ich mit diesem Wisch machen?« Sie deutete auf das Alarmdispositiv. »Laminieren und den Leuten zum Wandern mitgeben? Dann kann ich sie schon wieder heimschicken, bevor sie einchecken.«

In diesem Moment kam Kilian die Treppe herunter, sein Rucksack ragte weit über seinen Kopf hinaus.

Sanna holte tief Luft, als müsste sie sich sammeln. »Hast du alles?«

»Schon. Aber warum kein Handy?«

»Und du gamest dann zwei Wochen lang da oben? Dein Vater hat eines, im Notfall kannst du mich also immer erreichen.«

Kilian schüttelte resigniert den Kopf, fand sich aber dann zu Merets Erstaunen damit ab und ging zur Tür. Die beiden hatten wirklich eine enge Beziehung, dachte Meret. Wie sie einst zu ihrer Mutter, das spürte man gerade in solchen Momenten, wenn Mutter und Kind komplett unterschiedlicher Meinung waren.

Sie traten miteinander ins Freie.

»Eigentlich wollte ich einmal mit dir Basketball spielen, Kilian. Holen wir das nach, wenn wir uns das nächste Mal sehen?«

Sie hielt ihm den Ellbogen zum Abschied hin und zwinkerte ihm zu.

»Sind Sie dann noch da?«

»Vielleicht. Sonst komme ich noch mal wieder. Und sag endlich Du zu mir, Kilian.«

»Okay.«

Sanna warf ihren kleinen Rucksack über die Schulter.

»Wie lange hast du bis zur Alp hinauf gebraucht, weißt du das noch?«, fragte sie Meret.

»Etwas über zwei Stunden wohl, mit Unterbrechungen.«

»War schon lange nicht mehr da.« Sie senkte die Stimme. »Dieses Alarmblatt macht mich verrückt. Jahrzehntelang haben wir uns keine Gedanken gemacht, und noch vor ein paar Tagen hätte ich Kilian allein losgeschickt. Aber jetzt muss ich einfach mit ihm hoch.«

Meret wollte Sanna eigentlich bloß die Hand auf die Schulter legen, dann umarmte sie sie herzlich. »Mach dich nicht verrückt«, flüsterte sie ihr leise ins Ohr. »Jungs wie Kilian haben doch einen siebten Sinn. Die spüren, wenn sich wirklich etwas anbahnt.«

Sanna löste sich langsam wieder von ihr, fast etwas widerwillig, schien es Meret.

»Damals hat aber auch keiner das Unglück vorausgesehen.«

Darauf hatte Meret keine Antwort. Die Schilderungen aus Marias Tagebuch und die Bilder, die sie bei den Grossens gesehen hatte ... Argwöhnisch blickte sie zur Fluh hinauf.

»Was hat der Anwalt eigentlich gesagt?«, fragte sie.

»Das Militär wird sicher zahlen müssen. Weil ich eben erst gebaut und eröffnet habe, können wir keine Angaben zum Umsatz machen und welche Einbußen wir in den nächsten Jahren unverschuldet erleiden werden. Ich kenne diese Scheiße doch schon, von den Corona-Entschädigungen her. Ich habe die Nase langsam voll. Du weißt nichts Neues von Halvorsen?«

»Bald. Schau, Kilian wird ungeduldig. Nur eins noch – *dini Trückli* … Sind die aus Fertigbauelementen zusammengefügt?«

»Ja. Warum fragst du?«

»Nur so ein Gedanke«, wiegelte Meret ab. Die Idee, den alten Pferdehof bei Neuhäusern wiederaufzubauen, ließ sie nicht mehr los.

»Das Fundament ist vorgemauert, sie wurden von einem Tieflader hierhergebracht und vom Kran an den richtigen Ort gesetzt.«

»Und das Hauptgebäude?«

»Setzt sich aus vier größeren Elementen zusammen.«

»Das eröffnet dir zumindest noch eine Perspektive.«

»Tut es das?«, fragte Sanna und bedeutete Kilian, sie komme gleich.

»Wenn die Gäste wirklich ausbleiben, könntest du das Hotel an einen anderen Ort verlegen.«

Sannas Lächeln war bitter.

»Ich meine ja nur. Du wirst mit Garantie eine ordentliche Entschädigung herausschlagen können.«

»Du kennst jetzt die Geschichte unserer *Trückli*, machen die an einem anderen Ort Sinn? Willst du mir Denkstoff für die Wanderung mitgeben?«

Es war noch zu früh, eingehender mit ihr darüber zu reden, dachte Meret. Erst musste sie die Baubestimmungen des Kantons studieren und mit Halvorsen sprechen.

Im selben Moment wurde aus ihrer vagen Ahnung zum ersten Mal eine konkrete Frage, die sie nicht länger verdrängen konnte: Gehörte das alles hier ebenfalls zu Halvorsens Plan?

Sie verabschiedete sich von den beiden und ging eilig zu ihrem *Trückli* hinüber.

Halvorsen hatte von der Versammlung gewusst. Also auch von der Gefahr in der Fluh und von den Folgen für die ganze Region. Das Kammtal hingegen war weit genug entfernt und durch den Schlossberg geschützt. Mit Ausnahme der Straßenverbindung dorthin.

Baute er das neue Dorf, weil er aus der Zwangslage der Menschen hier Profit schlagen wollte?

Und sie ließ sich als williges Werkzeug einspannen?

Unruhig ging sie in ihrem Zimmer auf und ab. Es gab nichts, was sie tun konnte, bevor sie nicht mit Halvorsen gesprochen hatte.

Sannas Bemerkung über Kilians Vater und die Bergführer-Zunft fiel ihr wieder ein. Und von Niculan hatte sie ohnehin schon viel zu lange nichts mehr gehört.

Kennst du einen Alain Gsponer?

Seine SMS kam postwendend.

Natürlich, ein Freund aus den Bergführer-Kursen. Hast du ihn getroffen?

Tel?

Im nächsten Moment vibrierte ihr Handy.

»Du bist schon wie all die Kids, weshalb rufst du nicht gleich an?«, fragte Niculan.

»Falsch, ich bin wie all die Alten, ich werde langsam wunderlich.«

»Sollte ich jetzt widersprechen?«

»Ja. Aber ohne vorher zu fragen.«

»Du bist nicht wunderlich.«

»Schon zu spät. Bien di, übrigens. Alles gut bei dir, kommst du voran?«

»Besser als du, wie es scheint, wenn ich deine Nachrichten der letzten Tage Revue passieren lasse. Was gibt es Neues?«

»Das lange Warten auf Halvorsen … Und ja, inzwischen haben wir hier ein neues Alarmsystem. Muss ich mir langsam Sorgen machen?«

»Mir scheint, ich sollte mal bei euch vorbeischauen.«

»Das musst du sowieso, Gefahr hin oder her!«

»Siehst du. Ich schaufle mich tatsächlich gerade frei und bin übermorgen bei dir.«

Meret strahlte über das ganze Gesicht. »Wunderbar!«

»Find ich auch. Wird ohnehin wieder mal Zeit für eine Pässe-Fahrt. Und ich will sehen, wie du dich da drüben mit dem Militär anlegst. Übrigens – ich war da schon drin!«

»Was, wo?«

»In diesem Munitionsdepot.«

»Du?«

»Ich bin strammer Schweizer Soldat, bei den Festungstruppen nämlich, und mein erster Wiederholungskurs fand wohl da statt.«

»Das sagst du mir erst jetzt?«

»Hab ich doch nicht realisiert, Meret! Die haben unsere Berge im Zweiten Weltkrieg förmlich durchlöchert, ich war im Lauf der Jahre in vielen dieser Anlagen. Da hockst du dann drei Wochen im Fels, und von der Umgebung kriegst du nichts mit. Aufgrund deiner Nachrichten habe ich ein bisschen gegoogelt, und ja, mir scheint, das war der Ort. Ist fünfzehn Jahre her, ich erinnere mich kaum mehr.«

»Du weißt nicht mehr, wie es da drin aussah?«

»In solchen Bunkeranlagen sieht es überall gleich aus. Ich kann mich noch schwach erinnern, dass der hintere Teil für uns nicht zugänglich war, aber das ist auch nichts Außergewöhnliches.«

»Du warst drei Wochen lang in einem Munitionsdepot, das einst in die Luft geflogen ist, und es interessiert dich nicht?«

»Ja. So wie alle andern, Meret. Du vergisst, dass sich während der letzten siebzig Jahre keiner dort für irgendwelche Munitionsreste interessiert hat.«

»Stimmt auch wieder.«

»Du machst dir doch nicht wirklich Sorgen?«, fragte er plötzlich ernst.

»Schon ein bisschen komisch, wenn du plötzlich mit dieser neuen Alarmstrategie konfrontiert bist. Gerade jetzt sitze ich auf meiner Terrasse und schaue hinüber zur Fluh, da geht einem das eine oder andere durch den Kopf. Ich muss endlich erfahren, warum Halvorsen von dieser Sache vor allen anderen wusste, und wie das mit diesem neuen Dorf zusammenhängt.«

»Im schlimmsten Fall profitiert er von Insiderwissen. Nicht so schlimm, wenn er damit Gutes tut. Und das tut er doch, sagtest du.«

»Fand ich mal, ja. Du sagst mir also, ich soll nicht so ein Theater machen.«

»Durch die Blume, ja.«

»War aber ein mageres Blümchen.«

Meret hörte, wie er leise lachte, und musste selber schmunzeln. Sie mochte ihn sehr, ihren unaufgeregten Bergler, der sonst so gar nichts von einem Bergler hatte.

»Mein Punkt ist ja nur: Dank unserer Erbschaft können wir beide auf fragwürdige Projekte verzichten, selbst wenn sie zu den wirklich nachhaltigen gehören.«

»Da hast du auch wieder recht. Aber du hast dich noch zu nichts verpflichtet. Jetzt sag schon, was ist denn mit Alain, wie kommst du auf den?«

»Du kennst ihn wirklich?«

»Ich habe dir sogar mal von ihm erzählt. Das ist der Bergführer und Materialexperte aus dem Wallis, der hat damals die Schnittstelle im Sturzseil deines Vaters untersucht.«

»Der ist das? Canyoning und Riverraften?«

»Ja, oder eben Expertisen für Seilfirmen. Alles vor allem des Geldes wegen. Er hat offenbar einen Sohn.«

»Kilian.«

»Den kennst du auch?«

Meret erzählte ihm von Sanna und Kilian. Auf Sanna ging sie dabei weniger ein, fiel ihr leicht schuldbewusst auf. Dabei gab es gar keinen Grund, ein schlechtes Gewissen zu haben. Kaum hatte sie das gedacht, wurde ihr klar, dass sie noch immer Sannas Parfum in der Nase hatte.

Andererseits war es das erste Gespräch mit Niculan, in dem sie nicht nach zwei Minuten auf die Kinderfrage zu sprechen kamen.

Stattdessen erzählte sie Niculan jetzt von der Begegnung mit Alain Gsponer auf der Blumenalp.

»Da muss er ja schwer leiden, da oben, der gute Alain!«

»Ist er immer so anstrengend?«

»Für Frauen, meinst du? Ein bisschen, aber mich erstaunt vor allem dieser Job auf der Alp. Offenbar tut er alles, um in der Nähe seines Sohnes zu sein, sonst hätte er den nie angenommen.«

»Vielleicht blieb ihm aus Corona-Gründen nichts anderes übrig.«

»Er hat das Bauern gehasst, er hätte damals den Betrieb des Vaters übernehmen sollen. Die Bergführer-Ausbildung war seine einzige Chance, und als er seinen Eltern klarmachte, dass er diese Arbeit nicht nur nebenbei machen würde, haben sie ihn aus dem Dorf gejagt.«

»So krass?«

»Ja. Keine Versöhnung bis heute.«

»Was seid ihr Bergler doch für sture Böcke.«

»Da siehst du mal, wie gut du es mit mir getroffen hast.«

Meret lachte. »Du fischst grad sehr verkrampft nach einem Kompliment.«

»Du kannst doch bei mir tun und lassen, was du willst, oder nicht?«

»Weil du das gnädig erlaubst?! Aus dir spricht der Desertaner Katholizismus!«

»Nein, nur das humane Weltbild von Pater Fidel.«

»Oje, der Gleitschirm fliegende Diener Gottes … Ist er denn wohlauf?«

»Putzmunter. Er hat sich letzte Woche einen neuen Schirm gekauft, sein alter war nach der letzten Havarie nicht mehr zu gebrauchen.«

»Um Himmels willen, gibt es für fliegende Mönche eigentlich keine Altersbegrenzung?«

»Pater Fidel und Verbote?«, fragte Niculan eher rhetorisch.

Meret schüttelte den Kopf. In Dadens vermutete man, dass der ehemalige Musiker bei der Wahl seines Klosternamens in den 1960er-Jahren weniger an den Wortsinn von Vertrauen und Treue gedacht hatte als an sein frühes Vorbild Fidel Castro. Entsprechend entspannt ging er mit sämtlichen Regeln um, auch die im Kloster interpretierte er meist großzügig, nicht selten kam es deshalb zu intensiven Debatten mit dem Klostervorsteher. Aber weil er schon vier Abte überdauert hatte und seit Jahrzehnten der beliebteste Lehrer der Klosterschule war, galt er mittlerweile als unantastbar.

»Kannst du mir übrigens erklären, warum Fidel mir plötzlich und sehr eifrig dazu rät, mich mehr um meine Mitmenschen zu kümmern, vor allem um die weiblichen?«

»Tut er das?« Meret erahnte die Zusammenhänge und verkniff sich ein Lachen.

»Der kommt mir plötzlich mit Plattitüden, *curios*, die hätte ich ihm gar nicht zugetraut.«

»*Propi curios*, finde ich auch!«

»Wer weiß, vielleicht nehme ich ihn auf meine Spritztour zu dir hinüber mit, der muss mal wieder für ein paar Tage raus aus dem Kloster, sonst erliegt er zu guter Letzt doch noch den Einflüssen dort.«

»Kaum, da legt er sich eher wieder mit Abt, Kloster und Kirche an.«

»Wer tut das hier nicht?«

»In Dadens? Die schweigende Mehrheit.«

»Das siehst du jetzt zu eng.«

»Nein, enge Perspektiven sind die Spezialität von euch Berglern. Links und rechts immer nur Felswände.«

»Nur weiß man nie, wann eine explodiert.«

»Damit sind wir wieder beim Thema. Du kommst schon heute, hast du gesagt?«

»Du hast ein übereifriges Gehör. Übermorgen, habe ich gesagt.«

»Schade. Aber immerhin.«

»Dann gehen wir Alain und seinen Kilian besuchen da oben.«

»Und du schaust dir bitte diese Fluh mal aus der Nähe an.«

»Kletterausrüstung für zwei?«

»Yep. Ich bin noch immer ziemlich schwindelfrei.«

»Wirklich ...?«

»Jaja, ich weiß: dank dir.«

Das konnte sie nun schlecht leugnen. Bei ihrer ersten Tour mit Niculan hatte sie nach der ersten senkrechten Kletterleiter noch hyperventiliert.

»Für das eine oder andere ist selbst ein sturer katholischer Desertaner zu gebrauchen«, versetzte Niculan.

»Für das eine ja. Für das andere … da müsste ich schon länger nachdenken.«

»Nein, du weißt nicht, wo anfangen.«

»Du hast gern das letzte Wort, nicht?«

»Wenn es sich grad ergibt …«

16

Meret drehte ihr Gesicht in die Sonne. Minutenlang genoss sie regungslos die Wärme auf ihrer Haut, sie lauschte dem Sprudeln und Gurgeln des Schmittbachs. Die Sonnenstrahlen erreichten jetzt das Wäldchen hinter der Lodge, die Birkenblätter erzeugten flirrende Lichteffekte, die Fichtennadeln auf dem Boden nahmen die Wärme auf, der harzige Duft wurde dichter und süßer.

Merets Hand strich über den bestickten Stoffeinband des Tagebuchs vor ihr.

Wer war diese Maria?

Sie öffnete das Buch an der Stelle, wo sie zu lesen aufgehört hatte. Sie brauchte ein paar Seiten, um sich zu orientieren. Sie blätterte nach hinten, las einige Zeilen, überschlug ein paar Seiten und blätterte wieder zurück, bis sie nachvollziehen konnte, wie das Mädchen ihr Tagebuch geführt hatte. Nicht regelmäßig und auch nicht sehr oft, als hätte es ihr immer wieder an Zeit oder Dringlichkeit gemangelt. Nach dem Bericht über die Trauerfeier verging fast ein Jahr, erst am 3. Mai 1951, ihrem nächsten Geburtstag, vertraute sie sich dem Buch wieder an. Sie war tatsächlich im Bündnerischen geblieben, erfuhr Meret nun. Das Mädchen beschrieb die Zwiespältigkeit, mit der sie gerade das letzte Schuljahr dort abschloss. Zum einen wäre sie gerne weiter zur Schule gegangen, zum andern hatte sie nicht schnell genug Rätoromanisch gelernt, um der Klasse am neuen Ort wirklich folgen zu können. Ihre Konsternation angesichts der Schulnoten, die doch seit Jahren immer sehr gut gewesen waren und nun weit unter dem notwendigen Schnitt für eine höhere Schule lagen, ließen Meret mitleidvoll schmunzeln.

Sie wusste zu gut, was es für eine Deutschschweizerin hieß, sich in einem rätoromanischen Bergdorf behaupten zu müssen. Genau das hatte sie in den letzten Monaten versucht. Allein schon die unzugängliche Sprache, *sapperment!*

Marias Mutter fand offenbar, die letzten Monate in der Schule müsse sie nur der Form halber absitzen, wichtiger sei es, sich schnellstmöglich um eine Lehrstelle zu kümmern. Was die Tante resolut übernahm und sie als ungelernte Hilfskraft in der Tuchfabrik anmeldete. Als gelte es nur, die Jahre bis zu ihrer Hochzeit zu überbrücken, vermerkte Maria. Sobald sie besser Rätoromanisch spreche, könne sie sich dann um eine Schneiderinnenlehre bewerben, das sei etwas fürs Leben, beschied ihr die Tante. Erst unten in der Fabrik arbeiten, später, wenn dann die Kinder kämen, zu Hause.

Meret ärgerte sich über den Plan, den die beiden Frauen für Maria entworfen hatten. Eine wirkliche Ausbildung für Mädchen hatte es in der Deserta so gut wie nicht gegeben, eine höhere Ausbildung war schon fast unstatthaft gewesen. So hatte es Meret die alte Adalina eines Abends erzählt, als sie ihre Jugendjahre in Dadens Revue passieren ließ. Wie einst bei Adalina kümmerte sich auch niemand um die Wünsche von Maria. Eine Schneiderinnenlehre wäre aber auch nicht komplett unvernünftig, gestand das Mädchen kurz darauf dem Tagebuch. Sie war mit ihrem einzigen Alltagsrock während eines wilden Versteckspiels irgendwo hängen geblieben, und der schon fadenscheinige Stoff war gerissen. »Jetzt wirst du sehen, wie das bei uns geht«, hatte die Tante gesagt. Zusammen marschierten sie rheinabwärts ins Städtchen, wo sie im einzigen Kolonialwarenladen Stoff kauften. Diesen brachten sie der Schwägerin der Tante, einer der vielen Schneiderinnen im Dorf. Sie sagte Maria, sie solle ihr genau zuschauen, sie dürfe ihr auch gleich zur Hand gehen. Wie so viele in der Deserta war die Frau mehr als gesprächig. Maria erfuhr von ihr, dass es in der unteren Deserta dank der Fabrik und dem neuen Stausee mehr Geld gebe als oben im Schatten des Klosters, wo sie kaum Aufträge erhalte. Ihre Röcke seien halt immer noch viel billiger als die gekauften, schöner grad auch noch, das Dorf bilde sich zu Recht etwas darauf ein, dass seine Leute so gut angezogen waren.

Und es stimmt sogar, bei uns in Althäusern laufen wir mit Kleidern herum, die hier längst ins Armenhaus gebracht worden wären. Wenn ich nur an den Norweger denke, mit seinem immer schäbigeren Pullover.

Überrascht ließ Meret das Buch auf die Knie fallen.

Der Norweger?

Jetzt taucht der sogar in diesem Tagebuch auf?

Wohl ein Zufall, sie las in einem siebzig Jahre alten Tagebuch, der Norweger von damals hatte bestimmt nichts mit dem von heute zu tun. Die nächsten Zeilen bestätigten es, den Spitznamen hatte der Junge seinem Pullover zu verdanken. Ein Nebenbuhler von Res, offenbar:

Herrje, einen Sonnwendekorb hat er mir zum Schluss flechten wollen, in Konkurrenz zu dem von Res! Hätte ich das nur nie provoziert! Was wohl daraus geworden ist bei der Explosion? Res hat seinen Korb nie mehr erwähnt, in keinem seiner Briefe. Wann der endlich die Geduld verliere, hat's Mueti gestern gefragt, der müsse doch einsehen, dass so etwas nicht gehe, über Jahre und über all die Berge hinweg, zwischen hier und der alten Heimat.

Sie kennt Res nicht.

Sie hat sich immer zu wenig für ihn interessiert, auch dann noch, als wir schon jede freie Minute gemeinsam verbracht haben. Ein Bauernsohn war ihr eben nicht gut genug. Nur weil sie selbst mit einem Bähnler verheiratet war.

Was für ein Hochmut.

Manchmal habe ich Angst, sie würde recht bekommen, manchmal ist mir, als könne ich mich auch nicht mehr so richtig an Res erinnern, aber dann ist wieder ein Brief in der Post, oder ich nehme einen alten hervor, und alles steht mir wieder glasklar vor Augen, und die Gefühle sind unverändert schön.

Meret blickt versonnen ins Tal hinaus. Wie ganz anders sich eine solche Geschichte heute abspielen würde! Res und Maria würden jeden Abend am Handy kleben, wüssten stets alles voneinander, würden sich an den Wochenenden besuchen … Wie eine solche Fernbeziehung damals ausgesehen hatte, konnte sich heute niemand mehr vorstellen. Meret erinnerte sich an ihre ersten Jugendlieben, an das Bangen und Warten, wenn man während der Ferien vom anderen tage- und wochenlang nichts gehört hatte. Bis auf eine lapidare Postkarte, die jeder mitlesen konnte. Wahrscheinlich hatte die räumliche Trennung Maria und Res noch nähergebracht, in ihren Briefen hatten sie ihre Sehnsucht kondensiert und zelebriert.

Allerdings fand sie in den Worten des Mädchens auch immer wieder eine erstaunliche Reife.

Jetzt bin ich wieder ein Jahr älter. Und sehe mit sechzehn aus wie eine erwachsene Frau, sagt meine Tante oft. Aber wie sie das sagt! Als sei etwas unrecht daran. Als könne ich etwas dafür, wie ich ausschaue!

Fürschig hett ou d s Gugge vo diese Pösseni sig gwandlet!

Ja! Ist doch wahr. Ganz anders schauen die Burschen mich plötzlich an. Sogar meine Cousins!

Vielleicht hat sie auch recht, die Tante, ich weiß ja manchmal selber nicht recht, wie mir geschieht. Im Boot, bei Res, hat es begonnen, dieses Gefühl. Dieses Hitzige, Unruhige, das erfasst mich jetzt oft beim Lesen und beim Schreiben unserer Briefe. Nachts in der Kammer kommt es auch schon vor … Und nicht immer, dir kann ich es ja anvertrauen, mein liebes Buch, nicht immer habe ich dabei Res vor Augen.

Genug jetzt!

Viel mehr gibt mir im Moment zu denken, was aus mir werden soll. Ich hätte doch so gerne weiter in die Schule gewollt. Der Lehrer hat sogar angeboten, er würde sich für mich starkmachen, meine alten Noten seien doch immer so gut gewesen, und die Mittelschule sei zweisprachig und das Rätoromanische dann kein Problem mehr. Wenn es der Mutter so pressiere mit dem Arbeiten, würde es ja noch die Handelsschule als Kompromiss geben, die gehe weniger lange, und danach könne man sofort in eine Büroarbeit einsteigen, bei der man dann auch mehr verdiene.

Aber wie soll das gehen?

Wie soll ich nach Chur hinunterkommen, es kann mir ja keiner die rhätische Bahn bezahlen, zweimal jeden Tag, das ist unmöglich, auch wenn ich den Weg sofort auf mich nehmen würde!

Wie schön das wäre, nur schon, um mal von hier wegzukommen, weg vom Hiimet, vom Dorf, etwas anderes zu sehen, in der Stadt, all die Leute. Während hier die eine immer dasselbe erzählt wie die andere, ganz egal, ob du mit einer Jungen oder einer Älteren sprichst, als würden alle nur wiederholen, was ihnen mal eingetrichtert worden ist, und kaum jemand mal einen eigenen Gedanken denkt, sondern nur der Kirche hinterherbetet, gerade in der Deserta, wo alles so katholisch ist.

Naadischt! Oder: Daveras, wie sie hier sagen. Wirklich! Jedes Dorf hat seine Kirche und eine zweite dazu, drei Kapellen auch noch, an jeder Kreuzung der Landstraße wieder ein Kirchlein, an jeder Weggabelung ein Kreuz, als hätten die vom Kloster oben ihre Ländereien mit Kirchen und Kreuzen statt mit Grenzsteinen markiert. Und sobald der Pfarrer auftaucht, ziehen alle ein bisschen den Kopf ein, die Männer fast noch mehr als die Frauen.

Wie vermisse ich dich, Vater! Du hast nie gebuckelt, vor niemandem, dich haben sie in Althäusern gefürchtet und geachtet gleichermaßen, weil du dir nie den Mund hast verbieten lassen.

Könnte ich nur noch einmal zurück! Und einfach nichts sagen, in jener elenden Nacht, wegen Schneesöckli, nur aus dem Haus fliehen, an deiner Hand.

Du fehlst mir so, und ich weiß nicht, wie ich das jemals gutmachen kann.

Es bremst mich bei jedem neuen Schritt, den ich machen möchte. Wie kann ich jemals meiner Mutter widersprechen, bei dem Unglück, das ich über sie gebracht habe? Ich allein. Ja. Manchmal lässt sie es mich spüren, dann nimmt mich sogar die Tante in Schutz.

Aber da hilft mir niemand raus, auch nicht Res, der mir in seinen Briefen zuredet wie einem störrischen Esel.

Nichts bringt mir den Vater zurück.

Macht ungeschehen, was ich gerufen habe, im Steinhagel.

Zum Glück gibt es noch Gion, Mutters Schwager. Das ist ein lustiger, geduldiger und lieber Mann. Der nimmt mich stets in Schutz. Vor seinen Söhnen, aber auch vor dem Übereifer seiner Frau, die aus mir alles Mögliche machen will, nur nichts, was mir gefällt.

Letzthin sind wir auf die hinteren Weiden spaziert, und wir haben richtig dorffet, wie bei uns zu Hause. Über Res, über die Mittelschule, und ob das vielleicht doch möglich wäre, und ja: über meine Schuld haben wir plötzlich auch noch gesprochen. Er hat mir zugeredet wie Res, nur ein bisschen gescheiter. Er habe es selber nicht so mit Kirche und Kloster, aber eines wisse er: Für jeden sei ein Weg vorgezeichnet im großen Buch des Lebens, im Kleinen gestalten könne den jeder selber, aber das, was niemand beeinflussen kann, sei der Zeitpunkt, wann dieser Weg zu Ende gehe.

Der Tod meines Vaters sei nie und nimmer meine Schuld, der sei so vorbestimmt gewesen und habe erst mein Überleben ermöglicht, so gesehen mache er sogar Sinn.

Das leuchtet mir ein.

Mein Vater hat sein Leben gegeben, damit meines weitergeht.

Das ist ein Gedanke, mit dem ich mich anfreunden kann, habe ich Gion gesagt. Und er hat mir die Haare verstrubbelt und gesagt: »Ich habe deinen Vater nicht oft getroffen, aber ich bin sicher, er hätte genauso gedacht.«

Die Geschichte des Mädchens hielt Meret gefangen. Sie fühlte sich räumlich in die Deserta versetzt, zeitlich jedoch in die eigene Kindheit. Weil viele Gedanken des Mädchens sie an einst erinnerten, obgleich ihre Lebensumstände so ganz anders gewesen waren.

Für ein Mädchen, das mehr vom Leben erwartete, als ihrem Mann bloß Haus und Heim zu verschönern, schienen die Hindernisse damals unüberwindbar.

11. Juni 1952

Schon ein Jahr arbeite ich jetzt in der Tuchfabrik. Wie kann es sein, dass die Zeit so schnell verfliegt, wenn doch jeder Tag eintöniger ist als der zuvor? Oder kommt es einem gerade deswegen so vor, weil nichts das ewige Einerlei durchbricht? Ist ja auch nicht möglich, frühmorgens hinab ins Tal, wie so viele andere, sofort hinter die Nähmaschine, und abends nach der Schicht, ist das Genick steif und jede Geduld ausgereizt.

Im Winter wird es dann schon dunkel. Im Frühling bleibt es ewig kühl, und erst im Sommer beginnt man, nach der Arbeit noch etwas zu unternehmen. Gewöhnt man sich irgendwann daran? Ein Automat zu sein, der nur sein Arbeitspensum abspult?

Aber es gibt Neuigkeiten, deshalb habe ich dich heute Abend ausgegraben, mein geduldiges Tagebuch. Jahresbuch? Item. Endlich Licht am Horizont, Gion sei Dank. Wenn ich den nicht hätte! Sein Bruder lebt mit der Familie in Chur, und so wie es ausschaut, könnte ich für die Schule dort unterkommen, zumindest unter der Woche, und an den Wochenenden kann ich hier sein.

Daheim.

Ja. Nein. Ein Heim ist es mir nie wirklich geworden.

Heimatlos hat uns dieses Unglück alle gemacht, mich genauso wie Res, der am See bei Trummers haust, über der Werkstatt. Grad gestern ist wieder ein Brief gekommen. Jetzt haben sie also das neue Dorf gebaut. Als würde mir das den Vater wiederbringen. Natürlich haben sie es tun müssen, das war nicht mehr als recht, aber ist es nicht nur der Versuch, uns weiszumachen, es sei ja gar nichts passiert, Althäusern sei schöner und lebenswerter als jemals zuvor? Vom neuen Haus seines Vaters hat Res geschrieben, wie er sich nachts dort einschleichen und in leeren Zimmern Kreuze für die Verstorbenen aufstellen will. Fürs Mueti, fürs Schwesterchen, für den Bruder.

Welch schreckliche Vorstellung, das will ich dem Lieben ausreden, ärschtiglochtig!

Das hätte sein Vater nicht verdient, einen solch schrecklichen Anblick. Ich darf es mir gar nicht vorstellen.

Ich habe ihm geschrieben, ich wäre sicher zur Einweihung gekommen, Mutter hätte nicht gewollt. Was sie denn da solle, den traurigen

Blätz Land anschauen? Der sei nichts wert, das wisse sie auch so, einem geschenkten Gaul schaue man nicht ins Maul, jede Redensart habe ihren Grund.

Aber wer weiß, wenn das mit Res wirklich mal richtig ernst wird, vielleicht brauchen wir das Land doch noch mal!

Wird das wirklich ernst?

Ja. Manchmal zweifle ich.

Res nicht. Der ist sogar auf den Norweger eifersüchtig, was ich jetzt gar nicht verstehe, ich habe den ja kaum in meiner Nähe ausgehalten. Als er mich im Edligraben abgepasst hat, ist er so aufdringlich geworden, ich hätte ihn fast geschlagen.

Wir sind halt noch jung, Res und ich. Solche Liebschaften auf Distanz sind ja nicht ungewöhnlich, aber normalerweise bei den Älteren, wenn die Burschen im Militär oder auf Wanderschaft sind, und die Mädchen im Haushaltsjahr oder sonst in einer Anstellung im Unterland. Das müssen fast alle hier in der Deserta. Natürlich nur auf Zeit, dafür sorgen Väter und Mütter schon. Mindestens eine Tochter, besser gleich zwei, müssen im Dorf bleiben, das ist eine feste Regel. Mindestens eine muss sich opfern. Wer soll sonst für die Alten schauen, wenn die gebrechlich werden.

So denken die.

Aber in unserem Alter sollte man seine Erfahrungen doch nicht in Briefen sammeln müssen!

Vielleicht habe ich bei Gions Bruder und seiner Frau mehr Freiheiten, beim letzten Besuch wirkten die moderner auf mich als alle hier.

Um solche Sachen zu durchschauen, ist die Fabrikarbeit nützlich. In der halbstündigen Mittagspause, wenn alle Mädchen am dorffe sind, erfährt man Erstaunliches. Weil die Jungen dabei unter sich bleiben, wird mit der Elterngeneration nicht zimperlich umgesprungen, da wird vieles belächelt und belacht, vieles angeprangert, obwohl jede weiß, dass sich doch nichts ändert, und sich keine wirklich jemals auflehnen wird, da können sie in der Fabrik noch so das große Wort führen.

Aber ich werde das anders machen.

Ich muss es an diese Handelsschule schaffen.

Mein alter Lehrer hat mir die Zulassung zur Aufnahmeprüfung verschafft. Hier in der Deserta werde ich nicht bleiben, für kein Geld der Welt und nicht mal fürs Mueti. Sie hat hierherziehen wollen, nicht ich. Und die Tante ist nicht besser. Tut heute noch, als wären wir Kinder, die Cousins und ich. Wie haben wir heute Abend wieder gestaunt, als wir den Ackermann-Katalog auf dem Stubentisch gefunden haben. Mit all den schönen, modischen Kleidern drin. Dann hat Paulin, der Jüngste, ganz laut gesagt, er glaube fast, da würden ein paar Seiten fehlen, ob die der Mumma herausgefallen seien?

Meine Tante ist rot angelaufen und aus der Stube gegangen, und wir haben uns den Bauch gehalten vor Lachen. Das ist eine scheinheilige Welt hier oben! Wann immer die Kleiderkataloge ins Haus flattern, wird als Erstes der Unterwäsche-Teil herausgerissen, damit ja keinem von uns ein Stückchen nackte Haut oder irgendetwas von den Unterkleidern ins Auge sticht. In jedem Haus ist das so, alle Kinder erzählen dasselbe. Ja. Und Otto, der älteste Cousin, hat gemeint, das sei wohl eine der Weisungen, die der Pfarrer jungen Paaren vor der Hochzeit im Eheunterricht geben würde.

Immer schön die Kleiderkataloge säubern!

Herrje, Eheunterricht beim Pfarrer! Das muss ich Res erzählen.

21. Februar 1953

Heute war wieder Scheibenschlagen, wie immer am Samstag nach Aschermittwoch. Trer schibettas sagen sie hier.

Ja.

Der Abend der feurigen Sonnen.

Ich habe noch versucht, einen Grund zu finden, über das Wochenende in Chur bleiben zu dürfen, aber es ist mir nicht gelungen, weil sogar meine Gasteltern für das Fest ins Dorf zurückkommen wollten.

Während der ganzen Fahrt in der Rhätischen bin ich nur noch stiller geworden. Als würde meine Haut rissig, durchlässig, als würden alle meine Nerven bloßliegen.

Cousin Otto hat sofort gemerkt, dass etwas nicht stimmt. Weshalb ich sie beim Scheibenschlagen nicht mehr begleitet habe, seit ich hier bin, hat er beim Scheibenschnitzen plötzlich wissen wollen. Da habe ich alles erzählt. Von Res, wie er die Scheiben geschlagen hat, von mir, wie ich am Fenster gestanden habe, vom grünblauen Licht bei der dritten Scheibe, vom Donnern und Krachen, vom letzten Blick des Vaters, als ich ihn ins Verderben geschickt habe.

Ich konnte die Tränen nicht zurückhalten.

Otto hat mich getröstet und dann gesagt, wenn man vom Pferd falle, müsse man sofort wieder hinaufklettern.

Ein blöder Vergleich, aber gut.

Er sagte, ich solle halt mit ihnen hinauf auf die Abschlagstelle kommen, nicht unten warten und bloß hinaufschauen. Von oben würde ich vielleicht einen anderen Blick haben.

Das hat mir eingeleuchtet und also bin da oben gestanden, und es war einigermaßen erträglich.

Bis sie das Ungeheuer aus Stroh entfacht haben.

Il bargliam da strom.

Das Schibettas-Monster. Sein bloßer Anblick heute Morgen hat mich fast erschlagen, selbst vom Dorf her ist er zu sehen gewesen, fast so wie diese Figur über Rio de Janeiro in unserem Schulbuch.

Meret lächelte. Sie kannte den riesigen Strohmann sogar. Sie war mit Niculan im letzten Frühjahr nach einer Skitour dort in der Nähe vorbeigekommen, kurz vor dem Scheibenschlagen.

Eine wahrlich gigantische Vogelscheuche war das gewesen. Sie konnte sich die Wirkung lebhaft vorstellen, die sie – einmal entzündet – auf die junge Maria gehabt haben musste.

Ich war die Woche über in Chur, ich habe nicht gesehen, wie sie das Kreuzgerüst aufgestellt haben, drei Häuser hoch, im Lot gehalten von langen Birkenstämmen. Den Körper des Bargliam haben die Burschen aus Tannenreisig, aus getrocknetem Hanf, aus Nielen und aus Stroh geformt. Keine Ahnung, wie sie das gemacht haben. Helles Stroh für den Kopf, dunkles Reisig für Augenhöhlen, Nase und Mund. So etwas Furchterregendes habe ich seit der Unglücksnacht nicht mehr gesehen.

Simeon Simonet kam die Ehre zu, den Bargliam anzuzünden, um den Winter zu vertreiben und die Fastenzeit zu feiern.

Simeon mit den schwarzen Locken, den alle mögen, der zu allen immer freundlich ist, den ich manchmal im Zug heimwärts treffe. Er geht über mir in die Kantonsschule.

Überrascht schaute Meret auf. Simonet? *Giavelen!* Niculans Großmutter war eine gebürtige Simonet gewesen, die legendäre Bäckersfrau, die sich gegen den Widerstand von Pfarrer und Kloster zur Hebamme hatte ausbilden lassen. Die erste moderne Frau in Dadens. Eine Cousine von diesem Simonet hier? Gut möglich, die beiden Ortschaften lagen ja nicht weit auseinander. Sie würde Niculan fragen, sobald er hier ankam.

Sofort sind die Flammen hochgeklettert, haben bald an der Brust und am Kopf des Bargliam geleckt, ihr zuckender Schein hat die leeren Augenhöhlen zum Leben erweckt.

Und darunter, klitzeklein im Vergleich, ist Simeon zum Abschlagbock geschritten.

Da ist es passiert.

Die glühende Scheibe auf seinem Stecken, ist er an den Bock getreten, unter den anfeuernden Rufen der Burschen hat er probehalber zweimal ausgeholt, hat einen glühenden Kreis um sich geschlagen und dann die Scheibe in die Nacht geschleudert.

»Oh tgei biala schibetta per la Maria!«

Erst dachte ich, Res wäre hierhergekommen. Er hätte sich heimlich unter die Leute gemischt!

Aber es war Simeons Stimme.

Für mich?

Eine andere Maria gibt es nicht.

Simeon Simonet hat meinen Namen gerufen! Vor allen Leuten.

»Otto, spinnst du? Was hast du ihm erzählt?«

»Nichts, ich schwöre. Kein Wort, wirklich …« Und plötzlich grinst er. »Aber hoppla, Maria! Damit macht keiner Scherze. Er ist, scheint's, in dich verliebt, also freu dich. Ich muss jetzt selber abschlagen.«

Ich schwöre, der Otto hat nichts gewusst, er war so überrumpelt wie ich. Ich wollte im Boden versinken. Das Gejohle ist lauter geworden, einige der Burschen sind um mich herumgetanzt, die wenigen Mädchen, die sich auch heraufgeschlichen hatten, umringten mich. Plötzlich hat sich eine Gasse aufgetan.

»Diese zweite Scheibe bleibt heil,
zu deinen Händen,
aber die dritte wird deinen Namen
in den Himmel brennen.«

Auf Deutsch hat er gereimt! Eigens für mich. Und er hat mir die Holzscheibe in die Hand gedrückt und dann, so blitzschnell, dass ich nichts machen konnte, mir einen Kuss gegeben. Auf die Wange nur, aber … Ja.

Ich hätte mich auch so nicht wehren können, erstarrt, wie ich war.

Ich durfte das doch nicht zulassen.

Und ausgerechnet beim Scheibenschlagen! Mit demselben Ruf, den auch Res der glühenden Scheibe hinterhergeschickt hatte, in der Nacht des Unglücks. Da bin ich ganz sicher.

Ja.

Mehr ist dann nicht mehr passiert … heute Abend.

Also schon.

Ich kannte mich nicht mehr.

Viele Blicke, verstohlene, begehrliche, offene, liebevolle fast.

Ja.

Was geschieht mit mir?

Jetzt das schlechte Gewissen.

Um Himmels willen, nie darf ich das alles Res erzählen.

Simeon Simonet. Als er so vor mir gestanden ist, und mich geküsst hat …

Wenn er mich mit sich gezogen hätte, aus dem Feuerschein heraus in die Dunkelheit, ich glaube, ich wäre mitgegangen, ich wäre komplett wehrlos gewesen.

Simeon ist mir schon lange aufgefallen, dir kann ich es ja zugeben, liebes Tagebuch.

Im Zug suche ich immer nach ihm.

Ja.

Und ich bin doch mitgegangen.

Meret klappte versonnen das Tagebuch zu. Ihr Mädchen hatte sich neu verliebt! Das Handy riss sie abrupt aus ihren Gedanken. Gret meldete, dass Halvorsens Büro einen Zoom-Termin für den übernächsten Tag reserviert habe, ob sie auch dabei sein wolle. Irritiert bestätigte sie den Termin und fügte an, ihres Wissens sei Halvorsen aber noch immer im Spital.

Wurde er morgen schon entlassen?

17

Zum ersten Mal seit Langem verdichteten sich bei Meret die Termine. Sie fühlte sich schon fast verplant und merkte, wie weit ihre getakteten Tage im Institut zurücklagen. Gut so, lobte sie sich. Vielleicht wurde sie doch noch zur Müßiggängerin.

Oder das genaue Gegenteil, Unternehmerin mit Doppelbelastung.

Meret schob den Gedanken beiseite. Zu gespannt war sie auf die anstehenden Begegnungen. Sie hatte sich bei Marlies Aebi angekündigt, gleich darauf folgte der Zoom-Termin mit Halvorsen bezüglich des Containerschiffs, und nach dem Mittagessen könnte sie Halvorsen in Person treffen, hatte ihr Annerös Pieren per Sprachnachricht mitgeteilt. Er sei zwar schnell erschöpft, wünsche sich aber eine erste Begegnung. Was sofort eine neue Frage aufwarf: Wollte Halvorsen sie in Hinblick auf ihre Entscheidung über das Dorfprojekt unter Druck setzen, indem er ihrem Institut einen lukrativen Auftrag seiner Werft in Aussicht stellte?

Bisschen sehr plump.

Sie traute ihm mehr zu.

Vielleicht sah sie auch Gespenster.

Am meisten freute sie sich auf die Ankunft von Niculan, der im Lauf des Morgens seine Passfahrt in Angriff nehmen wollte, sie würde ihn also noch heute wiedersehen. Endlich. Und er bringe tatsächlich eine Überraschung mit, hatte er angekündigt. Wie auch immer, sie freute sich darauf, ihm die Lodge und ihr wunderbares *Trückli* zu zeigen.

Als Meret ihren Schlüssel an der Rezeption abgab, erzählte sie Sanna von Niculans Eintreffen. Sie reagierte ungewöhnlich reserviert.

»Ist … ist das ein Problem?« Meret knetete leicht verlegen ihre Lippen.

»Nein, natürlich nicht. Ich weiß doch … ja. Es ist etwas anderes … Ich habe mit Kilian für gestern Abend vereinbart, dass er mich anruft.«

»Hat er nicht?«

»Nein.«

»Jungs sind doch so.«

»Kilian nicht.«

»Wenn was wäre, hätte sein Vater sich gemeldet.«

»Wahrscheinlich, ja.«

»Aber wenn es dich beruhigt, lass uns doch nachschauen. Niculan möchte sicher diesen Alain da oben sehen, die kennen sich tatsächlich! Ich wandere morgen mit ihm zur Blumenalp hoch und sondiere die Lage. Okay? Oder komm doch gleich mit!«

»Dann denken sie, ich wolle sie kontrollieren.«

»Also lass mich das machen. Übrigens treffe ich heute zum ersten Mal Halvorsen. Erst virtuell in einem Zoom-Meeting, am Nachmittag in echt.«

»Dann frag ihn, weshalb zum Teufel er stets mehr wusste als wir!«

»Darauf kannst du Gift nehmen. Und vorher besuche ich die alte Frau Aebi zum Kaffee.«

»In diesem Aufzug? Nein, nein, ist nur ein Scherz. Ein nobles Haus, aber sie selbst ist gar nicht so.« Sie lächelte etwas zerstreut. »Steht dir sehr gut, die Lederjacke. Ja. Fährst ja auch mit der Harley. Bestell ihr einen lieben Gruß.«

Meret verstand ihre Bemerkung erst, als sie vor dem Eingangstor zum Grundstück stand. Eine andere Welt tat sich vor ihr auf. Das Dorf Seewiler war auf dem erstaunlich großen Delta gebaut, das der Schmittbach in den See geschoben hatte. Hier, am Ende der Landzunge, ragte eine gewaltige, schlossartige Villa vor ihr auf. Im Stil der opulenten Häuser am Comersee, dachte Meret. Die Anzeige in Google Maps bestätigte ihr, dass sie sich nicht geirrt hatte: Marlies Aebi bewohnte offenbar ein fürstliches Anwesen.

Das eiserne Tor, das die Auffahrt versperrte, öffnete sich wie von Geisterhand und schloss sich hinter Meret sofort wieder. Marlies Aebi erwartete Meret auf der ausladenden Freitreppe, die zur Villa hinaufführte.

»Das freut mich jetzt aber, herzlich willkommen!«

Sie reichte Meret die Hand und tätschelte ihre Schulter.

»Das ist ja unglaublich!«, sagte Meret und umfasste mit einer Armbewegung den riesigen, geschmackvoll gestalteten Park, der sich bis zum Seeufer zog. »Ich lasse Ihnen meine Karte da, falls Sie mal eine Erbin suchen«, fügte sie scherzend hinzu.

»So weit wird es glücklicherweise nie kommen«, sagte Marlies Aebi lächelnd. »Das gehört alles einer Stiftung, die irgendwann einmal auch gut ohne mich auskommen wird. Vielleicht sogar besser, wer weiß!«

Sie lächelte schelmisch, aber der Stolz auf ihre Stiftung war ihr anzusehen. Sie deutete auf die Terrassentischchen, die seeseitig aufgestellt waren. Meret folgte ihr und konnte sich an den Erkern, Türmchen und Bögen der gewaltigen Fassade kaum sattsehen.

»Sieht aus, als stünde das Haus schon ewig hier.«

»Es war schon in meiner Jugend eine soziale Einrichtung. Gebaut hat es ursprünglich ein reicher Fabrikant aus Bern, um die Jahrhundertwende, er hat sich dabei aber übernommen. Die reformierte Landeskirche kaufte es ihm ab und machte daraus eine Art Genesungsheim. Vor zehn Jahren stand es wieder zum Verkauf, und mit der Hilfe meines Bruders konnte ich das Anwesen übernehmen und in meine Stiftung überführen.«

»Was für eine Stiftung?«

»Wir helfen Frauen, die aufgrund traumatisierender Erlebnisse Ruhe und Zeit brauchen, ihr Leben neu zu ordnen.«

Eine Frau trat an den Tisch und fragte mit leicht englischem Akzent nach ihren Wünschen, Meret bat um einen Kaffee, Marlies Aebi entschied sich für Tee.

»Das zum Beispiel ist Mirta«, sagte Marlies Aebi leise, als die Frau wieder gegangen war. »Sie ist mit ihrem Mann, einem persischen Oppositionellen, in die Schweiz geflüchtet. Sie haben zwei Kinder. Aber nicht jeder, der gegen ein Regime opponiert, ist ein guter Mensch. Irgendwann hat Mirta alles verloren, Heimat, Familie, Ehemann. Sie lernt gerade, auf eigenen Füßen zu stehen. Sie möchte ein eigenes Restaurant führen, das war immer ihr Traum. Hier kann sie sich darauf vorbereiten und ist zudem vor ihrem Mann sicher. Das ist einer der Vorteile hier. Die feudale Fassade ist die ideale Tarnung für ein – ja, nun, letztendlich ist es eine Art Frauenhaus. Aber jeder Ortsunkundige denkt, hier residiere ein reicher Manager, niemand käme auf eine Hilfsorganisation.«

Merets Respekt für Marlies Aebi wuchs.

»Ein beeindruckendes Angebot, Sie müssen von Anfragen überflutet werden.«

»Ja. Aber keine Sorge, wir sind ein eingespieltes Team. Nun … erzählen aber Sie! Was hat Sie in unsere Gegend verschlagen, ausgerechnet in diesen Tagen, wo das Tal kopfsteht.«

Täuschte sich Meret, oder fragte sie Marlies Aebi eben diskret, ob ihre Anwesenheit und die Geschichte mit dem Depot etwas miteinander zu tun hatten? Sie war versucht, ihr etwas vorzuschwindeln, irgendetwas von einer Buchrecherche vielleicht, aber wenn die Frau schon so offen über ihre heikle Arbeit sprach und deshalb vielleicht schon Erkundigungen über Meret eingezogen hatte, war Schwindeln nicht angebracht.

»Ich soll hier in der weiteren Umgebung ein neues, energieautarkes, nachhaltiges Dorf aufbauen. Ich bin Wissenschaftlerin, unser Institut entwickelt neuartige Brennstoffzellen, effiziente Materialien für Solaranlagen, und wir haben eine schwimmende Recyclingplattform für Plastikabfälle im Meer gebaut.«

»Ich weiß davon, ja. Sie waren vor Monaten in allen Zeitungen.«

»Das ist zum Glück wieder vorbei, das war ein kleiner Hype, weil zwei, drei unserer Neuentwicklungen zur gleichen Zeit auf den Markt gekommen sind.«

»Und dieses Dorf ist ein weiteres Projekt Ihres Instituts?«

Meret hatte eigentlich keinen Grund dafür, aber sie vertraute Marlies Aebi. Ihre souveräne, ruhige Art passte so gar nicht zu ihrem Verhalten neulich im Hotel an den Wasserfällen. Ihre Reaktion damals auf den Überschallknall hatte Meret gezeigt, wie einschneidend und traumatisierend die Explosion im Munitionsdepot für die Althäuser gewesen sein muss.

Sie erzählte von ihrer späten Erbschaft, die ihr die Freiheit für spannende Nebenprojekte gäbe.

»Das mit diesem Dorf hätte mich auch interessiert!«, sagte Marlies Aebi.

»Zugesagt habe ich noch nicht, deshalb darf ich noch nicht zu viel verraten. Ein reicher Ausländer steht dahinter, hoffentlich wirklich ein Philanthrop. Ich werde ihn heute zum ersten Mal persönlich treffen, dann weiß ich mehr.«

»Und die Informationen bei der Gemeindeversammlung haben Sie auf dem falschen Fuß erwischt, interpretiere ich das richtig?«

»Ja, wie wohl alle hier. Wenn ich in dieser Region etwas Nachhaltiges mit aufbauen will, muss ich wissen, was damals genau geschehen ist. Worauf wir bauen, sozusagen.«

»Genau. Wer immer hier im Tal gelebt hat, oder wer dort Freunde oder Verwandte gehabt hat, ist von dem Ereignis damals gezeichnet. Alles kommt wieder hoch, obwohl es längst vergessen schien. Das Unglück hat viele Leben ausgelöscht, aber noch mehr Lebensgeschichten umgeschrieben und Lebensentwürfe zerstört.«

»Wen haben Sie verloren?«

»Meinen Vater. Eine Tante, zwei Großonkel. Lisi Ehrsam, meine beste Freundin. Ihre Mutter und ihr Bruder starben auch.«

Meret richtete sich in ihrem Stuhl auf. Also doch. Wieder die Ehrsams. Der Ruderer im Tagebuch, der Mutter und Geschwister verloren hat.

»Erzählen Sie mir von Lisi.«

»Sie war ein Sonnenschein. Wir waren in jeder freien Minute zusammen. Das war noch vor der Schule, wir waren schon ziemlich selbstständig, hatten aber noch den ganzen Tag für uns. Lisi war wie eine Schwester, und mit meinem Bruder konnte ich damals nichts anfangen, den ertrug ich erst, als er erwachsen war.« Sie schmunzelte. »So halb zumindest.«

»Immerhin hat er Ihnen hierbei geholfen, wie Sie eben sagten!«

»Ja. Er hat viel Geld verdient in seinem Leben. Wider Erwarten, möchte ich fast sagen. Aber der Erfolg hat ihn zum Glück umgänglicher gemacht. Als er in die Schweiz zurückkehrte, war er schon ganz erträglich. Aber wir sprachen über Lisi. Ich bin wirklich ihre Schwester geworden. Posthum. Verrückt, nicht? Ihre Halbschwester ...«

»Wie das denn?«

»Meine Mutter hat ihren Mann verloren, Franz Ehrsam seine Frau ...«

»Die beiden sind zusammengekommen?«

»Vernunftehen gab es damals fast mehr als Liebesheiraten.«

»Dann können Sie mir ja etwas von Res Ehrsam erzählen!«

»Res? Der interessiert Sie? Ach, Sie haben wohl die Geschichten gehört, von ihm auf der Alp, als unter ihm die Fluh explodierte. Ich habe Res sehr gemocht, er war immer nett zu mir, netter als die anderen Buben. Aber dann hat er sich mit seinem Vater zerstritten. Das letzte Mal habe ich ihn wohl bei der Einweihung des neuen Dorfes gesehen. Dann ist er schon bald weggezogen, ins Bündnerische, hieß es eine Zeit lang.«

Zu dem Mädchen aus dem Tagebuch? Meret lehnte sich unwillkürlich etwas nach vorne. »Sein Vater hatte auch keinen Kontakt mehr?«

»Gar keinen. Oder er hat uns nichts davon erzählt. Franz Ehrsam war ein seltsamer Mann. Ein Mann seiner Zeit. Hart, nur auf seine Arbeit, auf seinen Hof konzentriert. Und wegen der Flucht seines Sohnes verletzt. Deshalb war der Name Res ein Tabu in der Familie. Meine Mutter wusste Ehrsam zu nehmen, aber ich habe nie begriffen, weshalb wir zu ihnen gezogen sind, ich habe ihn nie als Ersatzvater akzeptiert. Hat er sich auch nie gewünscht, muss ich ihm zugutehalten. Ich will aber meiner Mutter nicht unrecht tun. Damals, als Witwe und alleinerziehende Mutter – durch meine Arbeit hier weiß ich jetzt erst, was das für sie bedeutete. Die Heirat schien ihr wohl das kleinere Übel.«

Beide verstummten und hingen für eine Weile ihren Gedanken nach.

»Glauben Sie auch, dass die das alles schon immer gewusst haben?«

»Nenn mich Marlies, Meret. Ich mag keine Förmlichkeiten. Du meinst das Militär? Und die Munition im Berg? Aber sicher. Mein letzter Lebensabschnittspartner hat einst im Militär Karriere gemacht. Er ist etwas älter als ich und kennt die Armee von innen heraus. Von ihm habe ich erfahren, wie die Verantwortlichen dachten. Es wurde ja damals niemand zur Rechenschaft gezogen. Mein Ex hat immer gesagt, das sei richtig so, keiner habe damals genau gewusst, wie man solche Depots hätte bauen sollen, aber wir hätten sie nach dem Krieg einfach gebraucht, wohin sonst mit all den Bomben und Geschossen? Deshalb wäre es eine Weile lang immer wieder zu einem Unfall gekommen, und erst durch diese Unfälle hätten die Zuständigen gelernt, mit dem Problem umzugehen.«

»Offenbar war dieses sogenannte Problem aber schon bekannt, als hier die Fluh explodierte, nur hatte man die notwendigen Sicherheitsmaßnahmen noch nicht umgesetzt.«

»Das habe ich ihm vorgehalten, aber er hat immer abgewiegelt. Das verstehe man nur aus der Zeit heraus, und ganz ohne Opfer käme es nie zu einem Umdenken.«

Meret sah in Marlies' nachdenkliches Gesicht.

»Ihr habt diese Diskussion hoffentlich nicht allzu oft geführt?«

»Ich habe ja gesagt, er war mal mein Partner …« Marlies zwinkerte Meret zu, diese hatte eben eine Eingebung. »Oben auf der Alp war er also, dieser Res? In der Unglücksnacht. Auf der Blumenalp?«

»Nein, auf der Fluhmatte, die gehörte den Ehrsams.«

»Natürlich, ja, die meine ich.«

Die zerfallene Hütte! Kein Wunder, dass sie niemand mehr instand hielt. Ein Gedanke zog jetzt den anderen nach sich. »Und Lisi ... ist eine Abkürzung?«

»Wir Mädchen haben sie so genannt. Lisbeth war ihr voller Name. In ihrer Familie hieß sie aber immer Bethli. Sie wollte, dass wir sie anders nennen. Typisch für sie, Lisi hatte ihren eigenen Kopf.«

»Bethlis Blumenbeet«, murmelte Meret, mehr zu sich selbst.

»Was meinst du damit?«

»Ich war kürzlich da oben. Und neben der Hütte war dieses alte, geschnitzte Schild. Bethlis Blumenbeet.«

»*Jesses*, das ist noch da? Wirklich? Erstaunlich! Aber ich bin schon ... schon seit Jahrzehnten nicht mehr da oben gewesen. Das mit dem Blumenbeet, Himmel, ja, das sagt mir etwas ...«

Gedankenverloren starrte sie auf den See hinaus.

»Das war irgendwann ein Thema, ich verbinde es mit Res. Aber Meret ... wir waren erst fünf Jahre alt, als das Unglück passierte. Je älter ich werde, desto besser erinnere mich daran, zugleich merke ich, dass diese Erinnerungen oft nur die Erinnerung der anderen sind, die sie mir weitererzählt haben. Die Mutter, der Bruder, Freundinnen ...«

Seltsam ist ja bloß, dass jemand das Schild kürzlich wieder aufgestellt hat, dachte Meret. Diesen Gedanken behielt sie aber für sich, als müsse sie ihre Entdeckung geheim halten.

»Ich habe bald meinen ersten Termin, Meret, ich hätte unserer Begegnung mehr Zeit einräumen sollen. Aber ich hoffe, wir treffen uns öfter mal zu einem Kaffee.«

»Darauf kannst du dich verlassen, es war mir eine Freude und eine Ehre.« Meret stand auf. »Ich muss auch zurück. Ach ja, einen lieben Gruß von Sanna soll ich noch ausrichten.«

»Du wohnst in der Lodge?«

»Ja.«

»Wunderbar da, etwas Besseres hätte sie aus der alten Zündi nicht machen können.«

»Hast du ihre Ururgroßmutter, diese Elsie Gysel, noch gekannt?«

»Nein, leider nicht. Sie starb 1929, noch vor meiner Geburt. Kurz darauf ist die Zündi abgebrannt.«

»Abgebrannt?«

»Ja. Wie immer in solchen Fällen wurde damals der Schwedentrust verdächtigt, doch Zündwarenfabriken waren schon immer brandgefährdet, und die Schweden hatten andere Mittel, ihre Konkurrenz auszuschalten. Nach dem Tod von Elsie Gysel brauchte es dafür nicht mal einen Brand.«

»Sanna hat mir von dieser Elsie erzählt.«

»Was für eine Frau! Ich kenne einige der Geschichten, ich bin ja mit Sannas Mutter und ihrer Großmutter befreundet. Auch eine Familie, die lange an den Folgen jener Nacht gelitten hat. Aber genug Trauriges für heute! Es ist so ein schöner Tag.«

Meret hätte ihr gerne die Hand gereicht, aber sie beschränkte sich auf das Zusammenlegen ihrer Hände und eine angedeutete Verneigung, Marlies tat es ihr mit einem komplizenhaften Lächeln gleich.

Am Eingang zum Tal, kurz vor der Lodge, steuerte Meret ihre Maschine auf einen Parkplatz am Straßenrand. Sie zog die SX-70 aus ihrem Rucksack. Die Weissfluh verdrängte derzeit jeden anderen Gedanken und beherrschte jedes Gespräch hier in der Gegend, es war Zeit, dass sie den Felsabsturz verewigte. Bei ihrer

Ankunft hier hatte sie die Felswand über dem Dorf zwar wahrgenommen, aber keinen weiteren Gedanken daran verschwendet. Wenn sie jetzt hinaufblickte, sah sie ein Mahnmal für die Vermessenheit der damaligen Militärverantwortlichen. Und eine unmittelbare Gefahr.

Die Althäuser taten ihr leid. Sie lebten in der Angst, dass jederzeit etwas passieren konnte. Die gute Frau Bundesrätin hatte nicht die geringste Ahnung, was dieser Informationsabend bei den Althäusern ausgelöst hatte, dachte Meret. Alteingesessene wie Lorli und Hans Grossen würden nicht wegziehen wollen, wie sollten sie auch in der Zeit, die ihnen blieb, noch irgendwo Wurzeln schlagen. Und die jungen Familien hatten hier ihr ganzes Geld in ihre Häuser, ihre Bauern- und Gewerbebetriebe gesteckt, so wie Sanna.

Von hier aus wirkte die Weissfluh wieder irritierend urtümlich, als sei der Abbruch vor Jahrmillionen auf natürliche Weise erfolgt. Der Wald hatte sich die Schotterberge und die abgesprengten Felsblöcke längst zurückgeholt, und nur, wer es wusste, konnte bei genauerem Hinschauen die Abbruchstellen entdecken.

Irgendwann in den kommenden Monaten würde das nächste Informationsblatt kommen, und eine weitere Versammlung würde den Althäusern klarmachen, dass sie ihr Dorf viele Jahre, wenn nicht gar jahrzehntelang verlassen müssten, damit die Kavernen geräumt werden konnten.

Meret war überzeugt, dass das Militär so taktierte. Deshalb diese unmögliche Betongeschichte.

Die Sache hatte zu viel Öffentlichkeit erhalten, als dass man die Altlasten einfach weiter im Berg hätte lassen können.

Ihr Handy vibrierte. Sie schreckte aus ihren Gedanken auf. Es war die Erinnerung an ihren Zoom-Termin, sie hatte noch fünfzehn Minuten, um ihr iPad für das Gespräch einzurichten.

Mit Gret hatte sie vereinbart, dass sie sich parallel über Threema alles texten würden, worüber sie in Halvorsens Beisein nicht offen sprechen wollten.

Sie schaffte es rechtzeitig zurück in ihren Bungalow und in den Warteraum der Videokonferenz, Gret ließ sie sofort eintreten, sie winkten sich lachend zu.

»Halvorsen ist noch nicht da«, informierte Gret sie. »Gibt es noch etwas, was ich wissen muss? Hast du Threema offen?«

»Alles bereit. Jetzt bin ich gespannt. Ich soll Halvorsen tatsächlich auch noch persönlich treffen, heute Nachmittag. Bin ja gespannt, ob er die beiden Projekte wirklich auseinanderhält.«

»Wirst du gleich erfahren, jetzt ist er im Warteraum. Ich lass ihn rein, okay?«

Das Bild baute sich pixelweise auf und bereitete Meret, die gebannt darauf starrte, eine erste Enttäuschung. Der Mann, der sie vom Bildschirm begrüßte, war vielleicht fünfzig Jahre alt.

Halvorsens Geschäftsführer?

Zu ihrer Überraschung begrüßte er Gret und sie in perfektem Deutsch, den Schweizer Dialekt beherrsche er leider nicht, aber sie könnten sich gern auf Deutsch unterhalten, er habe in Stuttgart studiert.

Meret öffnete ihr Mikrofon.

»Das ist ja wunderbar, das macht es uns einfacher. Aber sagen Sie, Sie sind doch nicht … wie soll ich sagen …«

»Alt genug, meinen Sie?« Der Mann hatte ein sympathisches, spontanes Lachen.

»Nichts für ungut, aber wir dachten, Herr Halvorsen schalte sich persönlich zu.«

»Das tut er gerade. Ich habe das Geschäft schon vor zehn

Jahren übernommen und führe es seither allein, aber den Schatten meines Vaters werde ich so schnell nicht los. Nein, nein, keine Entschuldigungen, ich liebe ihn und verdanke ihm alles. Ich weiß aber auch, was ich kann, ich habe gar keine Probleme mit solchen Verwechslungen. Ich bin der heute zuständige Halvorsen. Atle Halvorsen. Und das Containerschiff, bei dem sich unsere gemeinsamen Interessen hoffentlich decken, ist meine Entwicklung. Mein Vater lebt übrigens zurzeit in der Schweiz. Leider ist er an Corona erkrankt, aber wie ich höre, ist er über den Berg und bald wieder gesund, Gott sei Dank.«

»Oh, das ist sicher eine große Erleichterung für Sie!« Gret hatte jetzt übernommen. »Nun lassen Sie uns doch gleich über das Schiff sprechen. Was genau erhoffen Sie sich von unserem Institut?«

Atle Halvorsen bestätigte, dass er sein Containerschiff mithilfe von Brennstoffzellen meerestauglich machen wolle. Derzeit transportiere es aufgrund der beschränkten Reichweite nur Güter des Inlandsverkehrs entlang der norwegischen Küste. Er begann mit der Beschreibung des Schiffes und erzählte von der Partnerschaft mit dem Ocean Space Center, das soeben in Trondheim entstand, initiiert von der dortigen Universität. Gemeinsam arbeite man an neuen, nachhaltigen Meerestechnologien, dazu gehöre das Umrüsten aller Schiffstypen auf die Wasserstoff-Technologie.

Meret schrieb Gret in ihrem Chat, sie würde sich zum Schluss wieder einklinken und in der Zwischenzeit versuchen, etwas über das Dorfprojekt in Erfahrung zu bringen.

Dann folgte sie mit einem Ohr Atle Halvorsens Ausführungen und suchte im Handyspeicher nach den Fotos, die sie im Büro des alten Halvorsen gemacht hatte. Sie schaute auf das

Foto, das Halvorsens Frau mit ihrem Sohn zeigte. Aus dem Baby war also ein eloquenter und ebenfalls erfolgreicher Geschäftsmann geworden. Was ihr in Erinnerung rief, wie alt Vater Halvorsen schon sein musste.

Gret verstand sich bestens mit dessen Sohn, die beiden redeten nicht lange um den heißen Brei herum. Sie vereinbarten, dass Halvorsens Projektleiter in naher Zukunft in die Schweiz kommen und direkt mit den Verantwortlichen ihrer Plastic-Screening-Plattform verhandeln würde, beide Projekte wiesen offensichtlich Parallelen und Synergie-Möglichkeiten auf, beide sollten auf Wasserstoff-Betrieb umgebaut werden.

Meret war beim Zuhören zu dem Schluss gekommen, dass sie mit diesem Mann ganz offen sprechen konnte. Als die beiden das Wichtigste geklärt hatten, aktivierte sie ihr Mikrofon wieder.

»Herr Halvorsen, ich freue mich auf unsere Zusammenarbeit, was auch immer dabei entstehen wird. Wie Sie vielleicht wissen, sind wir mittlerweile eine Stiftung und halten nichts von überhasteten Abschlüssen. Das heißt, wir steigen nur dort ein, wo uns die Nachhaltigkeit der Konzepte wirklich überzeugt. In der Schifffahrt besteht dringender Handlungsbedarf, deshalb bin ich sehr zuversichtlich, dass wir uns finden. Noch eine letzte Frage: Haben Sie Ihrem Vater von unserem Institut erzählt?«

Halvorsen schaute erstaunt in die Kamera, dann dachte er kurz nach und sagte: »Ich glaube, das habe ich tatsächlich. Weshalb fragen Sie?«

»Weil auch er mich für ein Projekt angefragt hat.«

Halvorsen lachte wieder auf seine sympathische Weise. »Lassen Sie mich raten – es geht um dieses autarke Dorf in den Bergen? Ja? Tatsächlich? Ist doch wunderbar! Da kann ich nur sagen, machen Sie mit, das ist sein Herzensprojekt! Diese Idee verfolgt Vater seit Jahrzehnten obsessiv. Und ich habe ihm immer gesagt: Worauf wartest du, mach doch einfach! Du hast ja nun wirklich Geld genug und schon viel zu lange gewartet. Hat er jetzt also damit begonnen?«

»Das Land besitzt er bereits, ja.«

»Dieser Geheimniskrämer. Mir hat er nichts gesagt. Aber das freut mich sehr zu hören. Wie gesagt, davon geträumt hat er schon ewig, aber erst seit dem Tod meiner Mutter ist er wohl wirklich bereit dazu. Sie war lange krank, müssen Sie wissen, er hat sie bis zum letzten Moment begleitet und gepflegt. Erst danach hat er dieses seltsame Schloss in der Schweiz für sich eingerichtet. Haben Sie denn zugesagt?«

Meret war ein vorsichtiger Mensch, aber das, was Atle Halvorsen sagte, wirkte spontan, ehrlich, und er schien keine Hintergedanken zu haben. Gret teilte diesen Eindruck, wie sie mit einem kurzen Blick auf Threema sah. Unbedenklich!, hatte sie eben getextet.

»Noch nicht, nein. Ich möchte ihn erst persönlich sprechen, und es scheint, dass das noch heute möglich ist.«

»Oh, sagen Sie ihm einen lieben Gruß, ich würde ihn später am Abend anrufen! Ich will Sie nicht beeinflussen, Frau Sager, Sie wissen genau, was Sie tun. Aber es würde mich freuen, wenn ich Sie an seiner Seite wüsste, gerade jetzt nach seiner Erkrankung.«

Die Sitzungszeit war beinahe abgelaufen, Gret fragte, ob alles geklärt sei für den Moment oder ob sie die Sitzung verlängern sollte. Halvorsen meinte bedauernd, er müsse gleich in die nächste Videokonferenz, aber er sei jederzeit für sie erreichbar. Kurz darauf verschwand sein Bild.

»Ich glaube, er hat wirklich nichts gewusst!«, sagte Gret, jetzt direkt zu Meret.

»Ja. Höchste Zeit, dass ich den alten Halvorsen treffe und Nägel mit Köpfen mache.«

»Du hältst mich auf dem Laufenden.«

»Klar. Und … Gret?!«

»Ja?«

»Etwas ganz anderes … was ich dich schon lange fragen wollte, schließlich kennt mich niemand länger und besser.«

»Hoppla, was kommt denn jetzt?«

»Meinst du, ich wäre eine gute Mutter?«

Gret wuschelte mit der linken Hand in ihren Haaren, wie sie es gerne tat.

»Und so was fragst du im Ernst mich? Deine alltagsunfähige, nerdige, arbeitssüchtige Ex-Partnerin?! Was weiß ich denn über Kinder und Mütter und überhaupt? Nicht meine Baustelle, ganz und gar nicht.«

Meret lachte. »Stimmt. War nur so ein Gedanke. Vergiss es!«

»Leichter gesagt als getan! In unserem Alter kommen wir öfter mal auf komische Gedanken. Muss man nicht alle umsetzen, Meret, muss man wirklich nicht! Schau erst mal da in deinem Kaff nach dem Rechten, mit diesem Halvorsen, okay? Ein Schritt nach dem anderen, *bhüeti*, mach's gut.«

»Mach's besser.«

Meret trat auf den Balkon hinaus und rekapitulierte das Videogespräch. Das Dorf sei seit Jahrzehnten schon Halvorsens Traum gewesen … Das erklärte nicht, weshalb er es gerade hier bauen wollte. Und auch nicht, wie er vor allen anderen von den Altlasten im Berg erfahren konnte, denn davon ging sie mittlerweile aus. Halvorsen hatte von der Gemeindeversammlung gewusst und sie in seinen Terminplan aufgenommen. Was sie immer noch seltsam fand. Aber vielleicht wurde das heute ja der Tag der großen Erkenntnisse.

In diesem Moment kam Sanna den Weg heruntergestürzt. Ihr Gesicht war blass, Tränen und eine tiefe Angst standen ihr in den Augen.

»Wann kommt dein Freund an?«, fragte sie ohne Begrüßung und mit gehetzter Stimme.

»In einer Stunde vielleicht, eher zwei, weshalb?«

»Kilian ist verschwunden, ich habe einen Heli organisiert und fliege gleich hoch.«

»Wie verschwunden? Ruhig, Sanna, ruhig. Dafür gibt es sicher eine Erklärung.«

»Eben nicht. Er hat sich gestern mit Alain gestritten, wegen einer Nichtigkeit offenbar. Dann wollte er hoch zum Iisighorn, und ist nicht zurückgekehrt.«

»Er wird sich irgendwo in eines seiner Spiele verstrickt haben«, sagte Meret, nun auch alarmiert.

»Die Wanderung war gestern.«

»Was? Seit gestern schon? Und warum ...«

»Alain hat sich nicht getraut, er hat gedacht, er würde ihn schon noch finden. Hat er nicht, Meret!«

Sie schaute Meret so verzweifelt an, dass dieser fast das Herz stehen blieb.

»Ich muss gehen, der Helikopter kommt.«

»Dann sucht ihr das Iisighorn aus der Luft ab?«

»Ja, Alain ist auch dort oben.«

»Gut. Ich warte auf Niculan und gehe mit ihm den Wanderweg hoch. Vielleicht hat sich Kilian ja auf den Weg hinunter ins Tal gemacht. Das könnte ich mir auch vorstellen, wenn sich die beiden gestritten haben.«

»Ich weiß gar nichts mehr. Ich muss los. Hier, das ist meine Handynummer.«

Sie drückte ihr einen Zettel in die Hand und rannte hinauf zum Haupthaus.

Wie gelähmt blieb Meret stehen, dann besann sie sich. Weshalb hier lange herumsitzen und warten, sie durfte keine Zeit verlieren! Sie schrieb Niculan, Alains Sohn sei verschwunden, er solle ohne Stopp durchfahren, falls er das lese, sie mache sich jetzt sofort auf die Suche, er solle sich nach der Ankunft melden und ihr auf dem Wanderweg am Rand der Fluh zur Blumenalp hinauf nachkommen.

Sie rechnete allerdings nicht damit, dass er auf dem Motorrad die Nachricht so bald lesen würde. Schnell zog sie ihre Wanderkleidung an. Dann fiel ihr Halvorsen ein. Sie suchte die Nummer des Schlosses heraus, Annerös Pieren nahm den Anruf sofort entgegen.

»Meret Sager. Ich muss absagen, hier ist etwas dazwischengekommen.«

»Oh, das klingt nicht gut. Ich stehe neben Herrn Halvorsen, wollen Sie es ihm gleich direkt sagen?«

»Ja, danke.«

»Halvorsen.«

»Herr Halvorsen, sprechen Sie Deutsch?«

»Natürlich, Frau Sager. Guten Tag. Was ist denn passiert?«

Er sprach sogar Dialekt, fiel Meret irritiert auf, allerdings mit einem starken nordischen Akzent.

Sie erzählte, dass ein Kind aus dem Dorf oben auf der Blumenalp verschwunden sei und sie sich alle auf die Suche machten. Ein Helikopter sei unterwegs zum Iisighorn.

»Oh nein. Wer ist es denn?«, fragte Halvorsen.

»Kilian Pieren von der Pfypfoltera-Lodge.«

»Kilian? Um Himmels willen … Moment, warten Sie!«

Meret hörte, wie er mit Annerös Pieren sprach, deren aufgeregte Stimme sich überschlug, kurz darauf meldete sich Halvorsen wieder.

»Frau Sager, ich musste kurz Annerös beruhigen, sie wollte verständlicherweise auch gleich losrennen. Machen Sie sich keine Gedanken wegen unseres Gesprächs, jetzt zählt nur Kilian. Und … geht jemand den Weg vom Tal her hoch?«

»Das habe ich selber vor, ja.«

»Gut. Denn da würde ich zuerst nach ihm suchen: Am Rand der Fluh zweigt rechts ein Weg ab zum alten Treiberpfad. Dort biegen Sie links in einen Trampelpfad ein und gehen auf diesem ein Stück in den Wald hinein, nach etwa hundert Metern sehen Sie ein Metallnetz, das über die Felsspalten gespannt ist. Dort gibt es Einstürze zu den alten Kavernen, Höhlengänge und Wasserläufe im Felsinnern. Ein Paradies für einen Jungen wie Kilian. Und sehr viel spannender, als am Iisighorn herumzuturnen.«

»Gut, ja, das kann ich machen, wenn Sie meinen, das sei …«

»Ich kenne den Berg da drüben besser als jeder andere, glauben Sie mir. Und ich war auch mal ein kleiner Junge. Vielleicht hat sich Kilian von den Diskussionen um die Kavernen inspirieren lassen. Ich werde Annerös mit einer Rettungsstaffel hinterherschicken.«

»Das ist vielleicht nicht notwendig. Mein Partner ist Bergführer und schon auf dem Weg hierher. Brauchen Sie Frau Pieren nicht für Ihre Pflege?«

Halvorsen lachte auf, das Lachen erinnerte Sanna sofort an seinen Sohn.

»Ich komme schon allein zurecht. Und Frau Osthoff ist auch noch hier. Annerös ist zu nichts zu gebrauchen, bevor ihr Enkel nicht heil zurück ist.«

18

Res ist am Verzweifeln. Seit einer Woche sitzen sie nun hier schon in diesen Kavernen herum. Ihm ist, als nehme ihn die Fluh zum zweiten Mal als Geisel. Wie vor vier Jahren. Was die ihnen seither vorgelogen haben! Nicht mal die Hälfte der Anlage ist weggesprengt worden, den Beweis dafür sieht er hier Tag für Tag. Am wenigsten getroffen hat es also jene, die schuld an Mutters Tod waren. Die Militäranlage ist funktionstüchtig. Ihre gesamte Kompanie verbringt die letzten drei Wochen der Rekrutenschule im Berg. Res entdeckt ständig noch neue Gänge, Schulungsräume und Lagerhallen, die von der Explosion unberührt geblieben sind.

Trotzdem fällt ihm die Decke auf den Kopf.

Fünfzehn Wochen hat er in der Uniform schon durchgehalten, täglich gute Miene zum bösen Spiel gemacht. Er ist als Motorfahrer den Festungstruppen zugeteilt worden, das macht vieles einfacher. Vinizius Brandel sei Dank. Hatte der doch tatsächlich beim Aushebungsprozedere plötzlich im Besprechungszimmer gesessen und ihn, Ehrsams Res, gefragt, wie es ihm ergangen sei, in all der Zeit! Und wie dem Vater? Ob er sich imstande fühle, Militärdienst zu leisten? Was er in der Armee am liebsten tun würde? Kein bisschen wütend oder nachtragend, weil ihn Res vier Jahre zuvor in der Kirche vor allen bloßgestellt hat. Das habe er übrigens nur zu gut verstanden und es ihm niemals zum Vorwurf gemacht, hatte er Res zum Schluss des Gesprächs gesagt, und ihm die Hand auf die Schulter gelegt. Er könne sich jederzeit an ihn wenden, wenn sich in der Rekrutenschule ein Problem ergebe.

Oder auch sonst, im Leben.

Vielleicht hat er Brandel falsch eingeschätzt, schießt es Res durch den Kopf. Nein, keine Absolution, nie! Nicht von ihm. Die Schuld am Unglück tragen sie, davon weicht er kein Jota ab.

Nur hat er manchmal den Verdacht, dass man auch ohne bösen Willen Schuld auf sich laden kann.

Doch mindert das die Schuld?

Jetzt sitzt er bis auf ein paar wenige Fahraufträge hier fest. Vor der Verlegung in die Kavernen war er den ganzen Tag in seinem Lastwagen unterwegs, transportierte Mannschaft und Material, konnte sich unterwegs der Kontrolle seiner Vorgesetzten wenigstens stundenweise entziehen, um Marias Briefe zu lesen und eigene zu schreiben.

Allerdings.

Etwas stimmt nicht.

Zwischen ihm und Maria.

Das macht die Zeit hier drinnen noch unerträglicher.

Wie immer, wenn er mit seinen Gedanken allein sein will, verdrückt er sich, läuft aufs Geratewohl los, nimmt im Labyrinth der Felstunnels bei Gabelungen immer den Weg zur Linken. Tief im Berg ist er bald und landet auch diesmal in einem kleinen Ruheraum für die Wache, wo sogar eine Schlafpritsche steht.

Keiner sonst scheint sich hierher zu verirren.

Er öffnet den Gurt, legt Bajonett, Schutzmaske und Helm auf einen Stuhl und sinkt auf die Matratze. Beim Militär ist er müde, immerzu müde. Ganz anders als im richtigen Leben draußen, in der Schreinerei, oder am See beim Boot, wo er ohne Pause viel länger und härter arbeiten kann.

Die Arme unter dem Kopf verschränkt, starrt er zur Decke.

Er muss in die Deserta, zu ihr. Muss klären, was da in ihren Briefen seit einigen Monaten mitschwingt.

Simeon Simonet.

Was macht er sich auch vor. Seine Angst hat einen Namen, ein Gesicht.

Als wäre es gestern gewesen, steht ihm ihr Wiedersehen vor Augen. Kurz vor dem Einrücken ins Militär ist es gewesen. Über drei Jahre lang hat er auf den Moment gewartet, nie hat es sich vorher einrichten lassen. Res hat sein Geld zusammengespart für das Zugbillett, ist endlich ins Bündnerische gefahren, dort sofort den Hang hoch und durch die schmalen Dorfgassen gestürmt. Die erste Ernüchterung: Marias Mutter! Abweisend hat sie ihn begrüßt und ihn sofort zum Bahnhof zurückgeschickt. Ihre Tochter komme mit dem Abendzug heim fürs Wochenende, wenn er sie halt unbedingt sehen müsse, könne sie ihn nicht davon abhalten, dann habe die arme Seele vielleicht einmal Ruhe.

Wie ein geschlagener Hund ist er wieder hinab zu den Gleisen der Rhätischen geschlichen. Erschüttert von ihren Worten, ihrer Bitterkeit, ihrem Kleinmut. Er hat erwartet, dass sie sich darüber freut, jemanden aus dem alten Dorf zu sehen. Vielleicht kann sie gerade damit nicht umgehen, tröstet er sich, vielleicht liegt es nicht an ihm. In den Briefen hat Maria oft erwähnt, die Mutter wolle nichts mehr von Althäusern wissen, um keinen Preis.

Als könne sie so besser vergessen, was geschehen ist.

Als ob das helfe!

Die Mutter werde langsam wunderlich, hat sie auch noch geschrieben.

Das wird es sein! Maria hingegen wird ihm gleich um den Hals fallen! Er fasst neuen Mut, sein Herz beginnt schon wieder zu klopfen, die Hitze steigt ihm in den Kopf. Der Bahnhof besteht nur aus einem Holzhüttchen, einem Wartesaal und einem Perron, in den Rissen der Teerflicken wachsen Blumen. Kein Mensch sonst da.

Gleich wird sie aus dem Zug steigen. Schon schiebt er sich das Tal hoch.

Da! Ihr Anblick nimmt ihm den Atem und treibt ihm die Tränen in die Augen.

Wie schön sie ist.

Wie … erwachsen!

Die Haare lang, und sie trägt ein echtes Kleid! Wie die Frauen in der Stadt!

Etwas hilflos zerknautscht er seine Mütze in den Händen, dann will er ihr zuwinken, er hebt die Hand, doch bewegen kann er sie plötzlich nicht mehr, weil … da noch jemand ist.

Er ist gleich nach ihr auf den Perron gesprungen und pikst ihr jetzt ein ums andere Mal in die Seite, sie weicht ihm spielerisch aus, hebt drohend und gleichzeitig lachend den Finger, er zieht sie wie zur Versöhnung an sich heran, sie löst sich nur langsam aus dieser schlecht verhohlenen Umarmung.

»Maria?!«

Wie vom Blitz getroffen bleibt sie stehen, macht ein paar Schritte vom anderen weg.

»Res?«

Er breitet verlegen die Arme aus. »Entschuldige, ich … wollte dich überraschen.«

»Um Himmels willen, der Res!«

Sie kommt langsam auf ihn zu und nimmt ihn jetzt doch noch in die Arme. Halb zumindest. Er spürt ihre seidenen Haare an seinem Hals, ihr Duft, ganz anders als in seiner Erinnerung, betäubt ihn, ihm ist, als würden seine Beine nachgeben, doch dann sieht er den Blick des andern. Sein Erstaunen. Sogar Empörung macht Res darin aus.

Was erlaubt der sich?

Sofort straffen sich seine Muskeln.

»Wer ist das?«, fragt er leise. Seine Enttäuschung ist unüberhörbar. Dieses trauliche Einverständnis zwischen den beiden eben … Die Erkenntnis, dass er sie verlieren könnte, trifft ihn schlagartig.

Ist sie deshalb nie nach Seewiler gekommen?

Werden deshalb ihre Briefe … anders?

Und er muss bald zum Militär.

Res schreckt auf, verwirrt blinzelt er in die Neonröhre des Wachlokals, er lauscht, ob jemand gekommen ist, doch er hört nur das entfernte Summen eines Generators und das Surren der Lüftungsanlage. Die Erinnerung an die Szene mit Simonet hat sich in seinen Traum geschlichen wie eine böse Spiegelung.

Es ist kein Traum.

Jeder Satz hallt bis heute nach.

»Natürlich, entschuldige, du hast mich so überrascht!« Verlegen ist sich Maria mit der Hand durch die Haare gefahren. »Das ist Simeon. Wir gehen in die gleiche Schule. Also er in eine höhere Klasse.«

Er hat ihm die Hand gedrückt. Kurz und knapp.

»Du bist also Res. Maria hat von dir erzählt.« Sein Blick wandert zwischen ihnen hin und her, dann gibt er sich einen Ruck.

»Ihr habt euch sicher viel zu berichten. Ich muss los, die Mutter wartet sicher schon mit dem Essen.«

Er winkt ihnen mit einer seltsamen Handbewegung zu. Als wollte er Maria auf seine Seite ziehen, denkt Res. Er blickt ihm nach, dann muss er fast lachen. Simeon verschränkt die Arme hinter seinem Rücken und geht nun den Berg hoch, er sieht dabei so eigenartig aus, ein bisschen wie die nachdenklichen Hühner auf ihrem Bauernhof. Die hatte Res so getauft, weil sie die Flügel hinter dem Rücken verschränkten wie Dorflehrer Albrecht seine Arme.

»Der läuft ja wie ein Studierter!«, sagt er abschätzig.

»Simeon? Ja, er ist gescheit und wird bald nach Zürich gehen, an die Universität. Aber sag, warum hast du hier gewartet, warst du schon oben?«

»Ja«, sagt Res einsilbig.

»Oje, hat sie dich erschreckt? Das tut mir so leid, wirklich. Ich verstehe Mutter nicht, sie wird immer seltsamer. Nimm sie nicht zu ernst, das sage ich mir selber auch ständig. Weißt du was: Warum wartest du hier nicht auf mich, ich hole uns ein paar Sachen zum Essen, dann gehen wir an den See hinunter zum Picknick. Ja?«

Res richtet sich auf seiner Pritsche auf und legt Bajonett und Gurt wieder an. Was hätte er ihr sagen sollen.

Als sie mit dem Picknickkorb zurückgekommen ist, ist alles ein bisschen leichter geworden. Sie ist wieder angezogen wie früher, und ihr Übermut blitzt manchmal auf. Sie schürzt manierlich ihren Rock und dreht sich vor ihm um die eigene Achse.

»Und, fällt dir etwas auf?«

Was ihm auffällt, ist sicher nicht das, was sie meint.

Sie fasst sich gespielt absichtslos an die Träger ihres Oberteils. Es ist ihm schon ins Auge gestochen, weil es ihr wie auf den Leib geschneidert schien, die Form ihrer Brust betont, die Schultern fast frei lässt und ihn mit dem tiefen Dekolleté verstört.

Dann erst erkennt er das karierte Muster wieder.

»Das hast du aus meinem Hemd genäht?«, fragt er erstaunt.

»Ich nicht, es gibt hier oben viele, die richtig gut nähen können. Schön geworden, nicht?«

Das war es tatsächlich, und die Erinnerung an den Moment auf dem Felsen am Iisigsee, als sie nur dieses karierte Hemd anhatte, begleitete die beiden auf ihrem Weg zum Fluss hinunter. Vielleicht hat er sich ja so etwas erträumt, als er ihr vor Monaten das Hemd, das ihm längst zu klein geworden ist, per Post geschickt hat. Nun geht er dicht hinter ihr auf dem schmalen Weg, derselbe Stoff schmiegt sich wieder an ihren Oberkörper, und der Anblick ihrer nackten Schultern ist ihm fast zu viel.

Die Erinnerung an Maria nimmt Res wieder komplett in Beschlag. Gedankenversunken geht er den Weg zu seinen Kameraden zurück, plötzlich weiß er nicht mehr, wo er ist. Er hat seine eigenen Orientierungsregeln vergessen.

Wen kümmert das, denkt er, irgendwann führt jeder Weg aus dem Labyrinth heraus.

»Schau! Ist das nicht wunderbar hier?«

Vor ihnen hat sich der Fluss breitgemacht, wird zum See, die Schlucht öffnet sich zum Tal.

»Man sieht gar nicht, dass er künstlich ist«, sagt Res erstaunt. Nach ihren Beschreibungen hat er sich den Stausee anders vorgestellt, jetzt, da er ihn sieht, ist er trotzdem beruhigt. Alles wird sich fügen, so wie er es sich in seinen Träumen über die Jahre ausgemalt hat. Er wird schon bald das Boot hier heraufbringen, es hat die ideale Größe für diesen See. Die letzte Lackschicht ist getrocknet, er muss nur noch ihren Namen auf den Bug malen. Immer weiter hat er daran gearbeitet, immer schöner ist es geworden, er hat es mit Schnitzereien veredelt, hat mit dem Schleifpapier in Handarbeit die Holzstruktur der Planken herausgearbeitet, hat aus einem jeweils einzigen Holzstück die Ruder gefertigt, hat Stunden, Tage, Wochen, Monate in sein Geschenk investiert, weil er noch nicht weiß, wie er das Boot hierherbringen soll.

Und weil das Arbeiten am Boot Sinn und Freude in seinen Alltag bringt.

Weil er es für sie macht.

Weil er sie liebt.

All das würde sie bei einem ersten Blick aufs Boot sofort erkennen. Auch den Ursprung seiner Geschenkidee, jener verzauberte Nachmittag im Boot, am Iisigsee.

Seine Geduld würde sie zudem vermerken, seine Beständigkeit, seine Verlässlichkeit, seine Geschicklichkeit, sein Bekenntnis, dass er alles, was er tut, für sie tut.

Und der Transport rückt in den Bereich des Möglichen, er wird ja Motorfahrer.

Umgehend hat er Maria von der überraschenden Begegnung mit Oberstleutnant Vinizius Brandel bei der Rekrutierung erzählt. Und was der ihm alles gesagt hat.

Sie hört ihm aufmerksam zu, doch der skeptische Ausdruck in ihren Augen ist auch zum Ende seines Berichtes noch nicht gewichen.

»Scheint, als habe er ein schlechtes Gewissen und wolle etwas gutmachen.«

»Ja. Das ist ja nicht so schlecht.«

»Das ist nur leider nicht möglich«, sagt sie bestimmt. »Aber halt ihn dir nur warm, er wird dir vielleicht noch nützlich sein.«

Unversehens erreicht Res das Ende dieser Kaverne. Zumindest denkt er das im ersten Moment, dann sieht er, dass er vor einem riesigen Metalltor steht, in das eine kleinere, mannshohe Tür eingelassen ist.

»Zutritt für die Mannschaft verboten!« Das Schild an der Tür ist unmissverständlich und fordert Res gerade deswegen heraus. Vorsichtig drückt er die Klinke herunter. Verschlossen.

Er tritt etwas zurück und versucht, sich zu vergegenwärtigen, wo er hier ist. Er kennt den Berg ja von innen, von früher, vor dem Unglück. Wie oft ist er zusammen mit Maria von der Seite her in die Kluft hochgestiegen, mehr der Form halber gesichert an Stricken, die er aus dem Stall hat mitgehen lassen. Sie haben durch eine tiefe Felsspalte sogar in den talseitig gelegenen Eisenbahntunnel sehen können, durch den das Militär eigens dafür konstruierte Wagen in die hinteren Kavernen gebracht hat. Wann immer die vom Militär sich für den Bau des Munitionslagers von Althäusern rechtfertigten, wunderte Res sich aufs Neue, was sie alles erzählten. Die Fluh war ein vom Wasser zerklüfteter Fels mit Höhlen, Spalten, mit versteckten Wasserläufen, die bis tief hinab ins Tal schossen und beispielsweise beim Iisigsee wieder an die Oberfläche traten. Wie ein löchriger Käselaib, ein Sieb fast, zu einem sicheren Depot taugen soll, hat Res nie verstanden.

Aber mit Maria darin zu klettern, nur im Licht der Militärtaschenlampe des Vaters – dieses Abenteuer hatten sie beide geliebt. Eine von vielen Erinnerungen, die beim Picknick am Stausee aufleben.

»Wir haben schon alles gemacht, was Gott verboten hat!«, hat Res gesagt.

Und sie, im Gras liegend, mit dem Rest seines Hemdes nicht zu sehr verhüllt, hat gelacht. »Alles? Nicht ganz, nein!« Ihr Blick war wieder so seltsam herausfordernd wie damals im Boot, beim Streit um das Ruder. Oder auf dem Felsen, als sie die Augen wieder geöffnet hat.

Er hat sie küssen wollen.

»Oh-oh, wir sind aber auf keiner Schaukel hier. Und noch nicht auf dem höchsten Punkt.« Sie hat ihn gegen die Schulter geboxt und dann leise lachend und anzüglich gesagt: »Das hoffe ich doch mindestens!«

Res legt sich die Hand auf den Mund, in der Erinnerung gefangen, ihr Bild vor sich, der goldene Schimmer der Abendsonne, den Duft der sommerlichen Deserta wieder in der Nase.

Aber sie hat mit ihm gespielt.

Wie sie ihn ständig ein wenig auf Distanz gehalten hat, bei allem *tächtere* …

In diesem Moment hört er auf der anderen Seite der Tür ein Scharren, ein metallisches Klicken dann, er erschrickt und verschwindet blitzschnell in eine der Nischen, die überall in die Stollenwände gehauen sind.

Die Tür öffnet sich, zwei Soldaten in Tenü Blau treten in die Kaverne.

»Wir werden es einfach melden, dann ist wieder Ruhe«, sagt der eine gerade. »Ist doch jedes Mal dasselbe.«

Der andere verschließt die Tür und legt den Schlüssel zu Res' Erstaunen in ein unscheinbares Kästchen in einer Nische in der Seitenwand.

Sie gehen mit raschen Schritten an seinem Versteck vorbei und biegen gleich darauf um die Ecke. Res wartet, bis ihre Schritte verhallen, dann schleicht er zu der Nische und findet nach einigen Versuchen heraus, wie sich das Kästchen öffnen lässt. Er entnimmt ihm den Schlüssel und entriegelt das Eisentor, das gleich darauf hinter ihm wieder zufällt. Drinnen bleibt er wie angewurzelt stehen, so seltsam ist der Anblick, der sich ihm bietet. Nur langsam begreift er, was er sieht. Er muss in einem der Tunnels stehen, die die Munitionskavernen untereinander und dann mit dem Eisenbahnzubringer verbinden. Der Tunnel ist wohl vier Meter hoch, er gleicht eher einer Höhle, die Decke ist an verschiedenen Stellen durchgebrochen. Neonröhren, die an Drahtseilen aufgehängt sind, leuchten ihn aus. Vorsichtig wagt sich Res einige Schritte vorwärts. Mit grünen Markierungspfeilen ist ein Weg gekennzeichnet, den man offensichtlich nicht verlassen soll, nach zehn Metern bleibt er stehen. Der Stollen ist hier halb eingestürzt, eine Schutthalde zieht sich zu seiner Linken hoch, er sieht oben eine Öffnung, daneben hat jemand an die Wand gemalt: *Hier nicht weiter!* Mit roter Schrift. Res nimmt den anderen Stollen, er klettert über mannshohe Felsbrocken, die sich bei der Explosion aus der Decke gelöst haben. Die nächste Höhle dahinter ist immer noch behelfsmäßig erleuchtet und mit einer seltsamen Art von Wandmalerei gestaltet. *AG* prangt in großen Lettern an verschiedenen Stellen an der Wand, darunter ein Rechteck in derselben Farbe, gleich daneben *FB*, und auf der gegenüberliegenden Seite: *GZ*.

Res weiß, was das bedeutet. Er prägt sich alles genau ein, denn was er gerade entdeckt hat, ist eine einzige Schweinerei. Ein Skandal! Und im selben Moment erkennt er, was sein Wissen wert ist. Verwenden kann er es! Gegen die, die hier bereits wieder etwas vertuschen.

AG ist die Abkürzung für Artilleriegranaten. FB steht für Fliegerbomben und GZ für Geschosszünder.

Sprengstoff und Zünder, so lehrte man sie das immer im Theorieunterricht, dürften in Depots nie nebeneinander gelagert werden.

Das hatte man aus den Unglücksfällen der letzten Jahre gelernt.

Aber hier liegt offenbar alles beieinander, übereinander, untereinander.

Dabei hat das Militär seine Untersuchung schon zwei Jahre nach dem Unglück beendet. Eine weitere Gefahr für die Althäuser sei ausgeschlossen.

Was Res sieht, beweist das Gegenteil.

Ein zweiter, äußerst eigennütziger Gedanke nimmt sofort Gestalt an. Wenn er das Vinizius Brandel erzählt, kann er von dem verlangen, was er will!

Kann sich sein Schweigen bezahlen lassen!

Am liebsten würde er umkehren, aus der Festungsanlage stürmen und Brandel sofort mit seiner Entdeckung konfrontieren.

Er zwingt sich zur Ruhe.

Die beiden vordersten Munitionskammern sind explodiert und haben die bucklige Stirn der Fluh weggesprengt. Aber was ist dahinter? In den Kavernen bei den Felshöhlen, die er und Maria einst erkundet haben?

Liegt auch dort noch Munition?

Er konzentriert sich auf die leuchtend farbigen Hinweise und dringt weiter vor. Immer wieder muss er über Schuttkegel steigen, und selbst in diesem lockeren Gestein sind einige Stellen mit Warnschildern versehen, und wenn er genau hinschaut, erkennt er metallische Rundungen.

Was zum Teufel hindert die daran, die Munitionsrückstände wegzuräumen?

Ihre ganze Kompanie sitzt drei Wochen in dieser steinernen

Falle, und sobald sie weg sind, folgt die nächste Kompanie und macht hier einen Wiederholungskurs oder was auch immer.

Das soll dann nicht gefährlich sein?

Ganz zu schweigen vom Dorf unter der Fluh.

Mittlerweile ist er vielleicht siebzig Meter in den Berg hineingeklettert.

Überall dasselbe Bild. Überall liegen Munitionsreste.

Wären sie nicht gefährlich und explosiv, müsste sie doch niemand markieren!

Immer wieder schaut er zur Decke hoch, beäugt misstrauisch jede Felsnase, jeden Vorsprung. Spätestens wenn etwas herabstürzt, wird es zur Explosion kommen!

Brandel weiß doch am besten, dass Res bei den Festungstruppen gelandet ist. Ausgerechnet ein Althäuser! Weshalb hat er das nicht verhindert? Fühlt er sich so sicher? Wieder steigt in Res die Wut hoch.

Keiner ist schuld gewesen, das habe die Untersuchung bestätigt. Keiner hat seine Mutter, Bethli und Ernst auf dem Gewissen. Schicksal halt! Das wollen sie ihnen weismachen.

So vorsichtig, wie er vorgedrungen ist, klettert Res zurück. Als er endlich wieder durch die Metalltür tritt, merkt er, wie seine Hände zittern. Nur langsam fällt die Anspannung von ihm ab. Er legt den Schlüssel zurück und sucht sich einen Weg durch das Gewirr der Gänge.

Die führen alle an der Nase herum, jetzt hat er den Beweis dafür. Menschen sind gestorben, Menschen haben alles verloren, oder verlieren sich selber, wie Marias Mutter gerade, aber die machen einfach weiter, diese Verbrecher!

Also wird er sich auch nicht länger an die Regeln halten. Ganz einfach!

Der Plan, den er bisher noch nie zu Ende gedacht hat, nimmt blitzschnell Gestalt an. Noch heute Nachmittag wird er einen Fahrauftrag fälschen, das ist schnell getan. Und niemand wird es später einmal wagen, ihn dafür zu bestrafen. Er wird mit dem Lastwagen hinunter an den See fahren, wird mithilfe von einigen starken Armen aus der Schreinerei das Boot aufladen. Noch heute wird er damit die beiden Pässe ins Bündnerland überqueren, auch wenn er dort erst mitten in der Nacht ankommt, aber wen kümmert das. Spätestens morgen wird er am Stausee Maria die Hand reichen und sie in ihr Boot ziehen.

Dann wird sie verstehen.

Keinen Simeon mehr beachten.

Alles wird wieder sein wie damals. Als Bethli und all die andern noch lebten. Als die Welt noch in Ordnung war.

In den Dienst wird er nicht mehr zurückkehren. Der Lastwagendiebstahl? Die Entfernung von der Truppe? Brandel kann schauen, wie er es den anderen erklärt.

Sollte sich ihm jemand in den Weg stellen, wird er dafür bezahlen, schwört sich Res.

19

Meret fragte im Sportgeschäft nach einer Kletterausrüstung. Als sie erklärte, worum es ging, stellte ihr der Besitzer flugs das Nötigste zusammen. Gut ausgerüstet und mit schnellem Schritt stieg sie die Kehren des Waldwegs am Rand der Fluh hoch.

Halvorsens letzte Worte hallten in ihr nach. Annerös Pieren war also Sannas Mutter! Dass sie denselben Namen hatten, war Meret schon früh aufgefallen.

Die beiden verband nicht mehr viel miteinander. Wohl wegen der Geschichte mit der Abtreibung damals. Als sie Annerös erzählte, wo sie untergekommen war, und sogar ihr Bild in der Rezeption erwähnte, war diese nicht weiter darauf eingegangen. Sanna wiederum hatte in all den Diskussionen über Halvorsen nie von ihrer Mutter gesprochen.

War ihr Annerös' Verbindung zu dem Norweger ein Dorn im Auge?

Alles Nebenschauplätze, sie wollte sich jetzt auf das eine Wichtige besinnen. Meret setzte den Rucksack ab, in der Eile hatte sie einseitig gepackt. Sie zog die Haken und die Schrauben der Kletterausrüstung heraus und stopfte sie auf der anderen Seite wieder tiefer hinein. Zwei Klettergurte, Seil, Zubehör – Meret hatte im Sportladen keine drei Minuten dafür gebraucht. Für den Fall, dass sich Kilian irgendwo im Fels verstiegen hatte, war sie gerüstet.

Auf dem zweiten Teil der Wegstrecke rief sie sich in Erinnerung, was Niculan sie beim Bergsteigen gelehrt hatte. Schritt für Schritt, wie bei einer Therapie, war er ihre Höhenangst angegangen. Mit erstaunlich gutem Resultat, die Vorstellung, bald irgendwo auf- oder absteigen zu müssen, erschreckte sie zwar noch immer, lähmte sie aber nicht mehr. Zumindest nicht in der Theorie. Sie versuchte, sich wieder an die Knotenarten zu erinnern, und an die Sicherungsmethoden, dazwischen schaute sie immer mal wieder auf ihr Handy.

Hoffentlich war Niculan wirklich schon so weit gekommen, wie sie es sich erhoffte.

Als sie bei der Weggabelung angelangt war, die Halvorsen ihr beschrieben hatte, bog sie, ohne zu zögern, linker Hand in den schmalen Pfad ein. Er führte sie wie beschrieben weiter in den Fichtenwald hinein, schlängelte sich an hohen Felsblöcken vorbei. Meret fragte sich unwillkürlich, ob diese einst von der Explosion hierhergeschleudert worden waren. Nun wusste sie zumindest, weshalb die Landschaft hier einem Bergsturzgebiet ähnelte.

Der Weg stieß von der Seite her auf die Flanke der mächtigen Felswand, und Meret entdeckte bald das von Halvorsen beschriebene, fünf Quadratmeter große Metallnetz. Es glich den Fangnetzen, die man an Schweizer Passstraßen aufspannte, als Schutz vor Steinschlägen. Sie kletterte flugs die paar Meter hoch, die den Weg vom Netz trennten. Es war mit daumendicken Schrauben im Gestein verankert, darunter klaffte eine Spalte von fast zwei Metern Breite. An der unteren Spitze war der Felseinschnitt seltsam geformt, das rechteckige Metallnetz deckte nicht die ganze Öffnung ab. Jemand mit viel Kraft musste es aufgebogen haben.

Es wäre für Kilian ein Leichtes, hier durchzuschlüpfen.

Pil gianter, weshalb sollte er das tun?

Warum folgte sie überhaupt Halvorsens Rat?

Dann kam ihr eine Bemerkung von Sanna in den Sinn. Als sie von den toten Fischen gesprochen hatte, und den Wasserläufen im Fels. Kilian kraxle noch gerne hier in den Felsen herum … so was Ähnliches hatte sie doch gesagt?

Meret legte sich auf die Stahlmaschen und schaute hinab. Nach einem kurzen Moment hatten sich ihre Augen an die Dunkelheit gewöhnt. Sie war froh, dass sie sich im Sportgeschäft eingedeckt hatte, denn der Spalt weitete sich sofort zu einer Höhle, die steil abwärts in die Fluh hineinführte.

Abgesehen von dem hochgebogenen Netz, deutete nichts darauf hin, dass hier in letzter Zeit jemand gewesen sein könnte. Blieb nur Halvorsens vage Vermutung. Sie dachte an ihre erste Begegnung mit Kilian, am Basketballkorb. Eine Klettertour hier würde gut zu ihm passen, dachte sie. Zugleich erinnerte sie sich an den kurzen Disput, den Mutter und Sohn um das Handy hatten.

Was würde Sanna jetzt dafür geben, anders entschieden zu haben!

Aber da unten gab es wohl ohnehin keinen Empfang.

Meret formte einen Trichter vor dem Mund und rief, so laut sie konnte, Kilians Namen. Die Felshöhle gab ihre Stimme doppelt wieder, das Echo schlug zurück, gespannt lauschte sie hinab.

Nichts.

Wieder rief sie seinen Namen und wartete gespannt, während ihre Stimme verhallte.

Dann hörte sie tatsächlich etwas.

Angespannt horchte sie, die Augen geschlossen.

Das war doch ein Rufen gewesen! Weit entfernt, halb erstickt hatte es geklungen.

Das eigene Echo? Spielte ihr die Fantasie einen Streich?

Ihr Bauchgefühl sagte etwas anderes. Sie hatte plötzlich das sichere Gefühl, dass Halvorsen richtiglag.

Sofort rief sie Niculan an. Keine Antwort. Er war auf dem Motorrad, nahm die Vibration wohl nicht mal wahr. Sie textete ihm die Wegbeschreibung, beschrieb ihm das Metallnetz und die Felskluft, sie versuche hinabzusteigen, sie hätte wohl irgendwo da unten eine Stimme gehört. Meret schickte zuerst die Sprachnachricht und dann zur Sicherheit ihren Standort samt Koordinaten hinterher. Die Übertragung war langsam, sie hatte schon hier oben nur noch knapp Empfang.

Unten wäre sie sicher nicht mehr erreichbar.

Sanna anrufen?

Besser keine falschen Hoffnungen wecken.

Konzentriert legte sie den Klettergurt an, hängte genügend Haken und Spannschrauben daran, dann schaute sie in den Felsschlund unter dem Netz. Natürlich wäre es gescheiter zu warten. Aber Kilian war bereits seit gestern verschwunden, sie wagte sich nicht vorzustellen, wie es ihm ging, sollte er wirklich da unten eingeschlossen sein. Aus welchen Gründen auch immer.

Hatte sie ihn wirklich gehört oder nur hören wollen?

Sie befestigte einen Karabiner an der Schraube, knotete die Prusikschlinge, fädelte dann das Seil ein, legte es durch die Abseilrolle und hängte den Sicherungskarabiner nach der Schweizer Methode ein.

»Wenn einer eine doppelte Absicherung erfindet, ist es meistens ein Schweizer«, hatte ihr Niculan das Vorgehen erklärt.

»Darin sind wir Weltmeister!« Er hatte es mit seinem typischen, leisen Lachen gesagt, sie vermisste es gerade schmerzlich.

Meret zwängte sich unter das Metallnetz. Gut, dass sie nicht so genau sehen konnte, wie die Kluft verlief und wohin sie führte. Bei den Klettergängen mit Niculan hatten sie zudem herausgefunden, dass ihre Höhenangst immer dann auszuhalten war, wenn sie selbst sicherte.

»Siehst du wohl«, hatte er sie aufgezogen. »Das ist gar keine Höhenangst, du fürchtest den Kontrollverlust.«

»Nein, ich trau dir einfach ein bisschen weniger als mir«, hatte sie gescherzt, sich aber eingestanden, dass er wohl nicht so falsch lag.

Wie so oft.

Am straffen Seil kletterte sie die ersten drei Meter hinunter und kam auf dem Vorsprung, den sie schon von oben gesehen hatte, zum Stehen. Sie richtete die Taschenlampe abwärts. Die folgenden zehn Meter waren einfach, sie konnte mühelos absteigen. Bald landete sie auf einem weiteren Vorsprung. Hierher drang nur noch wenig Tageslicht. Sie zog die Taschenlampe aus der Schlinge und leuchtete in die Tiefe.

Es war ihr nicht klar, ob es sich um eine natürliche Kluft handelte oder der Felsen einst durch die Explosion aufgesprengt worden war. Vorsichtig näherte sie sich dem Rand der Klippe. Wieder rief sie nach Kilian und erschrak fürchterlich, als ihre Stimme vielfach von den Wänden zurückgeworfen wurde.

Gleich darauf hörte sie eine Antwort.

Diesmal hatte sie sich nicht getäuscht!

In der Tiefe hatte jemand etwas gerufen, es klang wie *»hie unge«*. Durch den Hall und das Echo konnte sie allerdings nur schwer einschätzen, wie weit entfernt er war.

»Ich komme!«, schrie sie nach unten, ohne zu wissen, ob er sie verstehen konnte. Sie leuchtete die Klippe hinab und schluckte leer. Der Fels fiel hier senkrecht ab, tief unten sah sie etwas metallisch glänzen. Schienen? Wie das denn? Waren das schon die verschütteten Kavernen des Depots?

Wie war Kilian da bloß hinuntergekommen, ohne Ausrüstung?

Sie betrachtete das Seil über ihr. Es hatte keine Länge mehr, sie musste es abziehen und sich noch einmal neu sichern. Das hieß aber auch, dass sie den Rückweg ohne Sicherung schaffen musste. Kurz entschlossen zog sie das Seil nach, fand einen idealen Spalt für eine Spannschraube, verankerte diese, hängte sich prüfend daran, dann wiederholte sie nochmals alle Sicherheitsgriffe. Endlich warf sie das eingehängte Seil hinab und tastete sich dann rückwärts an die Klippe. Die Taschenlampe klemmte sie zwischen die Zähne, so konnte sie die Distanz zum Fels besser einschätzen. Der Schweiß brach ihr aus, sie spürte ein Kribbeln in den Fingerspitzen. Die üblichen Vorboten. Zum Glück konnte sie die Leere unter sich nicht sehen. Bevor die Angst sie lähmte, stieß sie sich vom Fels ab. Das Seil lief gut durch die Rolle, die Wand kam im Lichtkegel näher, kontrolliert setzte sie ein erstes Mal auf und stieß sich wieder ab.

Im selben Moment brach die Hölle los.

Der Sirenenton kam erst von unten, dann auch von oben, von überall, Meret wollte sich instinktiv die Ohren zuhalten, ihren Kopf schützen, aber sie durfte jetzt keine falsche Bewegung machen. Konzentriert schaute sie auf die Wand und ließ sich Meter um Meter, Sprung um Sprung, in den Stollen hinab, bis sie nach einer Ewigkeit Boden unter den Füßen spürte.

Sie nahm die Lampe aus dem Mund, trat einen Schritt zurück und leuchtete um sich. »Kilian!«, schrie sie ins Sirenengeheul hinein.

»Hier!«

Sie leuchtete in seine Richtung und sah den Jungen zehn Meter von ihr entfernt am Boden sitzen. Sie rannte auf ihn zu, fiel vor ihm auf die Knie und zog ihn an sich. Er war überrascht, dann erwiderte er die Umarmung umso heftiger.

»Bist du verletzt?«, rief Meret endlich.

»Ja, der Knöchel. Bin zwei, drei Meter gefallen und umgeknickt.«

»Kannst du gehen.«

»Alleine nicht. Und ich kann nicht klettern.«

Sie sah die Angst in seinem Blick, und erst jetzt wurde ihr wirklich klar, was der Höllenlärm zu bedeuten hatte. Ein pulsierender Ton. Sie zwang sich zur Ruhe, vergegenwärtigte sich das Alarmdispositiv, das sie mit Sanna studiert hatte. Der Ton war der erste Alarm, erhöhte Bereitschaft. Und was noch? Evakuieren der ersten Zone, richtig. Da waren sie mittendrin. Im Herzen der Anlage wohl. Sie mussten weg. Sofort.

Im selben Moment verstummte die Sirene.

»Oh – das war vielleicht bloß ein falscher Alarm!«, sagte Meret erleichtert. »Oder war ein Sirenentest angekündigt?«

»Nein.«

»Gibt es noch einen anderen Weg hinaus?«

»Der andere bringt nichts«, sagte Kilian. »Wenn man diesem Gang da drüben folgt, kommt man zu einer Eisentür, aber die ist verschlossen.«

»So weit bist du mit deinem Fuß gekommen?«

»Da war ich früher mal.«

»Du warst schon früher hier?«

Kilian nickte und senkte den Blick.

»Warum, Herrgott? Du weißt doch, wie gefährlich es hier drinnen ist.«

»Sie haben immer gesagt, es sei nicht gefährlich.«

»Früher, ja. Aber warum bist du jetzt noch mal rein?«

»Ich weiß auch nicht. Ich wollte dem Bach folgen. Wegen der Forellen.«

»Welchem Bach?«

»Da, da drüben. Vielleicht führt der irgendwo aus dem Fels. TNT-Sprengstoff ist giftig. Sagen sie auch auf Youtube! Und das Wasser gelangt von hier in den Iisigsee, das weiß jeder, und Büne und Chrigu können nicht mehr fischen, und jemand muss ihnen das jetzt endlich beweisen.«

Büne? Chrigu? Jede Menge Fragen lagen Meret auf der Zunge, doch es war nicht der Moment dafür.

Sie nestelte das Handy aus der Tasche. Kein Netz, natürlich! Sie steckte es wieder weg. Niculan wusste ja, wo er sie finden würde.

»Hoch mit dir. Es kommt schon bald Hilfe, aber ich will nicht warten, wer weiß, was es mit der Sirene eben auf sich hat.«

Sie zog ihn hoch und legte seinen Arm über ihre Schulter.

»Warum hast du mich gefunden?«, fragte Kilian mit fast scheuer Stimme.

Sie drückte ihn wieder aufmunternd an sich.

»Dank einem weisen alten Mann, scheint mir. Erzähl ich dir später.«

Wie Halvorsen richtig vermutet hatte, waren die Kavernen und Höhlen hier für Kilian und seine Freunde wohl eine Art Abenteuerspielplatz. Geheim dazu, was den Reiz noch vergrößerte.

Sie schleppte ihn zur Abseilstelle und holte den zweiten Klettergurt aus dem Rucksack.

»Schaffst du es, den anzuziehen?«

»Ja.«

»Du bist schon öfter geklettert?«

»Mit dem Vater, ja.«

»Warum bist du dann jetzt ohne Ausrüstung hier rein! Nein, schon gut, entschuldige. Ihr hattet Streit und du ... aber wie bist du ohne Seil bloß hier heruntergekommen?«

»Eben nicht so richtig. Runter kommt man immer, sagt mein Vater.«

Sie konnte sich ein Lächeln nicht verkneifen.

Er zeigte ihr, auf welcher Route er normalerweise hier herunterkam.

»Da am Eck habe ich zu wenig aufgepasst.«

»So tief bist du gefallen? *Zachergiavel*, du kannst von Glück sagen, dass nur der Fuß verletzt ist.«

Sie wollte nach dem hängenden Seil greifen, erst jetzt sah sie, dass es in ganzer Länge neben ihr auf dem Boden lag.

»Das darf jetzt aber nicht wahr sein.«

Was hatte sie bloß getan? War zu ihm hinübergerannt und hatte das Seil mit sich gezogen?

Nein, nein, nein! Wie konnte sie nur so dämlich sein!

»Himmel, jetzt sitzen wir tatsächlich fest.«

Im gleichen Moment heulten die Sirenen wieder los.

Meret versuchte, sich ihre Angst nicht anmerken zu lassen.

»Wir verschwinden besser mal von hier.«

Ein bisschen wunderte sie, dass die Sirenen jetzt gedämpfter klangen. Als hätten sich zwischen ihnen und den Lautsprechern irgendwelche Sicherheitstüren geschlossen.

Der nächste Schritt! Immer nur an den nächsten Schritt denken. Niculans Bergführer-Mantra. Sie betrachteten die rund fünfzehn Meter hohe senkrechte Wand, die sie von der ersten Klippe trennten.

»Ich bin nicht wirklich Bergsteigerin. Ich habe ein paar Grundkenntnisse, aber da hinauf ohne ein Fixseil, das traue ich mich nicht.«

Im selben Moment bat Kilian sie um die Taschenlampe.

Er suchte damit die gegenüberliegende Seite des Tunnels und die Decke des einst vielleicht drei Meter hohen Tunnels ab. Da, wo sie beide heruntergestiegen waren, gleich über der Klippe, hatte offenbar einst die Tunneldecke nachgegeben, Felsblöcke und Steinschutt waren von oben her nachgerutscht, die Blöcke hatten sich verkeilt und eine neue Decke gebildet. Es sah aus, als könnte sich jederzeit einer von den Blöcken lösen.

Der Lichtkegel blieb stehen.

»Was ist das?«, rief Meret.

»Eine Eisenstrebe«, rief Kilian durch den Lärm zurück. »Die habe ich von oben schon mal gesehen. Bei der Explosion hat sich dort alles verkeilt. Such mir bitte einen Stein!«

Meret schaute ihn verwundert an, tat es aber dann ohne weitere Fragen. Er nahm seinen Rucksack von der Schulter und wühlte darin, bis er eine Spule mit einer weißen Schnur hervorzog.

»Hätte auf der Alp zäunen sollen, gestern!«, rief er ihr verlegen zu.

Er wickelte die Schnur ab und knotete das Ende um den Stein.

»Leuchtest du mir?«

Er holte aus, und sogleich begriff Meret. Ein 3er-Wurf war

hier gefragt. Der erste Versuch scheiterte kläglich, aber die Aufgabe war auch mehr als knifflig. Die Strebe ragte nur einen halben Meter vor, und darüber war auch nicht viel Platz bis zu den ersten Felsblöcken.

Meret brachte Kilian den Stein zurück.

Er verfehlte sein Ziel wieder, und auch der dritte Versuch scheiterte.

Das war hoffnungslos, dachte Meret. Dann versuchte sie es selbst, mehr der Form halber und erfolglos, bei Wurfsportarten war sie schon immer unterirdisch schlecht gewesen.

Sie hätte losheulen mögen, doch da war Kilian. Resignieren durfte nur, wer für niemanden verantwortlich war.

Meret bedeutete dem Jungen, es noch einmal zu probieren, und knotete das Ende der Schnur um das Seil.

»So. Konzentrier dich. Erinnerst du dich an unser erstes Treffen? Das hier, das ist dein Besenstiel! Und das da oben dein Basketballkorb, ich weiß, dass du das kannst. Diesmal werfen wir den Dreier!«

Sie hielt ihm ihre Hand hin.

Trotz seiner Angst musste Kilian schmunzeln. Er klatschte ab. Danach starrte er länger nach oben, bis er endlich ausholte. Der Stein segelte hoch, prallte genau gegen die Strebe und fiel wieder herunter.

»So genau sollst du gar nicht zielen, probier es noch mal! Das ist ein Kinderspiel.«

War es nun eben nicht mehr, dachte sie für sich. Das Sirenengeheul zerrte an ihren Nerven. Sie reichte ihm den Stein, er sammelte sich wieder. Sein Fuß war vielleicht gebrochen, dachte Meret, aber er ließ sich von den Schmerzen und den Strapazen nach der durchwachten Nacht nichts anmerken. Wieder warf er. Und tatsächlich, diesmal flog der Stein zwischen Decke und Strebe hindurch und landete auf der anderen Seite. Die Schnur blieb über der Strebe liegen.

Meret atmete auf. »Ich wusste es, Kilian!« Sie gab ihm die Lampe. »Wir müssen bloß schauen, dass Schnur und Seil nicht abrutschen. Stell dich dicht an die Wand da drüben.«

Sie nahm den Stein hoch, griff vorsichtig nach der Schnur und bewegte sich ebenfalls zur Wand hin. Die Schnur rutschte zum tieferen Ende der Strebe, da, wo sie in der Wand steckte.

Und hoffentlich gut verkeilt war.

»Versuchen wir es.«

Langsam zog sie an der Schnur, sie glitt problemlos über die Strebe. Kilian ließ auf seiner Seite bereits das Seilende durch seine Hand hochgleiten. Gebannt schauten sie zu, wie es sich der Strebe näherte, sich zu ihrem Schreck dort kurz verhakte, nach einer leichten Bewegung von Meret aber darüber glitt. Nun konnte sie es auf der anderen Seite herunterziehen.

Das Pulsieren der Sirenen machte Meret halb wahnsinnig. Sie versuchte, deren Bedeutung herunterzuspielen. War nur ein erster Alarm, vielleicht hatten die Temperatur-Sensoren reagiert. Ein Wassereinbruch, harmlose Gase, es gab viele Gründe für die Sirenen.

Endlich zog sie das Seil zu sich herunter und löste die Schnur, Kilian humpelte auf sie zu.

»Jetzt hoffen wir mal!«

Erst vorsichtig, dann mit vollem Gewicht hängten sie sich beide an das Seil. Die Strebe hoch über ihnen bewegte sich nicht.

Beide schauten wieder hinauf und hinüber zur Wand. Glücklicherweise war die Strebe seitlich etwas versetzt. Sie konnten sichern, ohne dass das Seil von der Strebe gleiten würde.

»Es muss einfach immer gespannt sein!«, sagte Kilian.

»Genau. Was ist besser? Ich oder du zuerst? Ist wohl einfacher, wenn ich dich von unten halb hinaufziehe. Schaffst du es dann mit einem Bein?«

»Du bist schwerer als ich, also müsste es gehen.«

Sie tat beleidigt und versetzte ihm spielerisch einen Knuff. »Los!«

Sie verhängten das Seil richtig mit ihren Gurten. Meret war nun froh, dass sie im Laden zwei davon einpacken ließ. Kilian hinkte zur Wand hinüber. Meret achtete darauf, dass das Seil stets gespannt blieb, Kilian griff, so hoch er konnte, ließ sich hängen, drehte sich seitlich aus und suchte mit dem gesunden Fuß auf Hüfthöhe Stand.

»Hoch jetzt!«, rief er.

»Auf drei!«

Sie zählten gemeinsam, und bei drei ließ Meret sich aus dem Stand nach hinten fallen, ihr Gewicht zog ihn hoch, während er sich mit dem gesunden Bein zusätzlich von der Wand abstieß, erst mit der einen Hand sofort neuen Griff suchte, dann mit der anderen.

Immerhin hatte er so etwa eineinhalb Meter Höhe geschafft. Auf fünfzehn Meter machte das rund zehn solcher Manöver. Meret grifft das Seil so hoch wie möglich, Kilian suchte neuen Stand, auf Ansage ließ Meret sich fallen, Kilian wurde wieder ein Stück hochgezogen.

»Einfach weiter so, super, das geht. Nicht die Geduld verlieren, vergiss die Sirenen!«

Sie blendete jeden Gedanken daran aus, was mit ihnen bei einer Explosion geschehen würde. Und mit Niculan, der jetzt wohl im Aufstieg zur Fluh war, beunruhigt, weil er sie nicht erreichen konnte, panisch vielleicht, weil er nicht wusste, was die Sirenen zu bedeuten hatten. Sie verdrängte die Gedanken an Sanna und alle, die sie in den letzten Tagen hier kennengelernt hatte, an all die Alten, die schon wieder von der Vergangenheit eingeholt wurden und wohl bereits aus dem Dorf flüchteten.

Sie konzentrierte sich allein auf die Bewegungen von Kilian und leuchtete mit der Lampe, die sie wieder zwischen die Zähne gesteckt hatte, gelegentlich zur Strebe hinauf, denn manchmal, so meinte sie, übertrug das Seil eine leichte Vibration auf ihre Hände.

»Ist nur wegen der Reibung«, redete sie sich ein und zog Kilian das nächste Stück hoch. Sie durfte sich nicht ausmalen, was ihm geschehen würde, wenn die Strebe nachgab. Er hatte die Hälfte der Wand längst hinter sich, der nächste Zug würde ihn schon fast in Reichweite der Klippe bringen.

»Was immer geschieht, such einen Griff, ich weiß nicht, ob das verdammte Eisen hält!«, schrie sie ihm zu. »Und weiter: Eins, zwei, drei!!!«

Er bekam die Kante der Klippe zu fassen, krallte sich fest, im nächsten Moment hing er in der Luft, das Seil in Merets Händen wurde plötzlich schlaff! Meret schrie vor Schreck auf und fiel nach hinten. Ein glühender Schmerz stach ihr beim Aufprall in den Ellbogen. Kilian!, dachte sie noch. Dann wurde es schwarz um sie.

20

Die Haarnadelkurven in der Schöllenen haben es in sich, stellt Res fest. Seine Steuerkünste halten sich noch in Grenzen, das macht es nicht einfacher, und der Motor arbeitet am Anschlag. In den flacheren Kurven erhält er eine kurze Verschnaufpause, danach steigt die Straße sofort wieder steiler an. Res horcht jedes Mal angespannt nach hinten. Doch die Angst, das Boot könnte sich aus der Halterung lösen, ist unbegründet. Er hat mit Meister Trummer vor dem Verladen lange genug darüber diskutiert, wie sie es sichern wollen. Er wird das Boot allein abladen müssen, deshalb liegt es nun schon auf drei dünnen Birkenstämmen. Sie dienen beim Abladen als Rollelemente. Trummer und Res' Schreinerkollegen haben sie für die Fahrt verkeilt und das Boot mit Seilen fixiert. Glücklicherweise hat sein alter Meister nicht zu viele Fragen gestellt, als Res mit dem Militärlastwagen vorgefahren ist. Er hat Res alles abgenommen: den Fahrauftrag auf den Oberalppass und die Erlaubnis des Kompaniekommandanten, die Leerfahrt hinauf für einen privaten Bootstransport zu nutzen.

Trummer weiß, wie sehr sich Res diesen Moment ersehnt hat, nach der jahrelangen Arbeit am Boot. Es ist ja auch ein wahres Schmuckstück geworden. Am Schluss der Verladung hat er Res fast gerührt auf die Schulter geklopft. Sein eigentliches Gesellenstück am Ende der Lehrzeit sei dieses Boot, am ganzen See gäbe es kein schöneres. Ob er es auch sicher nicht verkaufen wolle, für solche Handarbeiten würden Liebhaberpreise bezahlt? Res hat lächelnd den Kopf geschüttelt; und Trummer hat ihm eine Zehnernote in die Hand gedrückt, falls etwas passiere unterwegs, oder falls ihm das Benzin ausgehe, bevor er an einer Kaserne vorbeikäme.

Nach diesem Satz hat er Res lange angeschaut, als wollte er ihn darauf verpflichten, ja keinen Unfug anzustellen. Res hat dem Blick standgehalten, doch die Schuldgefühle, weil er Trummer hinters Licht geführt hat, waren geblieben.

Erst als er den Pass hinüber in die Innerschweiz hinter sich hat, das erste große Hindernis, beruhigt sich sein Gewissen etwas. Als rechtfertige jeder Meter, den er Maria näher kommt und Althäusern hinter sich lässt, die verbotene Fahrt. Sie verstößt in mehreren Punkten gegen das Militärgesetz. Sein unerlaubtes Entfernen von der Truppe ist nur das eine Vergehen, die Fälschung des Fahrtbefehls und die Verwendung eines Militärfahrzeuges für private Zwecke die nächsten beiden. Vielleicht trägt gerade dieses Wissen dazu bei, dass sich die Fahrt für Res wie eine Reise ohne Wiederkehr anfühlt.

Bei jedem Bauernhof am Straßenrand fragt er sich, ob er sich von seinem Vater hätte verabschieden sollen.

Weshalb diese seltsame Gewissheit plötzlich, dass er ihn nicht mehr wiedersehen wird?

Dr Ätt. Dr Zwinggrind, dr stettig.

Seit der Sache mit den Kreuzen haben sie sich nicht mehr gesehen.

Weshalb schmerzt ihn der Gedanke, trotz allem?

Ein verlorenes Lächeln liegt auf seinem Gesicht, als er vor der nächsten Kurve krachend hinunterschaltet und nach der Haarnadel in eine Steinschlaggalerie hinein beschleunigt. Vielleicht sind sie sich ähnlicher, als es ihm passt. Was ist das schon anderes als vererbte Sturheit, all das hier? Seinen Willen durchzusetzen, gegen jeden Widerstand und alle Vernunft?

Weiß er denn überhaupt, ob Maria ihn sehen will?

Und wenn ja, mit welchen Gefühlen?

Aber spätestens sein Geschenk wird sie sprachlos machen, davon ist er überzeugt.

Und sie wird sich darüber amüsieren, wie er das Militär hinters Licht geführt hat.

Da denken sie genau gleich.

Wegen denen trägt auch sie ihre Schuld.

Es gibt genügend andere in Althäusern, die alles, was passiert ist, als gottgewollt hinnehmen. Keine Fragen stellen und nicht mal hadern mit ihrem Schicksal. Mit ihrem Verlust! So sei das nun mal im Leben, und in einem Tal wie ihrem, das eine Mal komme der Berg, das andere Mal die *Lauene*, oder der Fluss, ganz so, wie es Gott gefalle, kein Grund zur Klage, am Ende füge sich immer alles.

Dem Schicksal ein Schnippchen schlagen?

Keiner könne das.

Seine Hand donnert aufs Steuerrad. Er will sich mit der Duldsamkeit der Althäuser nicht länger abfinden. Genau darauf zählen sie ja, da oben in Bern, oder wo auch immer. Lassen Bomben, Granaten und Zünder im Berg liegen, aber planen schon die nächste Verwendung der Anlage, ganz egal, wie gefährlich das für die Soldaten im Berg und für die Leute im Dorf vor der Fluh ist.

Was interessiert die das kümmerliche, kleine Leben der Althäuser! Was kümmert die deren Tod! Zu vernachlässigen, solange nur nichts ihre Allmacht infrage stellt.

Er macht nicht mehr mit. Jetzt weiß er etwas, das er nicht wissen dürfte.

Der Motor des Lastwagens heult auf, er schaltet hoch. Ohne es richtig zu merken, hat er die Teufelsbrücke schon passiert und das Urserental erreicht. Auf der Hochebene wird ihm mulmig. Er passiert die große Kaserne, und als gehe ihn die nichts an, fährt er weiter Richtung Dorf, mit dem steten Gefühl, Dutzende von Uniformierten würden ihm neugierig hinterherschauen und sich fragen, woher denn der komme. Dann beruhigt er sich. Er ist schon hoch oben in den Bergen und fällt trotzdem nicht auf, Militärfahrzeuge gibt es hier zu Dutzenden.

Die Straße Richtung Oberalp zweigt mitten im Dorf links ab und steigt sofort an. Bald hat er das letzte gepflasterte Stück hinter sich, die Passstraße ist eine Schotterpiste. Res kontrolliert die Temperatur des Motors, er ist heiß, aber noch nicht überhitzt, er wird auch den letzten Anstieg schaffen. Glücklicherweise, der Nachmittag schreitet voran, und Res muss Maria noch heute treffen.

Vielleicht waren sie ihm im Althäuser Depot mittlerweile auf die Schliche gekommen und suchten ihn.

Nur hatten die keine Ahnung, wo! Das gab ihm genügend Vorsprung. Vielleicht sogar um nachts wieder zurückzufahren, aufzutanken und den Lastwagen vor dem Depot zu parken, als sei nichts geschehen.

Die Konsequenzen fürchtet er nicht. Er wird seinen Militärdienst nicht mehr beenden, davon ist er jetzt überzeugt. Oder nur als Teil einer Vereinbarung mit Vinizius Brandel. Vor der Abfahrt hat er in der Telefonkabine am Bahnhof die Nummer gewählt, die Brandel ihm einst gegeben hat. Die Sekretärin hat seinen Namen aufgeschrieben, und auch seinen Wunsch nach einem Treffen in den nächsten Tagen. Er habe im Depot Althäusern etwas entdeckt, von dem er Brandel unverzüglich erzählen müsse.

Der ahnt bestimmt schon, was es geschlagen hat!

Selber schuld.

Halunken, alle!

Immer wieder stellt er sich vor, wie das Gespräch mit ihm verlaufen wird. Wie er ihm unter die Nase reibt, was das Militär in der Fluh bereits wieder verbricht, gerade mal vier Jahre nach dem Unglück! Ob er denke, dass die Verantwortlichen weiterhin als unschuldig gelten, wenn die Leute von der neuen Sauerei erfahren würden? Die Althäuser zuerst! Dann die Zeitungsleute. Und damit auch all die Schweizer, die Anteil genommen und Geld gespendet hatten.

Ob er denke, dass dann noch irgendwer dem Militär irgendwas glauben würde?

Für die Mutter, für Bethli und für Ernst macht er das, redet Res sich ein. Allein schon wegen ihnen wird er veranlassen, dass die Anlage stillgelegt wird. Die gefährlichen Munitionsreste müssen geborgen werden. Das wird ihm Brandel versprechen müssen.

Besser noch: Schriftlich wird er es verlangen!

Und dann wird Brandel noch etwas schreiben. Einen kleinen Brief für Res Ehrsam. Ein unmissverständliches Empfehlungsschreiben von Vinizius Brandel, Oberstleutnant der Schweizer Armee. Das würde Res sofort eine Arbeitsstelle bescheren, sei es in Zürich oder in Chur. Wohin auch immer es Maria verschlägt.

So ist das in diesem Land, wo jeder, vom reichsten Bänkler bis herunter zum einfachen Schreinermeister, dem Militär hörig ist.

Hat doch die Armee ganz allein dieses kleine Land vor Hitler und vor dem Krieg gerettet.

Wirklich?

Seit Res selber Militärdienst leistet, kann er sich immer weniger erklären, wie um alles in der Welt eine solch verschlafene Truppe das geschafft haben soll.

Die merkt ja nicht mal, wenn ein Simpel wie er den ganzen Verein vorführt.

Die Straße ist mittlerweile so steil, dass er permanent im zweiten Gang fährt, er hofft, auf der Passhöhe anzukommen, bevor ihm der Kühler explodiert.

Das heiße Wetter macht es ihm nicht einfacher.

Dafür wird es am Abend auf dem See umso schöner sein.

Zürich oder Chur? Welches würde es werden?

Marias letzter Brief ist widersprüchlich gewesen. Schon wieder. Und wieder wegen diesem Simeon. Es gibt doch für sie keinen Grund, in Zürich eine Arbeit zu suchen, denkt Res, von Neuem empört. Aber eben. Simeon beginne dort bald zu studieren, ein Onkel von ihm führe dort eine Versicherungsagentur, die suche immer mal wieder eine Schreibkraft. Oder sie bewerbe sich direkt in Chur bei den Bosshard-Brüdern, einem Import- und Exportunternehmen. Da gäbe es interessante Bürostellen für Frauen, hat sie ihm dargelegt. Mit der Möglichkeit, Auslandsaufenthalte in den Büros in London oder Bombay zu absolvieren.

Bombay. Er hat einen Schreinerkameraden fragen müssen, wo das ist.

Immer öfter tauchen Sachen in ihren Briefen auf, die er nicht versteht. Das macht ihm Angst.

Diesem Simeon sicher nicht.

Wieder donnert seine Faust auf das Lenkrad.

Er wirft einen Blick über die Schulter, als müsse er sich vergewissern, dass ihr Boot noch auf der Laderampe liegt.

In diese Arbeit hat er alles gelegt. Seine Leidenschaft, seine Geschicklichkeit, seine Ausdauer, seine Kraft, seinen Mut auch.

Alles für sie.

Wie sie schauen wird, heute Abend!

Ihr Boot!

Er wird mit dem Lastwagen sofort an den Stausee fahren, das Schiff wassern, dann hinauf zu Marias Haus gehen.

Sie hat Schulferien, sie wird da sein.

Sie müsse Onkel Gion beim Heuen helfen.

Wie sie schauen wird!

Dann sitzt Res allein auf dem Parkplatz, den Rücken gegen das Rad seines Lastwagens gelehnt, im Unterleibchen, Uniformkittel und Hemd liegen zerknüllt auf dem Fahrersitz.

Wird er nicht mehr brauchen.

Im Dorfladen hat er mit Trummers Geld einige Flaschen Bier gekauft, die ersten beiden sind bereits leer. Maria lässt sich Zeit.

Sie ist nicht zu Hause gewesen, ihre Mutter glücklicherweise auch nicht, Res hat nur Otto, ihren Cousin, angetroffen und ihm gesagt, er sei Marias Freund, er warte unten am Stausee, er habe eine Überraschung vorbereitet.

Wahrscheinlich will sie sich noch schön machen.

Unwillkürlich hebt er den Arm und schnuppert.

Keine Sorge. Er hat in der Zwischenzeit gebadet, unten im See. Frisch, das Wasser hier, aber wer an den Iisigsee gewöhnt ist, den schreckt so leicht nichts.

Dann nimmt er eine Bewegung wahr, oben auf der Hauptstraße. Gleich darauf sieht er im goldenen Abendlicht eine Silhouette.

Wie lange er auf diesen Moment gewartet hat.

Endlich.

Nein, nein! Warum kommt sie nicht allein?

Schwarze Wuschelhaare. Ihr *Schellenursli*. Was fällt Maria ein! Res springt auf, eine ohnmächtige Wut nimmt ihm den Atem.

»Du bist es wirklich, Res. Wieder eine Überraschung, jedes Mal, wenn du hier auftauchst, wie schön!«

Sie drückt ihn an sich, er lässt es geschehen, wie schon beim letzten Besuch spürt er ihre Nähe, sieht aber nur den Widersacher hinter ihr. Wie kann sie den in einem solchen Moment mitbringen!

»Eine Überraschung?«, wiederholt er und löst sich von Maria. »Die ist wohl eher der hier!«

»Simeon? Ach, wir wollten heute Abend ohnehin schwimmen gehen, da dachten wir, das treffe sich doch gut.«

Ihr Lächeln wirkt ein bisschen gefroren, findet Res.

»Das dachtet ihr?«

»Ja. Stimmt etwas nicht?«

»Er stimmt nicht.«

»Simeon?«

»Ich will, dass er geht.«

»Aber weshalb? Und sag, Res: Wie kannst du mitten im Militärdienst hierherfahren, das ist doch nicht erlaubt.«

»Das lass meine Sorge sein. Ich bin wegen dir hier. Mit einem Geschenk. Und er wird jetzt gehen.«

»Aber Res, Simeon ist …«

Simeon hebt beschwichtigend die Hand. »Schon gut, ich komme später wieder, wenn du das möchtest, Maria. In einer Stunde oder so, in Ordnung?«

»Aber sicher?«, sagt Maria fast verzagt, und der Blick, den sie Simeon zuwirft, lässt Res erstarren.

Also doch.

Aber das Boot, redet er sich zu. Denk an das Boot! Wenn sie es sieht, wird sich alles richtig fügen.

»Komm!«

Er dreht Simeon den Rücken zu und geht los. Maria zögert, sie wechselt einen Blick mit Simeon, der ihr beruhigend zunickt, dann folgt sie Res.

Unten am See führt er sie den Uferweg entlang in die nächste Bucht. Gewassert hat er das Boot bei der Zufahrt zu den Stauanlagen, die Idee mit den Birkenstämmen hat funktioniert, fast zu schnell ist das Boot auf die beiden Balken und dann hinab ins Wasser gerutscht. Anschließend ist er sofort hierhergerudert, das ist der schönste Teil des Sees, hier sind sie ungestört.

Es rudert sich wunderbar, sein neues Boot!

Er drückt die Zweige einer Weide beiseite und lässt Maria vorangehen. Sie steht nun direkt vor dem Boot, das er an einem Baumstamm vertäut hat. Aber … sie hat keinen Blick dafür, sie dreht sich sofort wieder ihm zu.

»Also Res, erklär mir das jetzt! Du solltest im Militär sein, du trägst die Uniform, aber du fährst alleine hierher, mit einem Militärlastwagen dazu noch. Was ist passiert?«

Sie sieht das Boot, denkt Res, aber sie versteht nicht. Wie kann das sein? Alles ist doch so klar, so offensichtlich. Sie beide, damals auf dem Iisigsee, auf dem Boot, im Wasser, auf dem Felsen, nackt fast.

Und nachher nichts mehr so wie vorher.

Warum sieht sie das Boot nicht?

»Was passiert ist? Bei mir?« Res lacht etwas gequält. »Vieles, ja. Doch. Aber allmählich habe ich das Gefühl, hier oben ist noch viel mehr passiert.«

»Jetzt erklär mir das, Res!«

Er schaut sie lange prüfend an. Dann erzählt er ihr, was er in der Kaverne entdeckt hat. Sie hört fassungslos zu. Als er verstummt, schüttelt sie nur den Kopf.

»Die schrecken vor nichts zurück«, sagt sie machtlos. »Einfach vor gar nichts!«

»Das Gute daran: Ich werde nicht mehr zurückgehen. Ich werde Vinizius Brandel zwingen, mich vom Militärdienst zu dispensieren. Ich weiß zu viel, ich kann alles von ihm verlangen, sonst erzähle ich jedem, der es hören will, was wirklich im Depot los ist. Und das wollen viele hören, glaub mir. Er wird auch dafür sorgen, dass ich eine Schreiner-Anstellung bekomme.«

Er tritt näher zu ihr. »In Chur. Oder in Zürich. Das sollst du entscheiden, Maria.«

Sie lässt seine Umarmung einen Moment lang zu, dann löst sie sich wieder von ihm.

»Res, das ist alles gar nicht gut. Das geht nicht.«

»Was geht nicht?«

»Was du vorhast. Das ist Erpressung. Doch, sogar bei denen ist das Erpressung! Und ich will schon gar nicht, dass du wegen mir so etwas tust. Ich … ich weiß doch selber nicht mal, was ich will.«

Er schaut sie erschreckt an.

»Ob Zürich oder Chur, meinst du? Das kannst du dir doch noch überlegen.«

»Nicht das, Res. Das ist das kleinste Problem. Aber … wir sind doch noch so jung. Und …«

»Und?«, fragt Res drängend, weil sie nicht weiterspricht.

»Das mit uns … Ich empfinde nicht nur für dich etwas.«

Etwas in Res zerbricht, zugleich fühlt er eine unbändige Wut in sich aufsteigen.

»Ich habe dich gern, Res, sehr. Aber … Res, denk doch mal nach. Wir sind mit fünfzehn zusammengekommen. Also, so halb. Jetzt sind wir zwanzig, und in all den Jahren immer getrennt gewesen. Vereint schon auch irgendwie, aber im Unglück, im Leiden, in der Trauer und der Sehnsucht nach unseren Verstorbenen. Deine Familie, mein Vater. Ja, ich habe mich verändert. Und du dich auch. Wäre ja schrecklich, wenn nicht, wir werden erwachsen. Und wissen doch noch nicht, wer wir sind, was aus uns werden soll. Solche Gedanken gehen mir ständig durch den Kopf. Ja. Vielleicht hatte Mutter sogar recht. Wenn man hier lebt, entwickelt man allmählich eine andere Perspektive. Der Schatten der Fluh ist weit weg. Vielleicht solltest du auch so etwas tun. Geh weg aus unserer alten Heimat, für ein paar Monate, für ein Jahr …«

»Genau das habe ich ja gesagt. Chur oder Zürich.«

»Eben nicht, Res, verbinde es nicht mit mir. Du musst das Unglück endlich vergessen. Ich bin auch ein Teil dieser Vergangenheit. Löse dich von ihr.«

»Aha!«

»Ja. Nein. So meine ich das nicht.«

»Ich glaube schon, du hast ja für dich gesorgt.«

Res' Gesicht ist jetzt kalkweiß. Schlagartig hat er begriffen, dass alles vergebens war. Die Fahrt hierher, das Boot, die Arbeit daran, all die Jahre.

Die Hoffnung.

Seine Gefühle.

Er kann sich nicht länger beherrschen, er blickt wild um sich, entdeckt am Ufer einen gewaltigen Felsbrocken in Unspunnen-Größe, er wuchtet ihn in die Höhe, wankt damit zum Boot, das halb in den Uferkieseln liegt, und lässt ihn darauf fallen.

»Res, was tust du!«

Er hört nicht auf sie, nimmt den Stein wieder auf, stemmt ihn nun sogar über seinen Kopf, im nächsten Moment ist Simeon neben ihm und greift auch nach dem Stein.

»Res! Das schöne Boot, morgen bereust du es!«

Beide ringen um den Stein oder eher um ihr Gleichgewicht, Simeon drückt den Stein endlich so sehr zur Seite, dass Res ihn nicht mehr halten kann. Diesmal kracht er neben das Boot in den Kies.

»Das ist doch ein Kunstwerk, dieses Boot.«

Res scheint wieder zur Besinnung zu kommen. Etwas ratlos schaut er auf den Stein, auf die Holzsplitter im Boot, dann in Simeons Gesicht. Einen Moment lang lässt er die Arme sinken, dann holt er unvermittelt aus und schlägt Simeon die Faust ins Gesicht. Dieser fällt rückwärts ins Wasser.

»Res, bist du verrückt?«

Marias gellende Stimme dringt zu Res durch, er schaut sie kurz erschöpft und traurig an, dann sinken seine Arme herab, und er geht ohne ein Wort an ihr vorbei und weiter dem See entlang.

»Res. Bleib hier, lass uns sprechen!«

Verzweifelt blickt sie ihm nach, er reagiert nicht und verschwindet in den Büschen.

Maria rennt zu Simeon und hilft ihm hoch. Das Blut schießt ihm aus der Nase, sein Hemd ist bereits rot gefärbt.

»Um Himmels willen, zeig.«

»Nein, schon gut. Er hatte alles Recht dazu.«

»Du nimmst ihn in Schutz?« Ungläubig schaut sie ihn an.

»Maria!« Er drückt sein Taschentuch vorsichtig unter die gebrochene Nase, führt sie wankend um das Boot herum und deutet auf den Schriftzug.

Nein.

Nein!!!

Ihr Geschenk. Und sie hat gedacht, das sei irgendein Boot! Ein fremdes …

Ein Boot wie das vom Iisigsee hat er ihr gezimmert.

Maria kauert nieder. Sanft malt ihr Finger die Buchstaben nach, ein ums andere Mal, und die Tränen rinnen ihr über das Gesicht.

Seine Knöchel schmerzen von dem Faustschlag. Res verspürt keine Genugtuung, nur Leere. Er wuchtet den ersten Gang hinein und drückt das Gaspedal durch, der Motor hustet und röhrt, schlingernd rast der Lastwagen den Feldweg hinauf zur Passstraße. Res schaltet und beschleunigt so stark, wie der Motor es zulässt. Bald hat er das Dorf hinter sich. Die Sonne steht tief und sticht ihm in die Augen, er lässt die Sonnenblende hochgeklappt.

Etgreätet, murmelt er leise.

Von alldem soll er sich lösen, hat Maria gesagt.

Von ihr lösen, hat sie gemeint.

Die Tränen wischt er gar nicht mehr weg. Die Straße vor ihm verschwimmt, er fährt nach Gefühl, weiß nicht, wohin, weiß nur, er will weg von hier.

Ihre Reaktion hat seine letzte Hoffnung zerstört.

Er tastet nach der Bierflasche auf dem Beifahrersitz und stürzt die Hälfte davon mit zuckendem Adamsapfel hinunter. Dieses Arschloch hat ihm den Stein aus der Hand geschlagen. Wollte nicht, dass er das Boot zerstört.

Hat es noch gut gemeint, aber versteht nichts.

Ohne Maria kein Boot.

Simeon hat sie ihm gestohlen.

Der Lastwagen passiert Tschamut, überall stehen hier Truppenbaracken. Gleich darauf verengt sich die Straße, der Schotter spritzt unter den schweren Reifen weg. Als Res auf dem Oberalp ankommt, blinkt die Temperaturanzeige wie wild, der Motor ist überhitzt. Es kümmert ihn nicht, er leert die Flasche, feuert sie aus dem Fenster in den Stausee hinaus. Der Lastwagen schlingert, als er zur nächsten Flasche greift.

21

»Meret? Meret!!!«

Sie öffnete die Augen und schaute in Niculans besorgtes Gesicht.

»Was, du? Was ist passiert?« Sie hob den Kopf, hörte die Sirenen, erinnerte sich, wo sie war.

»Jesses, was ist mit Kilian!«

»Ruhig, ganz ruhig. Alles in Ordnung. Er hat sich festhalten können, schau, da oben! Fidel ist bei ihm!«

»Aber wieso … Fidel?«

»Ich habe dir doch gesagt, ich bringe eine Überraschung mit. Kannst du dich aufsetzen? Weißt du, wo wir sind?«

Meret schloss kurz die Augen, als könnte sie so die Sirene zum Verstummen bringen, doch die heulte einfach weiter. Mit anhaltendem Ton! Schlagartig wurde sie sich ihrer Situation bewusst.

»Wir müssen hinaus, sofort. Das ist Alarmstufe zwei!«

»Kannst du aufstehen?«, fragt Niculan. »Komm, wir versuchen es.«

Er half ihr hoch und zog sie vorsichtig an sich. Sie wartete, bis der Schwindel nachließ.

»Ich bin auf den Ellbogen gestürzt.«

»Gut, wir fixieren ihn.«

»Keine Zeit, wir müssen sofort los.«

»Wir fixieren ihn.«

Blitzschnell hatte er sein Notfallset geöffnet und band Merets linken Arm behutsam, aber straff an ihren Oberkörper. Dann hängte er ein kurzes Seil an ihren Gurtkarabiner, führte die Enden über die Schultern und zog Meret auf seinen Rücken. Sie half mit dem unversehrten Arm nach. Er trug sie zum Seil an der Wand und sicherte sich. Auf sein Zeichen zog Fidel es von oben straff. Meret spürte, wie der Zug an ihrem Gurt sich verstärkte, sie wurde noch enger an seinen Rücken gedrückt, gleich darauf begann er den Aufstieg, so behände, als wäre es auch mit fast doppeltem Gewicht für ihn nur eine Anfängerübung.

»Zum Glück bist du Bergführer«, murmelte sie benommen.

»Auch wenn wir Desertaner sonst nicht so zu gebrauchen sind.« Er atmete kaum schneller als normal.

»Ich sag nie wieder was!«

»Das bezweifle ich«, sagte er und lachte sogar.

Sie waren schon dicht am Klippenrand, Fidel griff nach Merets beweglichem Arm und half ihr über die Klippe hinauf.

»Pater Fidel, noch nie war ich so froh, Sie zu sehen. Kilian, es tut mir so leid, ich konnte dich nicht halten!«

Kilian erwiderte ihre Umarmung, diesmal ohne zu zögern. »Ich hatte Griff mit beiden Händen. Danke, du hast mich gerettet.«

»Du hast ihn da hochgehievt, eine unglaubliche Leistung«, sagte Niculan. Er hatte das Steigseil bereits gelöst.

»Fidel, kannst du Kilian tragen? Ja? Gut, dann los, ihr geht voran.«

»Halt, nimm mein Telefon, Kilian, und ruf deine Mutter an, sobald du draußen bist. Sie sollen den Heli hierher lotsen.«

»Okay.«

Niculan gab Fidel einige Meter Vorsprung, dann nahm auch er das Seil auf.

Das beständige Heulen der Sirene zerrte an ihren Nerven.

»Noch nicht die höchste Alarmstufe«, rief Meret Niculan ins Ohr. »Das ganze Dorf wird evakuiert, also bleibt noch etwas Zeit.«

Flog hier wirklich gleich alles in die Luft? Die schrecklichen Schwarz-Weiß-Fotos von dem ersten Unglück in Grossens Haus holten Meret ein und vergrößerten ihre Angst. Im selben Moment stürzten sie nach vorn gegen den vibrierenden Felsen. Ein dumpfes Grollen stieg aus der Tiefe hoch.

»Steinschlag!«

Das war Fidel weiter oben. Im nächsten Moment prasselten Splitter auf sie herab, und faustgroße Steine donnerten knapp an ihnen vorbei in die Tiefe. Wieder eine Explosion irgendwo tief im Fels, doch diesmal blieb das Beben aus.

»Alles in Ordnung da unten?«, rief Fidel.

»Ja.«

»Hier nicht, der Ausstieg ist verschüttet!«

Jetzt steckten sie fest.

«Propi?», schrie Niculan hinauf.

»Ja, sicher, hier geht nichts mehr, nur noch schmale Ritzen, das reicht nicht mal für Kilian.«

Eine Minute später standen sie wieder alle auf der Klippe und schauten sich ratlos an.

»Was ist da unten?«, fragte Niculan Meret und Kilian.

»Nur ein Tunnel«, sagte Kilian. »Am hinteren Ende der Kaverne ist eine Stahltür. Verschlossen.«

»Wir haben keine Wahl!«

»Die kriegen wir nicht auf!«, sagte Kilian mutlos.

»Versuchen wir es«, mischte sich Fidel ein. »Ich kenne mich mit Schlössern ein wenig aus.« Er stützte Kilian, bis dieser an der Kante stand. Sofort begann er, ihn abzuseilen. Dann folgte er ihm mit Niculans Hilfe. Als er sicher unten angekommen war, hängte Niculan Fidels Seil aus und seines wieder ein.

»Bereit?«

Meret nickte hilflos. Sie war allmählich am Ende ihrer Kräfte und dankbar, dass Fidel und Niculan die Initiative übernahmen.

Kurz darauf waren sie an der Tür.

»Vielleicht haben wir hier mehr Glück, leuchtest du mir, Niculan? Und eure Taschenmesser, bitte!«, sagte Fidel. Er kauerte vor dem Schlüsselloch, als hätte er einen Plan. Erst jetzt, als die Lichtkegel auf ihn zeigten, sah Meret, dass der Pater eine vielfarbige Motorradjacke aus Leder trug. Sie lächelte, unfreiwillig und dem Heulen der Sirenen zum Trotz. Immer noch besser als die neonfarbene Skijacke aus den Achtzigerjahren, die Fidel immer zum Gleitschirmfliegen trug.

In aller Ruhe schraubte der Pater eben die Umrandung des Schlosszylinders ab, dann klappte er die Ahle an den beiden Taschenmessern aus und führte die beiden Spitzen ins Schlüsselloch ein.

»Zu dick.«

Kilian nahm dem Pater das Taschenmesser aus der Hand und zog eine im Griff versenkte, kleine Pinzette heraus.

»Ah – das ist ja perfekt!«

Keine Minute später hatte er es tatsächlich geschafft, der Zylinder drehte sich, die Tür ließ sich in ihre Richtung bewegen. Doch zu ihrem Entsetzen nur einige Zentimeter.

„Smaledida porta!“

Meret hörte Pater Fidel zum ersten Mal, seit sie ihn kannte, fluchen. Niculan ließ sich nicht entmutigen, er leuchtete durch den Spalt, dann eilte er ohne Erklärung zurück zum Felsabsturz und kam mit der Eisenstrebe zurück, von der Meret beinahe erschlagen worden wäre.

»Die Verriegelungsstange auf der anderen Seite ist nicht dicker als dieses Eisen hier und scheint verrostet. Das schaffen wir, Fidel!«

Er setzte die Stange wie ein Stemmeisen an, dann wuchteten sich die beiden mit ihrem ganzen Körpergewicht gegen Stange und Tür.

»Sie hat schon etwas nachgegeben!«, rief Kilian, der ihnen leuchtete.

Wenig später war die Querstrebe auf der anderen Seite so verbogen, dass Kilian durch den Spalt kriechen konnte. Sie hörten einen unterdrückten Schmerzenslaut, als er sich auf der anderen Seite hochzog.

»Wahrscheinlich kannst du die Strebe aus ihrer Halterung heben, wenn du die Türe nochmals zudrückst!«, rief Niculan.

Augenblicke später hatte Kilian es wirklich geschafft. Niculan packte den Jungen auf den Rücken, reichte die Taschenlampe Meret. Sie hielt Pater Fidel zurück und ließ den Lichtstrahl durch die Kaverne streifen. Vereinzelte Neonröhren hingen wie eine provisorische Installation an der Decke und spendeten ein zusätzliches, gespenstisch schwaches Licht. An verschiedenen Stellen waren Buchstaben an die Wand gemalt, Schuttkegel türmten sich mitten im Gang auf, auch auf diese waren Vierecke und Buchstaben gesprayt worden.

»Ich kenne das von den Fotos, die auf der Gemeindeversammlung gezeigt wurden«, rief Meret. »Überall, wo Markierungen sind, liegen Geschosse und Zünder herum.«

Im selben Moment verlor sie fast den Halt, weil eine nächste Explosion den Berg erzittern ließ. Steinsplitter fielen auf sie herab.

»Das gefällt mir nicht, riecht ihr das?«, rief Fidel. »Tiefer im Fels brennt es. Zieht etwas über Mund und Nase.«

Sie folgten seinem Rat sofort. Beißender Rauch und ein metallisch giftiger Gestank machten ihnen zu schaffen.

Meret leuchtete ängstlich zur Decke. An einigen Stellen sah sie wohl noch so aus wie nach der Eröffnung des Depots, an andern Stellen klafften gewaltige Risse, gefüllt mit verkeilten Felsbrocken.

»Wenn hier etwas herabstürzt, fliegt uns das alles um die Ohren!«, rief Niculan. »So schnell wie möglich durch. Aber schaut, wo ihr hintretet. Ein paar deiner Schutzengel wären jetzt hilfreich, Fidel!«

Der Tunnel gab die Richtung vor, in die sie gehen konnten. Meret hatte keine Ahnung, ob die Kaverne weiter in den Berg hineinführte – und sie damit ins Verderben. Sie konnte nur beten, dass sie Richtung Dorfausgang stolperten, sorgsam darauf bedacht, die Markierungen am Boden zu umgehen. Diese unfassbare Zahl von Granaten, Bomben und Minen, die hier noch im Berg lagen! Jetzt sah sie alles direkt vor sich, und eine wilde Wut stieg in ihr auf, die sie die Gefahr für Momente vergessen ließ. Wie typisch das alles war! Für dieses Land, für ihre Generation und die davor. Bar jeder Demut, eine Männergesellschaft, in der sich alle für allmächtig hielten, weil sie, technikvernarrt, wie sie waren, glaubten, alles beherrschen zu können. Jeden Berg, jeden See, jeden Fluss.

Und da war keiner, der einmal aufgerechnet hätte, was dabei verloren ging.

Nur manchmal, wenn mal wieder irgendwo ein Unglück Menschenleben kostete, zumindest solche, die in der industrialisierten Welt überhaupt wahrgenommen wurden, hielt man für eine Sekunde inne, verwundert fast, bereute ein wenig, trauerte ein wenig oder gab sich den Anschein, dann wurde sofort umgenutzt, neu geplant, optimiert, weitergebaut, neu riskiert.

Falls es einmal Krieg geben würde. Und wenn dann wieder einer ausbrach, veränderte er alle Szenarien, und die Anlagen, die Waffensysteme – alles schon wieder überholt.

Das nächste Donnergrollen aus dem Berg.

»Auf die Knie, Arme über den Kopf!«

Alle taten es Fidel nach und kauerten jetzt am Boden.

Sie konnten jederzeit erschlagen oder gar pulverisiert werden, dachte Meret panisch. Sie verbarg ihr Gesicht in ihren Armen.

»Weiter!«

Der Rauch war dichter geworden, kratzte nicht nur im Hals und reizte die Lungen, er nahm ihnen jetzt auch noch die Sicht.

Die anderen sah Meret nur noch schemenhaft, sie war etwas zurückgeblieben.

Das kann nicht gut gehen, dachte sie noch. Eben hatte ihr die Wut den Atem verschlagen, jetzt bekam sie gar keine Luft mehr, ihr wurde schwindlig, sie wartete kurz und rief dann nach Niculan, hörte aber ihre eigene Stimme nicht. Ihr Körper gehorchte ihr plötzlich nicht mehr. Sie versuchte, irgendwie auf die Beine zu kommen, sie gaben unter ihr nach, und Meret fiel, fiel ins Dunkle, endlos, schien ihr, bis sie plötzlich eine kleine Hand auffing.

Komm doch mit mir, sagt Bethli. Sie lächelt fein.

Meret gefällt die Art, wie sie ihre Zöpfe hinter dem Kopf ineinandergeflochten hat.

Hast du das selber gemacht?

Die Mutter flicht sie jedes Jahr neu. Sie kann es immer besser.

Ein phosphorgelber Zitronenfalter hält die Zöpfe zusammen.

Er schlägt sanft mit den Flügeln.

Der ist schön. Gehört er dir?

Das ist Ernst, mein Bruder, erkennst du ihn nicht? Komm, wir gehen.

Wohin?

Den armen Seelen nach.

Sie folgen dem Schwarm giftgelber Falter über ihnen in die Kaverne, in den wabernden Rauch hinein. Es wird dunkler, aber die Schmetterlinge leuchten ihnen den Weg. Der Tunnel endet an einem schwarz spiegelnden See, die Sonne nimmt die Phosphorfarbe der Schmetterlinge an. An einigen Stellen wird der Rauch dünner, dort kann Meret über dem Wasser die Kronen der schwebenden Bäume erkennen. Sie lösen sich beim genaueren Hinschauen sofort auf.

Bethli führt sie direkt in den See hinein, doch bevor ihr Fuß ins Wasser eintaucht, steigt eine filigrane, weiß glänzende Brücke aus dem Wasser. Meret schaut auf ihre Füße hinab. Die Brücke wird von Hunderten von Fischen gebildet, sie treiben mit dem Bauch nach oben auf dem Wasser.

Die Zitronenfalter tanzen vorneweg auf die andere Seite.

Ein anderer Schmetterling, farbenprächtiger und schöner noch, flattert immer über ihr.

Dein Kind von einst, sagt Bethli.

Wirklich? Meret lächelt. Flieg nur mit den andern, mach dir keine Sorgen um mich.

Der Schmetterling tanzt davon, Meret atmet plötzlich leichter.

Der Wasserfall am anderen Ufer stiebt über unzählige Stufen, seine Tropfen verwandeln sich im Flug in kleine, silberne Fische. Bethli findet einen Durchgang zwischen den Felswänden, vor ihnen schält sich eine Silhouette aus dem Rauch. Der Mann trägt eine Bahnmütze, verziert mit einem Flügelrad, er hält sie mit einer Signalkelle auf.

Hast du Maria gesehen, Bethli?

Seit Jahren nicht mehr.

Sie wird wieder am Iisigsee sein.

Vielleicht ist sie mit Res unterwegs, sagt Meret. Das Echo ihres Satzes verhallt, die Silhouette des Mannes hat sich bereits aufgelöst, der Rauch wird dichter.

Bethli geht voran.

Eine große Ruhe erfasst Meret. Hier gefällt es ihr, ganz still ist es, der Nebel verfärbt sich von den Rändern her phosphorgelb.

Wo ist Elsie Gysel?, fragt sie Bethli.

Die gehört doch nicht hierher!

Sie betreten eine größere Halle, das plötzlich grelle Licht in der Fabrik blendet Meret. Sie setzt sich zu den anderen an den großen Tisch und beginnt, Hölzchen für Hölzchen in den Rahmen zu legen. Bald hat sie die ersten Hundert, dann nochmals hundert und nochmals und wieder von vorn. Sie klemmt einen zweiten Steg in den Rahmen, als sich ein Schmetterling auf ihre Hand setzt. Sie streichelt vorsichtig seine Flügel, er öffnet diese blitzartig, zwei fürchterliche Augenpaare starren Meret entgegen, das laute Zischen des Schmetterlings erschreckt sie so sehr, dass sie den Rahmen fallen lässt, Tausende von Hölzchen springen heraus, sie landen auf dem Boden und rennen paarweise davon.

Meret eilt hinterher und in eine nächste Halle, sie gesellt sich sofort zu den alten Frauen und Männern an den Becken. Einen Moment lang schaut sie ihnen zu, dann geht sie ihnen zur

Hand, wenn sie die Rahmen in den lustig zischelnden Phosphor tunken, bis jedes Hölzchen einen Zündkopf hat. Der Schwarm der Zitronenfalter ist ihr gefolgt, schwebt nun über der Phosphortunke. Ein erster Schmetterling taucht hinab, zieht seine Flügel durch die Tunke, steigt wieder auf und explodiert in einem Feuerball. Ein nächster tut es ihm gleich, dann alle andern, was für ein Feuerwerk! Merets Blick folgt den glühenden kleinen Scheiben, die über ihre Köpfe hinweg und Richtung Wasser entschweben.

Oh tgei biala schibetta per la Maria!

Bethli schüttelt den Kopf.

Maria ist doch nicht hier!

Alle bedanken sich bei Meret für ihre Hilfe und umringen sie, sie sieht ihr Lächeln, getröstet fast, doch dann bricht das Lächeln auseinander und zerfällt. Direktorin Gysel neben ihr wedelt den Rauch beiseite, die Gesichter ohne Kinn und Mund verschwinden, und mit ihnen die Schmetterlinge.

Was machen Sie hier bei den armen Seelen?

Ich hielt mich nie für etwas Besseres.

Kirchenglocken übertönen plötzlich die Sirenen.

Hörst du? Der Gottesdienst beginnt.

Elsie Gysel nimmt Meret mit. Das gelbe Phosphorlicht flutet in Streifen in die Kirche. Sie beleuchten die Kreuze, immer drei stehen nebeneinander, verlässlich in die Bodendielen geschraubt. In den Kirchbänken sitzen leere Uniformen mit übereinandergeschlagenen Beinen, eine besonders schöne mit verzierten Schulterpatten schreitet zur Kanzel, ein Schmetterling landet auf einer Patte, die Uniform geht in Flammen auf.

Meret schaut sich um, aber Res ist nicht hier. Sie sucht einen Ort, um sich auszuruhen. Erschöpft sinkt sie auf den Altar. Sie ist so müde, alles schmerzt, die Lunge brennt. Elsie Gysel beugt sich ein letztes Mal über sie. Lange und nachdenklich schaut sie Meret an. Meret spürt ihre Hand unter ihrem Kopf, sie hebt ihn an. Der gelbe Rauch zersetzt ihr Gesicht, ein neues schält sich heraus.

»Meret?«

Niculan stützte ihren Kopf. »Hörst du mich? Komm zu dir, Meret!«

Sie schaute ihn verwirrt an.

»Komplett weggetreten«, sagte Fidel. »Giftige Dämpfe? Du musst sie tragen!«

Niculan wartete nicht, bis Meret wieder ganz bei Bewusstsein war, sondern hastete sofort mit ihr los. Kilian wartete bereits an der Tür zur nächsten Kaverne und drückte diese hinter den dreien zu. Sofort atmeten sie freier.

Der Raum, in dem sie standen, sah ganz anders aus, er war ockerfarben ausgestrichen, der Boden betoniert. Offenbar ein Teil der Festung, der noch in Betrieb war. Fidel trug Kilian einen Korridor entlang, der in einer Sackgasse endete, in einem seltsamen Ruheraum mit einer einzelnen Pritsche. Sie machten sofort kehrt und nahmen die andere Abzweigung. Hier waren die Neonlampen ausgefallen, ihre Taschenlampen mussten genügen. Nach etlichen Abzweigungen und neuen Gängen, die sie duchhasteten, wurde die gesamte Röhre plötzlich durch ein riesiges, halbrundes Tor verschlossen, eine normale Tür war darin eingelassen, sie war verriegelt.

»Schaut, Tageslicht!«

Sie befanden sich in der Eingangshalle des Depots.

Doch die Tür, die ins Freie führte, bewegte sich keinen Millimeter.

»Lass dir was einfallen, Fidel.«

Meret war jetzt wieder zu sich gekommen und schaute Niculan verwundert an.

»Wo sind wir?«

»Gleich draußen, kannst du stehen? Ich lass dich runter, Vorsicht!«

»Was ist passiert?«

»Du hast etwas erwischt, giftige Dämpfe, keine Ahnung.«

»Aber … wo war ich?«

Etwas in ihrem Gesichtsausdruck beunruhigte ihn.

»Ich weiß nicht, was denkst du?«, fragte er vorsichtig.

»Hast du die Glocken auch gehört?«

»Du meinst die Sirenen?«

»Da war ein Dorf. Eine Kirche. Ein See, tote Fische, alles war da. Bethli, Elsie. Menschen mit halben Gesichtern. Ohne Kiefer. So wie es Sanna erzählt hat.«

»Ruhig, Meret, ruhig, setz dich einen Moment. Tief atmen. Wo ist Sanna, kannst du dich daran erinnern, was sie vorhatte?«

»Im Hubschrauber?« Meret schaute ihn unsicher an.

»Gut möglich. Kannst du schreiben? Kilian, gib ihr das Handy zurück. Schreib Sanna bitte, wir kommen bald zum Eingangstor raus, okay? Ich helfe Fidel.«

Meret nahm das Handy. Himmel, war ihr übel. Wie lange war sie ohnmächtig gewesen?

Sie richtete ihre Augen auf das Display, nach einem Moment sah sie wieder scharf. Zu ihrem Erstaunen hatte sie hier Empfang. Sie tippte auf Sannas Kontakt. Diese nahm den Anruf sofort entgegen.

»Wir haben Kilian!«, rief sie ins Telefon. »Hörst du mich, wir haben ihn!«

»Nein, aber wie, wo?! Gott sei Dank!« Sanna sagte noch etwas, das Meret schon nicht mehr verstand. Wahrscheinlich war sie wirklich im Helikopter. Meret brach den Anruf ab, tippte stattdessen mit zittrigen Fingern eine SMS.

Snd im Depot in der Fluh erreichen jetz Eingang, glüchten dann dirchs Dorf

Fidel stocherte erfolglos mit der Pinzette im Schloss der Tür herum. Niculan suchte ein Stemmeisen und verfluchte sich, weil er die Eisenstrebe nicht mitgenommen hatte. Im selben Moment entdeckte er das kleine Kästchen in der Wandnische. Ein kleiner Schraubenschlüssel hing darin. Er zeigte ihn Fidel.

»Willst es mal mit dem versuchen?«, fragte er Fidel.

Fidel führte das Vierkantende ins Schloss, prompt schwang die Tür auf.

»Weg von der Fluh«, rief Niculan gegen die Sirenen an. »Richtung Bahnhof zuerst. Hier kann alles explodieren.«

Er hob Meret trotz ihrer Proteste hoch und hastete los, Fidel mit Kilian hinterher. Als sie endlich auf der Rückseite des Bahnhofsgebäudes ankamen, blieben sie nach Atem ringend stehen. Der Bahnhof bot ihnen nur trügerischen Schutz, wusste Meret. Sie hatte die Fotos von dem zertrümmerten Dorf damals genau vor Augen. Keine Hausmauer würde die Felsblöcke auffangen, die hier bald wie Kanonenkugeln durch die Luft fliegen konnten.

Eine nächste Detonation, lauter als jede bisherige. Dafür war das darauffolgende Beben hier draußen weniger zu spüren.

Dann wurde es sehr still.

Die Sirenen waren verstummt.

Meret blickte zurück. Dicker, schwarzer Rauch quoll aus der Tür, durch die sie eben noch gegangen waren.

Ein neues Geräusch drang an ihr Ohr.

»Da, der Heli, das ist Sanna!«, rief Meret.
»*Giavelen,* das ist viel zu gefährlich.«
»Die will zu ihrem Sohn, alles andere ist ihr doch egal.«
Sie sahen, wie sich der Helikopter näherte und dann zur Kirche abdrehte. Niculan begriff als Erster.
»Er wird im Schutz des Kirchenschiffs landen.«
Sie rannten wie auf Kommando los, um die Kirche herum, der Helikopter setzte bereits auf, die Seitentür stand offen. Niculan hob Kilian hoch, Alain zog ihn an Bord und drückte ihn Sanna in die Arme.
»Und jetzt ihr, rein hier!«
Kaum waren die anderen drei im Helikopter, stieg dieser auf und drehte ab. Im selben Moment explodierte das Eingangsportal, eine Stichflamme schoss heraus und wuchs zu einem gewaltigen Feuerball, der vor der Fluh aufstieg. Wie von Geisterhand wurde der Helikopter weggedrückt.

22

Vinizius Brandel ist ein ruhiger und höflicher Mensch. Gelassen, und gar nicht so steif, wie es seine Uniform vorgeben will, sitzt er Res gegenüber. Der tastet eben und zum wiederholten Mal das Pflaster ab, das die genähte Wunde über seiner Augenbraue und der Stirn bedeckt, als müsse er sich vergewissern, dass noch alles da ist.

»Tut es weh?«, fragt Brandel erstaunlich nachsichtig.

»Nein.«

»Du hast riesiges Glück gehabt, Res. Solche Unfälle enden meist tödlich. Wie hast du dich unter Wasser aus der Kabine befreit?«

»Die Scheiben waren offen.«

»Schon bevor du in den See gefahren bist?«

»Ja.«

»Nicht angegurtet?«

»Nein.«

»Zum Schaden deiner Stirn, aber vielleicht hat dich das gerettet.«

Er steht auf und tritt ans Fenster seines Büros. Die Aussicht auf den Thuner Waffenplatz scheint ihn nicht gerade zu inspirieren.

»Was machen wir jetzt bloß mit dir, Res Ehrsam?«

Er dreht sich zu Res. Dieser setzt sich aufrechter hin, sein Gesicht spiegelt den Widerstreit, der in ihm wütet, drückt im einen Moment Resignation aus, im nächsten wilde Entschlossenheit, dann wieder gespielte Gelassenheit. Diese gewinnt endlich die Oberhand.

»Hat Ihre Sekretärin meine Nachricht weitergeleitet?«

»Du hättest mir etwas zu sagen, wurde mir ausgerichtet. Kurz bevor du unerlaubterweise die Truppe verlassen hast.«

»Das tut nichts mehr zur Sache.«

»Bevor du ein Militärfahrzeug entwendet und es in betrunkenem Zustand in einen See gefahren hast.«

»Dumm gelaufen, tut aber auch nichts mehr zur Sache.«

Oberstleutnant Brandel ringt um Beherrschung.

»Soldat Ehrsam, verdammt noch mal, für jedes einzelne dieser Vergehen würden Sie schon im Gefängnis landen!«

»Das glaube ich nicht«, sagt Res ohne große Regung, als wäre die Militärjustiz seine mindeste Sorge.

»Und weshalb nicht?«

»Sie schulden mir so viel, dass Sie mich nach diesem Gespräch hier sowieso gehen lassen.«

»Denkst du dir so?« Ratlos betrachtet Brandel Res, der gar nicht zerknirscht, eher seltsam unbeteiligt wirkt. »Und wenn ich das nicht tue?«

Res strafft sich. Die Frage, auf die er gewartet hat. Und die Antwort, die er Brandel nicht ersparen kann, so sympathisch der auch jetzt wieder wirkt. Was für eine seltsame Beziehung sie beide verbindet, denkt er. Dann erinnert er sich an den Morgen der Trauerfeier, und jeder Hauch von Mitleid mit Brandel schwindet.

»Dann erfährt die ganze Schweiz, was Sie in der Fluh verbergen.«

»Sollte es da wirklich etwas geben, das wir verbergen – wie willst du das im Gefängnis irgendjemandem erzählen?«

Für einen Moment lässt Brandel die Deckung fallen, seine Freundlichkeit ist wie weggewischt. Aber Res hat sich auf diese Frage vorbereitet. Mit der unerwarteten Hilfe seines Bettnachbarn im Krankenzimmer.

»Es ist alles notiert und kartografiert«, blufft er. »Die Munition, die Geschosse, die Zünder. Ich kenne die Fluh, ich weiß, wie viel Zeugs da noch drinsteckt. Und Sie tun, als sei nichts! Riskieren jetzt schon wieder das Leben der Zivilisten im Dorf und der Soldaten in der Festungsanlage. Wenn ich morgen nicht daheim bin, geht mein Bericht an die National-Zeitung in Basel.«

Brandel ist sichtlich überrascht. Eine solche Aktion hat er von Res Ehrsam nicht erwartet.

»Die National-Zeitung in Basel? Was weißt du überhaupt von Zeitungen, Res Ehrsam?«

»Genug, um damit nicht zur Neuen Zürcher zu gehen, wie es Ihnen wohl lieber wäre. Ich weiß, welches Ihr Verlautbarungsblättchen ist.«

Res hat sich diesen Ausdruck seines Zimmerkollegen auf der Krankenstation genau gemerkt. Und auch sonst hat er ihm genau zugehört. Verstehen tut er die Zusammenhänge nicht wirklich, aber der angehende Deutschstudent – verschmutzte Daumenwunde, Blutvergiftung, auf dem Weg zur Besserung – hat ihm offenbar die richtigen Auskünfte gegeben, das erkennt Res an Brandels Reaktion.

»Denkst du wirklich, du könntest in diesem Land das Militär anschwärzen? Glaubst du, irgendwer wird dir glauben?«

»Ja.« Auch das hat Res mit dem Studenten besprochen. »Sie sind zu weit gegangen. Bei uns, bei den anderen Unfällen, im

Welschen, am Gotthard. Die Leute lassen sich nicht mehr alles gefallen.«

»So denkst du dir das.«

»Nein, so ist das.«

»Erpressung hätte ich dir nicht zugetraut.«

»Und ich muss Ihnen nicht erklären, wie sehr mich enttäuschte, was ich hinter dieser Tür fand.«

Brandel ist wieder aufgesprungen und durchmisst sein Büro, es arbeitet sichtlich in ihm.

»Mal etwas anderes«, sagt er plötzlich. »Was wolltest du eigentlich im Bündnerischen, Res? Du warst ja schon auf dem Rückweg, als der Unfall passiert ist. Was wolltest du in der Deserta?«

Res bleibt stumm und mustert die Tischplatte vor ihm.

»Jetzt sagst du nichts. Alles andere hast du dir zurechtgelegt, das scheinbar nicht. Warum?«

»Das geht Sie nichts an.«

»Wirklich nicht?«

Brandel sieht die Tränen in Res' Augen und setzt sich wieder hin.

»Erzähl es mir, Res!«, sagt er, plötzlich wieder ruhig und zugewandt.

Zu Brandels Verblüffung beginnt Res wirklich zu reden. Erst stockend, dann eindringlicher, als hätte er nur auf die Gelegenheit gewartet, erzählt er von Maria, von ihrer Freundschaft vor dem Unglück, vom Sonnwendekorb. Er schildert den Moment vor der Kirche mit ihr, den ersten Kuss, erzählt von dem Brief, in dem sie ihm erklärt hat, weshalb sie die Schuld am Tod ihres Vaters trägt. An dieser Stelle wird Vinizius Brandel zum ersten Mal blass. Als erfasse er erst jetzt richtig, welche Wunden das Unglück überall gerissen hatte. Auch die Geschichte mit dem

Boot lässt Res aufleben, und schont sich selbst dann nicht, als er den Moment am See beschreibt. All seine Träume auf einen Schlag erloschen. Als Maria diesem Simonet nachschaute, kein Auge für das Boot hatte.

Für sein Geschenk.

Res verstummt. Brandel wandert wieder ruhelos durch sein Büro.

»Und jetzt?«, fragt er endlich. »Angenommen, ich kriege dich glimpflich aus dieser Geschichte raus. Was willst du dann als Nächstes tun?«

Res schaut ihn erstaunt an, und Brandel begreift, dass Res nach der Geschichte mit Maria auch jede Vorstellung einer möglichen Zukunft verloren hat. Da hören all seine Pläne offenbar auf. Was die Sache für ihn selbst nicht ungefährlich macht, wird dem Offizier klar. Res hat nichts mehr zu verlieren.

»Das weißt du nicht, stimmt's?«

Res nickt matt.

Brandel sieht plötzlich eine Chance.

»Ich erzähl dir eine kleine Geschichte. Sie mag erklären, weshalb ich heute hier sitze, weshalb ich das Militär und damit mich verteidige, auch jetzt noch. Ich war als Rekrut bei den Sappeuren, unsere Hauptaufgabe bestand darin, mithilfe von großen Gummibooten blitzschnell Brücken über Flüsse zu bauen. Bei einer Übung auf der Aare ist es passiert. Die beiden Boote wurden Seite an Seite manövriert, sodass die Brückenelemente ineinandergriffen und wir sie mit Bolzen fixieren konnten. Das wäre meine Aufgabe gewesen. Im dümmsten Moment verlor ich das Gleichgewicht, bis heute weiß ich nicht, weshalb. Ich fiel zwischen den beiden Booten ins Wasser, und wurde ganz langsam unter das eine Boot gezogen. Jürg, mein bester Freund in der

Rekrutenschule, sah es, er schrie um Hilfe, das hörte ich noch. Sekunden später tauchte ich nochmals auf, sah Jürgs Gesicht, und alle Kameraden, die auf mich hinunterstarrten. Irgendwie ist ihnen das Unmögliche gelungen, mit vereinter Kraft und dem Mut der Verzweiflung haben sie es geschafft, die Boote einen Moment lang auseinanderzudrücken, ich wurde vom Fluss mitgerissen, Jürg sprang ins Wasser und erwischte mich, bevor der nächste Strudel mich in die Tiefe ziehen konnte.

Ich überlebte nur dank des selbstlosen Einsatzes all dieser Rekruten. Dank Jürg, an erster Stelle. Vielleicht bin ich deshalb beim Militär geblieben, zuvor … zuvor hatte ich nie jemanden, der mir bei irgendwas half, nicht mal eine richtige Familie! Und in jenem Moment, zwischen Leben und Tod, sah ich nicht die Gesichter meiner Eltern, meiner Nächsten, wie das so oft beschrieben wird, sondern nur meine Freunde vom Militär. Da waren nur sie.«

Er verstummt für einen Moment, dann pocht er mit der Faust auf den Tisch, als wolle er Res' Aufmerksamkeit neu wecken.

»Deshalb trage ich noch immer diese Uniform, auch wenn das nicht immer leichtfällt. Dieser Jürg Winter ist noch heute mein Freund. Er war Schreiner wie du. Hat sein eigenes Geschäft und baut jetzt Boote. Ich bin überzeugt, er hat Platz für einen fleißigen Arbeiter. Wir machen das so: Du wirst morgen mit einem Attest aus der Rekrutenschule entlassen. Körperliche Gründe, orthopädische Probleme, etwas in der Art. Nichts, was dir im normalen Leben zum Nachteil gereicht. Wir schließen deine Akte, der Unfall auf dem Oberalp wird ein normaler Unfall bleiben, der Lastwagen ist ja geborgen, der kann wieder repariert werden. Und ich verspreche dir, dass ich mich um die Althäuser Fluh kümmern werde. Du wirst im Gegenzug niemals wieder ein Wort darüber verlieren. Dieses Angebot mache ich dir nicht, weil du mich erpresst, das lasse dir gesagt sein! Das hält mich fast davon ab. Aber seit dieses Unglück geschehen ist, versuche ich gutzumachen, was immer ich kann.«

»Weil Sie sich schuldig fühlen.«

»Weißt du, Res, das ist so eine Sache mit der Schuld. Maria fühlt sich auch schuldig am Tod ihres Vaters, obwohl sie nichts dafür kann.«

»Das ist nicht dasselbe.«

»Ist es wirklich nicht? Denk darüber nach.«

Brandel steht auf. Er streckt ihm die Hand hin. Lange, sehr lange, schaut Res unentschlossen darauf, bis ihm plötzlich klar wird, dass es ja gar niemanden mehr interessiert, ob er sich verkauft.

23

Alain hatte Meret geistesgegenwärtig in den Helikopter gerissen. Der Pilot bekam das Fluggerät wieder unter Kontrolle und flog sofort talwärts.

Alle schauten zum Eingangsportal zurück. Es war in schwarzen Rauch gehüllt.

Nur Rauch, zu ihrem Glück, die Druckwelle hatte noch kein Gestein herausgeschleudert.

Momente später waren sie aus der Gefahrenzone.

Auch die Häuser waren noch intakt, schien es Meret.

Wie lange noch?

Würden die Explosionen in der Kaverne die Fluh bald zerreißen?

Alain wuchtete die Tür zu.

»Himmel, was passiert da drin? Wie seid ihr da reingeraten.«

Kilian hob die Hand. »Meine Schuld«, sagte er leise.

»Deine Schuld? Wohl eher meine. Egal, ihr lebt!«

»Sein Fuß ist vermutlich gebrochen«, sagte Meret. »Er braucht einen Arzt.«

»Du auch!«, fügte Niculan hinzu.

Meret sagte nichts. Sie wusste schlicht nicht, was ihr eben zugestoßen war.

Das Dorf der armen Seelen.

Die Erscheinung hielt sie noch immer gefangen.

Sanna, die neben ihr saß, fand allmählich die Fassung wieder. »Der Pilot soll uns irgendwo absetzen, er wird bei der Evakuierung sicher gebraucht!«

»Er hat schon nachgefragt«, rief Alain. »Es ist strikt verboten, mit dem Helikopter vor die Fluh zu fliegen. Aber Sanna war da anderer Meinung. Jetzt sollten wir das Schicksal nicht weiter herausfordern, wer weiß, was hier bald alles durch die Gegend fliegt.« Alain umfasste das Tal mit einer Handbewegung. »Alles Sperrgebiet. Wer weiß, für wie lange. Aber über Funk haben sie gemeldet, die Evakuationszeit hätte wohl ausgereicht, um die Dorfbewohner wegzubringen.«

Meret schaute hinunter. Eben überflogen sie Sannas Lodge.

»Steht alles noch«, sagte sie etwas hilflos und griff nach Sannas Hand.

»Was hilft's, wenn sonst nichts mehr sicher ist?«

Sanna presste ihr Gesicht in Kilians Haarschopf.

»Wir finden eine Lösung!«, sagte Meret.

Alain machte sich mit einem Zeichen bemerkbar. »Könnt ihr mich auf der Alp absetzen, geht das, Sanna?«, rief er in den Rotorenlärm. »Ich muss meine Herde zusammentreiben, sonst finde ich die Tiere nicht mehr. Die werden in alle Himmelsrichtungen flüchten. Die Bauern verlieren schon genug heute.«

Sanna nickte erschöpft. Alain gab die Anweisung an den Piloten weiter. Stumm und erschlagen warteten alle, bis der Helikopter wenig später tiefer sank und auf der Blumenalpwiese landete.

Alain sprang hinaus, hinter ihm Niculan, der Meret mit sich zog. Ohne seine Hilfe hätte sie es nicht geschafft, sie konnte den verletzten Arm nicht bewegen.

»Komm schnell raus aus dem Wind!«

Sie eilten gebückt zur Alphütte.

Niculan umarmte Alain herzlich. »Wir haben uns noch gar nicht richtig begrüßt. Danke für die Rettung!«

»Blödsinn«, antwortete der nur. »Wir danken, ohne euren Einsatz wäre Kilian jetzt tot.«

Meret schaute zur Fluh hinunter. Er hatte recht. Sie hatten noch gar nicht erfasst, was eben geschehen war. Ein paar Augenblicke länger im Eingangstunnel …

»Du arbeitest hier, aber hast von dieser ganzen Sauerei da im Berg nichts gewusst?« Niculan blickte seinen alten Freund ungläubig an.

»Keiner hier hat etwas gewusst, Niculan! Bis zu dieser verdammten Gemeindeversammlung kürzlich.«

Keiner außer Halvorsen, dachte Meret.

»Ist es für dich in Ordnung, wenn ich Alain helfe, Meret? Nur bis die Herde gesichert ist. Das schafft er nie allein. Pater Fidel fliegt mit euch weiter. Er soll sich um die Evakuierten kümmern.«

»In Ordnung. Und ich weiß jetzt auch, wohin. Der Pilot kann uns beim Schloss von Halvorsen absetzen. Da kommen wir fürs Erste unter. Es steht in sicherer Distanz zur Fluh, und Kilians Großmutter ist auch dort.«

Alain schaute sie erstaunt an, wollte etwas einwenden, ließ es dann aber.

»Keine gute Idee?«, fragte sie.

»Doch. Vielleicht ist das genau der richtige Moment.«

»Wegen Sanna und Annerös, meinst du?«, fragte Meret. »Mit Sicherheit der richtige Moment, ja.«

Er nickte.

Niculan hielt Meret zurück. »Versuch herauszufinden, wie die Lage ist. Hier stehen zwei Bergführer auf Pikett. Solange es keine anderen Aufgaben für uns gibt, kümmern wir uns um die Tiere.«

Meret umarmte Niculan lange.

»Du passt auf dich auf, *giavelen!*, sagte sie, als sie sich wieder aus der Umarmung löste.

»Keine Angst, hier sind wir in Sicherheit.«

Sie lief geduckt zum Helikopter zurück, der gleich darauf Richtung Weissenstein abhob.

Es war nicht der Tag, sich um Verbote zu kümmern. Sie landeten direkt auf der Wiese zwischen dem Schloss und Annerös' Atelier. Sanna und Fidel halfen Kilian aus dem Helikopter.

Der Pater stieg sofort wieder ein.

»Die Evakuierten brauchen Beistand«, sagte er.

Meret winkte ihm zu und lief geduckt weg.

Der Pilot startete und drehte Richtung Stützpunkt ab.

»Hätten wir den Jungen nicht besser ins Spital gebracht?«, fragte Meret, die plötzlich an ihrer Entscheidung zweifelte.

»Es gibt ja eine Ärztin hier«, sagte Sanna nur. »Kannst ihr deinen Arm auch gleich zeigen!«

Meret drehte sich um. Annerös kam herbeigeeilt und nahm Sanna und Kilian in die Arme. Es war mehr eine Umklammerung. Sanna schien vom Wiedersehen mit ihrer Mutter erst unberührt, doch dann ließ auch sie sich in die Umarmung fallen.

»Ärztin?«, fragte Meret etwas später, während Annerös sich bereits um ihren Enkel kümmerte.

»Ärztin war sie. Ja. Jetzt ist sie Künstlerin, meine Mutter.« Sanna lächelte etwas verlegen.

Inzwischen war auch Renate Osthoff herbeigeeilt. Sie umarmte Meret kurz und herzlich, dann gingen sie etwas auf Distanz, als kämen ihnen die Coronaregeln erst jetzt wieder in den Sinn.

»Du hast dir ja einen verrückten Tag ausgesucht, um zurückzukehren, Renate.«

»Unfassbar. Heute Morgen bin ich noch durch Althäusern gefahren.«

Annerös stand auf. »Kümmern wir uns besser erst einmal um Kilians Fuß. Hilfst du mir, Sanna?«

Die beiden Frauen trugen Kilian zur Schlossscheune hinüber. Renate und Meret folgten ihnen.

»Ich bin übrigens wegen dir zurückgekommen, Meret. Halvorsen wollte, dass wir uns heute kurzschließen.«

»Gut. Ich muss ihn sofort sprechen. Ich habe einige dringliche Fragen.«

»Es geht ihm besser. Schau, da drüben!«

Im Torbogen des Schlosshofes stand ein hochgewachsener Mann mit schlohweißem Haar, leicht vornübergebeugt, in der Hand einen Gehstock.

»Geh nur«, sagte Renate. »Bei Bedarf holst du mich einfach dazu.«

Meret war noch immer leicht schwindlig. Während sie auf Halvorsen zuging, holte sie einige Male tief Luft, als könne sie so ihre Lunge reinigen. Ein schwefliger Geschmack haftete noch immer in ihren Nasenhöhlen.

Vor Halvorsen deutete sie eine Begrüßung an.

Halvorsen lächelte. »Endlich sehen wir uns, auch wenn der Anlass unerwartet schmerzlich ist!«

Er verbeugte sich leicht und lud Meret mit einer Handbewegung in den Schlosshof.

»Gehen wir doch in mein Büro. Ich setze besser die Maske wieder auf. Hoffentlich ist Ihre Verletzung nicht zu schlimm. Wie fühlen Sie sich?«

Meret wusste wieder nicht, wie antworten. Zu tief saß der Schreck über die Ereignisse in der Kaverne. Sie hoffte nur, dass die giftigen Gase außer ihrem seltsamen Albtraum keine weiteren Folgen hatten. »Ich finde wieder zu mir«, sagte sie endlich. »Der Arm ist wohl nicht so schlimm. Aber sagen Sie, weshalb wussten Sie das mit Kilian und der Kluft?«

»Ich ahnte es nur. Wissen Sie, schon vor langer Zeit musste hier nach übermütigen Jungs gesucht werden. Meistens begann man damit in den Kluften der Fluh. Das hat sich dann durch das Unglück geändert, aber nach allem, was ich von Annerös schon über Kilian gehört hatte, schien es mir naheliegend.«

»Ich hingegen verstehe immer weniger, was hier geschieht. Im Grunde geht es mir schon seit meiner Ankunft so. Vielleicht können Sie etwas Klarheit in alles bringen.«

»Ich werde es versuchen.« Halvorsen führte sie in das Büro, das Meret bereits kannte. Es war alles unverändert, der Glastisch, an den sie sich in gebührendem Abstand setzten, noch immer leer. Bis auf die drei Fotografien und das Schiffsmodell.

Er nahm die Maske wieder ab, wohl etwas verunsichert von seinem neuen Status als Genesener, und deutete auf das Containerschiff. »Wie mir mein Sohn eben berichtet hat, kommen Sie miteinander ins Geschäft!«

»Der Kontakt besteht zumindest, ja.«

»Nur keine Angst. Wir funktionieren völlig unabhängig voneinander. Sie können dem einen ruhig absagen, ohne dass dies das Projekt des anderen betrifft.«

»Das ist wohl das kleinste Problem, denke ich.«

»Richtig. Um es vorwegzunehmen: Was heute geschehen ist,

hätte nie geschehen dürfen und … es hätte schon vor langer Zeit verhindert werden können.«

Meret betrachtete ihn. Er war sehr blass, hatte aber markante Züge, und er wirkte trotz seines Alters und der eben überstandenen schweren Krankheit tatkräftig. Und … er kam ihr seltsam bekannt vor. Hatte sie ihn doch schon einmal getroffen?

»Das Unglück heute wird Althäusern für lange Zeit unbewohnbar machen. Unser Projekt ist jetzt erst recht gefragt. Nachhaltig, keine Altlasten …«

»Ist das wirklich so?«, fragte Meret.

»Ich weiß, worauf Sie anspielen. Die ethischen Altlasten. Sie haben mittlerweile wohl einige Zusammenhänge erkannt. Zusammenhänge, die ich Ihnen bei Ihrer Ankunft erklärt hätte, wäre die verflixte Krankheit nicht dazwischengekommen.«

»Dann tun Sie es doch jetzt.«

»Gerne. Vielleicht fügt sich jetzt ja alles, wie es sich fügen sollte.« Er lehnte sich in seinem Stuhl zurück.

»Fürs Erste sind die Althäuser in Sicherheit. Wer nicht bei Familienangehörigen in der Nähe Unterschlupf findet, bleibt vorläufig in Seewiler.«

»Bei Marlies Aebi?«

»Ja. Sie kennen sie? Marlies meint sogar, sie könne die Leute auch länger auf dem Seegut beherbergen.«

»Wenn sie sich da nur nicht übernimmt.«

»Nein, keine Angst. Ich kenne Marlies seit meiner Kindheit. Die Kosten muss ohnehin das Militär übernehmen.«

Er kannte sie seit ihrer Kindheit? Meret war wieder irritiert und wollte nachhaken, aber Halvorsen sprach bereits weiter.

»Nun verstehen Sie sicher auch, weshalb unsere Bauplanung so eng ist. Je schneller wir fertig werden, umso besser für die Althäuser. Ich weiß, Eile und Nachhaltigkeit sind wirklich nicht miteinander zu vereinbaren, aber wir müssen das einfach schaffen. Jetzt haben wir eine zusätzliche Motivation. Auch wenn ich davon ausgegangen bin, dass wir ein wenig mehr Zeit haben würden und die Sache weniger dringlich wäre.«

Merets Verwunderung und ihr Misstrauen wuchsen im gleichen Maß. »Sie sprechen so, als … als wäre das Dorf für einen solchen Katastrophenfall gedacht?«

»Aber natürlich ist es das!«

Meret schaute ihn fassungslos an. »Das geben Sie einfach so zu?«

»Weshalb sollte ich nicht? Das ist doch das Beste am ganzen Projekt. Sein Kern und seine Bestimmung!«

»Wir bauen ein Ersatzdorf für Althäusern?«

»Ja.«

»Das ist schon immer Ihr Plan gewesen?«

»Nun … seit dem Tod meiner Frau überlege ich mir, was ich im Leben noch gutzumachen habe.«

»Gutmachen nennen Sie das? Sie profitieren schamlos vom Elend der Althäuser, scheint mir, entschuldigen Sie die klaren Worte.«

Halvorsen schaute sie konsterniert an, dann lächelte er. »Kein Problem, genau dafür möchte ich Sie an meiner Seite. Aber mir scheint, Sie haben doch noch nicht alle Informationen beisammen.«

»Genug, denke ich. Sie wussten von der Gemeindeversammlung, zu einem Zeitpunkt, da noch nicht einmal der Gemeindepräsident darüber informiert war.«

»Ja. Ich war ja auch Auslöser der Versammlung.«

»Sie?«

»Natürlich. Zum Glück gab es wenigstens diese Versammlung. Sonst wäre das heute aus heiterem Himmel passiert, ohne Alarmdispositiv und ohne Evakuationsplan. Wenn es noch zu weiteren Explosionen kommt, wird die ganze Fluh instabil, oder es werden Teile weggesprengt wie damals.«

»Ich verstehe wohl wirklich nicht, Sie rühmen sich selbst auf eine etwas seltsame Weise.«

»Oh nein, ich rühme mich gar nicht, das verstehen Sie ganz falsch. Ich versuche hier nur, Schulden, die ich in meinem Leben angehäuft habe, zu begleichen. Ich stamme von hier, ursprünglich.«

»Sie? Sie sind von hier? Jetzt sagen Sie nicht … Sie sind der Norweger von damals?!«

»Der Norweger? Weshalb damals? Ah, ich verstehe, Sie meinen wohl Marlies' Bruder, Adrian Aebi? Stimmt, den nannten wir schon als Kind ›den Norweger‹, weil er als Einziger einen solchen Pullover besaß. Das machte ihn übrigens nicht viel beliebter. An mich erinnert sich hier keiner mehr. Ich bin Anfang der Fünfzigerjahre nach Norwegen ausgewandert. Adrian Aebi habe ich dort allerdings nie getroffen. Ich hatte etwas Startkapital, das Empfehlungsschreiben von einem hochrangigen Militäroffizier, er hat mir auch die Arbeitsstelle in einer Trondheimer Werft vermittelt.«

»Die jetzt Ihnen gehört, wie so vieles andere auch.«

»Jetzt eher meinem Sohn. Und damals einem Mann namens Jürg Winter, der aus der Schweiz nach Trondheim ausgewandert ist. Ich fand dort meine große Liebe, oder meine zweite große Liebe, muss ich wohl sagen.«

Er deutete auf das Foto mit der jungen Frau.

»Ich wurde Vater, und ich hatte geschäftlich Glück, das stimmt. Aber ich habe längst alles meinem Sohn übergeben. Jetzt betreue ich nur noch dieses Projekt hier.«

»Sie wussten also um die Zeitbombe!«

»Ja. Ich weiß es schon sehr, sehr lange. Nach meiner Rückkehr vor einem Jahr wurde ich deshalb beim Militärdepartement vorstellig, ich erklärte, ich sei auf der Suche nach alten Bunkeranlagen hier in der Region, nach einem absolut sicheren Ort für eine Serveranlage, einer dieser riesigen Speicherfarmen im Fels. Das Militär ging darauf ein und bot mir das Depot Althäusern an. Ich tat erstaunt und verlangte genauere Abklärungen. Ob es nicht Altlasten gäbe, in Althäusern sei doch schon einmal ein Unglück geschehen? In der Zeit nach dem Zweiten Weltkrieg, als, wie bekannt, auch andernorts in der Schweiz Munitionslager brannten.«

»Ich weiß.«

»Ich machte bei meinem Angebot klar, dass ich beim leisesten Zweifel eigene Gutachter in den Berg schicken würde. Tatsächlich fanden die Spezialisten der Armee – zu ihrem Erstaunen, wie sie behaupteten – noch die Hälfte der ursprünglich gelagerten Munition im Berg. In einem Zustand zudem, der die Fluh zur Bedrohung machte. Damit war die vorgetäuschte Serveridee vom Tisch, und ich konnte Druck machen. Ich bestand auf einem Treffen mit den Militärs, und sagte ihnen, wer ich bin, beziehungsweise war. Benutzte zum zweiten Mal mein Wissen als Druckmittel. Wie ich es schon als Zwanzigjähriger getan hatte, aber damals war ich noch zu naiv. Diesmal nahmen sie mich ernster. Ich gab ihnen etwas Zeit, um der Öffentlichkeit reinen Wein einzuschenken, sonst würde ich es tun. Einst verließ ich mich auf das Wort eines Offiziers, diesmal nicht. Tun Sie das nie, kann ich Ihnen nur raten! Nach meinem Ultimatum setzte die Frau Bundesrätin jene ominöse Gemeindeversammlung an. Leider wurde ich kurz davor krank, sonst hätten wir meinen Plan von Neuhäusern schon bei dieser Versammlung vorstellen können. Das werden wir nächste Woche auf dem Seegut nachholen, das habe ich mit Marlies bereits vereinbart. Sobald an der Fluh das Schlimmste überstanden ist.«

Meret sprang empört auf. »Sie wollen den Althäuser Opfern tatsächlich Ihre neuen Häuser verscherbeln?«

Halvorsen sah erstaunt zu ihr auf, dann hellte sich sein Gesicht auf, und er lachte leise. »Verscherbeln? Dieses Wort habe ich schon länger nicht mehr gehört. So verstehen Sie das, jetzt begreife ich erst, was Sie die ganze Zeit meinen. Da wäre ich allerdings auch empört!«

»Wie soll ich das sonst verstehen, *zachergiavel?*«

»Ich verkaufe doch nichts! Ich baue Neuhäusern für die Althäuser, unentgeltlich. Alle Familien aus Althäusern, die damaligen und die heutigen, kriegen als Entschädigung ein neues Haus, mit großzügigem Umschwung. Wohnhäuser, Bauernhäuser, Gemeinschaftssiedlungen mit Alterswohnungen, was auch immer gewünscht wird. Sie kennen ja den Plan. Das heißt: Jede Familie, die wirklich hierbleiben will. Bei den meisten gehe ich davon aus, ich hoffe, die Explosion heute ändert daran nichts. Mit etwas Glück erleichtert sie sogar die vollständige Räumung der Fluh. Und sonst finanziere ich den Leuten, die wegwollen, Grundstück und Haus an einem anderen Ort.«

»Sie schenken ihnen das? Siebenunddreißig Parzellen, siebenunddreißig Familien. Deshalb diese seltsame Zahl.«

»Ja. Alle Familien, die damals schon geschädigt worden waren, und die, die seither zugezogen sind. Wir werden sehen, wer das Angebot annimmt.«

»Und Sie bezahlen das alles?«

»So mache ich mit meinem Geld mal etwas Sinnvolles.«

»Das wäre aber die Schuldigkeit des Militärs.«

»Meine genauso.«

»Weshalb?«

»Wie gesagt, ich begleiche die Schulden meines Lebens. Soweit das möglich ist.«

»Das verstehe ich nicht.«

»Ich habe das Unglück hier erlebt und einen Teil meiner Familie verloren. Kurze Zeit später leistete ich in derselben Anlage Militärdienst. Der Teil, der nicht eingestürzt war, wurde einfach weiterbetrieben. Ich war während der letzten drei Wochen der Rekrutenschule dort. Durch Zufall entdeckte ich einen Zugang zu den hinteren Kavernen und fand schon damals all das heraus, was bei der Gemeindeversammlung letzthin präsentiert worden ist. Da war das Zeugs noch nicht korrodiert, aber wohl nicht weniger gefährlich.«

»Vor siebzig Jahren? So lange wissen Sie das schon?«

»Damit sind wir bei meinem Teil der Schuld, ja. Ich tat etwas, das in meiner verfahrenen Situation damals vielleicht verständlich war, aber dennoch unverzeihlich. Ich ließ mich für mein Schweigen entschädigen. Ich wollte, ich musste weg von hier. Ich hatte einen Unfall mit einem Militärlastwagen gebaut. Sehen Sie hier?« Er tippte auf die Narbe, die sich von der Augenbraue her über seine Stirn zog. »Ein Andenken daran. Als sie mich wegen diesem und anderen Vergehen ins Gefängnis stecken wollten, konfrontierte ich sie mit meinem Wissen. Genauer gesagt, jenen Oberstleutnant, der einst die Trauerrede für die Opfer von Althäusern gehalten hat. Er verstand schnell, was ich von ihm wollte und womit ich drohte, ich erhielt ein großzügiges Handgeld, das erwähnte Empfehlungsschreiben für die Norweger Werft, ich wurde vom Militär freigestellt, alle Strafen wurden mir erlassen, ich musste aber das Land verlassen.«

Meret richtete sich in ihrem Stuhl auf. Die Trauerrede, bei der Marias Freund die Feier gestört hatte?

»Wann gingen Sie nach Norwegen?«, fragte sie.

»1954. Als ich Jahre später meine Frau heiratete, nahm ich ihren Namen an, in Norwegen nichts Unübliches. So hatte ich dort alle Vorteile, galt als Einheimischer und konnte gleichzeitig mit der Schweiz abschließen.«

Halvorsen verstummte kurz, er blinzelte und wirkte plötzlich erschöpft. »Entschuldigen Sie, die Folgen der Krankheit setzen mir noch zu. Was wollte ich sagen? Ach ja … Die Heimat, oder besser: die Herkunft, die wird man nicht so schnell los. Die Schuldgefühle noch weniger. Teil meines Ablasshandels war eigentlich, dass der Oberstleutnant die Gefährlichkeit der Fluh öffentlich macht. Hat er nie getan. Bis ich das realisierte, hatte ich in Norwegen längst ein neues Leben begonnen. Das soll keine Entschuldigung sein. Ich trage Mitverantwortung für das, was heute passiert ist, und hoffe inständig, dass es keine Todesopfer und keine Verletzten gibt. Für alle materiellen Schäden kann ich geradestehen. Meine Möglichkeit, etwas Konkretes zu tun, erkannte ich leider erst spät. Zu spät, vielleicht. Und ja, natürlich: Dank meinem Vermögen.«

»Das teilweise auf Ihrem Schweigen damals beruht.«

»Ethische Altlasten, eben …«

Er verstummte und schien nachzudenken, das gab Meret Zeit, das Gehörte einzuordnen. Sie verstand Halvorsens Beweggründe, und zugleich ergriff sie ein Gefühl der Ohnmacht. Bisher hatte sie das Projekt von Neuhäusern als Aufbruch verstanden. Das war es noch immer, natürlich, aber in ihre Freude darüber mischte sich eine plötzliche Ernüchterung. Wieder galt es, etwas gutzumachen. Aufzuräumen, was ihre und frühere Generationen verbockt hatten. Was zunächst wie eine Zukunftsvision ausgesehen hatte, schien plötzlich nur noch Schadensbegrenzung zu sein. Einmal mehr. Dabei hatte sie sich so sehr darauf gefreut, ein nachhaltiges Projekt sofort umsetzen zu können, anders als bei ihrer Forschungsarbeit. Ein schnelles sicht- und spürbares Resultat hatte sie sich ausgemalt, etwas, worauf ihre Kinder einmal stolz sein würden.

Sie stutzte. Hatte sie das eben wirklich gedacht?

Halvorsen räusperte sich. »Meine Geschichte ist noch nicht zu Ende.«

Er stand auf und nahm das Foto des blonden Mädchens vom Tisch.

»Sie war der eigentliche Grund für meine Flucht.« Er starrte versonnen auf das Porträt und reichte Meret dann das Bild.

»Sehen Sie dieses Oberteil … Das war mal mein Hemd.«

Meret betrachtete das Bild. Sein Hemd, das sie sich zu eigen gemacht hatte …? Alles war plötzlich klar. Auf der Rückseite entdeckte sie eine feine, verblichene Bleistiftschrift.

»Lesen Sie nur«, ermunterte Halvorsen. »Ich habe ihr bei meiner Ankunft in Trondheim einen Brief geschrieben und von meiner Flucht erzählt. Vielleicht habe ich mir auch etwas mehr erhofft als nur dieses Bild und diese Zeilen. Ich wollte aber auch nicht, dass sie glaubt, ich sei bei einem Lastwagenunfall gestorben. Sie hatte schon genug zu tragen.«

Meret hielt die Rückseite ins Licht.

»Behalt mich so im Gedächtnis. Die Momente auf dem Stein, in deinem Hemd, sind meine schönsten Erinnerungen. Alles andere haben sie uns entrissen. Vergiss dort in Norwegen unser gemeinsames Drama, fang jetzt dein neues Leben an!«

Ein Schauer lief Meret über den Rücken.

»Wie alt sind Sie, Herr Halvorsen?«

»Sechsundachtzig«, sagte er lächelnd.

Dieses Mädchen hieß Maria, nicht? Und Sie sind Res. Wie ist Ihr eigentlicher Name?«

»Mein Schweizer Name, meinen Sie? Andreas Ehrsam, heute Andreas Halvorsen.«

Wieder ergriff Meret ein Schwindelgefühl. Die Bilder aus der Kaverne standen ihr wieder vor Augen.

»Res, tatsächlich«, murmelte sie matt. »Der Bruder vom Bethli und von Ernst.«

»Sie haben ja doch etwas mehr herausgefunden! Ja, das waren meine Geschwister. Und das hier ist tatsächlich Maria. Die Mutter von Annerös.«

Verblüfft blickte Meret auf. »Die Mutter?! Das ist nicht Ihr Ernst! Maria ist die Großmutter von Sanna?«

»Ja. Auch Maria hat irgendwann ihr Glück gefunden, so wie ich.«

»Aber ... weiß das Annerös? Das von Ihnen beiden?« Meret deutete auf das Foto.

Halvorsen lächelte, Tränen traten ihm in die Augen. »Vielleicht nicht so genau, nein.«

»Warum? Sie ermöglichen ihr dieses Leben in der Scheune, aber davon haben Sie ihr nie erzählt? Und ... was ist mit Maria?«

»Maria lebt noch, ich weiß. Aber wir sind beide sehr alt. Wissen Sie: Schulden muss man begleichen, nach Möglichkeit. Aber alte Wunden sollte man nicht wieder aufreißen, das hat mich das Leben gelehrt.«

EPILOG

Meret spazierte im Seegut-Park am Ufer entlang. Marlies Aebi hatte auch sie und Niculan hier untergebracht. Wie an dem Tag, an dem sie zum ersten Mal die schwebende Linde in der Ferne erblickt hatte, lag ein bläulicher Nebel über dem Wasser. Er begann, sich aufzulösen, ein schöner Frühherbst-Tag kündigte sich an.

Im nächsten Moment blieb sie wie angewurzelt stehen.

Dieser Name … handgemalt, alles passte!

Meret klappte die SX-70 auf. Das Ruderboot am Steg war wunderschön gefertigt. Kunstvolle Schnitzarbeiten verzierten die Kanten der Seitenwände und die Quersparren. Die Stelle, wo der Stein die Bretter durchbrochen hatte, war offenbar geflickt worden und über die Jahrzehnte nachgedunkelt. Wenn es wirklich dieses Boot war. Aber der Name »Maria« prangte unübersehbar auf dem Bug.

Sie beugte sich hinab, ihre Finger malten den Namen nach, sie bestaunte die Schnitzereien.

Sie würde das Polaroid heute Res Halvorsen zeigen.

Sofort eilte sie zum Haus zurück. Marlies Aebi saß auf der Terrasse.

»Sag, dieses Boot da unten.«

»Welches Boot? Du bist ja ganz aufgeregt!«

»*Sapperment,* das kleine Ruderboot dort!«

»Ah, das ist ein Geschenk von Maria. Als sie ins Altersheim musste, hatte sie keine Verwendung mehr dafür. Sehr schön, nicht?«

»Hat sie dir … die Geschichte dazu erzählt?«

»Nein. Ach, kennst du die aus ihrem Tagebuch?«

Einige Tage nach ihrem Gespräch mit Halvorsen hatte Meret Marlies von Maria erzählt und zu ihrem Erstaunen erfahren, dass die beiden Frauen miteinander befreundet waren und sich immer noch regelmäßig trafen. Meret erzählte Marlies nun, was sie aus dem Tagebuch über das Boot wusste. Während sie noch sprach, trat Sanna zu ihnen. Auch sie hatte das Tagebuch ihrer Großmutter unterdessen gelesen, mit deren Erlaubnis natürlich, und war noch immer peinlich berührt, dass es ohne ihr Wissen in ihre Hotelbibliothek gelangt war.

»Und jetzt liegt das Ruderboot da unten an der Anlegestelle«, sagte Meret. »Das ist verrückt!«

»Das Boot gibt es noch?« Auch Sanna reagierte ungläubig.

»Schau doch, das Polaroid! Weißt du, was das bedeutet: Sie hat es die ganze Zeit behalten. Also steht unser Plan heute unter einem guten Stern.«

»Hoffen wir es.«

»Ich fahre jetzt los und gebe dir dann rechtzeitig Bescheid. Die Notstraße ist zu jeder geraden Stunde für die Fahrt hinauf offen. Ich versuche erst noch, Halvorsen von unserer zweiten Idee zu überzeugen.«

»Das Hotel wäre ein Lichtschimmer, zumindest.«

»Ein Lichtschimmer? Das wäre eine Riesenchance, Meret«, ereiferte sich Marlies. »Resli wird euch garantiert helfen. Sag ihm, er bekomme es sonst mit mir zu tun.«

Meret lächelte. Das berndeutsche »Resli« irritierte sie noch immer.

»Und du meinst wirklich, wir tun das Richtige, Marlies?«, fragte sie, als warte sie auf eine letzte Absolution.

»Aber sicher. Ich kenne Maria gut. Und es sind doch jetzt alle langsam alt genug, scheint mir!«

Sie verabschiedete sich mit ihrem gewohnt fröhlichen Lachen.

Meret ging in das Zimmer, das sie mit Niculan im Seegut teilte, bis sie in die Pfypfoltera-Lodge zurückkonnten. Er beendete eben ein Zoom-Meeting mit seinen Angestellten in Dadens und zog Meret sofort zu sich aufs Bett hinunter.

»Nein, Niculan, ich habe gar keine Zeit, heute wagen wir es. Wirklich, ich muss gleich los, hinauf zu Halvorsen.«

»So wird das aber nie was!«, sagte Niculan gespielt beleidigt.

»Was wird nie was?«

»Mit unseren Plänen.«

»Pläne? Ich habe nur gesagt, wir können es mal eine Weile lang darauf ankommen lassen.«

»Eben!«

»Niculan ...«

»Was?«

»Ich wollte dir noch etwas erzählen. Seit Langem schon.«

Meret setzte sich neben ihn. Jetzt, da es so weit war, fand sie die Sache fast selbst nicht mehr der Rede wert. Aber sie wusste, dass die Geschichte sie spätestens dann wieder einholen würde, wenn sie tatsächlich schwanger war. Seit der schlaftrunkenen Bemerkung von Niculan war vieles geschehen. Sie hatte Sanna und Kilian beobachtet, sie hatte sich gar ein wenig in Sanna verliebt, sie war brutal in die Realität zurückgeholt und mit Familiendramen konfrontiert worden, sie war dem Tod nur knapp entronnen, obwohl ihr das erst allmählich aufging. Nachts, wenn die Bilder aus der Kaverne zurückkehrten.

Plane dein Leben nicht zu sehr, lebe es einfach, hatte Sanna gesagt.

Endlich erzählte sie Niculan von der kurzen Schwangerschaft, von ihren Schuldgefühlen, von der fehlenden Unterstützung durch ihre Mutter, und von der Erleichterung, die ihr damaliger Freund gezeigt hatte. Noch während sie sprach, spürte sie, dass diese alte Geschichte wirklich abgeschlossen war.

»Und jetzt hast du Angst, das könnte dir wieder passieren?«

»Nein. Nicht mehr.«

Sie verstummte. Seit der Flucht aus der Kaverne, dachte sie für sich. Sie war kurz versucht, Niculan von den Schmetterlingen und den verstorbenen Kindern zu erzählen, und von dem wunderschönen Falter am schwarzen See.

Doch gerade dieses Bild wollte sie für sich behalten.

»Ist ja nicht so selten, meine Geschichte«, sagte sie stattdessen. »Vielen von meinen Freundinnen ist dasselbe passiert, aber sie sprechen ungern darüber. Die alte Geschichte mag ein Grund dafür gewesen sein, dass ich mich dem Thema ein bisschen entzogen habe. Aber jetzt … ich meine: Du bist eine Spur gescheiter als mein damaliger Freund.«

»Das hoffe ich doch. Aber warum hast du mir das nicht schon früher erzählt?«

»War früher nicht wichtig. Früher hast du im Halbschlaf auch nicht Zeugs gemurmelt, mit dem du alles durcheinanderbringst.«

»Halbschlaf? Eigentlich war ich da schon komplett weg.«

»Wodurch du nicht belangbar bist, oder was?« Er brachte Meret schon wieder zum Schmunzeln.

»Im Gegenteil, wir sollten das heute Abend noch mal in Ruhe bereden.«

»Ich denke eher, heute Abend wollen wir es in Ruhe mal darauf ankommen lassen.«

Sie küsste ihn und stieß ihn dann aufs Bett zurück. »Jetzt muss ich wirklich weg. Hinauf zum Schloss. Kannst du dafür sorgen, dass Fidel rechtzeitig bei der Linde ist?«

Es war ein Wunder, dass hier fast alles noch unversehrt war. Sie fuhr über die frisch gewalzte Notfall-Trasse, die in sicherer Distanz um das verlassene Althäusern herumführte. An eine Rückkehr ins Dorf war nicht zu denken, solange man nicht wusste, was da drin im Berg geschehen war. Noch immer brannte es, vom Eingangsportal stieg auch jetzt noch Rauch auf. Meret war es, als sehe sie phosphorgelbe Schwaden darin. Immer wieder suchten sie die Bilder aus dem Dorf der armen Seelen heim. Dabei sei sie keine halbe Minute bewusstlos gewesen, versicherte ihr Niculan, wenn sie darüber sprachen. Was sie jedes Mal von Neuem überraschte.

Sie schob die seltsame Erinnerung beiseite. Die Althäuser brauchten eine neue Heimat, sie hatte zu tun.

Zehn Minuten später fuhr sie schon den Schlossberg hinauf. Halvorsen hatte sie erwartet und begrüßte sie herzlich. Sie gingen wie gewohnt in sein Büro, das jetzt schon ganz anders aussah. Wände, Tische und teils sogar die Böden waren mit Bau- und Zonenplänen bedeckt. Meret musste sich erst einen Stuhl freiräumen.

»Also, meine liebe Meret: warum so geheimnisvoll heute?«

Meret lächelte. »Das erfahren Sie gleich, Res. Ist Renate schon hier?«

»Drüben bei Annerös, sie kommt in einer halben Stunde dazu, hat sie gesagt.«

»Perfekt, denn ich möchte Ihnen etwas zeigen.« Sie zog Marias Tagebuch aus dem Rucksack. »Oder vielmehr: Vorlesen. Kennen Sie das?«

Halvorsen schaute verwundert auf die Stickereien des Stoffeinbandes.

»Ich glaube nicht.«

Sie schlug das Tagebuch auf. Halvorsen saß wachsam auf der Kante seines Stuhls, in seinem Gesicht sah Meret dieselbe Demut wie bei seiner Ansprache an die Althäuser im Seegut drei Tage zuvor. Meret hatte seine Rede tief beeindruckt. Wie er den perplexen Althäusern in Erinnerung rief, wer dieser Res Ehrsam war, wie seine Familie bei dem ersten Unglück auseinandergerissen wurde. Und weshalb dieser Mann nun wieder vor ihnen stand, um Entschuldigung bat und ihnen sein Angebot der Wiedergutmachung unterbreitete. Ein neues Dorf, ein neues Haus, eine neue Heimat, nur wenige Kilometer von Althäusern entfernt.

Nur drei Althäuser hatten das Angebot ausgeschlagen.

Auch Hans und Lorli Grossen waren sofort bereit gewesen, umzuziehen. Noch bevor Meret ihnen versicherte, dass sie auch das Bienenhaus irgendwie zügeln könnten.

Insgeheim plante sie in der Gemeindebibliothek von Neuhäusern schon eine Art Dorfmuseum für Hans Grossens verschiedene Sammlungen, insbesondere für die Bilder und Dokumente von dem Unglück. Res Halvorsen war von der Idee sofort begeistert gewesen. Sie würde den Grossens ihren Vorschlag und erste Skizzen beim nächsten Kaffee-Besuch unterbreiten und freute sich schon bei dem Gedanken, was sie für ein Gesicht machen würden.

»Das hier … ist Marias Tagebuch. Und diese Zeilen hat sie im Sommer 1954 geschrieben.«

Sofort richtete sich Halvorsen auf, Meret machte eine beschwichtigende Handbewegung und begann zu lesen.

»Heute ist etwas Schlimmes passiert. Ja. Heute habe ich Res verraten. Unwissentlich. Ungewollt. Nach dem Heuen hatten wir geplant, im See schwimmen zu gehen. Simeon und ich. Später auch die Cousins. Als ich die Badesachen anziehen ging, hat Otto mich aufgehalten. Dieser Berner sei wieder hier, er warte mit einem Geschenk unten am See. Sofort bin ich zu Simeon. Was ich denn tun solle!«

»Sag es ihm. Das von uns.«

»Ich traue mich nicht.«

»Du musst. Du darfst ihm nicht länger etwas vorspielen«, hat er gesagt.

Er hat mich zum See hinab begleitet und mir versprochen, in der Nähe zu bleiben, was auch passiere.

Dann habe ich es Res gesagt. Irgendwie. Und nicht gemerkt, was das für ein Boot war, am Ufer dort. Was er mir da gebracht hat. Was für ein überwältigendes Geschenk. In was er all seine Hoffnungen gelegt hat in den letzten Jahren! Wo er doch nichts anderes hatte. Nur seine Arbeit, das Boot und mich. Oder … diesen Traum von mir, vielleicht.

Meret schaute auf. Res Halvorsen saß reglos da, sein Blick verlor sich in der Ferne.

Dann hat er verstanden. Und … er hat das Boot zerstören wollen. Nicht das Boot, eigentlich. Das zwischen uns. Mich vielleicht. Zu Recht hat er sich verraten gefühlt. Hätte ich das mit dem Boot verstanden, Himmel, ich hätte es ihm doch anders gesagt.

Obwohl es nur die Wahrheit gewesen ist.

Ich liebe beide. Res und Simeon. Nur auf komplett unterschiedliche Weise. Res ist die Vergangenheit. Mit der komme ich nicht mehr zurecht, ich halte die Dunkelheit einfach nicht mehr aus. Verzeih mir, Res, verzeih, Vater. Ich muss mich von so vielem lösen, damit ich endlich vor-

wärtskomme. Simeon kann mir dabei helfen. Ich liebe ihn nicht inniger, aber anders, unbelastet, er ist die Zukunft.

Wenn ich an Res denke, sehe ich uns am Iisigsee, beim Klettern, draußen. An den guten Tagen. Aber an den schlechten sind es die feurigen Sonnen über der Fluh, das seltsame Licht und Vaters Blick, bevor er nochmals Richtung Zimmer geht, um das Kätzchen zu holen.

Und dann wird wieder alles dunkel.

Obwohl ich Res so herzlich gernhabe, vielleicht liebe ich ihn.

Doch es ist verflucht.

Wir beide sind verflucht.

Vielleicht ist es zu etwas gut, das, was heute passiert ist.

Ich hätte merken müssen, dass es mein Boot ist. Sein Bekenntnis zu mir. Sein Versprechen. Hätte verstehen müssen, bevor Simeon mir den Namen gezeigt hat.

Ja.

Vielleicht wird es Res irgendwann auch so sehen.

Wenn wir zusammenbleiben, wird dieser Fluch nie enden.

Es ist Zeit, neu zu beginnen. Mit Simeon vielleicht. Das ist nicht mal das Wichtigste.

Es hat mir das Herz gebrochen, Res, als ich meinen Namen auf dem Schiff las.

Meret klappte das Buch zu. Es blieb lange still zwischen ihnen. Endlich nahm Halvorsen die Brille ab und trocknete mit einem Taschentuch seine Tränen.

»So war das«, sagte er sehr leise.

»Warum haben Sie Maria nach Ihrer Rückkehr nicht besucht?«

Er schaute sie versonnen an. »Ich habe es Ihnen schon einmal gesagt: Alte Wunden soll man nicht aufreißen.«

»Verheilte Wunden reißen nicht so schnell auf.«

»Weiß man es?«

»Ihre Zurückhaltung ehrt Sie.«

»Ist es Zurückhaltung? Oder Angst? Ich weiß es nicht.«

»Beides ist verständlich, Herr Halvorsen.«

Wieder blieb es lange still.

»Woher haben Sie Marias Tagebuch?«, fragte er endlich.

»Zufällig gefunden in Sannas Hotelbibliothek. Es ist da irrtümlich hineingeraten. Und jetzt schauen Sie mal, was ich heute auf dem Seegut fotografiert habe!«

Sie holte das Foto mit dem Boot hervor und hielt es Halvorsen hin.

»Das ist es«, sagte er nach einer langen Pause.

»Maria hat es Marlies geschenkt, als sie ins Altersheim gezogen ist.«

»Sie hat es immer behalten!«

»Das hat sie, ja.«

Meret ließ ihm Zeit, sich zu sammeln.

»Maria hat Sie nie vergessen«, sagte sie dann. »Aber jetzt zu ihrer Enkelin, Sanna. Wir möchten schnell zum Wasserfall mit Ihnen, um eine Idee vor Ort zu besprechen, die ich schon visualisiert habe. Darf ich auch gleich Renate Osthoff dazuholen?«

Meret schickte die SMS ab und fuhr fort: »In Neuhäusern fehlt noch ein Hotel. In Althäusern sind die Holzbauten der Pfypfoltera-Lodge jetzt überflüssig.«

»Sannas *Trückli,* es ist eine Schande. Die Idee fand ich immer so bestechend. Wie sie damit an die Geschichte der Althäuser Zündwaren-Fabriken erinnert. An die Zeit, bevor das Militär hierherkam.«

»Ein Denkmal für Elsie Gysel. Und für alle, die in den Fabriken ihre Gesundheit ruiniert haben, um ihre Familien durchzubringen. Als ich den Wasserfall im Kammtal zum ersten Mal gesehen habe, und Ihre wunderbare Linde dort, kam mir eine Idee. Es gibt dort ja noch die Überreste eines Reitstalls. Die können wir uns für die Baubewilligung zunutze machen.«

»Uns wird derzeit alles bewilligt, Meret, keine Sorge.«

Sie lächelte. Er hatte recht. Die ganze Region, der ganze Kanton war dem Wohltäter, der sich anstelle des Militärs der Althäuser annahm, dankbar.

Sie legte einige der Fotos auf den Tisch, die sie von der Gegend rund um den Wasserfall und von der Linde gemacht hatte. Die Holzbungalows hatte sie hineinkopiert, sie passten, als seien sie dafür gemacht worden.

»Das ist sehr schön«, sagte Halvorsen. »Machen wir. So ergibt alles einen Sinn. Sannas Hotel, am Wasser, unter der Linde.«

»Ach ja, sagen Sie mir: Was ist das für ein Objekt an der Linde? Dieses Holzgeflecht? Ein Traumfänger?«

Es klopfte an der Tür, und Renate trat ein.

»Das wollte ich auch schon fragen! Kunst am Baum, sozusagen.«

Halvorsen lächelte. »Ein Traumfänger? Gefällt mir, der Gedanke, darauf wäre ich nicht gekommen. Schon in meiner Jugend nannte man diese Gegend ja wahlweise das Tal der Schmetterlinge oder das Tal der Träumer. Wer weiß, dank unseres Projektes tragen wir die Namen vielleicht zum ersten Mal in der Geschichte zu Recht!«

Sie begleiteten Halvorsen hinaus. Meret winkte Annerös herbei, die so tat, als wolle sie vor der Scheune Pflanzen eintopfen.

»Komm doch mit, Annerös. Wir wollen schauen, ob wir für Sannas Hotel einen neuen Platz finden!«

Annerös zwinkerte Meret zu und stellte keine weiteren Fragen. Sanna hatte sie eingeweiht.

Als sie die Schlucht passiert hatten und das Tälchen sich vor ihnen öffnete, erzählte Meret den anderen, wie sie hier einmal beinahe in einen schwebenden Baum hineingefahren war, und wie diese Linde sie seit dem allerersten Tag verfolgte.

Auf dem Parkplatz für die Landschaftsgestalter stellten sie den Wagen ab und spazierten die letzten Schritte zum Wasserfall. Meret erklärte Res Halvorsen, wie Sanna die *Trückli* anordnen wollte, und wo das Hauptgebäude stehen könnte.

Dann standen sie vor der Linde.

Meret betrachtete den Traumfänger genauer. Es war eine geflochtene Schale, aus Weidenzweigen wohl, mit einem Durchmesser von einem Meter.

»Was ist das? Ein Andenken aus Norwegen? Etwas zum Fischen?«

»Sieht eher aus wie ein Schmetterlingsnetz«, mischte sich Sanna ein. »Schaut mal!«

Zwei zartgelbe Schwalbenschwänze hatten sich auf das Weidengeflecht gesetzt, ruhten kurz aus und tanzten gleich wieder davon.

»Weder Traumfänger noch Schmetterlingsnetz – den Korb habe ich 1950 geflochten, am Abend vor der Explosion. Oben in der Fluhmatthütte. Nachdem ich Bethlis Blumenbeete gerodet und bevor ich meine Feuerscheiben ins Tal geschlagen habe. Und wozu er genau ist …« Er stockten und es schien, als müsse er sich an seinem Stock festhalten. »Jesses Gott! Wozu er dient, kann sie euch gleich selbst zeigen.«

Sanna kam um die Wegbiegung, am Arm ihre grazile, leicht gebückt gehende Großmutter. Den anderen Ellbogen hatte Kilian fürsorglich ergriffen, er versuchte, trotz Gipsbein nicht zu sehr zu humpeln. Die drei wurden von Pater Fidel und Niculan begleitet.

Meret und Renate traten zwei Schritte zurück.

Jetzt standen sich die beiden Alten gegenüber und schauten sich an. Sekundenlang. Dann begannen beide wie auf ein geheimes Zeichen zu lächeln.

Maria brach das Schweigen zuerst.

»So siehst du jetzt also aus, Res.«

»Ja, leider. Aber du hast dich dafür kaum verändert.«

»Blinschlihera.«

Res lachte.

»Was heißt das?«, flüsterte Renate Osthoff leise.

»Blindschleiche«, übersetzte Sanna.

Maria legte ihre Hand sanft auf Res' Arm. »Auf diesem Auge warst du schon immer ein bisschen blind, Res, jetzt ist es, scheint's, noch schlimmer geworden.«

Wieder lachten beide. Maria öffnete ihre Arme, und Res zog sie behutsam an sich. Lange blieben sie so stehen, als müssten sie sich erst vergewissern, dass sie es wirklich waren, dass sie zusammen hier standen, nach all der Zeit.

Dann löste sich Res plötzlich von ihr und sagte energisch: »Du schuldest mir etwas.«

»So?« Maria schaute ihn fragend an.

Res deutete auf den Traumfänger an der Linde.

Verdutzt blickte Maria hinüber, dann lächelte sie wissend.

»Ist jetzt nicht dein Ernst, Res! Ist das ...?«

»... dein Sonnwendkorb, genau. Damals auf der Fluhmatte geflochten, am Tag vor dem Unglück.«

»Was ist ein Sonnwendkorb?«, fragte Renate Sanna leise.

»Die flechten die Burschen jedes Jahr für ihre Mädchen als Tanzpfand. Eine alte Dorftradition zum Fest am Grundsonntag vor dem Alpaufzug. Nur ist der hier ... ein bisschen groß!«

Maria nahm Res an der Hand, und gemeinsam gingen sie zu dem Korb hinüber.

»So einen hat es wirklich noch nie gegeben. Himmel, der ist ja riesig. Dass du aber auch immer übertreiben musst, Res! Und warum um alles in der Welt hast du eine Schaukel daraus gemacht?«

»Jetzt tu nicht so, als würdest du das nicht wissen! He, ihr, helft uns mal!«

Er fasste Maria um die Hüfte und setzte sie auf den Weidekorb, der mit zwei Stricken am untersten Ast der Linde hing, Res war ein wenig ins Schwanken geraten, Sanna war sofort bei ihm, um ihn zu stützen, doch er brauchte ihre Hilfe nicht, als er sich jetzt neben Maria hievte, ein lausbübisches Lächeln im Gesicht.

»Trägt uns dieser Ast?«, fragte Maria.

»Das fragst du? Ich habe dafür extra einen Baum herbringen lassen, der so alt ist wie wir.«

»Sag ich ja: Dass du auch immer übertreiben musst.«

»Ich glaube, du willst nur von deinem Versprechen damals ablenken. Pater Fidel – wie hält das Ihre Kirche so, dürfen Sie uns beiden Ihren Segen geben?«

Pater Fidel trat näher. »Meine Kirche segnet alles, von Mafiapaten über Fußballtore bis hin zu Militärkasernen. Aber Sie müssen noch einmal heruntersteigen!«

Verdutzt ließen sich die beiden helfen. Pater Fidel zog aus den Untiefen seines Gewandes eine kleine Flasche mit Weihwasser. Zum Glück trug er heute nicht seine Motorradjacke, dachte Meret bei sich.

Genüsslich und nach allen Regeln der Kunst segnete der Pater nicht die beiden, sondern zur Überraschung aller die leere Schaukel. Dann half er den beiden Alten wieder hinauf.

»Die Schaukel hatte ein bisschen Weihwasser nötig, der traue ich nicht so ganz. Aber ihr beide seid nun wirklich alt genug, ihr braucht keinen Segen!«

»Da könnten Sie recht haben«, sagte die alte Maria schmunzelnd. »Und jetzt stößt du uns an, Kilian!«

Dieser schaute zweifelnd zu seiner Mutter, die erst zögerte, dann nickte.

»Aber fallt bloß nicht runter, ihr zwei!«

Kilian ging um den Korb herum und stieß ihn erst sachte, dann etwas entschlossener an.

»Was ist, Kilian?«, rief Res. »Mehr Schwung, bitte sehr. Höher! Ja, so ist gut. Noch höher!«

»Ja! Bis in den Himmel!«, rief Maria, deren weiße Haare bereits im Wind wehten.

Sanna legte unwillkürlich ihre Hand auf Merets Schulter. Diese richtete die Polaroidkamera auf die Schaukel. Alle Blicke hingen gebannt und etwas bange an den beiden Alten. Kilian gab noch mal Schwung, Maria und Res schossen in die Höhe, Maria juchzte wie ein kleines Mädchen, und als die Schaukel den obersten Punkt erreichte, drückte Meret auf den Auslöser.

Urs Augstburger dankt:

Judith Zimmermann

Lina und Mara Augstburger.

Meiner Livetruppe Hendrix Ackle, Roberto Caruso, Sven Furrer, Hanspeter Stamm, Urs Zimmermann, Pat Wettstein, Urs Blickle. Und Monika Schärer, wie immer.

Meiner Erstleserin, Gabriela Bloch Steinmann, und Dome für das handwerkliche Back-up.

Nathalie Wappler und Baptiste Planche für stete, auch künstlerische Rückendeckung.

Meinem rätoromanischen Gewährsmann und Kraftwortexperten Gieri Venzin. Skibauer Simon Jacomet.

Ebenfalls in der Surselva der Familie Gienal.

Susanne Gretter für das Lektorat und Sarah Schroepf für das Korrektorat.

Dario Benassa für die wunderbare Gestaltung.

Und vor allem: Dank an Ricco. Wir machen weiter, immer weiter.

Genauere Angaben zu Recherchematerialien sind hier zu finden: www.ursaugstburger.com

Foto: Dieter Kubli

Urs Augstburger wurde 1965 in Brugg geboren. Mit dem Bergdrama »Schattwand« gelang ihm der literarische Durchbruch. Urs Augstburger ist beim Schweizer Radio und Fernsehen für die Koproduktionen mit der freien Dokumentarfilmszene verantwortlich. Er lebt mit seiner Frau und seinen beiden Töchtern in Ennetbaden.
www.ursaugstburger.com

Im Bilgerverlag erschienen:
»Für immer ist morgen« (1997)
»Chrom« (1999)
»Schattwand« (2001/2014)
»Gatto Dileo« (2004)
»Graatzug« (2007)
»Wässerwasser« (2009)
»Das Dorf der Nichtschwimmer« (2020)

1. Auflage 2023

www.bilgerverlag.ch

Die Entstehung des Romanes wurde gefördert vom

AARGAUER
KURATORIUM

Der bilgerverlag wird im Rahmen des Förderungskonzeptes zur Verlagsförderung in der Schweiz vom Bundesamt für Kultur mit einem Förderbeitrag für die Jahre 2021 – 2024 unterstützt.

Lektorat: Susanne Gretter

Buch-, Satz- und Umschlaggestaltung: Dario Benassa, d.a.b.studio

Druck: Finidr s.r.o.

ISBN 978-3-03762-103-5